Meurtres à Pékin

Peter May

Meurtres à Pékin

roman

Traduit de l'anglais par Ariane Bataille

ÉDITIONS FRANCE LOISIRS

Titre original : *The Firemaker*

Édition du Club France Loisirs,
avec l'autorisation des Éditions du Rouergue

Éditions France Loisirs,
123, boulevard de Grenelle, Paris
www.franceloisirs.com

ISBN : 2-7441-9368-2

À mes parents

« Ne vous y trompez pas ; on ne se moque pas de Dieu. Car ce que l'on sème, on le récolte. »

GALATES 6,7.

Prologue

Les rires des deux enfants qui gambadent sur les sentiers poussiéreux du parc Ritan résonnent dans l'aube comme les cloches d'un service funèbre.

Leur mère a demandé à la baby-sitter, une fille de la campagne un peu endormie, de les conduire au parc avant l'école. Pour profiter de la fraîcheur matinale.

Un vieillard en gants blancs et costume Mao pratique le tai qi. Attirées par des sons étranges qui proviennent d'un peu plus loin, les jumelles le voient à peine. Elles se mettent à courir sans tenir compte des appels de leur baby-sitter. Elles dépassent un groupe en train de lire des feuilles de poèmes tendues entre les arbres, puis un banc où sont assises deux vieilles dames en chaussons.

Sur les marches d'un antique pavillon, un jeune couple vêtu de noir fait une démonstration de cha-cha-cha au son d'une musique crachotée par un vieux phonographe. Juste derrière, des hommes brandissent de longues épées argentées et fendent l'air très lentement, avec des gestes parfaitement contrôlés, dans une sorte de parodie grotesque de combat médiéval.

Une nouvelle distraction s'offre à elles. De la fumée sort d'un bosquet comme un épais brouillard bleu.

Avec une odeur étrange de viande trop grillée. Au moment où la baby-sitter les rattrape, les jumelles s'échappent à nouveau en courant vers le sommet de la butte. La jeune fille s'élance à leur poursuite. La plainte d'un violon à une seule corde lui parvient aux oreilles quand elle débouche sur une clairière au centre de laquelle des flammes s'élèvent d'une masse informe. Les yeux écarquillés, les jumelles regardent. La baby-sitter se fige sur place. Elle sent la chaleur du feu sur son visage et se protège les yeux de son éclat pour essayer de voir ce qui brûle ainsi. Quelque chose bouge au milieu. Quelque chose d'étrangement humain. Le cri de l'une des petites filles la galvanise, et elle réalise soudain que c'est une main carbonisée qui se tend vers elle.

Chapitre premier

I

Lundi après-midi

Elle vit la terre basculer et fut soudain aveuglée par le soleil qui se reflétait sur une mosaïque de miroirs brisés. Pour elle, il était deux heures du matin, même si elle savait qu'on était en plein après-midi et qu'elle n'était pas près de se coucher dans un lit. Dormir. En vingt-quatre heures de voyage, le sommeil s'était continuellement dérobé. Elle ne savait pas ce qui était le pire – les regrets qui l'empêchaient de dormir, ou les cauchemars qui la réveillaient. Les vodkas tonics avalées pendant les premières heures du vol pour tenter d'oublier lui avaient laissé la bouche pâteuse et un début de migraine. Elle jeta un coup d'œil à la déclaration du service d'hygiène...

BIENVENUE EN CHINE POUR DES
LENDEMAINS MEILLEURS ET PLUS SAINS

Elle avait tiré un trait dans l'espace « Nature de la déclaration ». Qu'avait-elle à déclarer hormis un cœur brisé et une vie gâchée ? À sa connaissance, ni l'un ni l'autre n'étaient contagieux.

La terre bascula à nouveau. La mosaïque aveuglante était en fait une succession de pièces d'eau carrées et rectangulaires – des rizières. Au nord, au-delà de la brume, s'étendaient les plaines poussiéreuses du désert de Gobi.

Une hôtesse de l'air traversa la cabine en vaporisant un désinfectant.

— Consignes chinoises, leur dit-elle.

Puis le commandant de bord annonça qu'ils se poseraient à Pékin quinze minutes plus tard. La température au sol était de 35° C. Elle ferma les yeux en se préparant à l'atterrissage. De tous les moyens d'évasion à sa disposition, pourquoi avait-elle choisi l'avion ? Elle détestait ça.

La navette bondée tangua vers le terminal et laissa ses passagers fatigués dans une véritable étuve. Margaret courut s'abriter à l'intérieur du bâtiment. Il n'était pas climatisé. Il y faisait encore plus chaud et l'atmosphère était irrespirable. Elle fut assaillie par le spectacle, le bruit, les odeurs de la Chine, la foule – si dense qu'on aurait cru que tous les avions de la journée s'étaient posés en même temps – et les files d'attente interminables au contrôle de l'immigration. Même dans ce hall de transit international, elle attirait les regards étonnés des Asiatiques. Bien sûr qu'elle détonnait avec ses cheveux blonds tombant sur les épaules, sa peau blanche, ses yeux bleu clair. Le contraste avec les Chinois Han aux yeux et aux cheveux noirs était total. De plus en plus tendue, elle respira à fond.

Soudain, une voix aiguë s'éleva au-dessus du brouhaha :

— Maggot Cambo ! Maggot Cambo ! criait une femme trapue en uniforme, se frayant un chemin avec rudesse au milieu des passagers, et brandissant un carton sur lequel était gribouillé en grosses lettres maladroites MAGRET CAMPELL.

Margaret mit un moment à faire le lien entre le nom qu'elle venait d'entendre, celui qu'elle venait de lire, et le sien.

— Euh... Je crois que c'est moi que vous cherchez, cria-t-elle.

Elle se sentit aussitôt ridicule. Évidemment que c'était elle qu'on cherchait. La femme trapue pivota sur elle-même et lui lança un regard furieux à travers ses épaisses lunettes à monture d'écaille.

— Docta Maggot Cambo ?

— Margaret Campbell, dit Margaret.

— OK, donnez votre passeport.

Margaret fouilla son sac à la recherche du passeport bleu orné de l'aigle américain, mais hésita à le lui tendre.

— Vous êtes... ?

— Agent de police Li Li Peng.

Elle prononça *Lily Ping,* et redressa le dos pour mieux montrer les trois étoiles des épaulettes de sa chemise vert kaki à manches courtes. Légèrement trop grande pour elle, sa casquette verte ornée d'un galon jaune et de l'écusson bleu, rouge et or du ministère de la Sécurité publique rabattait sa frange rectiligne sur ses lunettes.

— *Waiban* m'a nommée pour m'occuper de vous.

— *Waiban* ?

— Le bureau des affaires étrangères de votre *danwei.*

Margaret sentit qu'elle aurait dû savoir. C'était sûrement écrit quelque part dans la documentation qu'on lui avait remise.

— *Danwei* ?

Lily cacha mal son agacement.

— Votre unité de travail – à l'université.

— Ah. Oui.

Consciente d'avoir déjà fait preuve de trop d'ignorance, elle tendit son passeport.

Lily y jeta un coup d'œil rapide.

— OK. Je m'occupe de l'immigration. Vous cherchez les bagages.

Une BMW gris sombre les attendait devant la porte du terminal. Le coffre s'ouvrit tout seul, et une fille à l'air famélique, en uniforme elle aussi, bondit de la voiture pour charger les bagages. Elle eut du mal à soulever du chariot les deux valises presque aussi grosses qu'elle. Margaret s'avança pour l'aider, mais fut vivement poussée sur la banquette arrière par Lily.

— Le chauffeur range les bagages. Gardez la porte fermée à cause de la climatisation.

Et elle claqua la portière. Margaret respira l'air frais avec volupté en s'enfonçant dans son siège. La fatigue la submergea. Tout ce qu'elle souhaitait maintenant, c'était un lit.

Lily se glissa sur le siège du passager avant.

— OK, maintenant nous allons au quartier général de la police municipale de Pékin prendre Mista Wade. Il s'excuse pas pouvoir venir, mais il est occupé. Ensuite nous allons directement Université populaire de la Sécurité publique où vous rencontrez Professa Jiang. OK ? Et ce soir, il y a banquet.

Margaret faillit gémir. La perspective d'un lit s'éloignait dans un avenir incertain. Ce vers d'un poème de Frost lui revint en mémoire : ... *« et des miles avant de pouvoir dormir »*. Puis elle fronça les sourcils en se répétant les paroles de Lily. Elle avait bien dit *banquet* ?

La BMW fila sur l'autoroute, franchit le péage, et atteignit rapidement la périphérie de Pékin. Margaret regarda avec stupéfaction la ville s'élever autour d'elle. Tours de bureaux, hôtels neufs, centres commerciaux, appartements de luxe. Partout les étroits *hutong* abritant les *siheyuan* – ces maisons constituées de quatre pavillons disposés autour d'une cour – étaient démolis pour assurer la transition du statut de « pays en voie de développement » à celui de « pays industrialisé ». Margaret ne savait pas trop à quoi elle s'attendait, mais certainement pas à ça. La seule « chinoiserie » qu'elle apercevait se résumait aux avant-toits recourbés greffés au sommet des gratte-ciel. Finies les affiches géantes exhortant les camarades à fournir toujours plus d'effort pour la patrie. Elles avaient été remplacées par des publicités Sharp, Fuji, Volvo. L'éperon maintenant, c'était le capitalisme. L'image qu'elle connaissait des rues encombrées de cyclistes en costume Mao s'effaça sous les nuages de gaz carbonique crachés par les pots d'échappement des bus, camions, taxis et automobiles privées qui bloquaient les six voies du Troisième Périphérique. Exactement comme à Chicago, pensa-t-elle. Très « industrialisé ». À part la voie réservée aux vélos.

Le chauffeur se serra sur la droite en approchant du centre-ville. Au loin, Margaret aperçut la porte de la Cité interdite ornée du portrait géant de Mao contemplant la place Tiananmen. La porte de la Paix céleste, toile de fond de tous les reportages CNN en direct de Pékin. Un cliché géant de la Chine. Margaret se souvenait des images, à la télé, du portrait de Mao barbouillé de peinture rouge par les manifestants démocrates de 1989. Elle aussi était étudiante à l'époque, à la faculté de médecine. Elle avait été choquée et scandalisée par les événements sanglants de ce printemps. Et voilà qu'elle y était à son tour, dix ans plus tard. Elle se demanda à quel point les choses avaient changé.

La voiture tourna brusquement sur la gauche, dans un concert de klaxons, pour enfiler une petite rue bordée, de chaque côté, de caroubiers formant une voûte de verdure et d'élégantes constructions de type colonial ou victorien. Elles auraient pu se trouver dans le vieux quartier de n'importe quelle ville européenne. Lily se retourna à moitié pour désigner un haut mur sur sa droite.

— Ministère de la Sécurité publique. Enceinte de l'ambassade de Grande-Bretagne, avant que le gouvernement chinois les jette dehors. Ici, ancien quartier des légations.

Plus loin, après avoir dépassé quelques immeubles anciens qui n'avaient rien d'européen, la voiture tourna à nouveau à gauche dans une rue encore plus étroite, encombrée de voitures et de vélos, et presque totalement privée de lumière à cause des arbres. Sur leur droite, une grille s'ouvrait sur un grand immeuble blanc à l'escalier gardé par deux lions. Très haut, au-dessus de la porte d'entrée, étaient gravés d'énormes caractères or sur fond rouge.

— Cour suprême de Chine, dit Lily.

Margaret eut à peine le temps de jeter un coup d'œil que la voiture vira à gauche et s'arrêta dans un crissement de freins. Il y eut un choc. Le chauffeur leva les mains en l'air avec un cri de surprise, ouvrit sa portière et sortit d'un bond.

Margaret tendit le cou pour voir ce qui se passait. La voiture avait heurté un cycliste. Margaret entendit la voix aiguë de leur chauffeur accablant de reproches ce dernier qui se relevait, apparemment indemne. C'était un officier de police d'une trentaine d'années. Il saignait du coude ; son uniforme fraîchement repassé était froissé et couvert de poussière. Dès qu'il se redressa de toute sa hauteur, la jeune fille cessa de crier, se recroquevilla sous son regard, et se baissa pour ramasser sa casquette qu'elle lui tendit comme une offrande de paix. Mais, loin de faire la paix, il la lui arracha des mains en l'insultant copieusement. Du siège avant, Lily émit un drôle de petit grognement avant de se précipiter dehors. Pensant qu'il était temps d'intervenir à son tour, Margaret ouvrit sa portière.

Lorsque Lily redressa le vélo et présenta ses excuses au cycliste, celui-ci parut retourner sa colère contre elle. Margaret s'approcha :

— Que se passe-t-il, Lily ? Ce type a quelque chose contre les femmes chauffeurs ?

Stupéfaits, les trois Chinois tournèrent la tête vers elle.

— Américaine ? demanda le policier en lui jetant un regard glacial.

— Oui.

Puis, dans un anglais parfait :

— Pourquoi vous mêler de ce qui ne vous regarde pas ?

Il tremblait presque de colère.

— Vous étiez assise à l'arrière, vous n'avez pas vu ce qui s'est passé.

Margaret sentit frémir au plus profond d'elle-même la violence de son tempérament celtique.

— Ah oui ? Eh bien si vous aviez été moins occupé à me regarder à l'arrière de la voiture, vous auriez peut-être fait attention où vous alliez.

— Docta Cambo ! s'écria Lily, horrifiée.

Le jeune policier lança un regard furieux à Margaret, arracha son vélo des mains de Lily, épousseta sa casquette, la replaça fermement sur ses cheveux ras, et s'éloigna en direction d'un bâtiment en briques rouges de style européen.

— C'est terrible dire ça, Docta Cambo, dit Lily, bouleversée, en secouant la tête.

— Quoi ? demanda Margaret.

— Vous lui avez fait perdre *mianzi*.

— Perdre quoi ?

— La face. Vous lui avez fait perdre la face.

— La face ?

— Les Chinois ont un problème avec la face.

— Avec une face comme la sienne, ça ne m'étonne pas ! Et vous ? Votre... *mianzi* ? Vous n'aviez pas à rester plantée là et à supporter ça. Votre grade est supérieur au sien, bon sang !

— Supérieur ? Non.

— Mais il n'avait que deux étoiles... et vous, vous en avez trois.

Lily secoua la tête.

— Trois étoiles, un galon. Lui, trois galons. C'est Chef Li, premier inspecteur de la Section n° 1 de la police municipale de Pékin.

— Un inspecteur ? En uniforme ?

— L'uniforme n'est pas normal. Il doit avoir rendez-vous très important, répondit Lily d'un air grave.

II

Li s'engouffra dans le bâtiment en briques rouges, siège du quartier général du Département des enquêtes criminelles, et fila vers les toilettes. Sur son avant-bras, le sang mélangé à la terre s'était figé. Il le passa sous le robinet et fit un bond arrière en jurant quand l'eau éclaboussa sa chemise vert pâle. Il se vit dans le miroir : poussiéreux, débraillé, mouillé, un coude en sang, une trace de boue sur le front. Et par-dessus le marché, sa dignité en avait pris un coup – il avait perdu la face devant une étrangère, sous les yeux de deux Chinoises d'un rang inférieur.

— *Yangguizi !* Diable d'étrangère ! cracha-t-il, furieux.

Il venait de passer deux heures à transpirer au-dessus de la planche à repasser de son oncle pour obtenir un pantalon et une chemise impeccables, une heure chez le coiffeur pour se faire couper les cheveux en brosse régulière de 5 millimètres, puis un quart d'heure sous la douche pour éliminer la sueur et la poussière de la journée. Tout ça pour rien, alors qu'il aurait dû paraître au mieux de sa forme avant d'affronter le rendez-vous le plus important de sa carrière. Il avait l'air lamentable.

Il s'aspergea la figure d'eau et se frotta le bras avec du papier toilette. Très vite, sa colère céda la place au trac qui lui avait tiraillé le ventre toute la matinée.

Dès que le poste de commissaire divisionnaire adjoint s'était libéré, ses collègues avaient pensé à lui pour assurer la relève. Même s'il n'avait que trente-trois ans, c'était lui le meilleur de la Section n° 1. Il avait élucidé un nombre record d'homicides et de vols à main armée depuis qu'il était sorti major de l'Université populaire chinoise de la Sécurité publique. Pourtant, bien qu'il se sentît prêt pour ce poste, il ne pouvait poser sa candidature ; la décision devait venir du Département des promotions, et la décision finale, du préfet de police. Une rumeur selon laquelle un inspecteur du Département des enquêtes criminelles de Shanghai serait pressenti pour le poste avait en outre semé la confusion. Personne ne pouvait en confirmer la véracité, et pendant toute la durée du long processus bureaucratique, Li ne sut même pas si sa propre candidature avait été envisagée. Jusqu'à sa convocation chez le commissaire divisionnaire Hu Yisheng. Mais à quoi devait-il s'attendre ? Chen

Anming, son supérieur de la Section n° 1, s'était refusé à tout commentaire. Li redoutait le pire. Il respira à fond, ajusta sa casquette, tira sur sa chemise, et sortit des toilettes.

Le commissaire Hu Yisheng était assis à son bureau, en bras de chemise, dans un fauteuil de cuir, sa veste soigneusement étalée sur le dossier. Penché sur la surface polie qui réfléchissait son image, le commissaire écrivait lentement des caractères serrés et bien formés sur un grand carnet. Sans lever la tête, il fit signe à Li de s'asseoir. Li rabaissa lentement la main qui venait de saluer dans le vide et se posa sur le bord d'une chaise, face au commissaire.

Seuls le doux bruissement du ventilateur et le grattement du stylo troublaient le silence. Li se racla la gorge nerveusement. Soupçonnant peut-être une certaine impatience, le commissaire lui jeta un bref coup d'œil avant de retourner à ses écritures. Li comprit qu'il n'avait pas intérêt à recommencer.

Aussitôt l'envie de tousser le reprit de plus belle. Il se retint.

Au bout d'un moment, une éternité pour Li, le commissaire finit par reboucher son stylo et fermer son carnet. Il croisa les mains devant lui, le regarda d'un air songeur, et demanda :

— Comment va votre oncle ?

— Très bien, commissaire. Il vous envoie ses amitiés. Le commissaire sourit, avec une affection sincère.

— Quel homme formidable ! Il a beaucoup souffert pendant la Révolution culturelle, vous savez.

— Je sais, dit Li en hochant la tête.

Il en avait entendu parler.

— À la fin de cette période de folie, il m'a montré l'exemple. Il n'avait aucune amertume, vous savez. Malgré tout ce qu'il avait subi, le vieux Yifu a continué à regarder droit devant lui. « Inutile de s'occuper de ce qui aurait pu être, me disait-il. Soyons heureux d'avoir un miroir brisé à reconstituer. » C'est grâce à des hommes de la trempe de votre oncle que le pays a été remis sur ses rails.

Li sourit poliment et sentit soudain l'appréhension le gagner.

— Malheureusement, cela complique les choses, continua le commissaire. Pour vous – comme pour nous. Vous comprenez, bien sûr, que c'est la politique du Parti de décourager le népotisme sous toutes ses formes insidieuses.

Li comprit qu'il n'avait pas le poste. Il adorait son oncle Yifu. Il ne connaissait pas d'homme plus gentil, plus juste, plus sage. Mais c'était aussi une figure légendaire de la police de Pékin. Même cinq ans après son départ en retraite. Et les légendes ont la peau dure.

— Cela vous condamne à être meilleur que les autres et nous oblige à examiner votre dossier avec plus de sévérité.

Le commissaire s'enfonça dans son fauteuil, et inspira longuement par le nez.

— Une chance que nous soyons scrupuleux, d'un côté comme de l'autre, hein ? ajouta-t-il avec un clin d'œil. À partir de demain matin, 8 heures, vous êtes promu au rang de directeur, classe trois, et au poste de commissaire divisionnaire adjoint de la Section n° 1.

III

La voiture était garée à l'ombre d'un arbre, à quelque distance de la porte du bâtiment en briques rouges par laquelle le commissaire Li avait disparu un quart d'heure plus tôt.

— Voici Mista Wade.

Si Margaret s'était laissé aller à ronfler doucement sur la banquette arrière, Lily fit comme si elle n'avait rien entendu. Elle se pencha pour ouvrir la portière. Bob Wade se glissa à côté de Margaret. Incroyablement grand et maigre, il dut se plier en deux pour s'installer.

— Salut, je suis désolé de vous avoir fait attendre. Docteur Campbell, je suppose, s'écria-t-il avec enthousiasme en lui donnant une vigoureuse poignée de main.

— Margaret, dit-elle.

— OK, Margaret. Bob Wade. Pffff, quelle chaleur !

Il sortit un mouchoir douteux avec lequel il essuya les gouttes de sueur qui perlaient sur son grand front dégarni.

— Lily s'occupe bien de vous ?

— Oh oui. C'est un amour.

Lily lui jeta un coup d'œil et Bob comprit tout de suite. Il se pencha vers le chauffeur :

— Si on filait directement à l'université, Shimei ? On est un peu en retard.

Shimei lança le moteur et recula pour effectuer un demi-tour. En passant sous l'arche, Margaret aperçut Li qui sortait de l'immeuble en briques rouges. Son attitude avait complètement changé – démarche sautillante, visage souriant. Il ne vit même pas leur voiture. Elle remarqua qu'il était très grand pour un Chinois, environ 1,80 mètre. Il rabaissa sa casquette sur ses cheveux ras ; la visière jeta une ombre sur son visage aux pommettes saillantes et à la mâchoire carrée. Pas terrible, se dit-elle.

— Vous devez être fatiguée.

Elle se retourna. Bob l'examinait attentivement. Il avait dans les cinquante-cinq ans – exactement l'âge qu'elle avait l'impression d'avoir à cet instant.

Elle hocha la tête :

— Je suis sur la brèche depuis vingt-deux heures. Ça fait une sacrée journée. On est peut-être au milieu de l'après-midi, mais pour moi, c'est déjà demain.

Il sourit de toutes ses dents.

— Oui, je sais.

Et il ajouta à voix basse, en se penchant vers elle :

— Que s'est-il passé avec Lily ?

— Oh... juste un petit malentendu.

— Il ne faut pas lui en vouloir. Elle aboie plus fort qu'elle ne mord. Vous savez, elle était Garde rouge pendant la Révolution culturelle. Une camarade à l'ancienne mode. Seulement son genre de communisme n'est plus vraiment en vogue, alors elle se retrouve au bas de l'échelle. Et restera toute sa vie un agent de police trois étoiles.

La Révolution culturelle faisait partie des sujets que Margaret avait depuis longtemps envie de potasser. Elle en avait souvent entendu parler sans vraiment savoir de quoi il s'agissait – sauf que c'était une sale période de l'histoire chinoise. Elle décida néanmoins de ne pas étaler son ignorance devant Bob.

— Qu'est-ce qui vous a décidée à venir en Chine ? demanda-t-il.

Elle haussa les épaules.

— Oh, vous savez... j'ai toujours été attirée par ce pays. L'Orient et ses mystères... Je donnais des cours à Chicago, à l'université de l'Illinois, et le type du Bureau de Justice pénale internationale...

— Dick Goldman.

— Oui, c'est ça. Il m'a dit que le bureau cherchait quelqu'un pour un cycle de six semaines à l'Université de la Sécurité publique de Pékin, pour donner des cours de pathologie médico-légale, et m'a demandé si ça m'intéressait. Je me suis dit que c'était toujours mieux que de cavaler derrière les voitures de pompiers pour le compte de l'institut médico-légal du Comté de Cook. Il y a beaucoup d'incendies à Chicago en juin.

Bob sourit.

— Vous verrez qu'ici les choses ne se passent pas du tout comme à Chicago. Depuis deux ans que je suis là, je n'arrive toujours pas à faire photocopier mes notes de cours.

— Vous plaisantez !

— Vous n'avez jamais entendu parler des trois P ?

Elle secoua la tête.

— Eh bien sans les trois P on ne peut pas survivre dans ce pays. Patience, Patience et Patience. Les Chinois ont leur propre façon de faire. Je ne dis pas qu'elle est moins bien que la nôtre, ni mieux. Simplement différente. Et leur vision du monde n'est pas du tout la même.

— Comment ça ?

— Eh bien, par exemple, vous débarquez en vous disant : je suis une citoyenne américaine. Je vis dans le pays le plus riche, le plus puissant du monde. Vous vous sentez supérieure. Mais le paysan le plus humble qui travaille quinze heures par jour dans les rizières vous regardera de haut. Pourquoi ? Parce qu'il est chinois, et vous pas. Parce qu'il est citoyen de l'Empire du Milieu. C'est ainsi qu'on appelle la Chine. Parce que, bien sûr, ce pays est au centre du monde et que tout ce qui se situe au-delà de ses frontières est inférieur, secondaire, peuplé de *yangguizi* – de diables d'étrangers comme vous et moi.

— Quelle arrogance, grogna-t-elle.

Bob leva un sourcil.

— Vraiment ? Les Chinois tissaient déjà la soie il y a trois mille ans. Ils ont su fondre le bronze mille huit cents ans avant les Européens. Ils ont inventé le papier et imprimaient des livres des centaines d'années avant que Gutenberg ne construise sa première presse. En comparaison, nous, Américains, ne sommes qu'une ridule sur la face de l'Histoire.

Margaret se demanda combien de fois il avait débité cette petite homélie aux chargés de cours américains invités. Il pensait probablement que cela le faisait paraître plus savant, et la Chine plus intimidante. Il avait raison.

— La différence majeure – sur le plan culturel ?

Elle avoua sa complète ignorance d'un haussement d'épaule.

— Les Chinois prisent et récompensent les efforts collectifs plutôt qu'individuels. Ce sont des joueurs d'équipe. L'individu est supposé servir les intérêts de l'équipe avant les siens. Et ce n'est pas rien dans un pays qui compte plus d'un milliard d'habitants. Ça doit être pour ça qu'ils tiennent le coup depuis cinq mille ans.

Margaret commençait à se fatiguer de sa leçon de civilisation.

— Qu'est-ce qu'on fait maintenant ?

— On vous installe à l'université, vous rencontrez les gens que vous devez rencontrer, et ensuite vous pourrez aller vous rafraîchir et vous changer pour le banquet.

— Le banquet ?

— Oui, au célèbre restaurant de canard laqué pékinois Quanjude. C'est la tradition. Le BJPI ne vous a pas remis la documentation ?

— Si, bien sûr.

Margaret n'avait pas envie d'avouer qu'elle ne l'avait pas lue. Elle en avait eu l'intention. Si elle en avait la force, elle la lirait ce soir.

— Il y a une étiquette à respecter. Beaucoup de choses à faire et à ne pas faire. Les Chinois peuvent être susceptibles, vous voyez ce que je veux dire ? Mais ne vous inquiétez pas, je serai là pour vous guider.

Margaret se demanda si elle devait s'en réjouir ou s'en désoler. Bob pourrait vite devenir fatigant.

Ils se dirigeaient à présent vers l'ouest sur une autre autoroute à six voies, au milieu d'un canyon de tours modernes. Le soleil, plus bas en cette fin d'après-midi, les éblouissait à travers le pare-brise poussiéreux constellé de moucherons. Un pont se dressa devant eux dans la brume mais la voiture bifurqua au dernier moment à droite sur une petite route pleine de cyclistes, puis à droite encore dans ce qui semblait être un chantier.

— Nous sommes arrivés, dit Bob.

Margaret jeta un regard horrifié autour d'elle :

— Ah bon ?

Au milieu d'un nuage de poussière, la voiture traversa en cahotant un terrain défoncé et franchit une porte gardée par un policier au garde-à-vous qui les salua. Personne ne se soucia de lui répondre. Soudain, ils se retrouvèrent sur une route privée bordée d'arbres qui longeait un terrain de sport. Ils s'arrêtèrent devant un grand bâtiment blanc aux avant-toits recourbés soutenus par des piliers bruns.

Un peu engourdie, Margaret descendit de voiture et fut aussitôt terrassée par la chaleur.

Bob montra du doigt un immeuble de vingt étages, derrière le bâtiment de l'administration.

— C'est là qu'habite le personnel.

— Quoi ? demanda Margaret, incrédule. Ils sont combien ?

— Oh, à peu près un millier.

Ils franchirent les portes à deux battants, puis gravirent un escalier en marbre sombre. À l'intérieur, il faisait frais.

— Et combien y a-t-il d'étudiants ?

— Environ trois mille.

Margaret en eut le souffle coupé. Un professeur pour trois étudiants, on n'avait jamais vu ça aux États-Unis.

— C'est un peu le West Point de la police chinoise. Par ici.

Ils enfilèrent un long couloir anonyme.

— Bien sûr, poursuivit Bob d'un air suffisant, le

département de médecine légale vous intéressera. C'est tout au bout du terrain de sport. Le Centre de détermination des preuves matérielles. Ils ont un équipement assez sophistiqué là-bas, dont un bloc ultra moderne.

Il ouvrit la porte d'une pièce exiguë, d'à peine 3 mètres carrés, avec une petite fenêtre à hauteur du plafond. Il y avait deux bureaux poussés l'un contre l'autre, trois petites chaises en plastique, style salle d'attente, et un meuble à tiroirs. Trois boîtes en carton étaient posées sur l'un des bureaux.

— C'est à vous.

Margaret lui lança un regard consterné.

— À moi quoi ?

— Votre bureau. Et dites-vous que vous avez de la chance. L'espace vaut de l'or ici.

Elle était sur le point de donner son opinion sur la définition de Bob du mot « chance » quand l'arrivée de deux hommes et d'une femme d'âge moyen, tous trois en uniforme de la police, l'en empêcha. Les nouveaux venus s'inclinèrent en souriant. Margaret s'inclina en souriant à son tour, puis, d'un regard inquiet, appela Bob au secours.

— Voici vos collègues du Département d'investigation criminelle, ici, à l'université.

Il débita quelque chose en chinois à toute vitesse et tous s'inclinèrent à nouveau en souriant. Margaret s'inclina en souriant.

— Les professeurs Tian et Bai, et le charmant docteur Mu, présenta Bob.

Ils échangèrent des poignées de main puis, un par un, tendirent leur carte en la tenant par un angle, de façon à présenter la version anglaise de leur nom.

Margaret les prit, fouilla son sac à la recherche des siennes, et en tendit une à chacun.

— *Ni hao,* dit-elle en s'exerçant à prononcer la seule expression chinoise qu'elle connaissait.

— Vous êtes supposée présenter vos cartes comme eux, dit Bob.

— Ah bon ?

Cela la contraria mais il était trop tard pour y remédier.

— Vous n'avez pas lu votre documentation ?

— Désolée, j'avais oublié.

Elle leur sourit à nouveau, ils lui retournèrent son sourire puis prirent chacun à leur tour une boîte en carton sur le bureau avant de quitter la pièce.

Margaret jeta autour d'elle un regard désespéré.

— C'est impossible, Bob. Je ne peux pas travailler ici pendant six semaines.

— Qu'est-ce qui ne va pas ?

— Ce qui ne va pas ? Mais c'est une véritable cellule. Une semaine là-dedans et je me cogne la tête contre les murs.

— Il est préférable de ne pas en parler aux professeurs Tian et Bai ni au docteur Mu.

— Pourquoi ?

— Parce que je ne pense pas qu'ils compatissent. À vrai dire, il est probable qu'ils ne vous aiment déjà pas beaucoup.

Margaret n'en crut pas ses oreilles.

— Comment ça, ils ne m'aiment pas ? Je viens juste de les rencontrer.

— Eh bien, premièrement...

Bob s'assit au bord d'un bureau.

— ... vous gagnez sans doute plus d'argent en une

semaine qu'eux en un an. Et deuxièmement, on vient de les virer de leur bureau pour vous faire de la place.

Margaret en resta bouche bée.

— De toute façon...

Bob se leva.

— ... il est temps de vous présenter au professeur Jiang. Il vous attend.

Le professeur Jiang était un homme trapu d'une soixantaine d'années qui donnait l'impression d'avoir été fraîchement brossé et repassé pour le rendez-vous. Il avait une chevelure épaisse, bien coupée, parsemée de mèches grisonnantes séduisantes, et portait un uniforme de préfet de police. Ses lunettes à monture sombre semblaient un peu trop grandes pour son visage. Il se leva dès que Bob introduisit Margaret dans la salle de réception. Il y faisait bon ; des stores la protégeaient du soleil ; deux rangées de fauteuils bas se faisaient face de part et d'autre de la pièce ; devant chacun était posée, sur une table encore plus basse, une bouteille d'eau fraîche. Un homme plus jeune, en uniforme, et une jolie fille d'une vingtaine d'années en robe beige se levèrent également. Bob fit les présentations. D'abord en chinois, puis en anglais.

— Margaret, voici le professeur Jiang, directeur du Département d'Investigation criminelle – le chef de votre département.

Ils se serrèrent la main et échangèrent les sourires d'usage.

— Son assistant, M. Cao Min, diplômé de l'Université. Il l'a quittée un moment pour travailler dans le monde réel – comme inspecteur de police.

M. Cao lui serra la main avec solennité.

— Et, euh, voici Veronica.

Bob gloussa.

— Beaucoup de jeunes Chinoises aiment se choisir des prénoms anglais. Au fait, je ne connais pas votre vrai nom, Veronica.

— Veronica, dit cette dernière en serrant la main de Margaret avec un doux sourire.

Elle était minuscule ; sa main pas plus grosse que celle d'un enfant disparut presque entièrement dans celle de Margaret.

— Je vais traduire pour vous.

Ils prirent place dans les fauteuils, le professeur Jiang, M. Cao et Bob d'un côté, Margaret face à eux. Veronica s'assit en territoire neutre sur une chaise, près de la fenêtre. Un peu tendue, Margaret afficha un sourire forcé en attendant la suite. Au bout d'un moment, le professeur Jiang se redressa et commença à s'adresser directement à elle en chinois. Elle trouvait étrangement déconcertant de ne pas comprendre un traître mot de ce qu'il disait tout en étant obligée de le regarder dans les yeux et de l'écouter avec intérêt. Il avait une voix très douce, presque hypnotique, et elle se surprit à osciller d'avant en arrière. Elle éprouvait soudain une irrésistible envie de dormir. Elle cligna les yeux. Au bout d'une éternité, il s'arrêta enfin et s'adossa à son fauteuil avec un petit sourire satisfait, savourant d'avance sa réponse.

Margaret se tourna vers Veronica qui réfléchit un bon moment avant de dire :

— Euh... Le professeur Jiang dit qu'il vous souhaite la bienvenue à l'Université populaire chinoise de la Sécurité publique. Très content de vous avoir ici.

Margaret attendit la suite, mais Veronica avait manifestement terminé, et tous les yeux étaient braqués sur elle dans l'attente de sa réponse. Elle sourit et fixa à nouveau le professeur dans les yeux.

— Eh bien... C'est un très grand honneur pour moi, professeur, d'être invitée à donner des cours à l'Université populaire de la Sécurité publique. J'espère seulement que je me montrerai à la hauteur de vos espérances et que je pourrai apporter quelques lumières à vos étudiants.

Bob lui lança un clin d'œil d'encouragement qui lui donna une fois de plus envie de lui faire avaler son air suffisant.

Le professeur Jiang se pencha en avant pour murmurer une autre interminable mélopée en mandarin.

— Le professeur Jiang dit qu'il est sûr que vous apporterez beaucoup de lumière aux étudiants.

Le professeur ne quittait pas Margaret des yeux. Perplexe, elle se contenta de sourire et de hocher la tête. Apparemment satisfait, il lui adressa un grand sourire et un signe de tête. Ils continuèrent ainsi à se renvoyer sourires et hochements de tête pendant une minute avant que M. Cao ne se redresse soudain sur son siège et déclare avec un accent américain de la côte ouest :

— Nous nous verrons demain matin pour vérifier le programme de vos cours. Si vous avez besoin de matériel audiovisuel, ou d'un accès aux labos de pathologie, je pourrai arranger ça.

Margaret éprouva un soulagement intense à pouvoir communiquer en anglais.

— Formidable, dit-elle. J'ai apporté pas mal de diapos, et si c'était possible, voyez-vous, j'aimerais beaucoup que les étudiants assistent à une véritable autopsie.

— On en discutera demain, dit M. Cao en se levant, imité aussitôt par tout le monde.

Margaret était une fois de plus en train de serrer la main de ses hôtes quand on frappa à la porte. Lily entra et salua le professeur Jiang d'un signe de tête.

— Prête à vous emmener à votre appartement, docta Cambo.

— Hôtel, la corrigea Margaret.

— Appartement, insista Lily. Au bout de la rue. Nous avons un appartement pour les chargés de cours célibataires.

— Non, non. Je séjourne à l'Hôtel de l'Amitié. Je ne veux pas d'appartement. J'ai tout arrangé de Chicago. C'est réservé.

Lily devint toute rouge.

— L'Université populaire de la Sécurité publique ne peut pas payer l'hôtel. Nous fournissons un appartement aux chargés de cours.

— Écoutez, j'ai réservé l'hôtel, et je paye moi-même. C'était convenu. OK ? rétorqua Margaret, avec humeur.

Le professeur Jiang parut consterné de cette altercation entre les deux femmes. Bob intervint rapidement en souriant et tenta de calmer le jeu en s'adressant à Lily en chinois. Puis il se tourna vers Margaret, sans cesser de sourire :

— Juste un petit malentendu. Tout va s'arranger.

Lily n'avait pas du tout l'air calmée. Elle foudroya Margaret du regard, fit brusquement demi-tour et sortit de la pièce à grandes enjambées. Bob sourit, hocha la tête, prononça quelques paroles rassurantes en chinois à l'intention du professeur Jiang, et se dépêcha d'emmener Margaret dans le couloir.

— Bon sang, Margaret, qu'est-ce qui vous prend ?

Margaret était hors d'elle.

— Qu'est-ce que j'ai encore fait ? L'hôtel est réservé. C'était d'accord. Je n'ai pas envie de rentrer le soir faire mon lit et mon dîner.

Il l'éloigna du salon.

— Peut-être, mais Lily n'était pas au courant. Ici, on ne peut pas contredire les gens comme ça, Margaret.

— Sans blague. Je lui ai fait perdre sa *mianzi*.

— Oh, mais vous avez lu vos notes, ma parole.

Margaret résista à la tentation de lui en coller une.

— Le fait est, Margaret, que les Chinois ont mille façons de dire « non » sans le dire. Et vous avez intérêt à commencer à en apprendre quelques-unes si vous ne voulez pas que ces six semaines vous semblent durer six ans.

Margaret poussa un grand soupir.

— Bon, qu'aurais-je dû dire, alors ?

— Vous auriez dû dire que vous étiez reconnaissante à l'université de son offre, mais que, malheureusement, vous aviez déjà réservé une chambre à l'Hôtel de l'Amitié.

Bob marqua une pause en haut des escaliers.

— Je vous ai dit que les choses étaient différentes ici. Et si vous voulez obtenir quelque chose, commencez par mettre un peu de *guanxi* de votre côté.

— Quoi ? Qu'est-ce que c'est que ça, *guanshee* ?

— C'est ce qui fait fonctionner toute la société. Comme une sorte de réseau d'anciens élèves – je te rends un service, tu me renvoies l'ascenseur. Et on ne rend pas service aux gens en leur faisant perdre la face.

Margaret baissa la tête. Soudain, Bob la vit toute petite et fragile. Il regretta aussitôt son impatience à son égard.

— Écoutez... je suis désolé. Vous avez eu une longue journée...

— Deux, le corrigea-t-elle avec un soupçon d'irritation.

— Et je pense que tout ça vous semble plutôt bizarre.

— Oui.

Elle luttait maintenant contre une irrépressible envie d'éclater en sanglots. Bob s'en aperçut. Sa voix s'adoucit.

— Bon, Lily va vous conduire à l'Hôtel de l'Amitié. Prenez une douche, changez-vous, faites une petite sieste d'une heure, et laissez le banquet de ce soir glisser sur vous. Profitez-en. La cuisine est excellente. Et pour le reste... reposez-vous sur moi, OK ?

Elle lui jeta un coup d'œil presque reconnaissant accompagné d'un petit sourire qui lui releva les coins de la bouche.

— D'accord. Merci.

Mais ce réconfort dura juste le temps d'atteindre la voiture et de retrouver le visage maussade de Lily.

IV

Avenue Jiangguomen, Li passa devant le vigile qui gardait la porte de service de l'Hôtel Jingtan, lui rendit son salut et se glissa dans la cuisine. Il chercha Yongli des yeux, mais ne vit que des aides-cuisiniers en train d'émincer des légumes, préparer des marinades, découper des poulets, arroser des canards avant de les faire rôtir.

— Où est Ma Yongli ? demanda-t-il à une serveuse.

— Devant, lui dit-elle en montrant la porte d'un signe de tête.

Li se dirigea vers la porte, l'entrouvrit, et jeta un coup d'œil dans la salle. Coiffé de sa toque de chef, Yongli se tenait près d'une plaque chauffante et d'un brûleur à gaz, derrière un comptoir orné d'un dais à la chinoise. Son smoking blanc et sa toque de chef rehaussaient encore sa taille imposante. Il était de service en salle ce soir-là, mais les clients sérieux n'étaient pas encore arrivés. L'esprit ailleurs, il rêvassait. Li lui jeta un regard affectueux avant de siffler un coup bref. Yongli tourna brusquement la tête ; dès qu'il aperçut son ami, son visage s'éclaira. Il vérifia qu'aucun des directeurs n'était en vue, se précipita vers lui et le repoussa dans la cuisine avec une force incroyable.

— Alors ? Alors ? Raconte.

Li baissa la tête et haussa les épaules.

— Le commissaire a dit que la politique du Parti était de « décourager le népotisme sous toutes ses formes insidieuses ».

Le visage de Yongli se figea.

— Non, allez, tu déconnes ?

— C'est ce qu'il a dit, répondit Li, en conservant un air grave.

Puis, il ajouta avec un grand sourire :

— Mais ça ne m'empêche pas d'avoir le poste.

— Espèce de con ! s'écria Yongli en l'attrapant par les épaules. Hé, cria-t-il à l'adresse de ses cuistots.

Toutes les têtes se levèrent.

— Le grand Li a eu sa promotion !

S'emparant aussitôt de deux louches en inox, il se mit à tambouriner sur toutes les poêles et casseroles suspendues autour de la cuisine. L'équipe des cuistots l'acclama en applaudissant. Gêné, Li rougit et secoua la tête sans cesser de sourire comme un idiot.

— La prochaine fois que vous vous ferez arrêter par les flics, hurla Yongli vous pourrez dire : Hé, attention, je suis un pote de Li Yan. On vous relâchera aussi sec.

Le visage hilare, il se précipita ensuite sur son ami, lui bloqua les joues entre ses mains gigantesques et planta un gros baiser mouillé sur son front.

— Toutes mes félicitations, mon pote.

Les deux amis s'étreignirent sous les applaudissements du personnel.

Li Yan et Yongli étaient les meilleurs amis du monde depuis quinze ans, depuis leur premier jour à l'Université de la Sécurité publique. Ces deux âmes sœurs étaient vite devenues inséparables. Quand Yongli avait laissé tomber ses études en dernière année, Li en avait eu le cœur brisé. Mais les résultats de Yongli suivaient une pente diamétralement opposée à celle de ses conquêtes féminines et de ses succès dans les bars karaoké. Si Li faisait passer sa carrière avant le plaisir, pour Yongli, seul le plaisir comptait. Il avait donc sauté sur l'occasion quand on lui avait proposé une formation de chef dans un restaurant sino-américain.

— C'est fabuleux ce qu'on gagne ! avait-il confié à Li.

Comparé au maigre viatique d'un étudiant chinois, ça l'était en effet. Même après sa promotion, Li gagnerait toujours moins que son ami. La formation de Yongli comprenait des cours d'anglais, un stage de six mois en Suisse et trois mois aux États-Unis. Il en était revenu avec un énorme appétit pour tout ce qui était américain, et une bonne dizaine de centimètres en plus autour de la taille. Li et Yongli s'étaient ainsi éloignés de bien des façons ; leurs vies avaient pris des chemins très différents, mais leur amitié restait malgré tout très forte.

— Bon, dit Yongli en lançant sa toque à un cuisinier qui la rattrapa habilement, ce soir, on fête ça.

— Mais tu travailles.

— J'avais tout prévu, au cas où. Les copains attendent mon coup de fil, et une table est déjà réservée au Quanjude.

— Les copains ?

— La vieille bande. Comme avant.

Son sourire s'effaça un instant quand il ajouta :

— Sans Lotus. Je sais que tu ne l'apprécies pas.

— Oh, écoute, protesta Li, ce n'est pas que je ne l'apprécie pas...

— Pas ce soir, le coupa Yongli. OK ?

Ce bref différend fut vite oublié. Un témoin l'aurait à peine remarqué.

— On va te saouler, ce soir, reprit-il avec un grand sourire.

V

Margaret fut surprise de trouver le bar vide, à l'exception d'un homme d'âge moyen au crâne dégarni qui était en train de feuilleter distraitement l'*International Herald Tribune* dans un coin, devant un grand verre de scotch. Elle se sentait mieux depuis qu'elle avait pris une douche, changé de vêtements et pris le temps de s'imprégner du luxe inattendu de l'Hôtel de l'Amitié. Construit dans les années 1950 pour y loger des « experts » russes, ce vaste édifice de granit était un vestige de l'époque de la coopération agitée entre la Chine et la Russie de Staline ; sous son toit à la chinoise couvert de tuiles vertes supporté par des piliers rouges, il regorgeait de cuivre poli et de dragons de marbre blanc. En s'examinant dans le miroir avant de quitter sa chambre, pour maquiller légèrement sa peau pâle parsemée de taches de rousseur, elle avait remarqué un début de rides autour de ses yeux cernés. Le souvenir des événements des dix-huit derniers mois et de leur effet dévastateur sur sa vie avait alors resurgi douloureusement. Pour la première fois, la fatigue, le dépaysement les lui avaient fait momentanément oublier. Mais ils refaisaient déjà surface. Elle avait vraiment besoin de boire un verre.

Appuyée au bar, côté clients, une serveuse bavardait avec les deux barmen. Leur conversation s'interrompit brusquement à l'arrivée de Margaret à qui la jeune fille fourra la carte des boissons dans les mains avant même qu'elle ait eu le temps de se hisser sur un tabouret.

— Vodka tonic, avec glace et citron, demanda Margaret en la lui rendant sans l'ouvrir.

Au son de sa voix, l'homme assis dans un coin releva la tête. Il replia son journal, vida son verre, se leva, s'avança vers le bar. Margaret se retourna à son approche et vit en face d'elle un petit homme trapu au visage affaissé, marqué, au menton fuyant déformé par des bajoues, aux yeux bouffis, larmoyants, injectés de sang. Le peu de cheveux qui lui restaient, gris, raides et rebelles, étaient plaqués avec une huile parfumée qui agressa son sens olfactif. Elle n'aima pas son sourire et sentit, sous l'odeur de l'huile capillaire, celle de l'alcool.

— Mettez ça sur ma note, dit-il avec un fort accent californien.

— Mais non, dit Margaret.

— Si, si, j'insiste. Et donnez-moi un autre scotch, lança-t-il à l'un des barmen. Ça fait du bien d'entendre une voix du pays, ajouta-t-il à l'attention de Margaret.

— Vraiment ? Je croyais que cet hôtel était un rendez-vous international.

Elle l'avait lu ; c'était même l'une des raisons pour lesquelles elle l'avait choisi. Après le refroidissement des relations entre la Chine et la Russie, et le départ des « experts » russes, l'Hôtel de l'Amitié était devenu le havre des « experts » de toutes nationalités, et plus récemment celui des *expats* qui préféraient l'anglais au chinois.

— Il l'était, dit-il avec un soupçon d'amertume dans la voix. Mais vous savez ce que c'est. Une année c'est un endroit qui est à la mode, l'année suivante c'en est un autre. Et tout le beau monde suit.

Sa rancœur devenait de plus en plus perceptible.

— Je ne peux pas dire qu'ils me manquent. La frime peut vite devenir assommante, vous ne trouvez pas ?

En fait, il se moquait de ce qu'elle pouvait penser. Il poursuivit :

— Un approvisionnement régulier en whisky est tout ce dont un homme a vraiment besoin. Ici, un buveur solitaire peut observer tranquillement le spectacle ridicule des *nouveaux riches* chinois en quête d'un statut social. Au fait, je m'appelle McCord. J.-D. McCord.

Il lui tendit une main qu'elle se sentit obligée de serrer. Elle s'attendait à une main molle et humide, et fut surprise de la trouver froide, sèche, presque trop vigoureuse.

— Et vous ?

— Margaret Campbell.

Elle était prise au piège de sa politesse. L'arrivée de sa vodka tonic, sur la note de ce McCord, lui ôta tout espoir de s'esquiver.

— Eh bien, Margaret Campbell, qu'est-ce qui vous amène à Pékin ?

Bien obligée de répondre, elle avala une bonne

gorgée de vodka dont elle ressentit immédiatement l'effet.

— Je viens donner des cours à l'Université populaire de la Sécurité publique pendant six semaines.

— Vraiment ? dit McCord, visiblement impressionné. Quel sujet ?

— Pathologie médico-légale.

— Bigre ! Vous voulez dire que vous gagnez votre vie en découpant les gens ?

— Seulement quand ils sont morts.

Il sourit de toutes ses dents.

— Alors je suis tranquille pour un moment.

L'espace d'un instant, elle s'imagina avec délice en train de découper son crâne à la scie circulaire pour voir son cerveau pourri d'alcoolique tomber sur un plateau en inox. Son scotch arriva ; il en but une bonne rasade avant de poursuivre :

— Donc, vous venez d'arriver ?

Elle hocha la tête et but un peu plus de vodka.

— Vous allez avoir besoin de quelqu'un pour vous mettre au courant.

— Quelqu'un comme vous ?

— Par exemple. Ça fait bientôt six ans que je suis ici. Je connais toutes les ficelles.

— Vous habitez ici depuis six ans ?

Elle n'en revenait pas que quelqu'un puisse rester aussi longtemps à l'hôtel.

— Bon Dieu non. Je n'habite pas à l'Hôtel de l'Amitié. Je viens juste y boire. Ma société me loge au Jingtan, de l'autre côté de la ville. Un putain d'endroit plein de Japs. J'peux pas les blairer. Mais ça ne fait que deux ans. Avant, j'étais dans le Sud.

Il secoua la tête au souvenir d'horreurs vécues.

— Pour moi, venir ici, ça m'a fait le même effet que de mourir et d'entrer au paradis.

Il eut un geste vif de la main.

— Mais pas la peine de prendre votre scalpel. Je ne suis pas vraiment mort. C'était juste une métaphore.

— Une comparaison, le corrigea-t-elle.

— Comme vous voudrez.

Il vida son verre, puis demanda :

— Je peux vous inviter à dîner ?

— Je crains que non.

Il sourit, sans se décontenancer.

— Oh, je n'ai rien contre les femmes qui se font désirer. J'aime la chasse.

Remontée par la vodka, Margaret vida son verre avant de rétorquer :

— Je ne me fais pas désirer, je ne suis pas libre, c'est tout.

— Ce soir ? Ou toujours ?

— Les deux.

Il cogita un moment, puis poussa son verre vide vers le barman.

— Un autre. Vous voulez quelque chose ?

Elle secoua la tête.

— Et où allez-vous dîner ce soir, si je ne suis pas indiscret ?

— Elle va à un banquet, dit Lily qui venait d'entrer. Et nous sommes en retard.

Pour une fois, Margaret fut presque soulagée de la voir.

— Banquet, hein ? Pas au Quanjude Beijing Kaoya, par hasard ?

Margaret en fut interloquée.

— Comment le savez-vous ?

— Parce que tout le monde, du président des États-Unis au plus humble médecin légiste, a droit au Beijing Kaoya. Amusez-vous bien.

Il leva son verre et en engloutit presque la moitié tandis que Lily dirigeait Margaret vers le hall.

— Vous le connaissez ? demanda-t-elle sur un ton de reproche.

— Non, je ne le connais pas. Je viens juste de le rencontrer. Qui est-ce ?

— McCord. Tout le monde connaît McCord à Pékin. Il travaille pour le gouvernement chinois, il a *guanxi,* grosses relations. Et il aime payer les filles chinoises pour...

Elle s'interrompit soudain, gênée, ce qui était inhabituel chez elle.

— Pour... quelque chose que personne ne veut donner à lui.

— Des prostituées ? Il va avec des prostituées ?

Margaret était dégoûtée.

Lily fit la moue.

— Nous pouvons pas toucher lui.

VI

Le Quanjude Beijing Kaoya se trouvait sur Quianmen Dajie, au sud de la place Tiananmen, dans un quartier commerçant très animé. Les boutiques étaient encore ouvertes ; une foule de gens y faisaient leurs courses, d'autres y s'arrêtaient, en rentrant de leur travail, pour acheter des plats à emporter ou à manger sur place. Juste derrière l'avenue principale s'étalait un labyrinthe de *hutong* regorgeant d'échoppes ornées de lanternes rouges et signalées par des caractères chinois en tubes de néon. La BMW se fraya un passage au milieu de la circulation, dépassa la section fast-food du Quanjude – spécialisée dans le burger au canard – et s'engagea dans un passage couvert tapissé de grandes photos sous verre des dirigeants du monde entier en train de s'empiffrer de canard laqué. Bob les attendait avec impatience dans le parking, en regardant sa montre. Dès que Margaret émergea de la BMW, il lui prit le bras et l'entraîna vers la porte à tambour.

— Vous êtes en retard, siffla-t-il.

— Ce n'est pas ma faute. La voiture est venue me chercher, et m'a déposée.

— D'accord, d'accord.

Il jeta un coup d'œil autour de lui. Le rez-de-chaussée du restaurant était bondé, des dizaines de tables s'étendaient à perte de vue ; des canards laqués fumants circulaient entre elles sur des chariots avant d'être découpés par des cuisiniers coiffés de hautes toques blanches.

— Maintenant, écoutez-moi. Il y a deux ou trois choses que vous devez absolument savoir.

— J'en étais sûre.

Margaret se sentait encore fatiguée, mais la vodka lui avait redonné des forces.

Ignorant son ton sarcastique, il l'écarta de la porte.

— Vous allez être placée à la droite de votre hôte – le professeur Jiang. Ne vous asseyez pas avant qu'il vous y invite. Il proposera un toast de bienvenue en votre honneur. Vous répondrez par un toast de remerciement pour sa générosité.

Margaret se sentit soudain comme une gamine qui s'est mal conduite, et que l'on gronde pour l'empêcher de recommencer. Son attention fut attirée par la baie vitrée panoramique donnant sur les cuisines où des canards suspendus ruisselant de graisse rôtissaient à l'intérieur de grands fours à bois.

— Le repas se compose en général de quatre plats. Laissez-le vous servir les deux premières fois ; ensuite, dites que vous pouvez vous débrouiller seule. Vous savez manger avec des baguettes, n'est-ce pas ?

— Oui, soupira-t-elle.

— Bien. Vous devez les retourner pour vous servir dans le plat avec l'autre extrémité. Oh, et il est plutôt mal vu qu'une femme boive beaucoup. Contentez-vous d'une gorgée à chaque toast, et laissez le reste, OK ?

Margaret hocha la tête, mais elle n'écoutait pas. Elle regardait une photo dédicacée de George Bush, la bouche pleine de canard. Quand on lui avait demandé son autographe, il avait visiblement gribouillé son nom avant de se dire qu'il aurait quand même pu ajouter un commentaire poli sur le restaurant : « Repas superbe. Merci beaucoup », avait-il écrit. Toujours aussi inspiré, pensa-t-elle.

— Autre chose, encore. Ne parlez pas boutique si le sujet n'est pas abordé. Et ne vous étonnez pas qu'ils vous posent des questions... euh, personnelles.

Elle fronça les sourcils.

— Quel genre de questions personnelles ?

— Oh, combien vous gagnez, combien vous avez payé votre appartement à Chicago...

— Mais ça ne les regarde pas !

— Bon sang, Margaret, ne leur dites surtout pas ça. Si vraiment vous ne voulez pas répondre, essayez de plaisanter. Dites quelque chose comme... j'ai promis à mon père de garder le secret.

— Sûr que ça va les faire mourir de rire.

Elle avait la bizarre sensation de flotter maintenant. Tout semblait baigner dans une étrange irréalité.

— Bon. Allons-y.

En montant l'escalier, Margaret remarqua un groupe de sept ou huit jeunes hommes assis autour d'une table couverte de grands verres de bière d'un demi-litre et de deux canards que deux cuisiniers découpaient en même temps. De cette table montaient des éclats de rire éraillés et des nuages de fumée de cigarettes. Bizarrement, Margaret crut reconnaître l'un des visages : carré, plutôt laid, surmonté de cheveux coupés en brosse. En croisant le regard de l'homme, elle se rappela soudain. C'était le cycliste au sale caractère qu'elles avaient renversé dans l'après-midi. À son grand étonnement, il sourit et fit un signe de la main. Quand Bob salua à son tour, elle comprit que ce n'était pas à elle qu'il s'adressait.

— Vous le connaissez ? demanda-t-elle tout en continuant à monter.

— Bien sûr. C'est un ancien étudiant de l'université. Bien avant que j'arrive. Mais il vient de temps en temps donner des conférences. Li Yan. L'un des inspecteurs les plus brillants de la Section n° 1.

— La Section n° 1 ? Qu'est-ce que c'est ?

— Oh, une sorte de super brigade criminelle qui fait partie de la police municipale, mais ne s'occupe que des grosses affaires - homicides, vols à main armée, ce genre de choses. Pourquoi ? Vous le connaissez ?

— Non. Pas vraiment. Nous avons eu une petite collision avec lui en venant vous chercher.

Elle jeta à nouveau un coup d'œil du haut de l'escalier, mais Li Yan était absorbé par l'histoire que lui racontait d'une voix tonitruante son voisin, un grand type à la tête ronde. Toute la table éclata de rire.

Leurs hôtes les attendaient à côté d'une grande table ronde, au bout de la galerie qui surplombait la salle à manger. Il y avait là les professeurs Jiang, Tian et Bai, le docteur Mu, M. Cao et leurs conjoints respectifs, ainsi que Veronica, vêtue de la robe qu'elle portait l'après-midi. Tout le monde se plia au processus formel et fastidieux des présentations. Le mari du docteur Mu, cheveux longs et barbiche en pointe, semblait déplacé au milieu de ces visages glabres et impeccables. Il adressa un sourire chaleureux à Margaret, sortit un paquet de cigarettes, et lui en offrit une.

— Non merci, je ne fume pas, dit-elle.

Il haussa les épaules.

— Cela vous ennuie si je fume ?

Bob eut soudain l'air tendu.

— À vos risques et périls, répondit Margaret en souriant.

— Pardon ?

— J'ai vu de mes propres yeux ce que ça fait aux poumons.

Il eut l'air légèrement déconcerté, mais en alluma tout de même une. Le professeur Jiang dit quelque chose ; Veronica traduisit :

— Le professeur Jiang dit que nous devrions nous asseoir.

Le professeur s'avança à sa place et désigna à Margaret la chaise qui était à sa droite. Elle s'assit la première, puis le professeur Jiang, et enfin les autres. Jusque-là tout allait bien. Une serveuse arriva avec des petites coupes en porcelaine remplies d'un alcool transparent à l'odeur nauséabonde et en déposa une devant chaque convive.

— *Mao tai,* lui dit Bob, installé de l'autre côté de la table. Fait avec du sorgho. Attention : 120°.

Le professeur Jiang leva sa coupe et se lança dans un long discours que la très laconique Veronica traduisit par :

— Bienvenue à Pékin, bienvenue à l'Université populaire de la Sécurité publique.

Chacun leva sa coupe en marmonnant *Gan bei* et but à petites gorgées l'alcool au goût aussi horrible que l'odeur. Non seulement Margaret eut du mal à l'avaler, mais elle sentit son œsophage prendre feu de haut en bas. Puis, se souvenant que c'était son tour de porter un toast, elle se déclara très honorée d'être là, et proposa de boire à la générosité de leur hôte, le professeur Jiang. Veronica traduisit, le professeur Jiang hocha la tête, visiblement satisfait, et tout le monde leva à nouveau sa coupe. *Gan bei.* Cette fois, elle vit que les hommes vidaient la leur d'un trait tandis que les femmes y trempaient à peine les lèvres. Et merde, pensa-t-elle, cette horreur sera plus facile à avaler cul sec qu'à siroter à petites gorgées. Elle renversa la tête en arrière, vida la coupe, la reposa bruyamment sur la table, et faillit s'évanouir. Elle crut mourir asphyxiée, les poumons bloqués. Elle sentit tous les yeux braqués sur elle, sur son visage sûrement cramoisi. Enfin, elle réussit à aspirer une bouffée d'air, et à sourire comme si tout allait bien. La brûlure était si atroce qu'elle faillit tout de même céder à la tentation d'exprimer tout haut ce qu'elle endurait. Le mari du docteur Mu sourit méchamment et applaudit :

— Bravo. À vos risques et périls.

Elle rit. Tout le monde rit autour de la table. À l'exception de Bob dont elle évita soigneusement le regard furieux.

Maintenant que la douleur s'était atténuée, elle commençait à se sentir euphorique sous l'effet du *mao tai,* ajouté à celui de la vodka, et à vingt-quatre heures sans sommeil. Lorsque la serveuse vint prendre la commande des boissons, elle demanda de la bière. Ensuite, quelques plats furent servis avant le clou du dîner : le découpage de trois canards laqués. Chaque convive trempa dans la sauce de soja les morceaux enveloppés dans des crêpes très fines avec des lamelles d'oignon, d'ail et de concombre. C'était délicieux.

On lui posa poliment des questions sur son voyage, son hôtel. Elle les interrogea à son tour sur leurs familles, leurs maisons. Plus la bière et le vin coulaient, plus l'ambiance devenait décontractée et les questions personnelles.

— Les médecins légistes sont très bien payés aux USA, je crois, dit M. Cao en se penchant au-dessus de la table.

Veronica traduisit pour les autres.

— Tout est relatif, monsieur Cao, répondit Margaret. Par rapport aux salaires chinois, c'est vrai. Mais n'oubliez pas que le coût de la vie est beaucoup plus élevé aux États-Unis.

M. Cao hocha la tête.

— Et combien gagnez-vous, docteur Campbell ?

Malgré les avertissements de Bob, Margaret fut interloquée par le style direct et personnel de la question.

Le docteur Mu émit une remarque qui fit rire toute la table. Veronica traduisit :

— Docteur Mu dit : Quand le vin entre, la vérité sort.

Après tout, pensa Margaret, s'ils veulent savoir...

— Environ quatre-vingt-cinq mille dollars par an.

Dans le silence qui suivit, elle entendit presque leurs cerveaux calculer. À la vue des yeux qui s'écarquillaient et des mâchoires qui s'affaissaient, elle comprit qu'ils étaient vraiment choqués par la richesse incroyable de cette *yangguizi* dont ils payaient le dîner. Elle regretta soudain de ne pas avoir répondu qu'elle avait promis à son père de garder le secret.

Arriva un succulent consommé, préparé avec les carcasses bouillies des canards, puis un énorme plat de riz sauté. Margaret finit sa bière et se servit de riz.

— Ainsi, docteur Campbell, vous êtes médecin légiste ? demanda le mari du docteur Mu.

— C'est exact.

— Et avez-vous, euh, un domaine particulier, euh, d'expertise ?

— Bien sûr. Les brûlés.

Elle vit qu'ils attendaient qu'elle poursuive.

— Les gens qui meurent dans les incendies. Quand j'étais encore en formation, j'ai été l'assistante de l'un des médecins appelés à Waco, au Texas, pour l'identification des cadavres – vous savez, toutes ces victimes du feu. Je pense que c'est là que j'ai commencé à m'y intéresser. Le plus drôle, c'est que les premières fois que vous autopsiez un brûlé, l'odeur de la chair humaine carbonisée vous poursuit pendant des jours. Maintenant, je ne la remarque même plus.

Elle prit une bouchée de riz et vit que tous les autres convives avaient posé leurs baguettes.

— Excusez-moi, dit Veronica, livide, en se levant soudain pour se précipiter aux toilettes.

— Puis-je avoir une autre bière ? demanda Margaret à la serveuse.

— Et un grand scotch pour moi.

Toutes les têtes se tournèrent vers McCord qui venait de tirer une chaise d'une autre table pour l'approcher de la leur. Il était très rouge et tenait à peine sur ses pieds.

— Vous ici, quelle surprise, dit-il à Margaret avec un sourire lubrique tout en s'asseyant.

Et il ajouta :

— Vous ne voyez pas d'inconvénient à ce que je prenne un digestif avec vous, braves gens ?

Les visages des convives demeurèrent impassibles. M. Cao se pencha pour chuchoter quelque chose au professeur Jiang qui le calma d'un bref signe de tête. Bob lança un regard dur et appuyé à Margaret qui haussa les épaules. McCord se pencha vers elle.

— Alors, Margaret Campbell... comment avez-vous trouvé votre canard laqué ?

M. Cao se leva, fit le tour de la table et murmura quelque chose à l'oreille de McCord.

— Eh ben, putain ! Voilà qui n'est pas très hospitalier, s'exclama ce dernier, indigné.

Bob se leva à son tour et lui prit le bras.

— Il me semble que vous avez un peu trop bu, docteur McCord.

McCord se dégagea.

— Comment vous pouvez savoir ce que j'ai bu, bordel ?

Margaret tira Bob par la manche.

— Qui est-ce ? murmura-t-elle.

— Je pensais que vous le saviez, répondit-il froidement. Il a l'air de vous connaître, lui.

Elle secoua la tête.

— Il a essayé de me draguer à l'hôtel.

— Je vais vous dire qui je suis, dit McCord en se glissant entre eux. Je suis l'homme qui nourrit ce foutu pays.

M. Cao haussa les épaules d'un air impuissant à l'adresse du professeur Jiang, qui hocha la tête et lui fit signe de se rasseoir.

— Le docteur McCord était responsable du développement d'un super-riz en Chine. Vous en avez probablement entendu parler. Sa culture a été introduite il y a environ trois ans. Depuis, la production a augmenté de... quoi... cinquante pour cent ?

— Cent, le corrigea McCord. Indestructible, vous voyez. Résistant aux maladies, résistant aux herbicides, résistant aux insectes. Tout. Je l'ai fait pour ça.

— Et il est évidemment aussi bon, dit Margaret d'un ton sceptique.

— À vous de le dire. Vous êtes en train d'en manger.

McCord sourit de toutes ses dents quand Margaret prit le bol qui était devant elle.

— Vous feriez bien d'en manger vous-même, alors – pour éponger l'alcool, rétorqua-t-elle.

Il se mit à rire :

— Je touche jamais à ce truc-là.

La serveuse arriva avec le whisky et la bière. Margaret le regarda engloutir son verre. À travers sa fatigue et les brumes d'alcool lui revint un souvenir vague et lointain rattaché à d'autres choses qu'elle préférait oublier.

— McCord, dit-elle. Docteur James McCord.

— C'est moi.

— Vous avez été viré de... d'où ça, déjà... du Boyce Thompson Institute de l'université de Cornell ? Il y a cinq ou six ans ?

Le teint de McCord s'assombrit.

— Les enculés !

— Expérimentation sur le terrain de plantes génétiquement modifiées sans autorisation de l'EPA. Quelque chose comme ça, non ?

McCord frappa du poing sur la table. Tout le monde sursauta.

— Putains de réglementations ! Il y en a tellement qu'on ne peut pas remuer le petit doigt. Paperasses, bureaucratie, tout est tellement long que le temps qu'on reçoive la permission de faire une expérimentation sur le terrain, le reste du monde a déjà commencé la culture.

Il attrapa un bol de riz.

— Ça. On aurait pu faire pousser ça. Ou du blé. Ou du maïs. Nourrir toute la planète. Mais non, il faut que ce soit un pays du tiers-monde comme la Chine qui pige le truc.

Autour de la table, les Chinois qui comprenaient l'anglais se hérissèrent en l'entendant traiter la Chine de « pays du tiers-monde ».

— Alors, ce sont les Chinois qui ont financé vos recherches ?

Margaret était curieuse.

— Bon Dieu, non. Ils les ont juste facilitées. C'est mon employeur, Grogan Industries, qui a payé. Un bon vieil investissement capitaliste à haut risque. Ils ont fait l'affaire avec la Chine. Drôle de tandem, hein ? Mais, mon vieux, ils ont touché le jackpot tous les deux.

— Comment ?

— Ben, c'est évident, non ? Les Chinois représentent un quart de la population mondiale. Et pour la première fois de leur histoire ils peuvent se nourrir eux-mêmes. Bordel, ils font pousser tellement de riz que, maintenant, ils en exportent.

— Et Grogan Industries ?

— Ils ont le brevet de mon invention. L'année prochaine, ils lancent mon riz dans toute l'Asie, y compris l'Inde.

Margaret avait entendu parler de Grogan, une multinationale de biotechnologie à la réputation louche, basée aux États-Unis. On disait qu'elle exploitait impitoyablement le marché pharmaceutique du tiers-monde.

— Et il ne fait aucun doute que les pays les plus pauvres – ceux qui en ont le plus besoin – seront les derniers à l'avoir. Parce que je parie que votre technologie n'est pas bon marché, n'est-ce pas, docteur McCord ?

— Hé ! dit-il en levant les mains dans un geste de défense. J'y suis pour rien. Le seul but du scientifique est de travailler pour le bien de l'humanité. Ou quelque chose comme ça. Mais c'est l'argent qui fait tourner le monde.

— Ouais, et c'est à cause de l'argent et des intérêts personnels que politiciens et gouvernements évitent d'imposer des contraintes raisonnables au travail des gens de votre espèce.

La colère de Margaret, fruit d'années de polémiques et de discussions, refaisait surface maintenant au milieu d'un brouillard de souvenirs douloureux.

McCord sembla saisi par sa véhémence. Les autres convives demeuraient immobiles, dans un silence fasciné, l'offense initiale s'effaçant derrière la curiosité du spectacle de deux *yangguizi* en train de s'affronter. Lorsque Veronica, perplexe, revint s'asseoir, Bob s'éclipsa discrètement.

— Des contraintes raisonnables ? Raisonnables en quoi ?

— Ce qu'elles ont de raisonnable, c'est qu'elles bloquent les scientifiques arrogants qui se prennent pour Dieu en lâchant dans la nature des substances génétiquement modifiées sans avoir la moindre idée des effets qu'elles auront à long terme.

— J'aurais pensé que les effets étaient évidents. Long terme ou pas. Des tas de gens affamés mangent.

— Mais à quel prix ? Comment avez-vous mis au point ce « super-riz », docteur McCord ? En intégrant des gènes insecticides, fongicides, virocides ?

Il était visiblement confondu par l'étendue des connaissances de Margaret. Puis il se souvint.

— Ah, c'est vrai, vous êtes médecin, hein ? Eh bien, ravi que ça vous intéresse.

Il se détendit à nouveau.

— Naturellement, la génétique n'est pas votre spécialité. Alors, laissez-moi vous expliquer – dans des termes que vous comprendrez.

Il serra le poing et tendit le petit doigt.

— Imaginez que mon petit doigt soit un virus, dit-il avec un sourire salace. À moins que vous ne préfériez l'imaginer sous l'aspect de quelque chose qui vous est plus familier – un pénis, par exemple.

Veronica rougit comme une pivoine ; M. Cao et le mari du docteur Mu baissèrent les yeux.

— Non, votre petit doigt fera l'affaire car votre pénis ne doit pas être beaucoup plus gros, dit Margaret.

Il sourit.

— Un peu de patience. Mon petit doigt représente un pénis représentant un virus que je vais mettre dans le riz. OK ? Maintenant, imaginez que j'enfile une capote sur mon pénis.

Il fit glisser son pouce et son index le long de son petit doigt.

— Et voilà la capote de protéine du virus. Après

ça, qu'est-ce qu'un virus, sinon un gène sous une capote de protéine ?

Margaret hocha la tête :

— OK.

— Donc, je fixe sur cette capote les fragments de gènes que je veux introduire dans le riz – ce qui va le rendre résistant aux maladies et aux insectes. Nous insérons le virus dans le riz, comme le pénis dans le vagin. Seulement, une fois à l'intérieur, la capote glisse et envoie mes fragments de gènes là où il faut, comme le sperme vers l'ovule.

Il se rassit, content de lui, et vida son verre.

Margaret était furieuse.

— Donc, en fait, vous avez contaminé toutes les récoltes de riz de Chine avec un virus.

Ravi, McCord hocha la tête.

— Bien sûr. Mais c'est un virus inoffensif pour les plantes. Bon Dieu, on en mange tout le temps de ces saloperies. Et un virus est le meilleur porteur de gènes qui soit. Parce que, vous savez, un virus n'a qu'un seul but dans la vie : se reproduire. Alors il transporte les gènes dans toutes les cellules, et bingo ! On aide juste Mère Nature à mieux faire son boulot.

Margaret secoua la tête.

— Je ne peux pas croire que vous avez fabriqué un truc pareil, que vous vous prenez vraiment pour un allié de « Mère Nature ». Bon sang, McCord, en vous amusant à tripatouiller un milliard d'années d'évolution, vous ne pouvez pas savoir quelle sorte de monstre vous lâchez dans la nature.

— Docteur McCord, gronda une voix sympathique tandis qu'une énorme main s'abattait sur son épaule.

Margaret leva les yeux et fut stupéfaite de voir Bob en compagnie de Li Yan et de son exubérant voisin de table. C'était ce dernier qui accostait McCord avec une telle bonhomie. McCord le dévisagea sans comprendre.

— Qui... qui êtes-vous, bon Dieu ?

— Ma Yongli. Chef du Jingtan. Vous ne vous rappelez pas ? L'ami de Lotus. Elle vous attend à l'hôtel, dit-il avec un clin d'œil et un grand sourire.

— Ah bon ? Je savais pas.

— Elle dit que vous avez pris des dispositions.

— Sans blague ? Ça alors, aucun souvenir.

Yongli le souleva presque de sa chaise.

— Allez, venez. On va vous appeler un taxi. Vous ne voulez pas faire attendre Lotus, hein ?

— Putain, non.

Yongli l'entraîna vers l'escalier. Bob serra la main de Li.

— Merci beaucoup, Li Yan.

— Je vous en prie, lui répondit Li en souriant.

Puis il adressa un signe de tête au professeur Jiang avec qui il échangea quelques mots. Il saluait les autres convives de la table les uns après les autres quand son regard tomba sur Margaret. Le mépris qu'elle y lut la fit rougir. Elle baissa les yeux et souhaita de tout son cœur n'avoir jamais mis les pieds en Chine. Quand elle releva la tête, il avait disparu. Le bourdonnement des conversations reprit. Bob tira une chaise derrière elle.

— On ne peut pas dire que ça débute au mieux, marmonna-t-il entre ses dents.

— Ce n'est pas moi qui l'ai invité.

— Vous n'aviez pas à entrer ouvertement en guerre avec lui.

— Je ne l'aurais pas fait si vous aviez eu les couilles de l'envoyer se faire voir.

— C'était impossible !

Bob faillit élever la voix, mais se reprit.

— McCord a des relations dans cette ville. Son projet de riz a le soutien de Pang Xiaosheng, ancien ministre de l'Agriculture, aujourd'hui membre du Politburo – et héros national. C'est Pang qui a persuadé les dirigeants de traiter avec Grogan Industries – et c'est lui qui en recueille les fruits. Il est le favori des bookmakers dans la prochaine course à la présidence de la République populaire.

Bob poussa un soupir sinistre avant d'ajouter :

— Et on ne fraye pas avec des gens comme ça, Margaret.

Il faisait nuit quand Li et Yongli escortèrent McCord à moitié conscient jusqu'à la rue. Un conducteur de vélo-pousse leva un œil plein d'espoir, évalua la situation, puis retomba dans sa somnolence. La circulation n'avait pas diminué ; la chaussée, toujours encombrée, luisait de la lumière des néons et des phares de voitures. Li fit signe à un taxi climatisé qui n'était pas libre et continua son chemin.

— Il va être plutôt déçu de découvrir que Lotus ne l'attend pas à l'hôtel, chuchota Li.

Yongli haussa les épaules.

— Je vais lui passer un coup de fil. Elle s'occupera de lui.

Li regarda son ami sans comprendre.

— Tu lui demanderais de faire ça ?

— Pourquoi pas ? Ce mec est complètement saoul. Ce n'est pas comme s'il y avait un risque. Elle s'est déjà occupée de lui.

Li secoua la tête. Jamais il ne comprendrait ses relations avec Lotus. Il héla un autre taxi, mais une Volvo noire aux vitres fumées vint lui barrer la route pour se garer le long du trottoir. Le taxi klaxonna d'abord furieusement, puis, renonçant à lutter avec la Volvo, repartit dans un crissement de pneus rageur. Un grand chauffeur en uniforme descendit de la voiture, prit McCord par le bras, et déclara à Yongli, déconcerté par cette apparition soudaine :

— Je me charge du docteur McCord.

— Vous le ramenez à l'hôtel ?

— Non. Il a rendez-vous ailleurs.

Le chauffeur ouvrit la portière arrière et poussa McCord à l'intérieur, sans ménagement.

— Hé, j'ai rendez-vous avec Lotus, protesta ce dernier, soudain conscient qu'on changeait ses plans sans lui demander son avis.

Mais la portière se referma ; il disparut derrière les vitres fumées. Le chauffeur se glissa au volant, puis la voiture se fondit sans bruit dans la circulation.

— Voiture du gouvernement, dit Yongli d'un air pensif. Je me demande où ils l'emmènent.

Li préférait ne pas se poser la question.

Chapitre 2

I

Mardi matin

Bus et vélos avaient du mal à circuler au milieu des piétons et des voitures encombrant la chaussée de Chaoyangmen Nanxiaojie, une rue étroite qui traverse Pékin du nord au sud. Li suivait le flot en pédalant vers le nord, en direction de Dongcheng, le quartier où la police municipale de Pékin avait établi le nouveau QG de la Section n° 1. Juste avant le carrefour de Dongzhimennei, la rue bordée d'arbres inclinés offrait sur deux cents mètres une oasis de fraîcheur appréciable. Au coin de Dongzhhimennei, Mei Yuan l'accueillit avec son traditionnel :

— Tu as mangé ?

— J'ai mangé, répondit-il comme toujours.

Elle se mit aussitôt à lui préparer son petit-déjeuner. Cette façon familière et rituelle de se saluer entre Pékinois est une marque d'amitié sans aucun rapport avec la nourriture.

Li posa son vélo et s'adossa au mur pour observer Mei Yuan. Elle avait un visage rond, lisse, de magnifiques yeux en amande pétillant de malice. Ses cheveux noirs grisonnant aux tempes étaient ramassés en un chignon serré couvert d'un foulard vert. Quand elle souriait, ce qui lui arrivait souvent, les fossettes de ses joues se creusaient comme des cicatrices. Pour l'instant, elle portait toute son attention à la cuisson de ses *jian bing* sur la plaque de la cuisine ambulante aménagée à l'arrière de son tricycle. Un toit en tôle ondulée rose aux bords relevés et des vitres coulissantes abritaient la plaque chauffée au gaz et tous ses ustensiles. Mei jeta sur la plaque chaude une louche de pâte liquide qui grésilla en cuisant. Après avoir retourné la crêpe d'un coup de spatule, elle cassa un œuf, l'étala soigneusement, ajouta un peu de *hoi sin* [1] et de piment, puis saupoudra le tout de ciboule émincée avant de planter, au milieu, un gros morceau de blanc d'œuf battu en neige et frit. Elle la plia en quatre, l'enveloppa dans un papier brun, la tendit à Li en échange de 2 yuans. Ensuite, elle le regarda, avec une satisfaction évidente, dévorer la savoureuse crêpe fumante.

— Merveilleux, dit-il en essuyant une trace de *hoi sin* au coin des lèvres. Si je n'étais pas obligé de partager l'appartement de mon oncle, je t'épouserais.

Elle éclata de rire :

— Je pourrais être ta mère.

— Ma mère n'a jamais su faire les *jian bing* aussi bien que toi.

En fait, sa mère n'avait jamais fait de *jian bing*. Et si le monde avait évolué autrement, Mei Yuan n'en aurait jamais fait non plus. À une autre époque, elle serait devenue professeur d'université,

1. Sauce épaisse à base de haricots de soja et de piment rouge.

ou haut fonctionnaire. Li pencha discrètement la tête pour lire le titre du livre qu'elle avait calé derrière sa selle. Les *Méditations métaphysiques* de Descartes. Il regarda ses petites mains potelées, striées d'un millier de cicatrices de brûlures, et ressentit profondément le calvaire de sa vie. Une génération maudite à cause des douze années de folie de la Révolution culturelle. Pourtant, si elle avait des regrets, il n'y en avait aucune trace dans son sourire, ni dans ses yeux malicieux.

Le regard en coin de Li ne lui avait pas échappé.

— Je te le prêterai quand je l'aurai terminé. C'était un homme extraordinaire.

Elle sourit, et ajouta :

— « Je pense donc je suis. »

Il lui avait sans doute fallu longtemps pour économiser de quoi acheter ce livre ; sa proposition était un geste extraordinaire de générosité et de confiance.

— Merci, dit-il. J'aimerais bien. Je ne manquerai pas de te le rendre quand je l'aurai lu.

Il avala une bouchée de *jian bing.*

— Alors, ta réponse ? demanda-t-il.

— La troisième personne dans la queue doit être sa femme. Tu as essayé de me faire croire qu'il s'agissait d'un homme, dit-elle avec un grand sourire.

— Non, non. Je n'ai rien essayé du tout. C'est toi qui *supposais* que c'était un homme. Il a suffi que tu laisses tomber cette supposition pour comprendre de qui il s'agissait.

— Pas très malin. Mais efficace, dit-elle en secouant la tête.

— Tu as quelque chose pour moi ? demanda-t-il en finissant sa *jian bing* et en jetant le papier à la poubelle.

— Deux hommes. Aucune ambiguïté possible, dit-elle, l'œil brillant. L'un d'eux est le gardien de tous les livres du monde, ce qui lui donne accès à la source de toute connaissance. La connaissance étant le pouvoir, cela fait de lui un homme très puissant. L'autre ne possède que deux bouts de bois. Or cela le rend plus puissant que le premier. Pourquoi ?

Li réfléchit rapidement mais aucune solution ne lui vint à l'esprit sur le coup.

— On verra ça demain.

— D'accord.

Il lui fit un clin d'œil et consulta la montre gousset qu'il portait dans un étui en cuir attaché à sa ceinture.

— Il faut que j'y aille. *Zai jian,* dit-il en relevant son vélo avec le pied.

Elle suivit d'un regard affectueux la longue silhouette en chemise blanche à manches courtes et pantalon foncé. Quelque part dans ce vaste pays, se plaisait-elle à croire, vivait le fils dont elle avait été séparée presque trente ans plus tôt quand les Gardes rouges l'avaient envoyée travailler dans un camp. Il devait avoir l'âge de Li maintenant. Elle espérait vivement qu'il ait pu devenir quelqu'un dans son genre.

Li remonta la pente douce jusqu'au coin de Beixinqiao Santiao où s'élevait le bâtiment en briques de quatre étages au toit en terrasse qui abritait discrètement, derrière un écran d'arbres, la Section n° 1. Tout en passant devant la boutique d'un coiffeur d'où s'échappaient une odeur de cheveux mouillés et un cliquetis de ciseaux, il tourna dans sa tête l'énigme de Mei Yuan. Deux bouts de bois. Une paire de baguettes ? Non, pourquoi auraient-elles donné du pouvoir à cet homme ? Des bâtons avec lesquels il pouvait battre l'autre à mort ? Dans ce cas, pourquoi deux ? Le fait de se concentrer sur la devinette calma le trac qui le tenaillait à l'idée d'entamer sa première journée de commissaire divisionnaire adjoint. Il entra et gara son vélo. Un policier en uniforme qui descendait de la Section n° 1 le salua :

— J'ai appris la bonne nouvelle, Li Yan. Félicitations.

— Mes ancêtres devaient veiller sur moi, répondit Li avec un grand sourire.

Il était important de paraître sûr de soi, sans se prendre trop au sérieux quand même.

Il entra dans le bâtiment, tourna à droite, monta l'escalier jusqu'au quatrième. Tous ceux qu'il croisa dans les couloirs – secrétaire, agent en uniforme, inspecteur débutant – lui présentèrent leurs félicitations. Cela commençait à devenir embarrassant. Dans le bureau des inspecteurs, il n'y avait que Qu et Gao – tous deux plus anciens que lui, et maintenant ses subalternes.

— Salut, patron, dit Qu avec un clin d'œil.

L'accent ironique sur le « patron » ne lui échappa pas, mais il était plus amical que rancunier. Tous les inspecteurs appréciaient Li.

— Tu viens chercher tes affaires ? demanda Gao. Pressé d'emménager dans ton nouveau bureau, hein ?

Bizarrement, Li n'y avait pas pensé. Instinctivement, il s'était dirigé vers son ancienne place. Il jeta presque avec regret un coup d'œil circulaire sur la pièce encombrée de tables, de classeurs, les murs couverts de notes, d'affiches, de photos de scènes de crime passées et actuelles.

— T'inquiète pas, dit Qu. Une des filles mettra tout dans un carton et te le portera. Le chef veut te voir.

Chen Anming, le chef de la section, se leva à l'entrée de Li et lui serra la main.

— Bravo, Li Yan. Vous le méritiez.

— Merci, chef. C'est bien mon avis.

Mais Chen ne sourit pas. Il se rassit, l'air absent, déplaça quelques papiers sur sa table. C'était un homme mince aux cheveux gris, proche de la soixantaine, originaire de la province du Hunan – un fumeur invétéré à qui des années de nicotine avaient fini par jaunir la tempe droite. Son air constamment renfrogné avait donné aux dactylos l'idée de noter sur un livre les jours où il se montrait presque aimable.

— Ça commence fort pour vous. Trois morts suspectes dans la nuit. Dont deux qui ressemblent fort à des meurtres. Quant à la troisième, ce pourrait être un suicide. Un corps carbonisé dans le parc Ritan. Encore en train de brûler quand on l'a découvert. Un bidon d'essence à côté. Comme si la victime s'était arrosée elle-même, accroupie au milieu des arbres, et avait craqué une allumette. Bizarre. Qian Yi est déjà sur place. J'ai envoyé Wu et Zhao sur les meurtres présumés. Vous feriez mieux de jeter un coup d'œil au suicide, au cas où. Après, vous me ferez un rapport sur les deux autres, et vous me direz ce que vous en pensez.

Des centaines de curieux s'étaient amassés au bord du lac, au milieu des saules. Le bruit s'était répandu comme une traînée de poudre dans les rues avoisinantes ; la rumeur d'une mort survenue dans le parc laissait présager du spectacle – une sorte de théâtre de rue, un événement brisant la monotonie quotidienne. Une soixantaine de policiers en civil circulaient entre les badauds, l'oreille tendue à l'affût de la moindre information pouvant se révéler utile. Au-dessus du brouhaha des voix s'élevait, tel un chant funèbre, la plainte mélancolique d'un violon à une corde. Le reste du parc était désert.

Li se fraya un chemin à travers la foule en actionnant le gyrophare et la sirène de la jeep bleu marine de la police. Les gens s'écartèrent de mauvaise grâce et le dévisagèrent avec curiosité sans qu'il s'en aperçoive. Il avait retrouvé toute sa confiance. Il était dans son élément. Enfin parvenu sur la rive nord du lac, il pénétra dans une zone dégagée entourée d'un ruban. Plusieurs autres véhicules, dont une ambulance et une fourgonnette de l'Identification criminelle, se trouvaient déjà sur place. Dès qu'il descendit de la jeep, un policier en uniforme lui désigna un sentier poussiéreux grimpant vers un bouquet d'arbres.

En haut du raidillon, Li enjamba le trait de craie qui délimitait la scène du crime présumé et sentit pour la première fois de sa vie l'odeur de chair humaine brûlée, une odeur qui devait lui coller aux narines pendant des heures. Il pinça les lèvres pour retenir un haut-le-cœur. Le mort, ou la morte, était toujours accroupi au milieu de la clairière, silhouette raidie, noircie, à forme humaine. Il y avait pourtant quelque chose d'étrangement inhumain dans ce cadavre qu'on aurait pu prendre pour la création abstraite d'un sculpteur taillée dans un morceau d'ébène. Les restes calcinés des vêtements étaient éparpillés. Les feuilles des arbres les plus proches avaient été roussies par la chaleur des flammes. On avait installé des projecteurs pour pouvoir photographier le corps sous tous les angles. Deux hommes de l'Identification criminelle gantés de blanc passaient la zone au peigne fin à la recherche du moindre indice susceptible de jeter un peu de lumière sur ce qui s'était passé quelques heures plus tôt. À l'autre bout, un médecin du service de pathologie du Centre de détermination technologique criminelle de Pao Jü Hutong, le docteur Wang Xing, lui aussi ganté de blanc, était en train de parler à l'inspecteur Qian. Lorsqu'il aperçut Li, Qian quitta le médecin et contourna avec précaution la clairière.

— Félicitations pour ta promotion, patron, dit-il à Li en lui serrant la main.

Li remercia d'un petit signe de tête et demanda aussitôt :

— Qu'est-ce que tu en penses ?

Qian haussa les épaules :

— Tout ce que le doc peut nous dire à ce stade, c'est qu'il s'agit d'un homme. S'il avait une carte d'identité sur lui, elle a été détruite.

— La cause de la mort ?

— La brûlure de toute évidence, mais tant qu'on ne l'a pas allongé sur la table d'autopsie, on ne peut être sûr de rien. D'après le toubib, une autopsie sur un corps dans cet état est un peu spéciale. Ils vont probablement l'envoyer au labo de pathologie de l'université. L'identification risque de poser un problème. On n'a trouvé qu'un Zippo, une chevalière carbonisée et une boucle de ceinture. Sans signe particulier dans les deux cas. Rien d'autre.

— Le bidon d'essence ?

— Un bidon ordinaire. On est en train de chercher des empreintes. Aucun signe de lutte, mais de toute façon ce serait difficile à voir. Le sol est complètement desséché. Il n'a pas plu depuis des semaines. Oh, on a trouvé ça...

Il sortit de sa poche un sachet transparent qu'il leva pour montrer à Li son contenu : un mégot.

— On dirait qu'il en a fumé une dernière avant de s'arroser d'essence et d'allumer son briquet.

Li prit le sachet et examina attentivement le mégot. La cigarette ne s'était pas consumée jusqu'au bout ; on voyait encore la marque. Marlboro.

— Comment se fait-il qu'elle n'ait pas brûlé ?

— Elle n'était pas à côté du corps. Les gars de l'Identification criminelle l'ont découverte là-bas, dit-il en désignant le côté ouest de la clairière.

Li réfléchit un moment.

— Quelqu'un l'a vu arriver ?

Qian fit la moue et soupira.

— Personne, pour l'instant. On essaye de relever le nom des gens qui se trouvaient dans le parc à l'ouverture. La plupart viennent tous les jours. Certains pourraient avoir vu un homme avec un bidon, mais on n'a pas grand-chose à leur offrir comme description. J'ai déjà interrogé la caissière de l'entrée, elle n'en a aucun souvenir. Tant qu'on ne sait pas qui c'est, et qu'on n'a pas de photo...

Il haussa les épaules.

— Et les gens qui ont trouvé le corps ?

— Une nounou - une paysanne du Shanxi - et deux petites filles. Elles sont en bas, dans l'ambulance. La nounou était encore plus choquée que les petites. Je crois que les infirmiers lui ont donné un calmant.

Lorsque Li monta dans l'ambulance, les petites filles le regardèrent d'un air grave, masquant sans doute sous ce calme étrange le choc provoqué par la scène dont elles avaient été les témoins. Leur baby-sitter, en revanche, sanglotait toujours faiblement en pressant sur sa bouche un mouchoir trempé dont elle suçait un coin pour se réconforter.

— Bonjour, dit Li aux jumelles en s'asseyant en face d'elles. Vous avez vu les danseurs ce matin ?

Elles hochèrent la tête énergiquement.

— Et les gens qui font tourner des épées dans tous les sens ? Moi, ils me flanquent la frousse.

Les petites filles gloussèrent.

— Vous venez au parc tous les jours ?

— Non, dit l'une.

— Quelquefois seulement, ajouta l'autre. Avec maman.

Resté sur le pas de la porte, Qian observait Li en se disant qu'il savait y faire avec les enfants. Gentil, positif. Et elles lui répondaient.

— Mais aujourd'hui, vous êtes venues avec votre nounou ?

Elles hochèrent la tête à nouveau.

— Vous avez vu quelqu'un près du petit chemin, là-bas, avant de monter où il y avait le feu ?

Cette fois, elles secouèrent la tête gravement.

— Vous êtes très mignonnes. C'est bien. Je ne pense pas que vous ayez envie de rester plus longtemps, hein ?

— Non, répondirent-elles en chœur.

— Bien, mon ami ici (il montra Qian de la tête) va demander à un gentil policier de vous acheter une glace et de vous ramener à la maison chez votre maman. D'accord ?

Leurs visages s'éclairèrent.

— Oui !

— Je peux en avoir une à la fraise ?

— Tu peux choisir le parfum que tu veux, mon trésor.

Il ébouriffa les cheveux des deux petites qui se précipitèrent dehors, puis se tourna vers la baby-sitter.

— Tout va bien... détendez-vous.

Il alla s'asseoir à côté d'elle et lui prit la main, une petite main charnue habituée à travailler. Il sentit les callosités sur sa paume. Elle n'avait probablement pas plus de seize ou dix-sept ans.

— C'est dur pour vous, je sais. Vous n'avez jamais rien vu de pareil.

Tandis qu'il lui parlait très doucement, il sentit son corps secoué d'un sanglot.

— Mais nous avons vraiment besoin de votre aide, et je sais que vous voulez faire tout votre possible pour nous aider.

Elle hocha la tête vigoureusement.

— Alors, prenez votre temps, et racontez-moi ce qui s'est passé.

— C'est la fumée, commença-t-elle d'une voix étranglée. Les enfants couraient pour voir ce qu'il y avait. Je leur criais de s'arrêter, mais elles étaient complètement excitées.

— Alors, vous les avez suivies.

— Oui.

— Et le corps était toujours en feu ?

À ce souvenir, ses yeux se remplirent à nouveau de larmes.

— Il était encore vivant. Il tendait la main vers moi, comme s'il me demandait de l'aider.

Dans les profondeurs du bâtiment du Centre de Détermination technologique criminelle situé à l'arrière de Pao Jü Hutong, le docteur Wang procéda à un examen préliminaire, superficiel, du corps. Le cadavre calciné posé sur le côté, était figé dans sa position accroupie. La contraction musculaire avait projeté les bras en l'air, les poings serrés comme ceux d'un pugiliste. Li observait la scène de loin. Le crissement des semelles de caoutchouc du médecin se répercutait sur le carrelage blanc des murs quand il tournait autour de la table en métal. Et il y avait toujours cette odeur épouvantable. Wang portait un masque ; il travaillait vite, avec précision, prenant des mesures, notant ses observations. Il lui fallut un certain temps avant de pouvoir ouvrir la bouche du mort ; un bout de langue calcinée dépassait des lèvres noircies. Sur un signe de tête, son assistant enveloppa enfin le corps dans un drap de plastique épais qu'il ficela avec une corde en nylon, et l'emporta sur un chariot pour le faire mettre dans un sac avant de l'expédier à l'autre bout de la ville, au

Centre de détermination des preuves matérielles, sur le campus de l'Université populaire de la Sécurité publique. Li suivit Wang dans son bureau. Les deux hommes allumèrent chacun une cigarette. Wang s'affala dans son fauteuil et respira à fond.

— Je vous donnerai un compte rendu préliminaire le plus tôt possible. En tout cas, la victime est de sexe masculin, la cinquantaine. Ce qui en reste ne laisse supposer aucune caractéristique physique particulière. À part les dents. Du beau travail de professionnel, cher.

Li fronça les sourcils. Voilà qui était inhabituel. En Chine, les soins dentaires étaient encore très rudimentaires. Un travail de haute qualité coûtait forcément beaucoup d'argent.

Comme s'il lisait ses pensées, Wang ajouta :

— Ce type n'était pas n'importe qui. Il ne tirait pas le diable par la queue. Un homme doté d'une bonne situation, à mon avis. Presque certainement un membre du Parti. Si vous avez une idée de son identité, vous n'aurez aucun mal à la confirmer à partir des empreintes de ses dents.

II

Il n'était que 10 heures du matin mais la chaleur était déjà étouffante. Un vent chaud soulevait la poussière qui s'infiltrait partout, dans les rues, les voitures, les immeubles, jusque dans les yeux et la bouche. Tout le monde toussait, crachait.

Le nouveau bureau de Li était étouffant ; la fenêtre ne s'ouvrait pas en grand. On avait déposé sur la table deux cartons contenant ses affaires personnelles. Toute trace de l'occupant précédent avait disparu. Il n'en subsistait que des marques de brûlures de cigarette sur les bords des meubles. Li, d'ailleurs, ne gardait qu'un vague souvenir de cet homme pédant, insipide, toujours fermé, rigide, énigmatique. Même après avoir travaillé en sa compagnie pendant tant d'années, ses collègues savaient peu de chose sur lui : une femme, une fille à l'université Sun Yat Sen de Guangzhou, une maladie cardiaque. Dans les derniers mois, son visage avait viré au gris mastic. Li repêcha un cendrier dans l'un des cartons et alluma la dernière cigarette de son paquet. Il regarda par la fenêtre, à travers les arbres, les caractères dorés fixés sur le marbre brun clair de la Fédération chinoise des Chinois d'outre-mer rentrés au pays, et se demanda quelles pensées secrètes avaient traversé l'esprit de son prédécesseur lorsqu'il regardait ce même immeuble, à travers ces mêmes arbres. Un coup frappé à la porte le tira de ses réflexions. Wu passa la tête dans la pièce et dit :

— Ils t'attendent, patron.

Li sentit la peur lui serrer le ventre. *Ils t'attendent.* Maintenant qu'il était leur patron, ses collègues attendaient des choses de lui. Il arrivait qu'on soit ambitieux au-delà de ses capacités. Son ambition étant comblée, c'était le moment de prouver ses capacités, non seulement aux autres, mais aussi à lui-même. Il glissa un stylo dans sa poche de poitrine et sortit un carnet tout neuf d'un carton.

Ils étaient environ une douzaine assis autour de la grande table de la salle de réunion du dernier étage. Presque tous avaient allumé une cigarette ; la fumée flottait dans le courant d'air du ventilateur qui oscillait paresseusement au-dessus de leurs têtes. Papiers, carnets et cendriers pleins encombraient la surface de la table. Une salve spontanée d'applaudissements brefs éclata à l'entrée de Li. Il rougit, sourit, les fit taire d'un geste de la main, puis tira une chaise et jeta un coup d'œil circulaire à tous ces visages suspendus à ses lèvres.

— Quelqu'un a une clope ? demanda-t-il.

Une douzaine de paquets se tendirent vers lui.

— Lèche-culs, dit-il avec un sourire, tout en secouant la tête.

Il en alluma une et aspira une bouffée.

— Bon. Je reviens de Ritan. J'ai déjà les premiers rapports de l'inspecteur Qian et du médecin légiste, le docteur Wang. Il s'agit presque certainement d'un suicide, mais le corps est tellement calciné qu'on va avoir du mal à l'identifier. Ça risque de prendre du temps. Il va falloir comparer les fiches des personnes portées disparues avec ce que nous savons. D'après le docteur Wang, la victime est un homme d'une cinquantaine d'années qui a bénéficié de luxueux soins dentaires. L'inspecteur Qian coordonnera les tentatives d'identification – à faire en priorité. Cette affaire ne pourra pas être classée tant qu'on ne saura pas qui il est et, si possible, pourquoi il s'est tué. Il nous faut aussi des témoins susceptibles de l'avoir vu traverser le parc. Tu as obtenu quelque chose de ce côté-là, Qian Yi ?

Qian Yi secoua la tête :

— Pas encore. On continue à dresser la liste des noms de tous ceux qui étaient là, mais sans résultat pour l'instant.

— Est-ce que quelqu'un a une idée ?

Personne n'en avait.

— OK. Passons à l'agression au couteau de Haidan. Wu ?

Wu se pencha de côté et mâcha d'un air pensif le chewing-gum qui n'avait plus de goût depuis longtemps. C'était un homme mince d'une quarantaine d'années aux cheveux clairsemés coiffés en arrière, la lèvre ornée d'une petite moustache destinée à dissimuler des dents un peu trop en avant. Il avait la peau foncée et mettait des lunettes de soleil par tous les temps. Pour le moment, elles pendaient entre son pouce et son index gauches ; les doigts de sa main droite tenaient une cigarette allumée. Comme d'habitude, il portait un blue-jean, des baskets blanches, un petit blouson en jean. Pour Wu, l'image comptait beaucoup. Il aimait être flic ; Li le soupçonnait de prendre modèle sur ceux qu'il voyait dans les films américains.

— Bon, c'est un meurtre, dit Wu. Aucun doute là-dessus. Il s'appelait Mao Mao. Connu de nos services. Un dealer minable, ving-quatre ou vingt-cinq ans. Déjà condamné pour vol et vandalisme quand il était mineur. Réforme par le travail. Seulement le travail qu'on lui a fait faire ne l'a pas vraiment réformé.

— Qu'est-ce qui s'est passé ? Une bagarre ?

Wu pencha la tête d'un air dubitatif.

— Il a reçu un coup en plein cœur, juste sous les côtes. Ni signes de lutte, ni contusions, ni coupures sur les mains ou le visage. Le légiste pense qu'il a pu être attaqué par-derrière. L'autopsie devrait le confirmer. Ça a l'air d'un règlement de comptes. On l'a trouvé étendu sur le ventre, baignant dans son sang, sur un terrain vague du côté de Kunminghunan. C'est un ouvrier qui l'a découvert en allant travailler ce matin. Le sol est aussi dur que du béton là-bas. Aucune trace de pas, ni de sang. En fait, pas grand-chose pour nous. Les collègues de l'Identification criminelle procèdent à des tests sur les ongles et les fibres, mais à mon avis, Li Yan, je ne crois pas qu'ils trouveront quoi que ce soit. En fait, la seule chose qu'on ait découverte dans le secteur, c'est un bout de cigarette, qui n'a probablement rien à voir avec tout ça.

Li dressa soudain l'oreille.

— Un seul ? Enfin, je veux dire qu'il n'y en avait pas d'autres dans le coin ?

— On n'en a pas trouvé d'autres.

— Quelle marque ?

— Américaine. Marlboro, je crois. Pourquoi ?

— C'est bizarre, intervint l'inspecteur Zhao. Nous aussi, nous avons trouvé une Marlboro près du cadavre de Di'anmen.

Quian se pencha sur la table.

— À Ritan aussi c'était une Marlboro, non ?

Li hocha lentement la tête. Quelle coïncidence extraordinaire, si c'en était une, bien sûr. Mais il savait mieux que personne qu'il ne fallait pas se hâter d'en tirer des conclusions prématurées. Les spéculations commencèrent à aller bon train autour de la table. Il demanda à Zhao une brève description du corps trouvé à Di'anmen.

Zhao était le benjamin de la division, un jeune homme d'environ vingt-cinq ans au physique agréable qui compensait son manque de flair par son acharnement au travail et son sens du détail. Il se montrait toujours timide au cours de ces réunions, car il avait du mal à exprimer ses idées d'une façon cohérente devant plusieurs personnes. Il était bien meilleur en tête-à-tête. Dès qu'il ouvrit la bouche, ses joues s'empourprèrent :

— Il avait une carte d'identité. On sait donc que c'est un ouvrier du bâtiment originaire de Shanghai. Sans doute un migrant. Il venait peut-être d'arriver à Pékin pour chercher du travail. On ne lui connaît aucune adresse ici, aucun camarade. J'ai déjà envoyé un fax à la Sécurité publique de Shanghai pour obtenir des détails sur lui.

— Comment est-il mort ?

— On lui a brisé le cou.

— Ça ne peut pas être une chute ? Un accident ?

— Non. Il n'y a aucune trace de traumatisme. On l'a trouvé dans le *siheyuan* condamné d'un *hutong* vidé de ses habitants depuis un mois. Mais la scène du crime est si nette qu'à mon avis, on l'a tué ailleurs avant de l'abandonner là.

— Qu'est-ce qui te fait penser, alors, que le bout de cigarette a un rapport avec le crime ?

— Il n'était pas là depuis longtemps. Et c'était le seul, à un mètre du corps environ.

Li alluma une autre cigarette, s'appuya au dossier

de sa chaise, et souffla pensivement la fumée vers les pales du ventilateur.

— Vous croyez, vous, qu'il y a un rapport ? demanda le commissaire en observant attentivement son nouvel adjoint.

Li n'allait surtout pas se compromettre. Il continua à fumer, devant la fenêtre, une cigarette de son chef. Quand il la lui avait demandée, Chen avait levé un sourcil et répondu sèchement :

— Vous savez, Li, un homme de votre rang devrait vraiment commencer à s'acheter ses propres cigarettes.

Chen considérait Li avec un intérêt professionnel. Il n'était pas question de nier son talent, ni ses nombreux succès, mais il y avait chez lui une impulsivité, une impatience qu'il avait espéré voir s'estomper avec l'âge. Or jusqu'à présent, il n'en voyait aucun signe. Peut-être que les responsabilités finiraient par tempérer cette fougue. Du moment qu'elles n'émoussaient pas son instinct.

— En fait, nous n'avons aucune raison de croire que l'homme du parc Ritan ne s'est pas suicidé. Si nous pouvons établir que les deux meurtres ont été commis avant, et qu'il fumait des Marlboro, alors on peut imaginer – je dis bien imaginer – qu'il a tué les deux autres avant de se supprimer lui-même.

Mais il ne put garder son sérieux plus longtemps, et un sourire espiègle éclaira son visage.

Chen se mit à rire. Pas à sourire. Non. Il émit un rire de gorge, profond, un rire de fumeur. Li aurait voulu que les dactylos le voient.

— Pour votre premier jour ! dit Chen en s'étranglant de rire. Un suicide et deux meurtres, et vous avez déjà tout résolu.

Le sourire de Li se figea.

— Si seulement ça pouvait être aussi simple. Il y a quelque chose qui cloche, chef. Ces deux meurtres. Sans le moindre indice sur place pour l'un comme pour l'autre. À l'exception des bouts de cigarette. Vous imaginez quelqu'un prenant le soin de ne laisser aucune trace sur le lieu d'un crime, balancer un mégot de cigarette avant de partir ?

— Peut-être que le ou les assassins n'ont pas attaché plus d'importance que ça aux indices ou à l'absence d'indices. Un hasard, c'est tout.

— Mmmmm.

Li n'était pas convaincu.

— Quelque chose me chiffonne. S'il y a un rapport, c'est... vraiment bizarre.

Il soupira et secoua sa cendre par la fenêtre ouverte.

— La première chose qu'il nous faut, c'est l'identité du type du parc, mais le temps qu'on réussisse à faire le lien avec une personne disparue, on risque d'attendre pas mal. Le docteur Wang n'a pas envie de faire l'autopsie. Les cadavres brûlés sont hors de sa compétence, à ce qu'il dit. Je crois plutôt que ça le dégoûte.

— Qui va s'en charger alors ?

— On a envoyé le corps au Centre de détermination des preuves matérielles, à l'Université de la Sécurité publique.

Chen prit un air pensif, puis farfouilla dans les papiers qui débordaient d'un bac. Il finit par choisir une feuille de papier, une circulaire du bureau des visas de la Sécurité Publique qu'il relut avec intérêt.

— Le médecin légiste américain dont j'ai suivi les cours à Chicago l'année dernière est justement à Pékin en ce moment – pour un cycle de conférences à l'Université de la Sécurité publique.

— Et alors ?

— Il se trouve que sa spécialité est les cadavres brûlés.

III

Le cauchemar de Margaret commença très tôt. En rentrant du banquet, elle sombra tout habillée dans un sommeil profond puis se réveilla avec une migraine monstrueuse vers 2 heures du matin – ce qui correspondait au début de l'après-midi à Chicago. Elle avala deux comprimés d'Advil et tenta de se rendormir. Mais deux heures plus tard, les images du visage de Michael et de leur dernière rencontre taraudant inexorablement sa conscience, elle s'assit dans son lit et alluma la télévision. À 5 heures, elle descendit au café ouvert 24 heures sur 24 pour avaler deux autres Advil avec un infâme jus noir.

À 6 heures, épuisée, le cerveau embrumé, elle enfourcha son vélo pour se lancer dans le long et périlleux trajet jusqu'à l'Université de la Sécurité publique. Les craintes qu'elle avait nourries la veille en observant la circulation des rues de Pékin n'étaient rien à côté de la réalité. C'était un chaos indescriptible. Et si elle avait espéré qu'en partant tôt elle éviterait le pire, elle se trompait aussi. On aurait dit que tous les Pékinois avaient décidé de sortir en même temps. Apparemment, personne n'avait la priorité aux croisements, aux feux rouges, ou d'une voie à l'autre. Aux plus culottés de passer les premiers.

Lorsqu'elle arriva finalement à l'université, vers 7 heures, des haut-parleurs déversaient sur tout le campus une puissante musique martiale. Bob la trouva dans son bureau, fenêtre fermée, coudes sur la table, la tête entre les mains.

— Une légère gueule de bois ? demanda-t-il d'un ton sarcastique.

— Qu'est-ce que c'est que cette musique de merde ?

— À votre place, j'éviterais de parler de « musique de merde ». C'est l'hymne national chinois. Ils le jouent tous les matins.

— Eh bien, heureusement que je n'habite pas sur le campus.

— Advil, ça vous dit quelque chose ?

Elle lui lança un regard noir.

— Je viens d'acheter des actions.

Elle se pencha pour attraper son sac à dos et le poser sur le bureau.

— Dites, hier, vous m'avez raconté qu'au bout de deux ans vous n'aviez toujours pas réussi à faire photocopier vos notes. C'était une plaisanterie, hein ?

Il haussa les épaules.

— Oh... à peine. Juste une métaphore pour dire qu'ici les choses ne vont pas toujours comme on le voudrait. Je les ai quand même obtenues. Finalement.

Elle sortit un livre de son sac.

— Je voudrais faire photocopier la description d'une autopsie.

Vint ensuite l'heure de son rendez-vous avec M. Cao. Très poli, celui-ci sourit beaucoup et lui apprit que le projecteur de diapositives auquel ils avaient en général accès n'était pas disponible pour le moment. Elle lui répondit en souriant que dans ce cas le contenu de ses conférences serait forcément limité puisqu'elles reposaient essentiellement sur la présentation visuelle du sujet. Peut-être pourraient-ils emprunter un autre projecteur. Il doutait que cela fût possible mais dit qu'il verrait ce qu'il pouvait faire. Et, oui, l'idée de faire assister les étudiants à une autopsie réelle était excellente. Malheureusement, ce serait un peu difficile à organiser. Il lui annonça ensuite qu'il avait prévu trois conférences par semaine ; elle répondit en secouant la tête que, malheureusement, elle ne disposait pas du matériel nécessaire pour en donner plus de douze. Néanmoins, s'il pouvait obtenir l'accès à une autopsie, elle était alors sûre de pouvoir *assurer* six heures supplémentaires sans problème. Après un échange de sourires glacés, il déclara qu'il verrait ce qu'il pouvait faire.

Une période de calme relatif suivit cette entrevue jusqu'à ce que le cauchemar recommence avec l'arrivée de Lily Ping dont le visage rébarbatif apparut à la porte peu après 9 heures.

— Vous avez tout ce qu'il faut ? commit-elle l'erreur de demander.

— Pas vraiment, non. Je n'ai pas de projecteur de diapos et je ne trouve pas la moindre photocopieuse dans les parages...

— Vous voulez photocopies ? Je fais pour vous, dit-elle en tendant la main.

— Oh.

Margaret n'en revenait pas. C'était nouveau. Coopération, sans doute.

— D'accord.

Elle prit son livre.

— Il me faut une vingtaine de photocopies.

Lily lui arracha le livre des mains et fit demi-tour.

— Page 108 à 111 ! cria Margaret. Avant 10 heures. J'ai cours à 10 heures, précisa-t-elle.

— Oui, dit Lily sans se retourner.

À dix heures moins le quart, Margaret partit à sa recherche sur le campus, et finit par la repérer dix minutes plus tard en train de se diriger vers l'amphithéâtre. Elle courut derrière elle :

— Lily ! Lily !

Le temps de la rattraper, elle était en nage et hors d'haleine.

— Lily, où sont mes photocopies ? J'ai cours dans cinq minutes.

— Oh ! la photocopie met longtemps. La fille est occupée.

Elle se remit en marche vers l'amphithéâtre.

— Eh, ça ne va pas du tout. Il me les faut maintenant. Et j'ai besoin de mon livre.

— Cet après-midi, dit Lily sans ralentir.

Margaret serra les poings.

— Très bien. Je vais les faire moi-même. Où est la photocopieuse ?

— Pas besoin de faire vous-même. La secrétaire est là pour ça.

Lily disparut à l'intérieur de l'amphithéâtre. Margaret se figea sur place, sous le soleil brûlant. Elle avait envie de hurler.

Le bip de sa montre digitale lui rappela qu'elle aurait déjà dû être en cours. Elle courut chercher ses affaires dans son bureau et retraversa le campus au pas de course jusqu'au bâtiment en briques rouges abritant les salles de conférence. Il lui fallut cinq bonnes minutes avant de trouver la sienne. Haletante, le visage cramoisi, elle fit enfin irruption devant quinze étudiants, douze garçons et trois filles, qui l'attendaient patiemment, et en silence.

Elle tenta de recouvrer son calme en respirant à fond et se fendit d'un grand sourire qui ne rencontra que des visages inexpressifs.

— Bonjour, lança-t-elle, un peu décontenancée. Je suis le docteur Margaret Campbell. Je suis médecin légiste auprès du bureau d'instruction du Comté de Cook à Chicago, dans l'Illinois. Pendant ces six semaines, j'avais l'intention de vous faire étudier douze meurtres commis aux États-Unis. Malheureusement, la plupart de mes documents sont des diapositives. Or il semble que l'université soit dans l'incapacité de me fournir un projecteur...

C'est alors qu'elle en vit un au fond de la pièce, posé sur une table. Presque tous les étudiants tournèrent la tête pour suivre son regard.

— Ah, on dirait qu'ils ont réussi à en dénicher un quand même.

Silence dans la salle.

— S'ils me l'avaient dit, j'aurais apporté mes diapos.

Elle commençait à avoir mal aux joues à force de garder, depuis des heures, ce sourire contraint.

— Je vais les chercher et je reviens.

En se hâtant vers son bureau, elle se dit que ce devait être ça que les Chinois appelaient perdre la face. Mais elle n'allait pas se laisser démonter pour si peu. C'était normal, au début ; elle s'en tirerait très bien. Dans le couloir, elle rencontra Bob qui lui adressa un sourire joyeux :

— Hé, j'ai entendu dire que Cao avait fini par vous dégoter un projecteur.

— Oui. Il aurait pu me prévenir ! répondit-elle avec hargne en claquant la porte de son bureau.

Plus tard, dans la pénombre de la salle de conférence, tout en projetant les diapositives des victimes de Waco, elle se dit que Bob – et toute l'université – devait la prendre pour une dingue hystérique. Des profondeurs de la dépression qui s'était abattue sur elle, une voix lui avait dit qu'un jour elle serait capable de sourire de tout ça ; pour le moment, elle en doutait encore.

Lorsqu'elle releva les stores, elle s'aperçut que les quinze visages de sa classe avaient sérieusement blêmi. L'une des filles lui demanda de l'excuser et sortit précipitamment, une main plaquée sur la bouche.

— Ce ne sont que des photos, dit Margaret avec un petit sourire. Attendez de vous retrouver devant de vrais cadavres, vous verrez, ce sera mille fois pire.

Elle avait lancé le débat, mais pas un seul étudiant ne se risqua à poser une question ou exprimer une opinion. À la fin de l'heure, ils sortirent enfin en silence et elle put s'affaler dans son fauteuil avec un grand soupir de soulagement. Un coup frappé à la porte lui fit tourner la tête. C'était Bob.

— Comment ça s'est passé ?

— Allez savoir.

Il lui adressa un grand sourire.

— Ne vous sentez pas visée. La première fois, ils sont comme ça avec tout le monde.

Elle se redressa :

— C'est-à-dire ?

— J'imagine que vous les avez trouvés peu réceptifs, peu enthousiastes à répondre aux questions et encore moins à en poser ou à discuter ?

Elle hocha la tête sans un mot.

— Les étudiants chinois n'ont pas l'habitude des classes interactives comme aux États-Unis. Ici, c'est plutôt la mode des cours magistraux.

Je connais ça, pensa Margaret.

— La voix du professeur représente la voix de l'autorité, poursuivit Bob sans se douter qu'elle mourait d'envie de lui enfoncer ses baskets dans la gorge. La plupart des étudiants croient qu'il n'existe qu'une bonne réponse par question. Alors ils se contentent de tout apprendre par cœur. Ils n'ont pas l'habitude de discuter, de débattre, d'émettre un avis. Mais je suis sûr que vous allez les mettre dans votre poche.

Margaret chercha sur son visage le reflet du sarcasme qu'elle percevait dans sa voix. En vain.

— De toute façon, continua-t-il, vous feriez bien

de retourner à votre bureau. Une vieille connaissance vous y attend.

Le chef de division Chen Anming se leva de sa chaise en plastique et lui adressa l'un de ses rares sourires.

— Docteur Campbell. Quel grand plaisir de vous revoir.

Il lui serra la main avec ferveur.

Sans les explications préalables de Bob, Margaret aurait eu du mal à le remettre.

— Monsieur Chen, dit-elle en inclinant la tête. Tout le plaisir est pour moi.

— Vous ne vous souvenez peut-être pas de moi ?

Elle n'en avait qu'un vague souvenir. Elle avait vu passer tant d'étudiants au cours des trois dernières années.

— Bien sûr que je me souviens de vous.

Et soudain, elle se rappela – la peinture sur rouleau accrochée chez elle, au mur de son bureau. Il la lui avait offerte cérémonieusement le dernier jour des cours. Elle la regardait souvent, et l'aimait. C'était un objet qui ne se rattachait pas à elle et Michael, mais à elle seule. Un vieil homme au sourire malicieux et à la barbe hérissée, accroupi, une paire de sandales dans une main.

— Vous m'avez donné la peinture du fantôme chinois.

— Pas vraiment un fantôme. Un esprit. Un bon esprit.

— Je n'ai jamais pu me souvenir de son nom.

— Zhong Kui. C'est un personnage légendaire.

Tant d'heures en sa compagnie, sans connaître son nom.

— Lorsque vous me l'avez offert, je ne pouvais pas imaginer le plaisir qu'il me donnerait.

Elle repensa à ces longues nuits d'angoisse où elle ne supportait d'autre compagnie que la sienne, où seul le sourire espiègle de Zhong Kui l'avait empêchée de devenir folle. Il lui semblait extraordinaire de se retrouver en présence de son bienfaiteur dans ces circonstances. Elle se sentit coupable de l'avoir presque oublié, et rougit.

— Je suis certaine de vous avoir déjà remercié à l'époque. Mais je suis très heureuse de pouvoir vous renouveler ma reconnaissance, avec du recul cette fois.

— Pardonnez-moi, docteur, dit-il l'air soudain embarrassé. Je sais que vous venez juste d'arriver, et que vous êtes très occupée...

Il hésita.

— ... Je me demandais si... je pouvais vous demander un service personnel très particulier ?

— Bien sûr. Tout ce que vous voulez, répondit-elle sans avoir la moindre idée de ce qu'il pouvait vouloir.

— Cela n'a rien d'officiel, vous comprenez. Juste à titre personnel, insista-t-il à nouveau.

Margaret comprit qu'elle assistait à une mise en pratique de *guanxi*. Il lui avait offert un cadeau à Chicago ; il lui demandait à présent une faveur en échange.

— Nous avons un cas de suicide présumé, mais il y a des problèmes d'identification. La victime s'est immolée par le feu et je pense que l'autopsie exige un spécialiste. Le corps est sérieusement brûlé.

— Vous voulez que je fasse l'autopsie ? Eh bien, d'accord. Je serai ravie de pouvoir vous aider.

Il se détendit immédiatement et rayonna à nouveau. Margaret, elle, était déjà en train de penser à la façon dont elle allait pouvoir tourner la situation à son avantage. « Il va falloir commencer par mettre un peu de *guanxi* de votre côté », avait dit Bob. C'était l'occasion ou jamais de faire assister ses élèves à une autopsie – sans l'aide de M. Cao.

M. Chen lui prit le bras et la conduisit dans le couloir.

— Je suis si content que vous acceptiez de me rendre ce service.

— Quoi, vous voulez que je la fasse tout de suite ? demanda-t-elle un peu déconcertée.

— Non, non. Je veux vous présenter mon adjoint. Il est en ce moment chez le professeur Jiang. Le professeur Jiang m'a bien sûr accordé la permission de vous demander votre aide.

Et le professeur, pensa Margaret, est probablement très content de se débarrasser de moi pendant un moment. Effectivement, quand ce dernier se leva de son fauteuil pour les accueillir dans son bureau, elle sentit que son sourire manquait un peu de chaleur.

— Alors ? demanda-t-il en regardant Chen.

— Le docteur Campbell accepte, bien sûr.

Jiang parut soulagé. Chen se tourna vers un homme plus jeune qu'eux, assis près de la fenêtre.

— Mon adjoint, Li Yan, dit-il. C'est lui qui est chargé de l'enquête.

Dès que Li se leva, Margaret le reconnut.

Li accéléra le pas pour rester à la hauteur de Chen

qui traversait le campus à grandes enjambées en direction de sa voiture garée à l'ombre des arbres. Chen était furieux.

— Qu'est-ce que vous entendez par « pas nécessaire » ? aboya-t-il.

— Le médecin légiste du Centre de détermination des preuves matérielles ne sera pas content. Faire appel à une Américaine va lui faire perdre la face, expliqua Li.

— Vous n'étiez pas de cet avis la première fois que je vous en ai parlé.

— Je ne savais pas qui c'était.

— Mais qu'est-ce que vous avez contre cette femme ? C'est une experte dans son domaine.

— Je sais, chef. C'est que...

— Et moi, vous ne pensez pas que je risque de perdre la face si je lui annonce de but en blanc que j'ai changé d'avis ? le coupa Chen. C'est hors de question. Je lui ai demandé. Elle a accepté. Point.

Il s'installa derrière le volant, claqua la portière, mit le moteur en marche et démarra dans un crissement de pneus.

IV

Le ciel disparaissait sous un voile de brume et de poussière. Pourtant, la lumière était aveuglante ; le monde entier semblait calciné comme une photo surexposée. Margaret mit ses lunettes de soleil et rattrapa Lily qu'elle devait suivre dans cette longue traversée du campus, jusqu'au Centre de détermination des preuves matérielles. Pour la première fois depuis son arrivée en Chine, elle se sentait de bonne humeur, remontée en grande partie par la tête qu'avait faite le commissaire adjoint Li en la voyant entrer dans le bureau de Jiang. Sa morgue de la veille avait cédé la place à l'étonnement, puis à la consternation. Sa poignée de main avait été brève, son regard distant. Il n'avait presque pas dit un mot ; juste assez pour rester poli. Et maintenant, il devait l'attendre avec impatience dans la salle d'autopsie, en plissant le nez à cause de l'odeur de désinfectant et de formol. C'étaient les parfums de sa profession, si familiers qu'elle n'y faisait plus attention – elle les trouvait presque réconfortants.

La salle d'autopsie était équipée de cinq tables en métal avec gouttières et réservoirs placés de façon à recueillir le sang et les autres fluides corporels s'écoulant pendant la dissection. Très raide, Li se tenait près de la porte où il entretenait une conversation décousue avec un médecin en blouse blanche. Tous deux se retournèrent à l'arrivée de Lily et Margaret.

Li fit les présentations :

— Docteur Campbell, professeur Xie.

Le professeur Xie ne manifesta aucun enthousiasme quand il serra la main de Margaret. Elle comprit immédiatement qu'il avait perdu la face en étant relégué au rôle de sous-fifre d'un médecin étranger, une femme de surcroît. Décidément, elle commençait à saisir la psychologie des Chinois.

— Vous n'avez pas besoin de rester, dit-elle à Lily.

— Non. Je reste si vous avez besoin quelque chose, Docta Cambo.

Lily était bien résolue à ne rien manquer de cette rencontre entre Margaret et Li, surtout après ce qui s'était passé la veille.

— Justement, j'ai besoin de photocopies, dit-elle d'un ton acide.

— Déjà fait, Docta Cambo, répliqua Lily imperturbable.

Margaret se tourna vers Li :

— Donc... vous ne savez pas du tout qui est la victime ?

— Non. Nous devons attendre de pouvoir comparer ses empreintes dentaires avec celles des personnes portées disparues. Ça peut prendre des semaines.

— Des semaines ? fit-elle, étonnée.

Il prit sa remarque pour une critique.

— Peu importe le temps. Seuls les résultats comptent.

— Aux États-Unis, les deux comptent.

— Oui, mais en Chine nous sommes fiers de faire les choses comme il faut.

Elle se mordit la langue. Après tout, elle n'avait pas les armes pour riposter. Si les Chinois étudiaient des cas très connus aux USA, les Américains, eux, étaient profondément ignorants des crimes qui faisaient la une des journaux en Chine.

— Une fois, j'ai participé à une enquête criminelle qui a duré plus de deux ans, poursuivit Li d'un ton satisfait. Une famille avait été retrouvée massacrée chez elle. La mère, le père, le grand-père et un enfant. La porte avait été forcée ; on a pensé à un cambriolage nocturne ayant mal tourné. Du sang partout. Des empreintes de pied dans le sang, des empreintes digitales. Mais notre registre des empreintes digitales étant alors assez limité, il a fallu retrouver et interroger environ trois mille travailleurs migrants connus pour s'être trouvés dans la région à cette époque.

— En deux ans ?

— Deux ans.

Le professeur Xie jeta un regard appuyé à sa montre et soupira.

— OK, dit Li. Vous voulez regarder le corps ?

— Il n'y a pas d'effets personnels ? demanda-t-elle.

— Vous ne voulez pas voir le corps d'abord ? s'étonna-t-il.

— Non. Parfois, on peut déduire beaucoup de choses des objets qu'une personne porte sur elle.

Le professeur Xie s'adressa à l'un de ses assistants qui revint quelques instants plus tard avec un petit sac en plastique contenant le peu de choses ayant échappé aux flammes. Il les renversa sur l'une des tables et tout le monde se rassembla autour pour regarder. Lily se glissa entre deux assistants. Si elle s'était attendue à quelque chose de macabre, elle dut être déçue à la vue de la boucle de ceinture, du Zippo et de la chevalière calcinés.

Margaret souleva la boucle et l'examina attentivement : très simple, avec une longue pointe. Rien d'extraordinaire. Elle la laissa retomber sur la table et ramassa le Zippo qu'elle retourna entre ses doigts habiles avant d'en ouvrir le couvercle. À l'intérieur, tout était noir. Elle demanda une paire de gants, un chiffon et un produit nettoyant. Agacé, le professeur Xie envoya un assistant chercher ce qu'elle voulait.

Pendant que Margaret poursuivait son examen du briquet, Li en profita pour la regarder à la dérobée. Elle était habillée simplement, en jean, baskets, et ample tee-shirt blanc enfoncé dans sa ceinture. Il s'étonna de la couleur et de la texture de ses cheveux attachés par des pinces grises d'où ils retombaient en cascade sur ses épaules. Ses yeux étaient encore plus fascinants. Il avait rencontré beaucoup d'Occidentaux aux yeux bleus, mais jamais d'un bleu aussi incroyable, comme éclairé de l'intérieur. Leurs regards se croisèrent brièvement ; il détourna le sien. Lorsqu'il l'observa à nouveau, elle semblait toujours absorbée dans la contemplation du briquet dont elle grattait la surface carbonisée de ses longs doigts blancs. C'est en regardant ses mains qu'il remarqua ses taches de rousseur. Ses bras nus en étaient couverts, sous un fin duvet blond. Elles constellaient également son nez et son front. Elle n'était pas maquillée, ou à peine, une touche d'ombre sur les paupières, un soupçon de rouge sur les lèvres. Son regard descendit un peu, suivit la ligne de son cou ; elle ne portait pas de soutien-gorge, ses seins bougeant librement contre le coton léger de son tee-shirt. Sans qu'il puisse se l'expliquer, et à son grand agacement, il sentit une pointe de désir naître en lui.

L'assistant revint. Margaret enfila les gants de latex, imbiba le chiffon de produit, et frotta le fond du briquet.

— Il y a une inscription.

Elle prit dans son sac une paire de lunettes demi-lune pour mieux la voir, et découvrit qu'il s'agissait de la marque, ZIPPO, suivie de *Bradford PA, Made in USA*.

— Un peu décevant, dit-elle sans trop savoir à qui elle s'adressait.

Elle leva la tête puis reprit son examen.

— Il y a autre chose.

À peine visibles, des lettres apparurent sur le couvercle qu'elle orienta vers la lumière.

— « Cuivre », lut-elle.

Elle le laissa retomber sur la table où il atterrit avec un bruit sec, et prit la bague.

— Une chevalière, dit-elle en l'essuyant avec le chiffon. Apparemment montée avec une pierre plate, gravée, semi-précieuse.

Mais elle eut beau frotter la pierre, celle-ci s'obstina à rester noire alors que la monture commençait à révéler par endroits des traces d'argent terni.

— C'est peut-être de l'ébène.

Elle la leva, la fit tourner dans la lumière en plissant les yeux derrière ses lunettes.

— Il y a une sorte de symbole, et des lettres.

Soudain la gravure apparut en relief. Le cœur de Margaret fit un bond. Elle scruta la bague avec une attention accrue ; elle avait été déformée par la chaleur, mais n'avait pas entièrement fondu. Peut-être que la main qui la portait était posée sur le sol, à moitié protégée des flammes. Elle examina l'intérieur de l'anneau, l'essuya vigoureusement pendant plusieurs secondes, la scruta à nouveau. Enfin, elle ôta ses lunettes, regarda sa montre et se livra à un calcul rapide.

— Zut ! s'exclama-t-elle. Est-ce que je peux utiliser un téléphone pour appeler les États-Unis ?

Li regarda le professeur Xie qui hocha la tête.

— Dans mon bureau.

Margaret s'y rendit, composa son numéro, et jeta un coup d'œil par la large baie vitrée qui donnait sur la pièce où les autres l'attendaient. Âgé d'une quarantaine d'années, le professeur Xie était petit, presque efféminé. Il avait la peau sombre ; ses cheveux de jais peignés en arrière découvraient une remarquable plantation en V descendant presque jusqu'au milieu du front. Perché sur le bord d'une table, il semblait perdu dans des pensées moroses.

Li paraissait préoccupé, lui aussi. Il fumait, constata-t-elle avec dégoût. Debout à côté de lui, Lily babillait, mais il était évident qu'il ne l'écoutait pas. Margaret avait beau l'observer attentivement, elle ne voyait aucune raison de réviser son jugement de la veille. Il était laid, colérique, lugubre. Et en plus, il fumait. À l'autre bout du fil, la sonnerie s'interrompit soudain.

— 23e circonscription, annonça une voix de femme.

— Inspecteur Hersh, s'il vous plaît.

Au-delà de son propre reflet dans la vitre, Li vit Margaret parler avec animation, et même rire. Elle sembla ensuite attendre quelque chose en tapotant impatiemment le bout d'un crayon sur la surface immaculée du bureau bien rangé du professeur Xie. Li n'avait aucune idée du sens de cet appel, ni de ce qu'elle avait pu voir sur la bague qu'elle s'était remise à examiner sous toutes les coutures. Il aperçut alors l'alliance qu'elle portait à l'annulaire, et se demanda, malgré lui, quel genre d'homme elle avait pu épouser.

Maintenant, elle prenait des notes sur un bloc. Elle hocha la tête en souriant, raccrocha le téléphone, arracha la page du bloc, et sortit du bureau. L'œil étincelant, elle la tendit à Li.

— Chao Heng, dit-elle. Voilà le nom de votre inconnu. Sûr à 99 %.

Li regarda le morceau de papier où elle avait gribouillé « Chao Heng, diplômé en génétique microbienne, Université du Wisconsin, 1972 ».

Stupéfait, il la regarda sans rien dire.

— Comment pouvez-vous le savoir ? demanda le professeur Xie.

Elle leva la bague.

— Aux États-Unis, quand un étudiant est diplômé d'une université, il célèbre l'événement en se faisant faire une bague spéciale aux armes de cette université. C'est une tradition. Celle-ci vient de l'Université du Wisconsin.

Elle la tendit au professeur Xie.

— On peut voir ses armoiries gravées sur la pierre. Même sans les mots *University of Wisconsin,* je l'aurais reconnue parce que...

Li vit un nuage obscurcir son regard.

— ... parce que j'ai très bien connu quelqu'un qui y avait fait ses études.

Le nuage était passé.

— En fait, on fait souvent graver son nom, ou ses initiales, et la date à l'intérieur de l'anneau. Ici, si vous regardez bien, vous pouvez voir les initiales C. H. et la date, 1972.

Le professeur Xie examina l'inscription avant de passer la bague à Li.

— Nous avons de la chance qu'elle n'ait pas entièrement fondu, dit Margaret en haussant les épaules. Le sort a été clément avec nous. Comme il est plus de 22 heures 30 là-bas, je ne pouvais pas appeler l'université, mais j'ai réussi à contacter un ami à la police de Chicago. Il a trouvé sur Internet le registre des anciens étudiants du Wisconsin et vérifié les initiales de tous les diplômés de 72 ; il n'y avait qu'un seul nom chinois aux initiales C. H., Chao Heng. Diplômé en génétique microbienne.

Li serra la bague dans sa main et lança à Margaret un regard presque admiratif. Elle en rougit de plaisir. Elle se rappela avoir lu quelque part, il y avait très longtemps, une maxime chinoise :

— « Les femmes soutiennent la moitié du ciel », dit-elle avec un détachement feint.

Li leva un sourcil, et elle vit de l'espièglerie dans ses yeux noirs quand il s'exclama :

— Ah, mais vous citez Mao Zedong.

Elle hocha la tête. C'était donc lui qui avait dit ça.

— Il voulait parler de la partie inférieure du ciel, bien sûr, précisa Li.

Il y eut un moment de flottement avant qu'un large sourire n'éclaire le visage du policier. Un sourire si communicatif qu'elle se surprit à sourire à son tour alors qu'elle mourait d'envie de l'assommer.

— Professeur, dit-elle en se tournant vers Xie, si vous le permettez, j'aimerais vous assister dans cette autopsie. Je suis certaine que je pourrais apprendre beaucoup de choses d'un médecin légiste aussi expérimenté que vous.

Maintenant qu'elle avait fait ses preuves, elle ne voyait aucun inconvénient à lui donner l'occasion de retrouver sa *mianzi*.

— Tout le plaisir est pour moi, répondit-il aussitôt avec un petit salut plein de dignité.

V

« On observe une lésion thermique étendue, avec brûlures aux quatrième et troisième degrés sur plus de 90 % de la surface du corps, et brûlures éparses au second degré. Presque tous les cheveux ainsi que certaines zones du cuir chevelu sont carbonisés. Il ne reste sur le côté gauche de la tête que quelques cheveux roussis, noirs, raides, drus, mesurant en moyenne 3 cm de long. Les traits du visage ne sont pas visibles. Le nez est absent, de même que l'oreille droite. L'oreille gauche est ratatinée et carbonisée. Les yeux ne sont pas reconnaissables. Les dents sont partiellement carbonisées, mais très bien soignées, avec de multiples plombages en amalgame et couronnes en porcelaine. Le maxillaire supérieur et la mâchoire inférieure seront conservés pour une comparaison dentaire ultérieure. La peau et le tissu interne de la joue droite sont carbonisés ; on observe une fracture par carbonisation du zygomatique droit. La langue dépasse légèrement ; le

bout est carbonisé ; on observe un peu de bave blanche dans la bouche. On ne distingue aucun poil sur le visage. »

Lily s'était reculée en frissonnant au fond de la pièce, à côté de Li ; elle osait à peine regarder Margaret procéder à l'examen préliminaire du corps. Celle-ci le mesura, le pesa, et décrivit ce qu'elle observait en parlant vers un micro suspendu au-dessus de sa tête. L'enregistrement de toute la procédure serait plus tard retranscrit pour le rapport d'autopsie.

Les deux médecins partirent ensuite se changer et revinrent enveloppés de plusieurs couches de vêtements superposées : pyjamas verts de chirurgiens sous des tabliers en plastique recouverts à leur tour de blouses de coton à manches longues, la tête et les pieds protégés par un bonnet et des bottes en plastique. Tout en se demandant ce qui avait pu attirer Margaret vers une profession aussi macabre, Li la regarda avec une fascination involontaire enfiler ses bras couverts de taches de rousseur dans des manchons de plastique. Elle passa un gant en mailles d'acier sur sa main gauche, celle qui ne découpait pas, puis encore une deuxième paire de gants en latex par-dessus le tout. La mutilation *post mortem* d'un être humain était une besogne salissante.

Les deux assistants attendirent que les chirurgiens aient mis leur masque et leurs lunettes avant de transférer sur la table d'autopsie le corps calciné de Chao Heng. Lily laissa échapper un petit hoquet. Le haut du corps du cadavre était encore figé dans l'attitude défensive du boxeur, comme s'il se préparait à repousser toute tentative de le découper. L'air frais de la pièce s'était immédiatement chargé d'une odeur de steak oublié sur le gril, une de ces odeurs insidieuses qui s'incrustent dans le cerveau.

Les assistants avaient placé des protections sur le sol, sous la table, et autour, afin de recueillir la fine poussière de charbon qu'ils devaient récupérer au fur et à mesure de la dissection des organes, pour un examen ultérieur au microscope. Maintenant qu'il avait retrouvé sa *mianzi,* le professeur Xie, invoquant l'expérience supérieure de Margaret en la matière, la pria de pratiquer l'autopsie tandis qu'il l'assisterait.

Elle préleva sur le dessus du pied gauche du cadavre un morceau de matière noire rigide. « *Les restes carbonisés de ce qui paraît être une chaussure en cuir et un morceau de chaussette sont présents sur le cou-de-pied et la plante du pied gauche et sur la plante du pied droit. Aucun signe distinctif sinon que la chaussure gauche semble avoir été de type lacé. La peau du cou-de-pied gauche est rouge foncé, boursouflée, et on observe une trace de piqûre dans la région de la veine saphène et de l'arcade veineuse.* »

Margaret tendit la main vers le micro pour l'éteindre et se tourna vers Li :

— On dirait que notre homme se droguait. Le cou-de-pied est un endroit couramment utilisé quand on veut camoufler des traces de piqûre. Nous pourrons le confirmer par une recherche de résidus de narcotiques dans les vaisseaux des poumons. Les tests sanguins nous diront ce qu'il s'administrait. Probablement de l'héroïne.

— Vous aurez assez de sang et de tissus pour faire des tests ? Je pensais que tout était calciné, demanda Li sans pouvoir cacher le dégoût qu'il éprouvait à poser une question pareille.

— Superficiellement, oui. Normalement, on extrait le fluide des yeux et le sang des veines fémorales des cuisses, mais ici, ce sera complètement cuit et solide. Ce sera sûrement mieux conservé à l'intérieur du corps. En dehors de l'essence utilisée pour allumer le feu, rien n'a pu entretenir la combustion, il n'a donc pas dû brûler très longtemps.

Les assistants tournèrent le corps sur le ventre. Margaret ralluma le micro.

« La partie postérieure du tronc offre un contour externe symétrique. La colonne vertébrale est nettement au milieu. Il y a carbonisation de la peau du dos et, bilatéralement, de nombreuses petites zones de peau fendues sur le latissimus dorsi. Aucune trace de traumatisme par instrument contondant ou tranchant sur le dos. »

Après avoir retourné le cadavre, les assistants glissèrent sous son torse un bloc de caoutchouc d'une quinzaine de centimètres d'épaisseur destiné à le surélever et offrir ainsi une meilleure vision de la cavité pulmonaire. Margaret fit une première incision en forme de Y, partant de chaque épaule, se rejoignant au bas du sternum et descendant jusqu'au pubis, puis décolla la peau et les muscles de la poitrine.

« On observe un séchage diffus et une fixation des tissus souples des parois thoraciques et abdominales, avec fendillement de la peau. Tous les organes sont présents et à leur place. »

Le professeur Xie découpa la cage thoracique avec une espèce de cisaille. Le craquement des os rendit un son sinistre qui se répercuta sur les carreaux de faïence des murs. Quand il eut fini, il dénuda le cœur ; Margaret découpa le péricarde et le donna aux assistants chargés de recueillir le sang nécessaire aux tests de toxicologie. Le professeur Xie glissa les mains sous le cœur dont Margaret sectionna les principaux vaisseaux et artères, l'enleva et le mit de côté pour le peser et le disséquer plus tard.

Méthodiquement, ils retirèrent successivement les poumons, l'estomac – sorte de sac visqueux plein de fluides dont le contenu nauséabond fut extrait en vue d'examens ultérieurs –, le foie, la rate, le pancréas et les reins, pesèrent chaque organe et prélevèrent des échantillons de sang, de fluides, de bile.

« L'estomac contient 125 grammes de bol alimentaire gris-brun, pâteux, partiellement digéré. Aucune odeur d'alcool éthylique à noter. »

Travaillant vite, maintenant, et avec une grande habileté, Margaret libéra les intestins en commençant par le bout du duodénum qu'elle tira vers elle, puis, avec son scalpel, les détacha de la couche de graisse à laquelle ils adhéraient. Quand elle les eut complètement étirés, elle les fendit dans le sens de la longueur en les faisant glisser sur une paire de ciseaux à moitié ouverts, comme on découpe du papier cadeau. La puanteur qui s'en dégagea était presque insupportable. Instinctivement, Li et Lily reculèrent, en pinçant les lèvres et en retenant leur respiration.

« Examinés sur toute leur longueur, le petit et le gros intestin ne présentent apparemment rien de remarquable. »

Elle les laissa tomber dans un seau en inox doublé de plastique. Des échantillons d'urine furent prélevés de la vessie pour un examen toxicologique, puis elle examina la prostate et les testicules dont elle préleva des bouts pour les tests, avant de les rejeter dans le seau.

Elle examina ensuite le cou après avoir rabattu le pan de peau coupé en pointe sur le visage.

« Les structures osseuses et cartilagineuses du cou sont intactes, sans trace de traumatisme. La musculature du cou montre une fixation due à la chaleur, mais il n'y a aucune trace d'hémorragie. »

Puis elle passa à la tête surélevée sur un bloc. Elle fit une incision au-dessus de la nuque, d'une oreille à l'autre, et rabattit la peau sur le visage pour dénuder le crâne. À l'aide d'une scie circulaire, l'un des assistants découpa la calotte qui fit un bruit de succion et de bouchon quand il l'enleva. Le cerveau apparut. Margaret avait demandé à tout le monde de se tenir à l'écart tant que la scie était en marche.

— Évitez de respirer. Non seulement cela dégage une odeur écœurante, mais la poussière peut être porteuse d'un virus, HIV ou autre.

Elle examina le crâne.

« L'image du cuir chevelu révèle une zone de 2 centimètres sur 3,2 centimètres d'hémorragie subgaléale sur l'os pariétal gauche, avec contusion possible approximativement de la même taille que le cuir chevelu – impossible de dire avec certitude si c'est le fait de la chaleur. Il y a une petite hémorragie subdurale sous la zone de l'hémorragie subgaléale. En enlevant la dure-mère, une fracture de forme irrégulière, mesurant 2,6 centimètres de long, est clairement visible. Il n'y a ni calcination ni éversion de la fracture. »

Elle se concentra pour extraire de la boîte crânienne le cerveau qu'elle tira doucement à elle tout en examinant sa surface pareille à celle d'un gros ver.

« Les méninges sont légèrement sèches, mais fines et translucides. Il y a une petite contusion sur le lobe pariétal gauche, avec trace d'hémorragie. »

Elle sectionna le tronc cérébral, et prit le cerveau dans ses mains pour le peser. Lily s'enfuit de la pièce, une main plaquée sur la bouche.

Enfin, Margaret se détendit et poussa un grand soupir.

— Bon, il n'y a plus grand-chose à faire pour l'instant. Il va falloir un certain temps pour préparer les prélèvements à examiner au microscope...

— Si vous le souhaitez, l'interrompit le professeur Xie, nous pourrons examiner des prélèvements congelés dans une quinzaine de minutes.

— Vous disposez d'un cryostat ? s'étonna-t-elle.

Il sourit.

— Notre équipement est très moderne, docteur. Nous ne sommes pas si loin derrière les Américains.

Le cryostat avait la taille d'une petite machine à laver munie d'un côté d'une manivelle et, sur le dessus, d'un hublot permettant de voir l'intérieur maintenu à une température de – 22 °C. Margaret fut heureuse de laisser le professeur faire la démonstration de ses compétences, et l'observa préparer des lamelles de tissu pulmonaire et de peau du pied gauche pour la congélation. Il déposa quelques grosses gouttes d'une substance gélatineuse dans des supports cylindriques en métal, plaça les prélèvements sur ces cylindres et les installa à leur tour dans un panier, à l'intérieur de la zone réfrigérée du cryostat. Travaillant avec une grande dextérité, il pressa des plaques de métal contre les prélèvements, à la fois pour les aplatir et pour les congeler.

Li avait assisté à de nombreuses autopsies, mais c'était la première fois qu'il assistait à cette opération. Fasciné, il observa le professeur retirer au bout de quelques minutes les tissus de poumon congelés du cryostat pour les transférer, toujours sur leur support, vers la zone de dissection. Il les cala contre la lame, tourna la manivelle de façon à amener le prélèvement contre le fil de la lame, comme sur une machine à trancher le jambon, et découpa une fine languette de quelques microns d'épaisseur qui fut ensuite mise au contact d'une plaque en verre de microscope à la température de la pièce. Le prélèvement fondit instantanément. Le professeur le teignit avec de l'hématoxyline et de l'éosine, puis le tendit à Margaret qui l'examina au microscope.

« *L'examen au microscope de plusieurs sections des poumons montre des cellules géantes* granulomata *à noyaux multiples contenant une substance polarisable.* »

Le processus fut répété avec des prélèvements de peau de la partie du pied gauche portant les traces de piqûre. Margaret remonta ses lunettes sur son front.

— Même chose, dit-elle.

— Ce qui veut dire ? demanda Li.

— Les héroïnomanes mélangent souvent tous les stupéfiants à leur disposition et s'injectent la poudre comme si c'était de l'héroïne. Des particules de résidus de pilules subsistent dans les minuscules capillaires des poumons et les tissus entourant les poumons. Là où les particules subsistent, elles se font enrober par des cellules inflammatoires. On en a une preuve évidente dans les poumons de cet homme, ainsi que dans les traces du pied.

— Ce qui nous dit ?

— Que cet homme consommait de l'héroïne, rien de plus.

— Et la cause de la mort ?

— Ce que nous pensions tous. Blessures thermiques graves. Brûlures.

— Vous avez parlé de contusion, d'hémorragie, d'une fracture du crâne... Qu'est-ce que tout ça signifie ?

— Cela signifie que quelqu'un l'a frappé à la tête avec un instrument contondant. Pas assez fort pour le tuer, mais certainement assez pour lui faire perdre à moitié connaissance, sinon complètement.

— Ça ne peut pas être accidentel ?

— Oh, je ne pense pas, dit-elle d'un ton dédaigneux. Avec un coup pareil, il n'aurait jamais été capable de marcher ni de s'arroser d'essence pour finir en feu de joie. Si j'ai bien compris, on l'a retrouvé assis en position du lotus. Donc, il n'a pas pu tomber et se cogner la tête sur quelque chose après avoir commencé à brûler. Je crois qu'on l'a frappé sur la tête et qu'on lui a administré ensuite un calmant.

Elle se tut un instant avant de poursuivre :

— Spécial K, ça vous dit quelque chose ?

Li fronça les sourcils. Visiblement, il n'en avait jamais entendu parler.

Elle sourit.

— Enfin, c'est comme ça qu'on l'appelle dans la rue. Une drogue connue sous le nom de kétamine. On l'utilisait aux États-Unis comme agent d'induction anesthésiant. Elle a de sales effets secondaires hallucinogènes. À mon avis, quand on aura les tests sanguins, on s'apercevra qu'on lui a injecté de la kétamine, ou une très forte dose d'héroïne. Un moyen de le rendre plus conciliant, plus facile à manipuler.

— Vous voulez dire qu'il ne s'est pas suicidé ? s'écria Li.

— Suicidé ? Mon Dieu non. Cet homme a été assassiné.

Chapitre 3

I

Mardi après-midi

Ils se retrouvèrent, dehors, dans une lumière aveuglante – très différente de celle des fortes lampes éclairant la salle d'autopsie. Margaret mit ses lunettes de soleil. Lily n'avait pas réapparu depuis sa fuite aux toilettes. Aucun des deux ne savait comment conclure cette collaboration, chacun hésitant curieusement à prendre congé de l'autre. Partager une expérience aussi traumatisante et révélatrice que la dissection d'un être humain créait presque des liens.

Margaret balaya la rue du regard.

— Vous avez laissé votre voiture à l'Administration ?

— Non, le chef est parti avec. Je vais rentrer en bus.

— En bus ? La police n'a pas les moyens de vous payer un taxi ?

Li haussa les épaules :

— Ça ne me fait rien de prendre le bus.

— Par cette chaleur ? Je les ai vus, les bus. Ils sont pleins à craquer. C'est loin ?

— À l'autre bout de Pékin.

Lily apparut, le visage pâle.

— Lily, dit brusquement Margaret, il faut que je retourne à la Section n° 1 avec le commissaire adjoint Li.

Elle fit un vague geste de la main avant d'ajouter :

— Des détails administratifs.

Puis :

— Donc, je n'ai plus besoin de vous.

Lily se hérissa d'indignation :

— Pas possible, Docta Cambo. Comment vous retournez à l'université ? Je prends une voiture et vous conduis.

— J'en étais sûre, dit Margaret avec un petit sourire après le départ de Lily. Je peux vous déposer ?

Parfaitement conscient de la façon dont elle avait manipulé Lily, Li lui retourna un sourire narquois.

— Ce n'est vraiment pas nécessaire.

— Oh, mais j'insiste. Je n'ai plus de cours aujourd'hui et je serais curieuse de voir le QG de la Brigade de répression criminelle de Pékin. Je suis certaine que le chef Chen n'y verrait aucune objection.

Margaret eut tout le temps de regretter son impulsivité pendant l'interminable traversée de Pékin. Lily s'était assise à l'avant, à côté du chauffeur, Margaret à l'arrière avec Li. Un silence pesant s'était installé entre eux. Après l'afflux d'adrénaline du matin, son corps et son esprit luttaient à nouveau contre une terrible envie de dormir, et elle dut cligner les yeux à plusieurs reprises pour rester éveillée. Elle aurait mieux fait de rentrer se coucher à l'hôtel. Après tout, aux États-Unis, c'était l'heure d'aller au lit. Mais si elle obéissait à son horloge biologique, jamais elle ne s'adapterait à l'heure de Pékin.

De son côté, Li regrettait d'avoir accepté pour différentes raisons. Il était obligé de l'amener au bureau. Il imaginait déjà les petits sourires en coin et les réflexions à voix basse de ses collègues. Jamais il ne pourrait dissimuler son embarras. Il rougissait pour un rien. Et pourtant, comme les sentiments qu'il éprouvait à l'égard de Margaret étaient de plus en plus mitigés, il se délectait presque à l'idée de lui faire la démonstration de son autorité.

Ils arrivèrent à la Section n° 1 par l'ouest, le long de Beixinqiao Santiao.

Si Margaret s'était attendue à un immeuble impressionnant, elle aurait été déçue par le cube de briques anonyme caché derrière un rideau d'arbres. De la rue, rien n'indiquait qu'il s'agissait du centre nerveux de la lutte anticriminelle de Pékin. Seul un observateur averti pouvait remarquer que les plaques d'immatriculation de toutes les voitures banalisées arboraient le caractère « Capitale » suivi d'un zéro – signe distinctif des véhicules de la police pékinoise. Li guida Margaret, suivie de Lily, vers l'entrée principale, puis au premier étage. Il fut très gêné de trouver la salle des inspecteurs pleine de monde. Assis un peu partout, leur thermos de thé vert posé devant eux, ils bavardaient tout en plongeant leurs baguettes dans des barquettes de nouilles et de riz. Dès que Li entra, ils se turent et le regardèrent tous avec l'air d'attendre quelque chose. Quand Margaret apparut à son tour, la tension monta encore d'un cran. Ils se redressèrent inconsciemment en se demandant qui elle était, ce qu'elle faisait là. Li avait décidé de ne pas s'énerver.

— Qian, on a identifié le brûlé de Ritan. Il s'appelle Chao Heng, diplômé de l'université du Wisconsin en 1972, en...

Il jeta un coup d'œil au papier qu'il tenait à la main.

— ... génétique microbienne. Peu importe. Débrouille-toi pour trouver son adresse et le maximum d'infos sur lui le plus vite possible. OK ?

— C'est parti, patron, dit-il en empoignant son téléphone.

Il hésita pourtant une seconde avant de composer le numéro. Comme tous les autres, il suivit d'abord Li des yeux, et éclata de rire quand ce dernier se figea sur le seuil à la vue du vieillard bizarre en pyjama noir assis en lotus sur son bureau. Margaret regarda par-dessus son épaule pour apercevoir l'objet de cette hilarité générale.

— Bon Dieu... fit Li en jetant un regard consterné au vieil homme.

Lily était entrée à son tour dans la pièce et observait l'intrus bouche bée.

— Qui est-ce ? demanda Margaret.

— Aucune idée, répondit Li.

Il s'adressa au vieil homme en chinois :

— Auriez-vous l'amabilité de me dire ce que vous faites dans mon bureau ?

Les rires redoublèrent lorsque le vieillard, semblant émerger de quelque profonde méditation, tourna vers Li un visage solennel et ratatiné.

— Mauvais *feng shui,* dit-il. Trèèès mauvais *feng shui.*

— *Feng shui* ? dit Margaret, saisissant ces mots. Je connais.

— Vraiment ? s'étonna Li.

— Bien sûr. C'est une passion à la mode aux États-Unis chez les bourgeoises qui n'ont rien de mieux à faire pour passer le temps. Une amie m'a entraînée une fois à un cours. L'équilibre du yin et du yang, la circulation du *qi* et tout le bataclan. La spiritualité de l'architecture et du design.

Elle se tut un instant puis demanda :

— Qui est ce type ?

— Apparemment un maître en *feng shui,* dit Li dans ses dents.

— Et... ça a un rapport avec le boulot ?

Li lui lança un regard noir.

— Que faites-vous dans mon bureau ? répéta-t-il au vieillard bien qu'il connût déjà la réponse.

Son cœur fit un bond dans sa poitrine lorsqu'il l'entendit répondre, comme il le craignait :

— Votre oncle Yifu m'a demandé de vérifier votre *feng shui.* Cet endroit le préoccupe beaucoup. Il a raison. Trèèès mauvais *feng shui.*

L'inspecteur Wu frôla respectueusement Margaret en lui adressant un signe de tête très formel, s'approcha de Li, et remonta ses lunettes de soleil sur son front.

— Le chef veut te voir, patron.

— Quoi ?

— Dès ton retour, il a dit. Peut-être qu'il se fait du souci pour ton... *feng shui,* ajouta-t-il en pouffant de rire.

Li pinça les lèvres.

— Excusez-moi, dit-il à Margaret en sortant.

Il alla frapper à une porte située à l'autre bout du couloir et pénétra dans le bureau de Chen. Le visage de celui-ci s'assombrit lorsqu'il releva la tête.

— Fermez la porte. Que fait cet homme dans votre bureau ?

— C'est un maître en *feng shui,* répondit Li d'un ton désespéré.

— Je sais qui il est. Je veux savoir ce qu'il y fait ? dit Chen en essayant de ne pas hausser le ton.

— C'est mon oncle Yifu qui l'a envoyé, soupira Li.

Chen s'appuya sur le dossier de son fauteuil et grogna :

— J'aurais dû m'en douter.

— Je suis désolé, chef, je ne savais pas...

— Vous *savez* que la pratique du *feng shui* n'est pas appréciée dans l'administration. Débarrassez-vous de lui. Immédiatement.

— Oui, chef.

Au moment de sortir, Li s'arrêta, la main sur la poignée, et se retourna.

— Ah, au fait. Le suicide du parc... c'est un meurtre.

Lorsqu'il revint dans la salle des inspecteurs, il trouva Margaret en grande conversation avec ses collègues ; Lily servait d'interprète. Il ferma les yeux un instant, regrettant amèrement de ne pas se trouver à des kilomètres.

— Hé, patron, balaise la petite dame. Lily nous a raconté qu'elle a découvert l'identité du macchabée du parc, s'écria Wu.

Margaret, assise sur l'un des bureaux, pivota vers lui.

— Vous avez une équipe vraiment sympa, commissaire adjoint Li.

— Li Yan, précisa Li. Je m'appelle Li Yan.

Il se sentit rougir jusqu'à la racine des cheveux et fonça dans son bureau en se demandant ce que cette journée pouvait encore lui réserver de pire. Debout au milieu de la pièce, le maître en *feng shui* prenait des notes.

— Navré, mais vous devez partir.

Le vieil homme hocha la tête avec sagesse.

— Je sais. Je vais avoir besoin de penser à tout ça, dit-il en montrant le classeur à tiroirs adossé au mur, à côté de la porte. Ce meuble n'est pas bien placé. Il empêche la porte de s'ouvrir en grand. La porte doit pouvoir s'ouvrir à 180°. Le *qi* négatif s'accumule dans les espaces vides derrière les portes, et vous ne pouvez voir la pièce dans son ensemble lorsque vous entrez.

Il secoua la tête et se tourna vers la fenêtre.

— La fenêtre est bloquée. Restreint la vue. Entrave les opportunités.

Il tapota le bureau.

— Vous êtes gaucher ou droitier ?

Li soupira.

— Droitier. Pourquoi ?

— Il faut déplacer le bureau. La lumière doit venir de la gauche. Et il faut de l'eau ici, et des plantes fraîches.

Il montra du doigt les plantes crevées dans leur pot, sur le rebord de la fenêtre. Elles avaient appartenu à son prédécesseur ; depuis la mort de celui-ci, personne ne les avait arrosées.

— Très mauvais *feng shui*. Il faut aussi penser à la couleur des murs...

Li le prit gentiment par le bras.

— La couleur des murs me convient très bien. Il faut vraiment partir maintenant.

— Demain, je reviendrai avec le plan.

— Oh non. Je ne crois pas que vous ayez besoin de vous inquiéter de ça. J'en parlerai à mon oncle ce soir.

— Votre oncle est mon très bon ami. Je lui dois beaucoup.

— J'en suis sûr.

Le vieil homme jeta un dernier regard en arrière pendant que Li le faisait sortir dans le couloir.

— Mauvais *feng shui.* Trèèès mauvais *feng shui,* répéta-t-il.

Lorsque Li revint dans la salle des inspecteurs, il rencontra sur tous les visages, y compris celui de Margaret, le même sourire en coin.

— Bon, je pense qu'il est temps que vous m'emmeniez déjeuner ? dit-elle.

— Elle lui demande juste de l'emmener déjeuner, se dépêcha de traduire Lily pour les autres.

Et tous attendirent avec un intérêt soutenu sa réponse. Il était pris au piège. Elle avait rendu un fier service à son patron, par conséquent à lui, indirectement. L'étiquette du *guanxi* voulait qu'il lui rende la politesse. Un déjeuner serait un très petit prix à payer. Sauf que ses collègues ne l'oublieraient pas de sitôt. Il sortit sa montre gousset du petit étui en cuir fixé à sa ceinture et regarda l'heure.

— Je n'ai pas beaucoup de temps, et il est un peu tard, dit-il sans conviction.

Lily chuchota la traduction.

— Oh, allez, patron, il faut inviter la petite dame à déjeuner, c'est quand même la moindre des choses.

Margaret n'eut pas besoin de traduction pour comprendre.

— Quelque chose de rapide. Un hamburger fera l'affaire.

Li ne pouvait plus y échapper. Une petite idée germa alors dans son esprit.

— OK. Je connais un endroit.

— Je dis au chauffeur d'amener la voiture, dit Lily, prête à partir.

— Pas la peine, je prends une voiture de service. On se retrouve dans une heure, dit Li.

Furieuse d'être exclue de cette sortie, et de ne pas pouvoir protester, Lily prit l'air renfrogné.

— *Bye-bye,* cria Wu en anglais.

Margaret s'arrêta à la porte, fit un effort démesuré pour puiser dans sa mémoire le vague souvenir, très lointain, des phrases du manuel de conversation avec lequel elle avait passé une heure en avion, et finit par articuler :

— *Zai jian.*

Ce qui déclencha rires, applaudissements et chœur de *bye-bye* de la part des inspecteurs.

II

La jeep pékinoise bleu marine descendit la rue Dongzhimennei vers le sud. Plusieurs minutes s'écoulèrent sans que ni l'un ni l'autre n'ouvre la bouche. Li paraissait complètement absorbé par la conduite. Ce fut Margaret qui finit par rompre le silence :

— Les inspecteurs ont raconté à Lily que c'était votre oncle qui avait envoyé le maître *feng shui,* dit-elle en lui jetant un coup d'œil.

— Exact.

Il n'avait pas envie d'en parler, mais Margaret insista :

— C'est donc une pratique courante en Chine maintenant ? *Le feng shui.*

Li haussa les épaules.

— Peut-être. Pas officiellement, en tout cas. Je n'y connais pas grand-chose.

— Ça, c'est un comble. Ce sont les Chinois qui l'ont inventé. C'est un Chinois américain qui donnait le cours que j'ai suivi. Il nous a dit que toute la philosophie découle de la pratique de l'ancienne religion chinoise taoïste.

— Qu'est-ce qu'un Chinois américain peut connaître du taoïsme ? répliqua-t-il d'un ton cinglant.

— Plus que vous, apparemment.

Li manifesta son irritation par un coup de klaxon appuyé à l'intention d'un cycliste.

— Le taoïsme vient du mot *dao,* qui signifie « la voie ». Il nous enseigne que nous devons trouver notre place dans la voie naturelle des choses sans perturber la fonction du tout. En acceptant notre place dans le monde, nous sommes plus impliqués par les conséquences de nos actions, car chaque action entraîne une réaction ; tout ce que nous faisons a une conséquence sur les autres.

Au-delà de sa surprise à cet exposé aussi inattendu que soudain sur la philosophie, Margaret fit pour la première fois le rapprochement avec ce que Bob avait déjà essayé de lui faire comprendre, la veille, la sublimation de l'individu au profit du bien collectif.

Comme s'il lisait dans ses pensées, Li ajouta :

— Bien sûr, ce n'est pas uniquement une philosophie chinoise. On retrouve cette idée dans la pensée occidentale. « Nul homme n'est une île, complète en elle-même ; chaque homme est un morceau du continent, une partie du... »

Automatiquement, Margaret se souvint des vers appris en classe de littérature anglaise.

— « La mort de chaque homme me diminue, parce que je fais partie de l'humanité ; n'envoie donc jamais demander pour qui sonne le glas ; il sonne pour toi. »

— Évidemment, John Donne écrivait cela en Angleterre, au XVIIe siècle. Il s'est sans doute inspiré des vieilles philosophies chinoises, dit Li.

Margaret eut du mal à cacher sa stupéfaction.

— Ce n'est pas à l'Université de la Sécurité publique que vous avez étudié John Donne.

— Non, dit Li en riant à cette idée.

— À l'école ?

Il secoua la tête.

— Mon oncle Yifu. Il a fait ses études à l'Université américaine de Pékin avant l'arrivée des communistes au pouvoir, en 49. On lui a offert l'opportunité de faire un troisième cycle en Angleterre, à Cambridge. Mais il a préféré rester pour participer à la construction de la nouvelle Chine.

Une ombre imperceptible assombrit son visage un instant.

— On pourrait dire de mon oncle qu'il est l'incarnation de la philosophie du taoïsme.

— Et comment a-t-il participé à la construction de la « nouvelle Chine » ? demanda Margaret, sceptique.

Li ne releva pas. Il avait l'esprit ailleurs, à une autre époque.

— Il est devenu policier.

— Quoi ?

— Il était considéré comme un « intellectuel ». Or, à cette époque, ce n'était pas bien vu. Les libres-penseurs étaient dangereux. Alors, il s'est engagé dans la police pour aller au Tibet.

— Eh ben, passer d'étudiant de troisième cycle à flic au Tibet, quel bond, fit-elle avec une moue.

— C'était comme ça à l'époque, dit Li avec philosophie. Du Sichuan, il s'est rendu au Tibet à pied, avec sa femme.

— À pied ! s'exclama Margaret incrédule.

— Peu de routes traversaient les montagnes vers le Toit du monde. Ça leur a pris trois mois.

Margaret n'en revenait pas. Le seul exploit auquel elle aurait pu le comparer était celui des pionniers partis à la conquête de l'Ouest américain. Mais c'était au début du XIXe siècle, pas au milieu du XXe.

— Ils l'ont fait revenir à Pékin en 1960. Quand il a pris sa retraite, il y a cinq ans, il était commissaire principal et dirigeait la police municipale de Pékin. J'habite chez lui depuis que je suis entré à l'Université de la Sécurité publique.

Il se demanda si Margaret pouvait comprendre

comme cela avait été dur pour lui de marcher sur les pas d'un tel homme. Des pas qui avaient toujours été trop grands, trop espacés pour lui. Si par miracle il y arrivait, on l'accuserait d'avoir été pistonné. Comment pouvait-il s'en sortir gagnant ?

— Tianfu Douhua Zhuang, annonça Li, en arrêtant la voiture devant un restaurant aux stores jaunes.

— Pardon ?

— C'est le nom du restaurant, dit-il en s'effaçant pour la laisser monter la première. *Tianfu* signifie « terre d'abondance », c'est-à-dire ma province natale, le Sichuan. *Douhua Zhuang* signifie « Village du tofu ». La cuisine y est excellente.

Le rez-de-chaussée était plein à craquer de clients entassés autour des tables communes. Le long des murs s'alignaient, derrière des comptoirs vitrés, des plats présentés dans des bols. Les gens faisaient la queue à la porte pour acheter des nouilles à emporter. Li lui montra l'escalier d'un signe de tête.

— Il y a un bon restaurant au premier, avec un vrai menu, mais il est trop tard pour déjeuner. Ici, c'est juste un snack, mais on y mange bien. Ça vous va ?

— Bien sûr, dit Margaret, un peu accablée par l'étrangeté de l'endroit. Choisissez pour moi, je ne saurais même pas par quoi commencer.

— OK. Vous aimez les nouilles ?

Elle hocha la tête. Li attrapa un plateau sur lequel il posa deux bols de nouilles. Puis ils firent le tour des comptoirs où il choisit une série de plats : tofu bouilli avec de la sauce, *won-ton,* brochettes de viande, légumes au vinaigre, beignets sucrés. Tout était accompagné de sauces épicées. Li prit encore deux bières, paya, puis trouva un coin libre où ils purent s'asseoir. Autour de la table, les discussions s'interrompirent un instant puis reprirent, laissant Li et Margaret retomber dans un anonymat confortable.

— Ainsi, vous habitez avec votre oncle et votre tante ? demanda Margaret pour relancer la conversation amorcée dans la voiture.

— Juste mon oncle. Ma tante est morte avant mon arrivée à Pékin. Je ne la connaissais pas. Mon oncle ne s'est jamais remis de sa disparition.

Margaret le regarda attentivement et prit exactement la même chose que lui dans les bols. La nourriture était délicieuse, mais au bout de quelques minutes, elle eut la bouche en feu.

— Oh là là, c'est fort !

Elle se jeta sur sa bière dont elle avala presque la moitié en une gorgée. Puis elle leva les yeux vers Li et vit un sourire se dessiner sur ses lèvres.

— La cuisine du Sichuan est toujours épicée. C'est bon, hein ?

Elle avait le front en sueur et les joues sûrement écarlates.

— C'est pour ça que vous m'avez amenée ici ? Pour que je me brûle la langue ?

L'air suffisant de Li ne fit qu'accroître sa colère.

— C'est la cuisine de chez moi. Je pensais que ça vous intéresserait de la goûter. Je ne savais pas que votre tendre palais d'Américaine serait si... sensible.

Elle lui jeta un regard furieux.

— Vous êtes un vrai salaud, Li Yan, vous savez ?

Il ressentit un frisson de plaisir, non seulement

de l'entendre prononcer son nom, mais parce qu'elle s'en souvenait. Comme elle buvait une autre gorgée de bière, il eut pitié d'elle.

— Non, non, arrêtez.

Il lui retira son verre.

— Ça ne fera qu'empirer.

Il sortit un sachet de sucre de sa poche et le lui tendit :

— Ce sera beaucoup plus efficace.

— Du sucre ?

— Oui. Pour stopper la brûlure.

Méfiante, elle ouvrit le sachet dont elle vida le contenu dans sa bouche. Miraculeusement, le feu s'éteignit.

— Ça marche, fit-elle, surprise.

Li sourit :

— Épicé et sucré. C'est l'équilibre des opposés. Yin et yang. Comme dans le *feng shui.*

— Je croyais que vous n'y connaissiez rien en *feng shui.*

— À sa pratique. Pas à ses principes.

Il prit une grosse bouchée de nourriture épicée.

— Comment faites-vous ? Ça ne vous brûle pas ?

— J'ai l'habitude. Si vous essayez à nouveau maintenant, vous verrez que ça vous brûlera moins et que vous en sentirez tous les parfums. Accompagnez toujours chaque bouchée de quelques nouilles.

Elle hésita un peu avant de suivre son conseil ; à sa grande surprise, elle trouva les plats beaucoup moins forts. Mais elle mangea plus lentement, en buvant sa bière à petites gorgées.

— Et où avez-vous appris à parler un si bon anglais ? À l'école ?

— Non. Il y avait de l'anglais à l'école, mais c'est mon oncle Yifu qui m'a appris à le parler correctement. Pour lui, il n'y a que deux langues dans le monde valant la peine d'être parlées. La première est le chinois, la seconde l'anglais.

Margaret ne put s'empêcher de remarquer la chaleur de ses yeux quand il parlait de son oncle ; elle se rendit compte, aussi, qu'elle avait cessé de le voir comme un Chinois, ou comme quelqu'un de différent. Son visage lui était familier maintenant ; elle ne le trouvait même plus laid ; il y avait quelque chose de profond et de séduisant dans ses yeux noirs.

— Il m'a fait apprendre dix mots par jour, plus un verbe. Il m'interrogeait et me faisait parler. Au parc Yuyuantan, il y a un endroit qu'on appelle le « Coin anglais ». Les Chinois qui connaissent l'anglais s'y rencontrent pour parler et pratiquer la langue. Mon oncle Yifu m'y emmenait tous les dimanches matin ; nous parlions anglais jusqu'à ce que j'en aie mal à la tête. Parfois, des touristes ou des hommes d'affaires anglais ou américains de passage à Pékin entendaient parler du « Coin anglais » et venaient faire la conversation. C'était très drôle parce qu'on pouvait leur poser des questions sur l'argot, les injures, les expressions qu'on ne trouve pas dans les livres. Mon oncle Yifu dit toujours qu'on ne comprend pas vraiment une société tant qu'on ne connaît pas les mots qu'elle utilise pour jurer.

Margaret sourit.

— Votre oncle aurait dû être professeur.

— Je pense qu'il aurait aimé ça. Il n'a jamais eu

d'enfant, donc tout ce qu'un père peut transmettre à son fils, il me l'a transmis.

Li leva son bol et fit glisser les nouilles à toute vitesse dans sa bouche avec ses baguettes.

— Mais je n'ai pas appris l'anglais qu'avec mon oncle. J'ai passé six mois à Hong-Kong, après le transfert, pour travailler avec un policier anglais très expérimenté qui avait décidé de rester. Excellent pour mon anglais. Ensuite, on m'a envoyé aux États-Unis suivre un cours d'enquête criminelle à l'université de l'Illinois, à Chicago, pendant trois mois.

— Sans blague ! s'exclama Margaret en secouant la tête. J'ai suivi le même cours.

— Mais vous êtes médecin légiste.

— Bien sûr, mais j'ai également suivi une formation de maniement d'armes à feu avec la police de Chicago. Je n'étais pas mauvaise, d'ailleurs. Et j'ai suivi le cours d'enquête criminelle parce que... parce que ça ne fait pas de mal d'élargir son horizon. L'année suivante, j'ai enseigné la médecine légale à mi-temps dans le cadre de ce même cours. C'est là que j'ai fait la connaissance de votre patron. C'est incroyable qu'on ne se soit jamais rencontrés.

Li hocha la tête d'un air pensif.

— Votre employeur a payé vos cours ?

— Bon Dieu, non. J'ai pris trois mois de congé sans solde. À cette époque, je pouvais me le permettre. J'avais un mari qui travaillait.

— Ah.

Li aurait été bien en peine d'expliquer pourquoi il était déçu qu'elle fasse allusion à son mariage. Il jeta un bref coup d'œil à son alliance.

— Vous êtes mariée depuis longtemps ?

— Depuis que j'ai vingt-quatre ans, quelle idiotie, dit-elle avec une amertume qui le surprit. Sept ans. J'ai dû briser un miroir.

— Pardon ? Vous avez brisé un miroir ? demanda Li sans comprendre.

— C'est une superstition occidentale. Casser un miroir vous apporte sept ans de malheur, la malchance. De toute façon, je ne suis plus mariée, ma chance est peut-être en train de tourner.

Li se sentit incroyablement soulagé. Mais toujours intrigué.

— Que faisait-il, votre mari ?

— Oh, il donnait des cours de génétique à l'université Roosevelt de Chicago. C'était sa grande passion. Enfin, je le croyais.

Li perçut dans sa voix une souffrance qu'elle tentait de dissimuler sous une apparente désinvolture.

— Il disait toujours que la génétique pouvait être notre salut, ou notre perte. Qu'il fallait faire les bons choix.

— C'est toujours le problème dans la vie, faire les bons choix.

— Et certains d'entre nous semblent toujours faire les mauvais.

Elle se rendit soudain compte qu'elle était allée trop loin. Gênée, elle baissa les yeux.

— Je suis désolée, ma misérable vie privée ne vous intéresse pas.

Elle essaya de rire.

— Je suis certaine que vous préférez savoir comment je suis devenue experte en steaks grillés.

— En quoi ?

Elle rit.

— C'est l'expression qu'on utilise dans mon métier pour désigner les brûlés. Des steaks grillés. Douteux, hein ?

Li était d'accord.

— C'est une réaction d'autodéfense, ce genre d'humour. Nous vivons dans un monde de malades, c'est notre façon de faire avec.

— Alors, comment êtes-vous devenue experte en... « steaks grillés » ?

Li fronça le nez de dégoût en se rappelant l'odeur de la salle d'autopsie.

Sa délicatesse fit sourire Margaret.

— Oh, je crois que j'ai commencé à m'y intéresser à l'époque où j'étais l'assistante du médecin légiste de Waco. Et pendant mon internat, j'ai été confrontée à pas mal de victimes de traumatismes, brûlées dans des accidents de voiture, d'avion, des incendies, et même deux cas d'immolation par le feu. Et puis quand j'ai décroché un boulot de médecin légiste au Comté de Cook, j'en ai fait ma spécialité. Je ne peux pas dire que c'était l'ambition de ma vie. Mais on ne fait pas toujours ce qu'on avait prévu de faire, n'est-ce pas ?

Elle le regarda dans les yeux :

— Vous avez toujours voulu devenir policier ?

— Oui.

Elle se mit à rire.

— Rien à ajouter.

— Pourquoi vouliez-vous venir en Chine ? demanda-t-il.

Ce fut comme si, en posant cette question, il avait tourné un bouton et éteint en elle une lumière intérieure. Elle perdit toute sa vivacité, son regard se ternit. Elle haussa les épaules.

— Oh... L'occasion s'est présentée alors que je ne rêvais que d'une chose, m'éloigner de Chicago. La Chine ou ailleurs, ça m'était bien égal.

Un sixième sens l'avertit qu'il venait de poser le pied sur un terrain miné et que s'aventurer plus loin serait à la fois stérile et nuisible. Il sortit sa montre de son étui pour regarder l'heure.

— Je peux la voir ?

Elle se pencha en avant et tendit la main. Il la lui passa, au bout de sa chaîne. C'était une montre hexagonale très simple, dans un boîtier anthracite. L'étui en cuir était orné d'un aigle chauve.

— Original. Elle vient des États-Unis ?

— Hong-Kong, dit-il en la rangeant. Je dois vraiment retourner au bureau.

— Bien sûr.

Elle avala ses dernières nouilles avec le reste de bière, puis ils sortirent dans la fournaise de l'après-midi qui leur tomba sur la tête.

— J'ai encore la bouche en feu, dit-elle.

Il lui prit le bras et la guida vers le sud.

— Les Chinois sont des gens très pratiques, dit-il. C'est pourquoi, partout où il y a un restaurant sichuanais, on trouve un marchand de glaces à deux pas.

Ils s'arrêtèrent devant la vitrine d'une petite boutique à la porte masquée par des bandes de plastique multicolores. Au-dessus, en lettres blanches sur fond bleu, on pouvait lire *Charley's Ice Cream Parlour* ; et en dessous, *Sino-America Joint Venture.*

Margaret éclata de rire.

— Incroyable !

— Spécialement conçu pour rafraîchir le palais ultrasensible des Américaines.

Elle lui jeta un regard en coin auquel il répondit par un grand sourire. Ils entrèrent, choisirent chacun deux boules de glace parmi un éventail gigantesque de parfums exposés dans un congélateur, puis coururent à la voiture avant qu'elles ne fondent.

III

Sur le chemin du retour, il se passa quelque chose. Quelque chose d'impalpable et d'irrationnel. Quelque chose d'infime au plus profond de la grande complexité des relations humaines. Comme une radio dont le réglage se détraque soudain légèrement, et transforme une musique agréable en un son grinçant. Ils avaient fini leur glace bien avant d'arriver à la Section n° 1, et la fraîcheur qu'elles leur avait apportée semblait avoir également refroidi la chaleur qui s'était établie entre eux pendant le déjeuner. Margaret commença à se demander si elle n'avait pas rêvé. C'était peut-être la cuisine épicée. Car maintenant, Li avait l'air distant, peu disposé à parler. Les rares fois où leurs regards s'étaient croisés, elle l'avait trouvé très froid, poli, mais guindé. Où était passé l'homme qu'elle avait écouté parler si affectueusement de son oncle, des dimanches matin dans le « Coin anglais » du parc, de son ambition de devenir policier ? La transformation qui s'était opérée pendant le court trajet entre le restaurant et le bureau était aussi extraordinaire que totale. Voilà que le policier laid et revêche qu'elle avait rencontré la veille était de retour. Ses quelques tentatives de conversation s'étaient heurtées à des réponses monosyllabiques. Avait-elle dit ou fait quelque chose ? Elle ne tarda pas à sentir la colère et la frustration l'envahir.

Li était furieux. Jamais il n'aurait dû l'inviter à déjeuner. Il s'était laissé prendre au piège de sa propre faiblesse, et c'était seulement maintenant, sur le chemin du retour, qu'il se rendait compte des conséquences de tout ça. Non seulement ses collègues allaient le mettre en boîte, ce qui était déjà assez gênant, même s'il pouvait le supporter, mais il savait pertinemment qu'il était incapable d'assumer quelque relation que ce soit avec cette femme. Pendant un moment, quand ils discutaient à table, il s'était laissé succomber au charme incompréhensible qu'elle exerçait sur lui. Il avait baissé sa garde et révélé beaucoup plus de lui-même qu'il ne l'aurait voulu. C'était ridicule ! Même maintenant, en faufilant la jeep au milieu de la circulation frénétique de l'après-midi, il n'arrivait pas à comprendre ce qu'il lui trouvait d'attirant. Pour commencer, c'était une Américaine, une *yangguizi* à la langue bien pendue. Et puis elle était arrogante, sûre d'elle, et se plongeait dans une culture on ne peut plus différente de la sienne. Il lui jeta un coup d'œil. Elle était assise sur le siège du passager, raide, lointaine. Pendant un moment, au déjeuner, elle avait paru presque humaine, vulnérable, révélant un soupçon de douleur profonde. Peut-être cela expliquait-il pourquoi elle était redevenue si distante. Elle aussi en avait trop dit, peut-être le regrettait-elle.

Lily Ping était furieuse. Ils avaient plus de quarante minutes de retard. Elle ne dirait rien, bien sûr. Pas devant Li. En attendant leur retour, elle s'était assise dans un coin de la salle des inspecteurs, comme une sombre menace. Sa fureur, néanmoins, tenait plus au fait d'avoir été exclue du déjeuner qu'à leur retard. Elle était curieuse de savoir comment ça s'était passé – les inspecteurs aussi, d'ailleurs. Mais ceux-ci avaient d'autres chats à fouetter. Une succession de fripouilles défilait depuis un moment dans le bureau avant d'être expédiés en salle d'interrogatoire – des individus mal rasés en tee-shirts dégoûtants et casquette de baseball, et des escrocs gominés en costumes bon marché. Des proxénètes et des petits dealers qui auraient pu connaître ou avoir un rapport quelconque avec l'homme poignardé le matin même sur un terrain vague de l'ouest de la ville. Les téléphones n'arrêtaient pas de sonner. L'inspecteur Qian avait donné au moins vingt coups de fil, et envoyé une estafette de la police prendre les empreintes dentaires du brûlé, quelque part en ville, pour les déposer au Centre de détermination des preuves matérielles. Un fax du Centre avait suscité une certaine animation, mais personne n'avait mis Lily au courant. Les conversations restaient énigmatiques et prudentes.

Elle vérifiait sa montre une fois de plus quand Li

et Margaret revinrent enfin. Quelques têtes se levèrent avec curiosité, mais pour l'instant, toute l'attention des inspecteurs se concentrait sur le boulot. Les commentaires viendraient plus tard. L'agacement de Lily s'intensifia encore lorsqu'ils passèrent devant elle sans la voir pour aller dans le bureau de Li. Ni l'un ni l'autre ne souriaient ; une atmosphère étrange, tendue, se dégageait d'eux. Qian les suivit. Li avait déjà décroché le téléphone.

— On est là, chef. Quand vous voulez.

Il raccrocha et se tourna vers Margaret.

— Le chef arrive d'une minute à l'autre. Il tient à vous remercier.

— Vraiment, dit-elle d'une voix atone.

Qian tendit à Li le fax du Centre.

— Les empreintes dentaires confirment l'identité du brûlé, patron. Il s'appelle bien Chao Heng. Apparemment, il était conseiller scientifique au ministère de l'Agriculture avant de prendre sa retraite il y a six mois pour raisons de santé. Il habitait un appartement du quartier de Chongwen.

Li lut rapidement le rapport du Centre puis leva les yeux vers Margaret.

— Vous aviez raison sur les deux tableaux. Identité et sédatifs, dit-il en agitant le fax. C'est le résultat des tests. Ils montrent un taux élevé de kétamine dans le sang.

Margaret hocha la tête. Si elle avait été impliquée dans ce cas, cela aurait ravivé son intérêt. Mais là, elle se sentait à plat, déprimée. D'autres élucideraient le crime qu'elle avait identifié. Elle n'avait rien de plus à faire, ou du moins on ne lui demanderait rien de plus. Le brusque changement d'humeur de Li la touchait plus qu'elle ne l'aurait imaginé. Depuis vingt-quatre heures en Chine, elle avait l'impression d'y avoir déjà passé une éternité ; et elle serait bien repartie.

Li jeta un bref coup d'œil dans sa direction. Tournée vers la fenêtre, elle avait un regard absent. Il se sentit contrarié par son apparent manque d'intérêt. Elle débarquait comme une fleur, étalait sa supériorité, puis se retirait comme elle était venue. Qu'elle aille au diable ! Il rendit le fax à Qian.

— Merci. On en reparle dans une minute.

En partant, Qian croisa le chef Chen qui serra chaleureusement la main de Margaret.

— Docteur Campbell, je vous suis si reconnaissant de votre aide. Inestimable. N'est-ce pas, Li Yan ?

— Oui, dit simplement Li.

— Est-ce que mon adjoint s'est bien occupé de vous ?

— Oh très bien. Il m'a emmenée déjeuner dans un restaurant sichuanais. J'en ai encore la bouche en feu.

— Ce fut un plaisir, dit Li.

Chen rit de bon cœur, à la stupéfaction des inspecteurs qui l'entendirent par la porte ouverte. Puis il emmena Margaret dans le couloir. Li les suivit.

— Venez, je vous reconduis à votre voiture. Puis je téléphone au professeur Jiang dès cet après-midi pour le remercier personnellement de nous avoir permis de vous emprunter.

Margaret jeta un coup d'œil par-dessus son épaule. Li était déjà en grande conversation avec ses inspecteurs. Elle avait peu de chances de le revoir un jour.

Il leva les yeux et l'aperçut de dos, juste au moment où elle disparaissait. Apparemment, il ne méritait même pas un regard.

Deux nouveaux loubards renfrognés furent poussés dans la salle pour quelques renseignements avant l'interrogatoire.

— On a enregistré plus de quinze dépositions ce matin, dit Wu. Tous ceux qui connaissaient Mao Mao. La crème des crèmes : dealers, maquereaux, putains.

— Pas vraiment un mec bien, continua-t-il en suivant Li dans son bureau. Personne ne le pleurera. Même pas sa famille. Quand j'ai prévenu sa mère, elle a craché par terre et dit « bon débarras ».

De sa fenêtre, Li voyait la rue. À travers le feuillage des arbres, il regarda Margaret monter dans la BMW. « Bon débarras ». Les mots de la mère de Mao Mao à propos de son fils trouvaient un écho dans ses propres pensées. Juste avant de refermer la portière, Margaret leva les yeux. Merde ! Elle l'avait vu. Il recula brusquement, et se sentit idiot. C'était absurde ! Il se concentra à nouveau sur Wu qui continuait :

— Il trafiquait dans la drogue, c'est certain, mais il ne faisait pas partie du Cercle d'or. C'était juste une des mouches qui tournent autour.

Le Cercle d'or désignait le réseau des trafiquants de drogue du centre de Pékin, de ceux qui ont toujours les mains propres, un alibi, et n'écopent jamais. Ceux qui s'enrichissent en vendant la mort à prix d'or.

— Bien sûr, continua Wu, personne ne sait rien.

Il s'arrêta un instant, puis reprit :

— Le pire, c'est que, d'instinct, je les crois.

Li hocha la tête pensivement.

— Parfois, ils en savent plus au sommet sur ce qui se passe tout en bas, que le contraire. Sors-moi le dossier de La Piquouse. Pose-le sur mon bureau. J'y jetterai un coup d'œil ce soir.

La Piquouse, c'est ainsi qu'ils surnommaient celui qui était derrière toutes les ventes d'héroïne dans la rue. Tout le monde le savait. Mais entre ce qui se savait et ce qui pouvait être prouvé, il y avait un monde. Une véritable conspiration du silence le protégeait – phénomène pratiquement inconnu dans la société chinoise. L'atmosphère de peur qui l'entourait était plus forte que tout.

— D'accord, patron. Je te l'apporte. Tu auras aussi les dépositions dès qu'elles auront été tapées.

Il repartait vers son bureau quand Li le rappela :

— Au fait... il fumait ? Mao Mao.

Wu prit l'air penaud. Il savait qu'il y aurait droit.

— Je ne sais pas, patron.

— Tu as intérêt à le découvrir.

Li fit signe à Zhao de venir dans son bureau. La chaleur y était étouffante. Il essaya d'ouvrir la fenêtre en grand, mais le maître *feng shui* avait raison, elle était bel et bien coincée. Que cela réduise ou non la vue, cela l'empêchait surtout de faire entrer de l'air.

— Du nouveau au sujet du migrant ?

— Oui, une confirmation de Shanghai sur son identité.

Zhao consulta son carnet :

— Guo Jingbo, trente-cinq ans, divorcé. Sans casier judiciaire. Sans lien connu avec des criminels.

C'était un ouvrier du bâtiment. Un chantier terminé à Shanghai depuis six semaines. Il avait dit à des amis qu'il allait chercher du travail à Pékin. Inscrit à la Sécurité publique depuis quatre semaines seulement. Il y a donc un trou de deux semaines.

— Et il en avait trouvé ?

— Trouvé quoi ?

— Du travail, rétorqua Li, agacé.

— Il n'a pas dû chercher beaucoup. On n'a trouvé aucune trace de candidature.

— Des relations à Pékin ?

— Pas que je sache. Il habitait à l'hôtel, au nord de la ville. Pas un endroit qui donne envie de s'y attarder. Les clients n'y restent pas longtemps d'ailleurs. Personne ne sait vraiment qui il était ni ce qu'il faisait.

— Fumeur ?

Zhao hocha la tête.

— Des traces de nicotine sur les doigts, des allumettes et un paquet de cigarettes à moitié vide dans une poche.

— Quelle marque ?

— Chinoise.

Li grogna. Pas le moindre indice sur lequel s'appuyer pour démarrer.

— À mon avis, il vaut mieux commencer par ramasser tous les migrants enregistrés à Pékin depuis six semaines.

Zhao afficha une mine satisfaite.

— On est en train, patron.

Puis son visage s'assombrit :

— Mais ça va prendre du temps de les interroger tous.

— Pourquoi ?

— Il y en a plus de mille cinq cents.

— Qu'est-ce que tu attends, alors ? fit Li en lui montrant la porte du pouce. File.

Dès que Zhao fut sorti, Wu pointa la tête.

— Je viens de parler avec deux potes de Mao Mao. Il ne fumait pas. Le mégot n'était donc pas à lui.

— Merci, dit Li avec un signe de tête.

Il se leva, ferma la porte et retourna s'asseoir dans le fauteuil pivotant en bois dont il avait hérité avec le bureau. Le fauteuil grinça, comme pour protester. Il joignit les mains, appuya le bout des doigts sous son nez, et se laissa aller en arrière contre le dossier, les yeux fermés. La première image qui lui vint à l'esprit fut celle de Margaret riant en face de lui, au restaurant. Il la chassa avec rage et se retrouva debout devant la clairière du parc Ritan, face à la silhouette fumante accroupie sous les arbres. Il était capable de visualiser ses pensées en trois dimensions, mots et images ensemble. Le premier de ces mots, une question, se glissa au centre de sa vision. « Pourquoi ? » Tout avait été si bien élaboré. Un meurtre dans un endroit public mis en scène pour faire croire à une sorte de sacrifice rituel. Li se mit à la place du meurtrier. Dans un endroit indéterminé, peut-être au domicile de la victime, il avait frappé Chao Heng à la tête, assez fort pour l'assommer, pas assez pour le tuer. Ensuite, il lui avait injecté un sédatif dans le pied. Puis il l'avait transporté au parc avant le lever du jour. Caché dans la clairière, il avait attendu que le parc ouvre ses portes. Il courait malgré tout le risque d'être découvert. Une autre image s'imposa à l'esprit de Li. Le bout de cigarette. Si l'assassin fumait, s'il avait attendu deux ou trois heures, pourquoi n'y avait-il qu'un seul mégot ? Il aurait dû en fumer au moins quatre ou cinq, même plus dans une situation aussi stressante. Li fit glisser la cigarette à côté du « Pourquoi ? ». L'assassin avait assis la victime en position du lotus, l'avait aspergée d'essence, et enflammée. À cet instant, le danger d'être découvert était à son apogée. Il s'était sans aucun doute éloigné au milieu des arbres, loin du sentier. Il se trouvait donc toujours dans le parc quand le corps avait été découvert. *Quelqu'un* l'avait forcément vu. Un témoin. Mais pourquoi se donner tant de mal pour simuler un suicide ? Pourquoi un individu aussi méticuleux laisserait-il traîner un mégot sur la scène du crime ?

Il ouvrit brusquement les yeux et appela :

— Qian !

Celui-ci apparut aussitôt à la porte.

— Patron ?

— Où en est ta liste des habitués du parc ?

— Elle avance.

— Eh bien, grouille-toi. Et commence les interrogatoires le plus vite possible. Quelqu'un a vu le meurtrier. Il était encore dans le parc quand les enfants ont découvert le corps. Il faut faire parler les gens tant que leurs souvenirs sont frais. Mets autant d'hommes que tu peux là-dessus.

— C'est comme si c'était fait, patron, dit Qian en sortant.

Li le rappela :

— Quelqu'un est déjà allé chez Chao ?

— Juste des agents, pour poser les scellés, répondit Qian en regardant sa montre. L'Identification criminelle devrait y être d'ici une demi-heure.

Li sauta sur ses pieds.

— Parfait. Dès que tu as organisé les interrogatoires, cours m'y rejoindre. Je veux jeter un coup d'œil là-bas.

Qian hocha la tête et disparut. Li enfonça les mains dans ses poches en s'approchant de la fenêtre. Il avait l'impression qu'il s'était écoulé des heures depuis qu'il avait regardé Margaret monter à l'arrière de la voiture. Elle lui paraissait très loin, à présent, étrangère. Il se concentra à nouveau sur l'image qu'il avait dans la tête. Le « Pourquoi ? » était la réponse, mais non le moyen de la trouver. C'était la cigarette qui l'ennuyait le plus. Celle-là et les deux autres. Une idée lui traversa l'esprit ; il décrocha le téléphone, composa rapidement un numéro, puis attendit avec impatience. À l'autre bout de la ligne, quelqu'un décrocha.

— Docteur Wang ? Je voudrais que vous fassiez quelque chose pour moi...

IV

L'appartement de Chao Heng se trouvait à deux pas de la rue Xihuashi, dans le quartier de Chongwen, au sud-est du centre-ville. L'immeuble assez récent se dressait derrière de hauts murs. Chaque appartement possédait un balcon vitré, une sorte de serre miniature utilisée pour faire pousser des légumes, des fleurs, faire sécher le linge. Jusqu'au douzième et dernier étage, les murs étaient constellés d'appareils à air conditionné soufflant de l'air frais dans les appartements et rejetant de l'air chaud dans l'atmosphère déjà surchauffée. Qian gara la jeep au pied de l'immeuble, à côté d'une voiture bleu et blanc de la police et d'une camionnette de l'Identification criminelle qui les avaient devancés. Des vieilles femmes assises sous d'immenses ombrelles les regardèrent d'un air morne. Quelques enfants tapaient dans un ballon. Des douzaines de bicyclettes étaient rangées sous les arbres, mais il n'y avait pas d'autre voiture.

L'entrée poussiéreuse paraissait lugubre après la lumière aveuglante de l'extérieur. Les portes de l'ascenseur étaient ouvertes. Affalé sur un tabouret bas, le liftier, un homme maigre à la peau brune ratatinée, vêtu d'un vieux short bleu et d'un maillot de corps crasseux, fumait une cigarette bon marché à l'odeur âcre. Un tas de cendre et de mégots s'était formé à ses pieds. La chaleur était oppressante ; l'air vibrait du bourdonnement des mouches et des cris des enfants. En voyant Li et Qian approcher, l'homme cracha par terre et se leva.

— Vous allez chez qui ?

Li sortit son porte-carte marron de la Sécurité publique, l'ouvrit et montra sa photo :

— Police municipale de Pékin.

— Oh. Vous venez voir l'appart de Chao Heng.

Il se poussa de côté pour les laisser passer.

— Vos collègues sont déjà là.

Il ferma les portes et appuya sur le bouton du cinquième étage.

L'ascenseur commença sa lente ascension en craquant et en grinçant.

— Tout le monde prend l'ascenseur ? demanda Li.

Le vieil homme haussa les épaules.

— Pas toujours. La nuit, quand il n'est plus en service, les résidents prennent l'escalier. Ils ont la clé de la porte.

— Il y a des portes à tous les escaliers ?

Le liftier hocha la tête.

— Et les visiteurs ?

— Ils prennent l'ascenseur.

— Et quand l'ascenseur n'est pas en service ?

— Personne ne vient la nuit.

— Mais si quelqu'un vient ?

Le vieil homme haussa à nouveau les épaules.

— Celui qu'on vient voir sait qu'on vient le voir ; il descend ouvrir la porte.

— Vous voyez donc pratiquement tous ceux qui entrent et sortent.

— Ouais.

Li et Qian échangèrent un regard. Il y avait une chance que cet homme ait vu le meurtrier.

— Et Chao Heng ? Il recevait beaucoup de monde ces temps-ci ?

Le vieil homme eut une moue dégoûtée.

— Chao Heng avait tout le temps des visiteurs. Des jeunes garçons et des *yangguizi*.

— Des jeunes garçons ? Qu'est-ce que vous

entendez par « jeunes garçons » ? demanda Qian, perplexe.

— Des jeunes garçons ! répéta le vieux comme si Qian était sourd. Quinze, seize, dix-sept ans... On devrait les enfermer, ces types-là.

Qian eut l'air un peu choqué.

— Et aussi des étrangers, avez-vous dit. Quelle sorte d'étrangers ? demanda Li.

— Des Américains, je crois. Ils ne parlaient jamais chinois.

— Pas de visiteurs chinois ?

— Oh, quelques rupins en grosses bagnoles. Chao était une huile au ministère de l'Agriculture.

L'ascenseur s'arrêta au cinquième étage avec une grande secousse.

— Et hier soir ? Il a eu de la visite ? demanda Li.

— Rien depuis une semaine ou deux, répondit le vieil homme en ouvrant les portes.

— Il a bien dû sortir à un moment ou un autre, hier.

— Pas tant que j'étais là, affirma-t-il d'un ton catégorique. Depuis un mois, il sortait à peine. Il n'allait pas fort.

Li et Qian sortirent de l'ascenseur.

— Vous devrez faire une déposition au quartier général. Quelqu'un peut-il vous remplacer ?

— Pas de problème. Le comité de rue s'en occupera.

Un policier en uniforme se tenait devant la porte de l'appartement de Chao Heng. À l'intérieur, deux spécialistes de l'Identification criminelle munis de gants blancs et de surchaussures en plastique passaient les lieux au peigne fin. L'air conditionné était coupé, la chaleur étouffante. Avant d'entrer, Li et Qian enfilèrent des protections qu'ils tirèrent d'un sac posé à la porte. Les deux autres policiers les saluèrent d'un signe de tête.

— Ne touchez à rien si ce n'est pas indispensable, dit l'un d'eux.

Par rapport aux normes chinoises, c'était un grand appartement pour une personne seule : une entrée, deux chambres à coucher, une salle de bains, une cuisine avec un coin salle à manger, un salon ouvrant sur le balcon vitré. Un tel appartement donnait une idée du statut social de Chao Heng.

Li et Qian déambulèrent de pièce en pièce en examinant l'appartement, en s'imprégnant de son atmosphère. Li renifla. Derrière l'odeur rance de tabac froid perçait une note plus acide de désinfectant, pharmaceutique peut-être – désagréable en tout cas. Dans la cuisine, la puanteur de pourriture émanant de la poubelle dominait. Le plan de travail était couvert de détritus, l'évier plein d'assiettes sales, un cendrier débordait de mégots. Li en souleva un pour voir la marque. Marlboro. Il le reposa. Le petit réfrigérateur était pratiquement vide, à part un paquet de tofu, une demi-douzaine de bouteilles de bière, et une bouteille de vin rouge californien. Li regarda l'étiquette : *Ernst et Julio Gallo, Cabernet Sauvignon.* Visiblement, Chao Heng n'y connaissait rien en vin, sinon il n'aurait jamais conservé une bouteille de rouge au frigo. Il ne l'avait sans doute pas achetée lui-même. Un placard mural était plein de provisions : nouilles, champignons séchés, fruits secs, fruits au sirop, boîtes de légumes, un grand pot de farine, des petits pots de graines de lotus concassées. Sur le plan de travail, un ouvre-boîte et plusieurs boîtes vides ayant contenu des lychees, des germes de soja, des châtaignes d'eau.

— Végétarien ? suggéra Qian.

— Possible.

Li balaya du regard les différents pots, boîtes et paquets rangés sur les étagères. Il n'y vit aucun produit animal. Mais il manquait quelque chose d'autre. Quelque chose qui aurait dû s'y trouver. Mais quoi ?

— Il n'y a pas de riz, dit-il enfin.

— Il n'en avait peut-être plus, suggéra Qian.

— Peut-être.

Ils passèrent dans la salle de bains. En désordre, comme la cuisine. Au-dessus du lavabo, la tablette était encombrée de vieux tubes de dentifrice, crèmes, pommades. Le miroir était éclaboussé de savon et de crème à raser. Un rasoir mécanique taché de sang gisait dans la cuvette douteuse. Une serviette de toilette usagée avait été jetée sur le rebord de la baignoire, elle aussi cernée d'un anneau de crasse. Li enleva un gant pour tâter la serviette. Elle était encore humide.

En ouvrant la petite armoire à pharmacie murale, Qian fit tomber une avalanche de boîtes en carton et de tubes en plastique. Il se baissa pour les ramasser puis les remit en place, un par un. Li regarda par-dessus son épaule : il y avait des médicaments occidentaux aux noms étranges, exotiques – Epivir, AZT, Crixivan – et des remèdes de médecine chinoise traditionnelle.

— Hypocondriaque, observa Qian.

— Ou malade, d'après ce qu'a dit le liftier, rétorqua Li.

Qian referma l'armoire ; ils passèrent ensuite dans la première chambre à coucher où l'un des hommes de l'Identification criminelle avait trouvé la panoplie de toxico de Chao : une seringue hypodermique, une petite cuillère en métal, une cordelette en nylon et un petit sachet rempli de poudre blanche, le tout enfermé dans une boîte métallique ternie, cabossée, portant les cicatrices du temps et des voyages. Le fait que Chao ne l'ait pas sur lui quand on avait trouvé son corps était éloquent.

Il y avait des miroirs sur tous les murs, dont un très grand au pied du lit défait ; sur une commode s'amoncelaient pots de crème, boîtes à poudre, tubes de rouge à lèvres, produits de maquillage pour les yeux, parfums, lotions, potions de toutes sortes.

— Une vraie chambre de pute, fit Qian d'un air dégoûté.

Le spectacle que lui offrit la penderie confirma son impression : robes en soie noire et rouge brodées de dragons et de papillons, pyjamas en soie, sous-vêtements masculins érotiques, strings et cache-sexe. Il y avait aussi des porte-jarretelles, des bas, des chaussures de femme, et un fouet en cuir à trois lanières.

— Ce type était complètement malade, dit Qian en regardant autour de lui. Dieu sait ce qui a pu se passer ici avec tous ces jeunes garçons.

Ils laissèrent les spécialistes de l'Identification criminelle relever les empreintes et passèrent dans l'autre chambre à coucher, impeccable en comparaison. Le lit était fait avec des draps propres. Personne ne semblait y avoir dormi récemment. La penderie regorgeait de costumes sombres et de chemises blanches repassées. En dessous s'alignait une rangée de chaussures noires et marron bien cirées. L'autre chambre leur avait dévoilé la face cachée de Chao Heng. Celle-ci reflétait son image publique. Deux visages différents. Li se demanda lequel était le véritable Chao Heng – et combien de gens le connaissaient.

Peut-être un troisième visage se révélerait-il dans le salon. C'était une pièce confortable, élégante, aux meubles laqués traditionnels – anciens pour la plupart : tables basses incrustées de nacre, paravents peints à la main, sièges bas recouverts de jetés de soie brodés. Trois murs étaient décorés de peintures originales montées sur rouleau, le quatrième disparaissait sous les livres. Des livres de toutes sortes, en chinois et en anglais. Des romans classiques comme *Le Rêve dans le pavillon rouge* de Cao Xueqin ou *Le Fils du ciel* de Ling Li, aussi bien que *Redgauntlet* de Walter Scott ou *Les Raisins de la colère* de Steinbeck. Une véritable bibliothèque scientifique également : *Agents infectieux de l'ADN végétal*, *Estimation des risques en génie génétique*, *Virologie végétale*, *Empreinte génomique*. Et des ouvrages médicaux : *Dictionnaire thématique de la médecine traditionnelle chinoise*, *Acupuncture et Moxa chinois*, *L'Acupuncture pour lutter contre l'usage des stupéfiants*.

Qian laissa échapper un sifflement de surprise.

— Un seul homme peut-il lire autant de bouquins ?

Li en choisit un au hasard, *Transfert génétique dans l'environnement,* dont il examina le dos.

— Apparemment, Chao l'a fait, dit-il en remettant le livre à sa place.

À l'autre bout de la pièce, un poisson tropical multicolore zigzaguait dans un aquarium au milieu d'un paysage marin méticuleusement recréé. À côté, sur une petite table, se trouvaient plusieurs boîtes d'aliments pour poissons. Li en prit une, en saupoudra une pincée à la surface de l'eau, observa le poisson chipoter au hasard les petites particules qui tombaient lentement au fond, puis sortit sur le balcon vitré orienté au nord. Deux fauteuils confortables entouraient une table basse sur laquelle il y avait une bouteille de bière vide, un cendrier rempli d'une douzaine de mégots et un paquet de Marlboro à moitié plein. La lumière frisante faisait ressortir des empreintes de doigt grasses sur le verre sombre. C'est étrange comme les morts laissent des traces physiques derrière eux longtemps après avoir disparu, pensa-t-il. Cet appartement devait être rempli de traces de doigts laissées par Chao Heng sur tout ce qu'il touchait, de cheveux dans le lavabo, la baignoire, sur les peignes, les brosses. La fine poussière de peau morte perdue au fil des ans devait recouvrir les fibres des lits et des tapis comme une neige cachée. Son odeur devait se dégager des vêtements pendus dans les armoires. Sa personnalité se reflétait dans le choix de son style de vie, ses vêtements, ses meubles, les livres qu'il lisait. Autant d'indices, pas forcément sur le meurtre, mais sur l'homme. Et connaître l'homme permettait déjà de se faire une idée de son assassin.

Du balcon, Li regarda en bas, dans la cour. Il voyait les trois véhicules de police et le portail ouvert sur la rue. Il ferma les yeux, imagina l'assassin en train de porter sur son épaule le corps prostré de Chao, depuis la porte de l'immeuble jusqu'à la place de parking la plus proche – environ 4,50 mètres. Il rouvrit les yeux et observa les réverbères. Peu nombreux, espacés ; les arbres devaient en outre projeter des ombres assez denses. Mais il y avait une lampe au-dessus de la porte d'entrée ; elle devait bien éclairer à cinq mètres à la ronde, donc rendre le trajet très risqué. Après avoir descendu les cinq étages avec Chao sur le dos, l'assassin avait dû ouvrir puis refermer la serrure de la porte. Non seulement c'était un homme déterminé, mais il était costaud.

— Qian !

— Oui patron ?

— Descends voir si la lumière de la porte d'entrée fonctionne. Et regarde si la porte de l'escalier est fermée à clé.

Qian hésita un moment, attendant une explication, mais comme rien ne venait, il hocha la tête et quitta l'appartement.

Li resta un long moment à réfléchir, en essayant de visualiser la scène. Finalement, il revint dans le salon où son regard tomba à nouveau sur la bibliothèque. En parcourant les rangées de jaquettes multicolores, il se souvint de la devinette de Mei Yuan : « Deux hommes. L'un d'eux est le gardien de tous les livres du monde, ce qui lui donne accès à la source de toute connaissance. La connaissance étant le pouvoir, cela fait de lui un homme très puissant.

L'autre ne possède que deux bouts de bois. Or cela le rend encore plus puissant que le premier. Pourquoi ? » Soudain, Li comprit pourquoi. Il sourit. Très pertinent, pensa-t-il. Comme c'est étrange. Mei Yuan a peut-être des dons de voyance.

Un clignotement rouge attira son regard de l'autre côté de la pièce. Il se dirigea vers un petit meuble à l'intérieur duquel était posée, sur une étagère, une minichaîne stéréo avec tuner, cassette, CD. Li s'accroupit, examina les petits points lumineux rouges et verts, et vit le chiffre 9 affiché sur l'écran digital.

— Quelqu'un a touché à la chaîne ? demanda-t-il aux hommes de l'Identification criminelle.

— Non, répondit l'un.

— Moi non plus, cria l'autre.

Li leva les yeux en entendant Qian revenir, un peu essoufflé.

— Quelqu'un a volé l'ampoule, patron. En tout cas, elle n'est plus là, et le vieux de l'ascenseur dit que la lampe fonctionnait normalement hier soir. Oh, la porte est fermée à clé.

Li hocha la tête.

— Tu t'y connais en chaîne hi-fi ?

— J'ai des dépenses plus importantes à faire. De toute façon, je ne vois pas quand j'aurais le temps de l'écouter. Pourquoi ?

— Chao a laissé la sienne allumée. En fait, il a laissé le CD sur pause. La lumière clignote encore. Tu veux entendre ce qu'il écoutait quand l'assassin est arrivé ?

— Comment sais-tu que l'assassin est venu ici ?

— Simple hypothèse, dit Li en appuyant sur le bouton « Play ».

Immédiatement, la pièce se remplit des sons étranges d'une musique venue d'ailleurs. Il se leva et trouva un boîtier de CD vide sur le meuble.

— De l'opéra occidental, dit-il.

Il lut sur la couverture :

— *Samson et Dalila,* Saint-Saëns.

Et, sur le livret interne :

— 9 : « Mon cœur s'ouvre à ta voix. » « Samson, défenseur des Hébreux asservis par les Philistins, sait qu'il doit résister aux avances de Dalila la tentatrice. Mais sa détermination s'effondre quand elle le séduit avec cette chanson d'amour. Il lui cède, lui révèle le secret de sa force – elle lui coupe alors les cheveux pour l'affaiblir. »

Était-ce à la tentation de la drogue, ou à son attirance pour les jeunes garçons que Chao avait cédé, le laissant sans force aux mains de son assassin ? La voix de la soprano montait en crescendos sensuels.

— Alors ? demanda Qian avec impatience, en élevant la voix pour se faire entendre. Sur quoi se fonde cette hypothèse ?

— Sur un certain nombre de choses. La première étant que Chao Heng se trouvait certainement ici hier soir.

— Comment le sais-tu ?

— La serviette de toilette jetée sur la baignoire était encore humide. Il a nourri son poisson, probablement assez tard puisqu'il n'a pas faim. Il a laissé ses cigarettes sur la table du balcon, et sa seringue dans la chambre. Or les fumeurs et les junkies ne sortent jamais sans leurs munitions. Pas volontairement, en tout cas. Il n'a pas pris l'ascenseur pour sortir. Il n'avait pas de clé sur lui ; comment a-t-il pu refermer la porte ?

Li retourna sur le balcon.

— À mon avis, il était assis à cet endroit précis, en train d'écouter Dalila séduire Samson et de boire une bière sortie du frigo. Il devait être là depuis un bon moment, à en croire le nombre de mégots dans le cendrier et le CD. Il était tard, longtemps après la fermeture de l'ascenseur, peut-être une ou deux heures du matin ; tout le monde dormait dans l'immeuble. Il attendait une voiture. Peut-être une livraison d'héroïne. Ou un jeune garçon. Qui sait ? Quand il a vu les phares de la voiture, il s'est levé, a mis le CD sur pause, pris sa clé, descendu l'escalier pour ouvrir la porte. Il devait faire plus sombre que d'habitude parce que l'assassin venait juste de retirer l'ampoule de la porte d'entrée. C'est peut-être pour ça que Chao ne s'est pas immédiatement rendu compte que son visiteur n'était pas celui qu'il attendait.

L'homme était probablement armé ; il l'a forcé à remonter dans son appartement. Là, il l'a frappé avec un objet contondant, probablement son revolver, et lui a injecté de la kétamine. Il a attendu, une heure peut-être, le temps de s'assurer qu'on ne l'avait pas vu, puis il a porté ou traîné Chao en bas des escaliers et refermé la porte derrière eux. Protégé par la pénombre, il l'a porté jusqu'à sa voiture. Ensuite, il est allé au parc Ritan. Tu peux compléter toi-même.

Samson avait entièrement succombé au charme de Dalila. Qian fit la moue.

— Balaise, l'hypothèse ! Comment sais-tu que l'assassin était seul ?

— Je n'en sais rien.

— Ça aurait été plus facile à deux, non ?

Li hocha la tête.

— Oui, mais il y a quelque chose de très...

Il avait du mal à trouver le mot exact.

— ... personnel, presque excentrique, dans tout ça. Pour moi, c'est l'œuvre d'un seul esprit tordu.

L'un des hommes de l'Identification criminelle les appela dans l'entrée. Accroupi devant la porte de la cuisine, il grattait soigneusement le tapis.

— Une trace de sang. Apparemment fraîche. Les analyses spectrales nous en diront plus.

Qian regarda Li avec un respect accru.

— Si c'est le sang de Chao, tu as sans doute raison, patron.

Puis il fit la grimace.

— Le problème, c'est que ça ne nous rapproche pas davantage de l'assassin, ajouta-t-il.

— Chaque détail nous en rapproche un peu, dit Li. Il est temps d'aller voir le comité de rue.

V

Liu Xinxin, la présidente du comité de rue, était une petite femme maigre, nerveuse, d'une soixantaine d'années. Elle habitait le même immeuble que

Chao Heng, au rez-de-chaussée. Ses cheveux grisonnants tirés en chignon serré dégageaient un visage aux traits délicats. Elle portait un tablier par-dessus une blouse grise et un large pantalon noir qui s'arrêtait nettement au-dessus des chevilles. Elle avait les mains blanches de farine.

— Entrez, dit-elle en ouvrant la porte.

D'une main, elle balaya une mèche rebelle, laissa une trace blanche sur son front, et les emmena dans la cuisine où elle était en train de préparer des raviolis.

— Vous tombez mal. Mon mari ne va pas tarder, mon fils et sa femme aussi.

Li hocha la tête.

— On tombe toujours mal quand il s'agit d'un mort.

Un grand bruit retentit dans la pièce voisine, suivi d'une cascade de rires. Deux petits garçons firent irruption dans l'entrée en hurlant.

— Mes petits-enfants, dit Liu Xinxin.

Et elle s'empressa d'ajouter, comme si l'on pouvait suspecter sa famille d'être politiquement incorrecte :

— Le plus grand est celui de ma fille...

Une ombre passa sur son visage.

— ... morte en couches. Il a fallu sortir le bébé par césarienne. Mon gendre n'a pas supporté sa mort, ni l'enfant ; mon fils et ma belle-fille l'ont adopté.

Elle s'essuya les mains sur son tablier avant de l'ôter.

— Donc... M. Chao. Personne ne l'aimait beaucoup. Suivez-moi.

Elle les fit entrer dans un salon encombré ; un mur entier était couvert de cages à oiseaux dont les occupants, jaunes et blancs, pépiaient en chœur ; le balcon aux vitres embuées débordait de plantes et de linge accroché sur un fil ; adossé au mur opposé se dressait un vieux piano droit sur lequel restaient des lambeaux d'une *dazibao* qu'on y avait collée autrefois.

— Il n'est pas à moi, dit Liu Xinxin en suivant leur regard. Il appartient à l'État. En fait, je suis musicienne. Je ne sais pas comment je me suis retrouvée mêlée à la politique de quartier, sans doute parce que je suis membre du Parti depuis près de quarante ans. Je n'ai été envoyée que deux fois en réforme. Vous connaissez peut-être mes chansons ? demanda-t-elle à Qian.

Médusé, celui-ci jeta un regard désespéré à Li.

— Si vous nous disiez ce que vous avez écrit... dit ce dernier.

— Oh, j'en ai écrit des centaines. Je ne me les rappelle pas toutes. J'en ai perdu tellement. Dans les années soixante, une collection de mes chansons a été réunie à Shanghai. Elles allaient être publiées quand la Révolution culturelle a tout arrêté. Ma musique « réactionnaire » a été condamnée. Je n'ai jamais apprécié la formule officielle de la composition musicale – « Allégresse, Vigueur, Fougue, Exubérance ».

Elle parodia en même temps les mouvements raides et saccadés de la marche cadencée.

— Elles ont été perdues. J'ai essayé de retrouver leur trace il y a une quinzaine d'années, mais le typographe était mort et l'éditeur n'était pas au courant.

Elle eut un petit sourire philosophe avant d'ajouter :

— Mais d'autres ont survécu... « Construisons notre monde ensemble », « Voilà ce que j'étais, me voici aujourd'hui », « Notre pays ». Mais vous étiez venus me parler de M. Chao, reprit-elle en se forçant à sourire. Je vais d'abord préparer du thé, vous poserez vos questions ensuite.

Li et Qian s'assirent sur des chaises basses pendant qu'elle s'affairait dans la cuisine. Quelque part dans l'appartement, ajoutant au vacarme des oiseaux, les enfants tapaient sans relâche sur une vieille boîte de conserve.

Élevant la voix pour se faire entendre, Li demanda à Liu Xinxin pendant qu'elle servait le thé :

— Vous avez dit que personne ne l'aimait beaucoup.

— C'est surtout parce que personne ne le connaissait, dit-elle. Le ministère de l'Agriculture possède plusieurs appartements dans cet immeuble, mais M. Chao ne s'est jamais mélangé à ces familles. Et avec nous, il était... comment dire ?... distant. Comme s'il se sentait supérieur. Quand on lui disait « bonjour » dans la rue, il regardait ailleurs. Il ne souriait jamais, ne reconnaissait jamais personne. Je pense que c'était un homme très triste.

— Qu'est-ce qui vous fait dire ça ?

Li avala une gorgée de thé vert. Il était bon.

— Un homme qui ne sourit jamais est forcément triste, dit-elle. Et ses yeux... si on croisait son regard par hasard, on y lisait sa douleur ; on aurait dit qu'un fardeau insupportable pesait sur lui. C'est, M. Dai, le liftier, qui le connaissait le mieux, bien sûr. Il fait partie de mon comité ; on en discutait souvent.

Elle marqua un temps d'arrêt et se reprit :

— Quand je dis que M. Dai le « connaissait », je veux dire qu'il le voyait souvent. En réalité, personne ne le connaissait.

— Et sa famille ? Vous savez quelque chose de son passé ? demanda Li.

Elle secoua la tête :

— Uniquement ce qu'on m'a dit quand il est arrivé ici.

— Il y a combien de temps ?

— Deux ans, environ. Il travaillait depuis plusieurs années dans le sud, près de Guilin, dans la province du Guangxi, avant d'être muté à Pékin, et d'avoir cet appartement. Mais depuis six mois, il ne travaillait plus beaucoup. Il n'allait pas très bien, je crois.

Elle se pencha en avant pour poursuivre sur un ton confidentiel :

— Il paraît qu'il a été marié, qu'il a divorcé et qu'il a des enfants quelque part dans le Sud.

Elle baissa encore la voix avant d'ajouter :

— Il aimait les jeunes garçons, vous savez.

Li se retint de sourire. Il imaginait les discussions entre Liu Xinxin, M. Dai et les autres membres du comité sur le va-et-vient nocturne des visiteurs de Chao. Mais ils devaient craindre sa position privilégiée au sein du Parti et de l'État. Peut-être l'avaient-ils dénoncé au Bureau de la Sécurité publique où on leur avait dit de s'occuper de leurs affaires. Le conseiller scientifique d'un ministre d'État était sans doute un homme puissant et influent, un mandarin des temps modernes. Il fallait être prudent. Li termina son thé et se leva.

— Eh bien, merci beaucoup, Lao Liu. Vous nous avez apporté une aide précieuse.

Qian imita son chef.

— Vous ne voulez pas boire une autre tasse de thé ?

Elle semblait regretter leur départ.

— Nous ne voulons pas vous retenir davantage, votre famille va bientôt rentrer.

— Oh... fit-elle avec un geste dédaigneux. Ils ne vont pas rentrer de sitôt. Aimeriez-vous que je vous chante une de mes chansons ?

— Nous n'avons vraiment pas le temps, dit Li.

— Juste une, insista-t-elle en se dirigeant vers le piano. Vous devez connaître « Notre pays ». On la chante dans toutes les écoles.

Li et Qian échangèrent un regard du coin de l'œil. Ils ne pouvaient décemment pas y échapper.

— Juste une, alors, dit Li.

Liu Xinxin rayonnait de joie.

— Vous allez chanter avec moi.

Elle joua une brève introduction.

— Je chante les couplets, vous chantez le refrain avec moi.

Très embarrassé, Li se félicita qu'aucun témoin ne pût les voir debout autour du piano en train de chanter les paroles écrites par cette vieille dame trente ans plus tôt. Il imaginait les commentaires de ses collègues. Heureusement, il pouvait compter sur Qian, aussi mal à l'aise que lui, pour garder le silence. Puis il aperçut soudain les deux petits-fils de Liu Xinxin, bouche bée, sur le seuil de la porte, et, quelques minutes après, leurs parents, aussi étonnés. Il ferma les yeux.

Rouges de confusion, ils quittèrent l'appartement, s'engouffrèrent sans un mot dans la jeep, et ne dirent rien pendant une longue minute. Ce fut Li qui craqua le premier, suivi de Qian ; secoués d'un fou rire monstrueux, ils se plièrent en deux comme deux gamins entendant une blague salace pour la première fois de leur vie. Tout embarras était dissipé. En reprenant son souffle, Li se demanda ce qui avait déclenché une telle hilarité, avant de réaliser que c'était d'eux-mêmes qu'ils riaient.

Un léger coup frappé côté conducteur leur fit tourner la tête. C'était un jeune agent en uniforme. Qian baissa sa vitre :

— Oui ?

— Agent Wang, dit l'agent d'un air sévère et désapprobateur. C'est mon secteur. Vous auriez dû passer me voir avant d'aller interroger des membres de ce comité de rue.

Li se pencha, hilare.

— Ne vous inquiétez pas, Wang. Nous sommes juste venus prendre une leçon de chant.

Et il éclata de rire.

Qian démarra la voiture en trombe et sortit du parking en faisant crisser les pneus. Vexé, ivre de rage, Wang les regarda partir tandis que leurs éclats de rire résonnaient encore à ses oreilles.

De retour à la Section n° 1, Li et Qian découvrirent une file interminable de gens venus faire leur déposition. La rue était encombrée de vélos, de taxis, de groupes d'hommes et de femmes en train de discuter des raisons de leur convocation. Il y avait des gens de tous les milieux – travailleurs migrants récemment arrivés à Pékin, petits escrocs, habitués matinaux du parc Ritan : fonctionnaires, ouvriers, femmes au foyer, et une armée de retraités. Des policiers supplémentaires avaient été détachés du quartier général du Département d'investigations criminelles pour mener les interrogatoires.

Li et Qian eurent du mal à garer la jeep, et encore plus de mal à se frayer un passage au milieu de tous ces gens. À l'intérieur, ce n'était guère mieux, ils faisaient la queue jusque dans l'escalier. Des salles d'interrogatoire avaient été installées à tous les étages. Chaque entretien était enregistré, retranscrit, dactylographié. Comme Li s'en aperçut en entrant dans son bureau, tous ces documents atterrissaient ensuite sur sa table qui disparaissait sous une montagne de papiers. Des centaines de dépositions avaient déjà été faites sur les trois assassinats – mais il y en avait encore des centaines, peut-être des milliers à venir. Il trouva également le rapport d'autopsie de Chao, son CV, plusieurs rapports de l'Identification criminelle sur les différentes scènes des crimes, et, sous une pile de dépositions photocopiées, le dossier de La Piquouse préparé par Wu. Broyé à l'avance par le poids de cette charge de travail, Li se gratta la tête. Rien que pour lire tout ça, il lui faudrait plusieurs semaines. À cet instant, une jeune fonctionnaire entra avec une nouvelle pile de dépositions.

Il bondit sur ses pieds et l'arrêta en levant les mains.

— Assez ! Je n'en veux pas une de plus sur mon bureau.

Désemparée, la fille d'une vingtaine d'années regarda autour d'elle.

— Qu'est-ce que j'en fais, alors ?

— Là, fit Li en lui montrant le sol. Par terre, sous la fenêtre. Classez les trois meurtres en trois piles distinctes. Je ne veux sur mon bureau que ce que j'ai demandé, compris ?

Elle hocha la tête d'un air agacé, et s'accroupit pour ranger les documents comme on le lui avait demandé. Un énorme tas supplémentaire tomba à côté d'elle. Surprise, elle leva les yeux vers Li :

— Vous pouvez trier ça aussi pendant que vous y êtes, lui dit-il.

Maintenant qu'il voyait à nouveau la surface de sa table, Li commença à sélectionner les dossiers qu'il voulait garder sous la main. En jetant un coup d'œil au rapport d'autopsie, il se surprit à penser malgré lui au docteur Margaret Campbell. Des bribes de pensées, de phrases, lui revinrent : « nul homme n'est une île », « j'ai dû briser un miroir », « ma misérable vie privée ne vous intéresse pas ». Des images : l'alliance au majeur de sa main gauche, les taches de rousseur sur ses bras, le doux frottement de ses seins contre le fin coton blanc du tee-shirt.

Irrité contre lui-même, il mit le rapport d'autopsie de côté et se força à se concentrer sur les rapports de l'Identification criminelle. Ils ne lui apprirent rien qu'il ne sache déjà. L'analyse spectrale du sang trouvé dans l'appartement de Chao serait plus révélatrice. De même que le résultat de la demande faite au docteur Wang. Or il n'aurait ni l'une ni l'autre avant le lendemain. Il se sentit exaspéré par l'obligation d'attendre. Ce qui était insolite chez lui, d'habitude si patient. Mais son instinct lui disait que, dans cette affaire, la rapidité était essentielle, qu'il était hors de question de perdre son temps à passer chaque information au crible et de construire lentement l'échafaudage des preuves rassemblées une par une. Pourtant c'était ainsi qu'il avait été formé.

Il parcourut les trois rapports de l'Identification criminelle. Le seul indice réel relevé sur chaque scène était une Marlboro. Le fait que Chao fume justement des Marlboro troublait Li depuis la découverte des mégots et du paquet dans son appartement. La cigarette trouvée près du corps du parc Ritan avait-elle été fumée par Chao lui-même – dernière volonté accordée par son assassin ? Dans ce cas, rien ne reliait le meurtre de Chao aux deux autres, sauf une simple coïncidence. Mais Li n'aimait pas les coïncidences. En tout cas, Chao avait été drogué, il avait laissé ses cigarettes chez lui, et en admettant qu'il ait pu fumer, cette cigarette lui avait été donnée par son assassin, qui fumait donc lui aussi des Marlboro. Une autre coïncidence. Beaucoup trop de coïncidences. Il tambourina des doigts sur son bureau. Jamais il n'aurait la patience d'attendre jusqu'au lendemain les réponses à ses questions.

Un autre arrivage de dépositions fut rangé en piles sous la fenêtre. Par la porte ouverte, Li aperçut la salle des inspecteurs en pleine effervescence. Il ouvrit le dossier de Chao, le feuilleta, et y trouva un détail précieux. Chao était né en 1948, à Nanchang, dans la province du Jiangxi, un an avant la fondation de la République populaire de Chine. Son père était professeur d'anglais, sa mère membre du Parti. Arrivé à Pékin en 1966, l'année de la naissance de Li, il s'était inscrit à la faculté d'agronomie de Pékin alors que la Révolution culturelle balayait le pays. Au bout de deux ans, il avait été dénoncé par des camarades devenus Gardes rouges, et obligé d'abandonner ses études. La phrase « dénoncé par les Gardes rouges » évoqua à Li les raclées à répétition, les heures d'autocritique forcée, les aveux de faiblesse réactionnaire et d'inclinations impérialistes. Souvent, ce n'était pour ces adolescents libérés des contraintes et de la discipline d'une société organisée que l'occasion d'explorer le côté sombre et cruel de la nature humaine. Des brutes et des tyrans à qui on donnait la liberté de s'exprimer à travers la torture et le meurtre sans crainte de représailles. Après tout, ils nettoyaient leur pays de ses classes ennemies. Les enfants étaient libres de tourmenter leurs professeurs, de les obliger à porter des bonnets d'âne et à ramper devant eux en classe. Li en avait été témoin à l'école primaire. Heureusement, à l'époque où il était entré au lycée, la folie commençait à s'essouffler. Il imaginait que les camarades de Chao l'avaient probablement choisi pour cible parce qu'il était doux, peut-être ouvertement homosexuel, peut-être simplement troublé par sa sexualité. Il avait été envoyé en rééducation à la campagne.

Ensuite, il y avait un trou d'un an, sans aucune indication de l'endroit où il avait été placé. Puis, par un coup de chance extraordinaire, ou grâce à l'influence de sa mère, on le retrouvait soudain étudiant aux États-Unis, à l'université du Wisconsin. Diplômé de génétique microbienne en 1972, il y était resté un an de plus pour terminer son doctorat en biotechnologie. Il avait obtenu une bourse de recherche au Boyce Thompson Institute de l'université Cornell, où il avait travaillé jusqu'en 1980, date à laquelle il était rentré en Chine pour enseigner dans cette même université qu'il avait dû quitter douze ans plus tôt.

Il s'était marié très vite, avait divorcé au bout de trois ans, et avait une fille. Li se demanda pourquoi il s'était senti obligé de se marier. C'était une relation vouée à l'échec. Par besoin de respectabilité ? Ne pouvait-il se contenter de mener une vie discrète ?

Que ses goûts particuliers fussent connus ou non, ils n'avaient pas eu de conséquence sur sa carrière. Sa participation à la création du Laboratoire national d'agrobiotechnologie de la faculté d'Agronomie de Pékin, sous les auspices du ministre de l'Agriculture, avait été déterminante. Au cours des dix années suivantes, il avait dirigé des projets à Pékin, Changping et Zhuozhou. Il avait ensuite passé près de quatre ans dans les environs de Guilin pour mener des recherches, sans autre précision ; puis en 1996, on l'avait rappelé à Pékin et nommé conseiller technique supérieur au ministère de l'Agriculture d'où il venait de démissionner six mois plus tôt pour raisons de santé.

Li referma le dossier. Toute une vie résumée en quelques paragraphes. Il n'en savait pas plus sur l'homme, sur ses motivations, sur ce qui l'avait conduit à l'héroïne, à se détruire la santé, à se faire assassiner. Il espérait en glaner un peu plus le lendemain en allant faire un tour au ministère. Demain,

demain, toujours demain ! Il attrapa le dossier de La Piquouse. Le milieu des dealers lui fournirait de quoi établir le premier lien concret entre deux des meurtres au moins.

On frappa doucement à la porte. Le chef de section Chen entra, et referma derrière lui.

— Quelle pagaille dehors, dit-il. Vous en avez pour des semaines, ajouta-t-il en apercevant les piles de dépositions sous la fenêtre.

— Ou des mois, fit Li d'un air lugubre.

— Ça avance ?

— Lentement. J'en saurai plus demain quand on aura les résultats du labo. En attendant, on essaye toujours de trouver la première pièce du puzzle.

Chen hocha la tête.

— Eh bien j'ai une bonne nouvelle. Vu le succès de l'autopsie pratiquée ce matin par le docteur Campbell, le professeur Jiang offre de nous la prêter pendant toute la durée de son séjour à Pékin. À condition, bien sûr, que cela n'empiète pas sur ses heures de cours.

— C'est très aimable de la part du professeur, mais ce n'est absolument pas nécessaire, dit Li, pris au dépourvu.

— Oh, mais j'ai déjà accepté en votre nom. J'ai dit au professeur qu'elle pouvait se charger des deux autres autopsies dans la matinée.

Li serra la mâchoire en s'efforçant de garder son calme.

— Vous n'auriez pas dû, chef. J'ai déjà demandé au professeur Xie de pratiquer ces autopsies. C'est une enquête chinoise à laquelle le docteur Campbell est totalement étrangère. Je n'ai pas besoin d'elle.

Chen était sur le point d'user de son autorité de supérieur quand il croisa le regard résolu de Li. Il changea d'avis. Il l'avait déjà fait plier une fois sur le même sujet ; peut-être le jeune homme méritait-il qu'on lui laisse un peu plus de liberté d'action. Il soupira :

— Très bien, je dirai au professeur que d'autres dispositions ont déjà été prises, que nous lui sommes très reconnaissants, mais que nous n'avons pas besoin des services du docteur Campbell.

Il se tut, puis reprit :

— Mais s'il s'agit d'un motif personnel, Li Yan, vous êtes vraiment ridicule de le laisser perturber votre jugement professionnel.

Sur ce, il sortit ; Li resta les yeux dans le vague, regrettant d'un côté de ne pas avoir accepté la proposition, sachant de l'autre que s'il l'avait acceptée, l'affaire aurait pu devenir personnelle, d'une manière qui risquait fort de perturber son jugement professionnel. Elle avait éveillé en lui des sentiments qu'il avait mis dix ans à étouffer au profit de sa carrière, et ne voulait à aucun prix ranimer. Il ouvrit le dossier de son vieil ennemi La Piquouse.

VI

Le grincement de la porte suffit à troubler la fragilité de son sommeil. Elle cligna les yeux et souleva la tête de l'oreiller qui était incroyablement dur. Elle avait le bras droit paralysé, le cou bloqué. Le regard flou, elle vit un homme s'approcher de son lit. Que faisait-il dans sa chambre ? Elle se redressa le cœur battant et se rendit compte qu'elle n'était pas couchée. Paniquée, elle se demanda pendant une seconde où elle était. Soudain, elle comprit ; elle s'était endormie à son bureau, la tête sur le bras.

— Ça va ? demanda Bob.

— Oui, désolée. Je crois que je me suis assoupie. Je n'ai pas beaucoup dormi la nuit dernière.

La nuit dernière ? C'était quand ? Son cerveau ne retrouvait aucun repère. Au fur et à mesure que le sang recommençait à circuler dans son bras, les souvenirs des dernières vingt-quatre heures remontèrent peu à peu à la surface, accompagnés d'une série de douleurs au fond des yeux, aux tempes, à la base du cou – l'autopsie, le déjeuner avec Li, la déprime qui avait suivi. Puis elle se rappela avoir été convoquée chez le professeur Jiang qui lui avait demandé si elle voulait se charger de deux autres autopsies, et seconder, à titre consultatif, le commissaire adjoint Li dans son enquête criminelle.

Ce souvenir la réjouissait encore. Elle se revoyait en train de s'excuser auprès de Tian, Bai et Mu de les avoir chassés de leur bureau, leur offrant de le réintégrer, dans un geste grandiose et magnanime. Après tout, leur avait-elle dit, maintenant qu'on avait besoin d'elle à la Section n° 1, elle ne passerait plus beaucoup de temps à l'université. Cette perspective lui plaisait beaucoup.

— Mais où allez-vous préparer vos cours ? lui avait demandé le docteur Mu par l'intermédiaire de Veronica.

— Dans ma chambre d'hôtel, avait-elle répondu. J'ai de l'espace, l'air conditionné, le téléphone. Et en bas, il y a un centre d'affaires qui m'offre fax, e-mail, tout ce que je veux.

Ils l'avaient visiblement prise pour une folle, mais ils étaient si contents de retrouver leur bureau qu'ils n'avaient pas discuté.

— Vous auriez dû rentrer à l'hôtel, lui dit Bob.

— Je sais. J'en avais l'intention. J'ai dû poser la tête une seconde sur mon bras, et... pouf. Quelle heure est-il ?

— Cinq heures et demie. Le professeur Jiang voudrait vous dire un mot.

— Encore ? Quoi, maintenant ?

Elle secoua la tête pour essayer de s'éclaircir les idées et ne réussit qu'à déclencher une horrible douleur qui lui transperça le crâne.

— Ouhh.

Elle se frotta les tempes.

Jiang eut un sourire gêné en la voyant entrer dans son bureau. Il lui désigna un fauteuil. Assise sagement, les mains sur les genoux, Veronica l'observa avec une certaine circonspection. Le professeur parla avec ardeur pendant deux minutes. Veronica traduisit :

— Le professeur dit que le chef de section Chen a appelé pour dire qu'il est désolé, mais son adjoint pense que vous êtes... comment dire ?... superflue dans cette enquête.

Elle se cala dans son fauteuil, satisfaite de son « superflue », totalement inconsciente de la connotation d'inutilité et de rejet que Margaret reçut comme une gifle en pleine figure.

Chapitre 4

I

Mardi soir

Les Pékinois ont l'habitude de se faire couper les cheveux à n'importe quelle heure du jour ou de la nuit. À 6 heures du soir, les coiffeuses en blouse blanche et casquette à visière étaient donc toujours en pleine activité devant les portes du parc Yuyuantan. Dès qu'un client libérait un tabouret, un autre prenait aussitôt sa place. Le trottoir était jonché de mèches noires que les femmes balayaient méticuleusement. Une grande animation régnait aussi dans le parc ; venus rejoindre des groupes de danseurs ou simplement prendre l'air avant de rentrer chez eux, les gens circulaient en flux ininterrompu sous l'arc-en-ciel de l'entrée.

Son vélo à la main, Li dépassa les coiffeuses et enjamba une clôture basse pour emprunter un petit chemin ombragé qui descendait vers la rivière. Le bruit de la rue y semblait plus étouffé, l'air plus frais ; une légère brise agitait les feuilles. Des oiseaux chantaient dans les cages accrochées aux branches des arbres ; leurs propriétaires – hommes âgés pour la plupart – jouaient aux cartes ou aux échecs sur des tables de pierre circulaires. Une femme avait tendu un fil entre deux arbres pour y suspendre de grandes affiches aux caractères rouges que des passants regardaient sans rien dire, les mains dans le dos. Elle les observait avec intérêt, mais ils ne manifestaient apparemment aucune émotion. Sous une pergola couverte de plantes grimpantes, un vieillard jouait du violon ; à quelques pas de lui, un jeune en pantalon de treillis et bonnet de laine, le regard vide, buvait de l'alcool au goulot d'une bouteille en plastique.

Li trouva son oncle assis un peu plus loin devant une table basse, prêt à asséner le coup fatal. Le roi avait commis une erreur, le vieux Yifu serait sans pitié. Son cavalier sauta la rivière et prit le roi au piège.

— *Jiang jun !* cria-t-il, ravi du mouvement en tenaille qui lui avait assuré la victoire.

Son adversaire se gratta le crâne et secoua la tête :

— Je ne vois pas pourquoi je continue à jouer avec toi, Yifu. Je ne gagnerai jamais.

Yifu sourit :

— Tu gagneras le jour où tu arrêteras de perdre.

Levant les yeux, il aperçut Li qui s'approchait.

— Li Yan ! s'écria-t-il en sautant sur ses pieds. Alors, cette première journée ?

— Rien que trois meurtres, mon oncle, fit Li avec un sourire contrit.

L'adversaire de Yifu décrocha une cage de l'arbre sous lequel ils avaient joué, la suspendit au guidon de son vélo et annonça :

— Je rentre dîner. Toutes ces émotions m'ont ouvert l'appétit.

— *Zai jian,* dit Yifu sans quitter son neveu des yeux. Tu plaisantes ?

Li s'assit sur le tabouret abandonné par le vaincu.

— Non. Trois. Dans des quartiers différents. Mais il existe un lien entre eux.

À la fois excité et troublé par la nouvelle, Yifu s'installa en face de lui.

— On fait une partie et tu me racontes en jouant.

Li regarda sa montre.

— Il est tard, Oncle Yifu. C'est l'heure de dîner.

— On a le temps. Raconte-moi d'abord.

Il remit les pièces du jeu d'échecs en place, de simples jetons de bois gravés de caractères chinois noirs ou rouges.

— On mangera après.

Li secoua la tête affectueusement. Il savait que son oncle voulait connaître tous les détails ; et son oncle savait qu'il voulait tout lui dire. Pendant que le vieil homme disposait les pièces de chaque côté de la « rivière », il observa son visage souriant, l'expression interrogative de ses sourcils derrière les montures d'écaille de ses lunettes carrées, sa tignasse de cheveux curieusement bouclés, striée de fils d'argent. Il portait toujours des chemises à manches courtes de couleur vive sur des pantalons larges tombant en accordéon sur ses sandales, et ne sortait jamais sans sa petite sacoche contenant un thermos de thé vert, un jeu d'échecs, un paquet de cartes, un livre et le journal du jour.

— À toi, dit Yifu avec un geste impatient de la main.

Li avança un pion d'une case.

— Bon, alors, raconte.

Mais Li n'avait pas que l'enquête en tête :

— J'ai vu un type étrange dans mon bureau, aujourd'hui.

— Oh ? fit son oncle dont l'attention se concentrait sur le jeu.

— Un maître *feng shui.*

— Ah.

Apparemment rassuré, Yifu avança un cavalier.

— Il prétend être un de tes amis.

— Mmmm, mmmm. À toi, fais attention, dit Yifu en feignant l'indifférence.

— Il a dit que c'était toi qui l'avais envoyé.

— Évidemment.

— C'est vrai ?

— Puisqu'il l'a dit.

Li soupira.

— Oncle Yifu, je ne suis pas intrinsèquement hostile à l'idée du *feng shui*...

— J'espère bien ! le coupa Yifu, indigné.

— En fait, je suis certain que la plupart de ses préceptes reposent sur des vérités fondamentales et ont une valeur pratique.

— Bien sûr. Pratique et spirituelle. Allez, joue !

Li avança un cavalier pour protéger son pion.

— C'est juste que... enfin, comme tu sais, les autorités ne le considèrent pas d'un bon œil. Du moins pas officiellement.

— Absurde ! Aucun architecte digne de ce nom n'élève aujourd'hui un nouvel immeuble sans en soumettre les plans à un maître *feng shui.* Y compris les immeubles de l'État.

— Peut-être... Mais le chef Chen ne veut pas de maître *feng shui* dans ses murs et il me l'a fait savoir.

— Chen ? Qu'est-ce qu'il y connaît, ce vieux schnock ? Je me charge de lui.

— Il n'y a pas que ça, Oncle Yifu... dit Li d'une voix presque désespérée.

Comment expliquer à son oncle que ce serait *gênant* ? Que ses collègues se moqueraient de lui ? De plus, il ne tenait pas à ce que son oncle se dresse contre Chen, comme un père réprimandant le professeur de son enfant. Cela créerait un mauvais climat, et retomberait sur lui.

— Je peux me charger de Chen. C'est juste...

Yifu avança un pion vers Li en le faisant claquer sur l'échiquier.

— Juste quoi ?

— Juste que... j'ai trop à faire pour m'occuper de ça maintenant, dit Li sans grande conviction.

— Ne t'inquiète pas. Je vais m'assurer que le vieux ne te gêne pas. Avec trois meurtres sur les bras, tu dois être entouré des énergies les plus fluides.

Li abandonna. Jamais il ne pourrait avoir le dernier mot sans offenser son oncle ; et il aurait préféré mourir plutôt que de l'offenser. Mais parfois, c'était difficile. Au coup suivant, il commit une erreur ; Yifu se jeta sur son pion comme un aigle sur sa proie.

— Pour l'amour du ciel, Li Yan, fais attention ! Ce n'est pas comme ça que tu me battras aux échecs.

— Comment veux-tu que je me concentre sur le jeu alors que j'ai l'esprit occupé par trois meurtres ?

— Les échecs libèrent l'esprit et purifient l'intelligence. Tu n'en réfléchiras que mieux. Allez, à toi de jouer.

Li soupira en contemplant l'échiquier.

— J'ai reçu une lettre de ton père aujourd'hui, lui annonça Yifu. Ta sœur est enceinte.

Il marqua une pause avant d'ajouter :

— À nouveau.

Li lui jeta un regard consterné :

— Elle ne va pas le garder, si ?

Cette idée l'horrifiait. Sa sœur, Xiao Ling, était encore plus têtue que lui. Quand elle avait décidé quelque chose, rien ne pouvait plus la faire changer d'avis. Elle avait déjà un enfant. Une merveilleuse petite fille de quatre ans au sourire ravageur – un sourire insolent qui lui creusait les joues et illuminait son regard. Xiao Ling était mariée à un cultivateur de riz. Ils vivaient chez les parents de celui-ci, près de la ville de Zigong, dans la province du Sichuan, gagnaient bien leur vie, mais voulaient un fils – tout le monde voulait un fils, car un fils était plus précieux qu'une fille ; or avec la Politique de l'enfant unique, on ne pouvait avoir que l'un ou l'autre. Si Xiao Ling était enceinte et insistait pour garder le bébé, elle allait connaître des mois d'enfer. Premièrement, le comité de son village enverrait des représentants pour essayer de la dissuader de poursuivre sa grossesse. Puis elle recevrait la visite de cadres qui exerceraient sur elle toute la pression en leur pouvoir pour l'obliger à avorter. Elle serait soumise à des heures de matraquage psychologique. On pouvait même la forcer à avorter – cela s'était déjà vu, souvent avec la connivence de la famille, d'ailleurs. Car si un second enfant naissait, les amendes à payer étaient lourdes, en général au-dessus des moyens de la grande majorité des gens. On pouvait aussi les pénaliser autrement, en leur retirant par exemple la gratuité de l'éducation, l'accès aux soins médicaux, les retraites, les pensions. Les pressions pouvaient devenir insupportables.

Yifu hocha tristement la tête.

— Ta sœur n'est pas une fille facile. Elle est résolue à aller jusqu'au bout.

— Mon père lui a parlé ?

— Oh oui. Mais, évidemment, elle ne veut pas l'écouter.

— Que dit son mari ?

Li ne l'avait jamais aimé. Comme beaucoup de frères, il ne trouvait aucun homme assez bien pour sa sœur.

— Je pense que l'idée d'avoir un fils ne lui déplaît pas. Mais il ne prend pas position. Il ne l'encourage pas, et ne l'en dissuade pas non plus.

— Le salaud ! Elle ne m'écoutera pas non plus. La seule personne qu'elle serait susceptible d'écouter, c'est toi.

Yifu hocha la tête.

— C'est ce que pense ton père.

— Que vas-tu faire ?

— Je vais aller lui parler. Mais je ne lui dirai pas ce qu'elle doit faire. La Politique de l'enfant unique est un mal nécessaire. Pourtant, une femme a le droit d'avoir des enfants. C'est à elle de prendre sa propre décision en fonction de ce qui est bien – pas seulement pour elle, pas seulement pour la Chine, mais pour les deux à la fois. Ce n'est pas toujours facile.

Ils restèrent assis en silence pendant quelques instants, les yeux fixés sur l'échiquier, l'esprit ailleurs.

Finalement, Yifu tapa dans ses mains pour rompre leur rêverie et dit :

— À toi de jouer.

Li cligna des yeux et déplaça un chariot [1] sans voir l'éléphant qui le menaçait. Perplexe, incapable de comprendre la logique du coup mais soupçonnant un piège, Yifu fronça les sourcils.

— Alors, et ces meurtres ? demanda-t-il.

Li lui raconta tout – le corps carbonisé du parc, le petit dealer poignardé dans le terrain vague, le migrant du *siheyuan* au cou brisé.

— Et le lien ?

Il lui parla des cigarettes. Yifu fronça à nouveau les sourcils.

— Hummm. Pas terrible. Peux-tu prouver qu'elles ont toutes été fumées par le même homme ?

— Pas encore.

— Hummm.

— Pourquoi hummm ?

— Hummm, c'est tout.

Yifu prit un deuxième pion à Li.

— Ces mégots peuvent en effet établir un lien. Mais si tu te polarises trop dessus, tu peux en rater d'autres.

Li le mit au courant des connexions avec le milieu de la drogue, de son intention de « bavarder » avec La Piquouse dès le lendemain.

— Hummm.

---

1. Aux échecs chinois, chaque joueur dispose de : 1 roi, 2 aides de camp, 2 éléphants, 2 cavaliers, 2 chariots, 2 canons et 5 pions.

— Quoi encore ?

— La drogue n'établit un lien qu'entre le brûlé et le poignardé, correct ?

— Correct. Mais il peut aussi y en avoir un avec le migrant.

— Mais tu ne le sais pas.

— Pas encore, non.

Li commençait à s'énerver.

— On interroge tous les migrants enregistrés à Pékin au cours des six dernières semaines. On arrête tous les junkies et les dealers. S'il y a un lien, on le trouvera.

— Bien sûr.

Yifu prit le chariot de Li.

— Et s'il n'y en a pas, tu n'en trouveras aucun. Et tu reviendras à ton point de départ.

— Alors, à ton avis ? Nous perdons notre temps à interroger tous ces gens ?

— Oh non, il faut le faire. Dans le travail de la police, rien ne remplace le zèle. « Là où la charrue passe sans relâche, le sol est fertile. »

La sagesse du vieux Yifu commençait à fatiguer Li. Il prit un cavalier avec un éléphant et frappa la pièce de bois – sa première prise – sur la table, en criant :

— *Jiang !*

Il avait mis son oncle en échec.

Imperturbable, Yifu continua :

— Comme l'a dit le célèbre inventeur américain Thomas Alva Edison : « Le génie, c'est un pour cent d'inspiration et quatre-vingt-dix pour cent de transpiration. » Toute la transpiration du monde ne te mènera nulle part sans cette étincelle d'inspiration.

Il déjoua la mise en échec avec un chariot et observa Li déplacer son cavalier, avant de faire glisser son canon à travers l'échiquier et crier :

— *Jiang si le !*

Incrédule, Li constata que son roi ne pouvait plus bouger. Il était bel et bien échec et mat. Il se recula et croisa les bras.

— Et d'où va me venir l'inspiration ?

— De l'intérieur. De ce que tu sais. Parle-moi encore de la façon dont l'assassin de Chao Heng a procédé. Dans l'appartement, dans le parc.

Li repassa tout en vue, les réflexions qu'il s'était faites, les moindres indices, les découvertes, les idées soudaines. Le CD en pause dans le lecteur. Le sang sur le tapis. Sa vision de l'assassin portant le corps jusqu'au rez-de-chaussée, puis dehors, dans l'obscurité due à l'absence de l'ampoule. L'audace du meurtre en plein jour, sa vision de l'assassin en train de marcher sans se presser dans le parc pendant que sa victime se consumait, et qu'on la découvrait.

— Qu'est-ce que tout cela nous dit sur l'assassin ? demanda Yifu.

Li haussa les épaules.

— Ça dit qu'on a affaire à un homme intelligent qui a projeté et exécuté son crime avec une précision de professionnel. Normalement, on n'aurait jamais dû découvrir que sa victime ne s'était pas suicidée. Il ne pouvait pas savoir qu'un médecin légiste américain expert en brûlés se trouverait à Pékin à ce moment-là et serait invité à pratiquer l'autopsie. Peu de médecins légistes chinois auraient vu dans la fracture du crâne autre chose qu'une fracture de chaleur. Peu de nos médecins légistes ont une expérience suffisante des drogues pour deviner l'usage d'un sédatif – la... kétamine – en plus d'une accoutumance à l'héroïne.

Il s'arrêta, sourcils levés, en attendant la réaction de son neveu.

— Tu penses qu'il s'agit d'un tueur professionnel ? À Pékin ? En Chine, les tueurs professionnels étaient une espèce très rare.

— Oh, il vient probablement de Hong-Kong. « Un pays, deux systèmes », dit-il avec un sourire ironique. Un tueur d'une Triade quelconque.

Il pointa un doigt vers Li, et ajouta :

— Ces deux autres meurtres. Aucun indice laissé sur la scène du crime. L'un tué d'un seul coup de couteau atteignant le cœur à travers les côtes, l'autre le cou brisé. Ce ne sont pas des meurtres ordinaires, Li Yan.

— Si ce sont des meurtres de professionnel, ça établit un lien de plus.

Perplexe, il secoua la tête.

— Mais pourquoi ? Pourquoi engager un tueur pour se débarrasser d'un conseiller en agronomie à la retraite, d'un petit dealer à la gomme, et d'un ouvrier de Shanghai sans emploi ?

Yifu agita à nouveau un doigt dans sa direction.

— Bien. Maintenant tu poses la bonne question. LA question. Mais avant d'en connaître la réponse, il faut répondre à un tas d'autres petites questions. Et ça te ramène aux mégots de cigarettes. Parce que sans eux, tu n'aurais jamais établi le lien. Mais alors, pourquoi un professionnel ferait-il preuve d'une telle négligence quand il a pris tant de soin pour le reste ? Ça ne colle pas. C'est là-dessus qu'il faut se concentrer.

Tout cela, Li le savait dès le début, mais il avait fallu son oncle, et son point de vue impartial, pour le concrétiser. Il contempla pensivement l'échiquier, un champ de bataille, la scène de sa défaite ignominieuse. Le vieux Yifu avait raison. Tout était affaire de concentration.

— Et l'Américaine, elle va continuer à t'aider ? demanda son oncle tout en rassemblant les pièces pour les ranger dans leur boîte.

— Non !

Il réalisa aussitôt que sa réponse avait été trop rapide, trop définitive.

Ce qui n'avait pas échappé à Yifu.

— Elle ne veut pas ?

— Non... Si... Je ne sais pas. Le professeur Jiang, de l'université, a offert de la mettre à ma disposition.

— Et alors... ?

Li baissa les yeux.

— J'ai dit que je n'avais pas besoin d'elle.

— Espèce d'idiot.

— Nous n'avons pas de leçon à recevoir des Américains ! explosa Li.

— Non. Mais tu as besoin d'un atout dans ton jeu. On en a toujours besoin. Et l'expérience de cette Américaine t'en donnerait un.

Yifu glissa la boîte et l'échiquier dans sa sacoche, puis se leva avec raideur.

— C'est l'heure d'aller dîner.

II

Alignés sur le plan de travail en acier inoxydable, les couteaux de Ma Yongli – couteaux à éplucher, gratter, émincer, découper – se reflétaient sur la surface polie. Un par un, il les passa dans l'aiguisoir, trois, quatre, cinq fois, jusqu'à ce qu'ils n'offrent plus, ou presque plus, de résistance et que leur lame luisante soit aussi affûtée que des rasoirs.

— Ressaisis-toi, Grand Li. L'avenir n'est peut-être pas aussi sombre que tu le penses, dit-il en jetant un coup d'œil à son ami assis jambes pendantes sur le plan de travail opposé.

— Si, dit Li d'un air désespéré. À moins de mourir avant demain matin.

— Encore une bonne excuse pour sortir et se saouler à mort. Au moins, nous mourrons heureux.

Yongli se tut un instant, se gratta la tête, et déclara avec un sourire malicieux :

— Remarque... heureux ? Pour toi, ce serait une première.

Li lui adressa une grimace. Le service de Yongli était terminé. Dans les cuisines désertes, plongées dans l'obscurité, une seule lumière émanait de l'endroit où Yongli aiguisait ses couteaux.

— Alors, laisse-moi deviner, dit ce dernier. Ton humeur a quelque chose à voir avec ton oncle Yifu ?

— À ton avis ?

— Mais pour l'amour du ciel, mec, casse-toi. Trouve-toi une femme, profite de la vie ! Le vieil Yifu est un homme adorable mais tu ne peux pas passer le restant de tes jours chez lui. Je m'étonne qu'il ne t'ait pas déjà fourré au lit.

— Je devrais y être, dit Li d'un ton grave.

— Tu vois ! Tu vois !

Yongli fit le tour du comptoir et s'avança vers lui en dansant.

— Tu penses même comme lui maintenant. Au lit ? Merde alors, il est dix heures et demie. La nuit ne fait que commencer. Tu es vieux avant l'âge.

— Je me lève à six heures demain. J'ai trois meurtres sur les bras.

Puis il ajouta en poussant un grand soupir :

— Mais je sais que je ne dormirai pas.

— Ah. Alors tu es venu consulter le docteur Ma Yongli, le meilleur médecin des insomniaques.

Li saisit la première chose qui lui tomba sous la main, une casserole, pour la lancer sur son ami.

Yongli la rattrapa au vol avec un grand sourire.

— Ah, je préfère ça. Il te reste encore un peu d'énergie, dit-il en s'asseyant sur le comptoir à côté de Li.

— Alors, qu'est-ce qu'il a encore fait ?

— Devine qui je trouve assis en tailleur sur mon bureau, le premier jour de mon nouveau boulot ? Un maître *feng shui*.

Yongli lui jeta un regard étonné.

— Tu plaisantes ! Envoyé par l'Oncle Yifu ?

— Pour équilibrer mon yin et mon yang et faciliter la circulation de mon qi, dit Li d'un air lugubre.

Yongli hurla de rire en se tapant sur les cuisses, puis en frappant le comptoir avec les paumes de ses mains.

— Oui, oui, merci, merci beaucoup, dit Li. C'est exactement la réaction qu'ont eue mes collègues.

— Ça t'étonne ?

— Non. Mais quand ça t'arrive, que ton patron t'appelle pour que tu te débarrasses de ce type, et que ton oncle t'annonce qu'il va aller remonter les bretelles à ton patron, crois-moi, ce n'est pas drôle du tout.

Yongli enfonça son coude dans les côtes de Li en gloussant :

— Mais si c'est drôle. Hé, relaxe, vieux. Tu prends la vie beaucoup trop au sérieux.

— Quand la vie consiste à s'occuper de la mort, on la prend au sérieux, oui.

Yongli secoua la tête.

— Qu'est-ce qu'on va faire de toi ?

Mais Li avait repris le fil de ses pensées.

— En plus, il y a ma sœur. Encore enceinte, décidée à aller jusqu'au bout. Et demain, il faut que je me jette à l'eau, que j'aille perdre la face devant mon patron et une prétentieuse d'Américaine médecin légiste qui se croit supérieure.

— Oh là, oh là. Tu vas trop vite. Qu'est-ce que tu racontes ?

— Mon patron veut que cette Américaine fasse une autopsie pour moi. Elle donne des cours à l'Université de la Sécurité publique. Il l'a rencontrée à Chicago. C'est une faveur personnelle.

— Jusque-là, tout va bien.

— Tout va bien. L'université nous offre ses services pour toute la durée de son séjour. J'ai refusé.

— Pourquoi ?

— C'est compliqué.

— Je croyais qu'elle avait fait du bon boulot ?
— Effectivement.
— Alors, où est le problème ?
— Bon Dieu, j'ai l'impression d'entendre mon oncle !
— Ah. Nous y voilà. Ton oncle pense que tu aurais dû accepter cette offre.
— Que j'ai déjà rejetée.
— Donc, si tu fais marche arrière et dis que tu as changé d'avis...
— Je perds la face.
— Sinon ?
— Mon oncle sera vexé.
— Et Dieu interdit que tu vexes ton oncle.
Li se mit en colère :
— Mon oncle a toujours été très bon pour moi. Je lui dois absolument tout ce que j'ai réalisé dans ma vie. Jamais, jamais je ne ferai quoi que ce soit qui puisse l'offenser.
Yongli leva les mains dans un geste de défense.
— D'accord, d'accord. Tu aimes ce vieil homme. Ça ne l'empêche pas de te rendre dingue.
La colère de Li se calma aussi vite qu'elle avait éclaté.
— Non, dit-il. C'est vrai.
Un silence s'installa entre eux pendant une bonne minute, puis Yongli demanda :
— Cette Américaine médecin légiste... c'est un vieux dragon ?
— Pas vraiment, répondit Li, évasif.
— Mais elle est vieille, non ?
Li haussa les épaules.
— Pas vraiment.

Yongli commençait à se douter de quelque chose.

— Si ce n'est pas vraiment un dragon, et si elle n'est pas vraiment vieille... serait-elle plutôt jeune ? Plutôt jolie ?

— Je suppose. Ce genre-là.

— Genre jeune ? Ou genre jolie ?

— Genre... les deux. C'était elle la *yangguizi* du banquet où McCord s'est pointé l'autre soir, au Quanjude.

— Ah.

— Quoi, « Ah » ?

— Je commence à comprendre.

— À comprendre quoi ?

— Dans ta petite tête s'éveille un intérêt que ta grosse tête cherche aussitôt à réfréner.

— Oh, tu fais chier.

— Je te connais, Li Yan. Je te connais depuis des années. Tu as peur d'une relation, même uniquement sexuelle, qui pourrait déranger ton plan de carrière. Avant c'étaient tes études, maintenant c'est ton boulot.

Yongli sauta à terre.

— Tu sais ce qu'il te faut ?

— Non, mais tu vas me le dire.

— Baiser un peu plus souvent.

Il lança sa grande toque blanche sur le plan de travail et dénoua son tablier de chef.

— Allez, viens. Je t'emmène.

— Où ça ?

— Au Xanadu, un club de karaoké.

— Quoi ? Tu plaisantes.

— Pas du tout. C'est une nouvelle boîte, derrière Xidan. Ouverte de 8 heures du soir à 8 heures du matin. La bibine est bon marché, les femmes nombreuses, et il n'y a pas que du karaoké. Il y a aussi des orchestres.

Il hésita avant d'ajouter :

— Lotus y chante en ce moment.

Dès qu'il vit le visage de Li s'assombrir, il attaqua :

— Inutile de me faire la morale, OK ?

— Bon sang, Ma Yongli. Mais c'est une prostituée ! Une putain !

Yongli lui jeta un regard menaçant.

— Toi, fais gaffe à ta putain de tête.

Sa voix n'était plus qu'un murmure.

— Je ne comprends tout simplement pas comment tu peux sortir avec elle quand tu sais qu'elle va avec d'autres, dit Li d'un ton radouci.

— Je l'aime, d'accord ? C'est un crime ?

Yongli détourna les yeux, serra les mâchoires, et ajouta :

— De toute façon, elle laisse tomber. Elle veut devenir chanteuse.

— Ouais, bien sûr, fit Li en se laissant glisser du comptoir. Je crois que je vais me tirer. Je ne pense pas que ce soit idéal pour moi d'être vu en compagnie d'une prostituée notoire.

— Tu ne peux pas arrêter deux minutes de jouer au flic ?

— Non. Jamais. Parce que c'est ce que je suis.

Yongli rapprocha son visage de celui de Li :

— Ah ouais ? Mais tu peux arrêter d'être mon ami quand ça t'arrange, hein ? Quand tu n'aimes pas ma copine. C'est comme ça que tu fonctionnes ? Eh bien va te faire foutre !

Et il tourna les talons.

Le cœur battant, Li le vit s'éloigner. Il cria son nom une première fois, puis hurla :

— Ma Yongli !

Yongli s'arrêta à la porte, se retourna, le visage blême.

— Quoi ?

Ils se dévisagèrent pendant quinze secondes avant que Li ne finisse par briser le silence :

— Je crois que c'est ton tour d'offrir la tournée.

Le temps d'arriver au Xanadu, leur prise de bec était oubliée. Du moins en apparence. C'était le dernier endroit au monde où Li aurait voulu se retrouver, mais il avait décidé d'être un ami à plein temps autant qu'un flic à plein temps. L'un comme l'autre était parfois difficile.

Le prix d'entrée de 10 yuans donnait droit à une première consommation gratuite. Sur une scène surélevée équipée d'un micro et d'un écran de karaoké, un garçon boutonneux à la tignasse épaisse qui lui cachait les yeux massacrait une chanson de Taiwan difficilement identifiable. D'ailleurs, personne ne l'écoutait. Un escalier en bois menait à une galerie qui surplombait la salle sur trois côtés. L'endroit était bondé et le bruit assourdissant.

Li et Yongli prirent deux chopes d'un demi-litre de bière et montèrent l'escalier. Yongli s'adressa à une serveuse qui lui répondit en riant très fort ; vu la façon dont elle le regardait, elle semblait le trouver à son goût. Yongli lui fit un grand sourire, la prit par la taille et cligna de l'œil. Elle rougit. Quelle aisance, se dit Li qui s'était toujours demandé pourquoi son ami plaisait tant. Loin de posséder une beauté classique, il avait quelque chose de spécial dans les yeux et le sourire. Il pouvait séduire n'importe quelle femme et il avait fallu qu'il tombe amoureux de Lotus.

La serveuse se faufila jusqu'au bout de la galerie et se pencha vers un groupe d'adolescents qui se tournèrent vers Yongli, haussèrent les épaules, et se levèrent à contre-cœur, leur verre à la main. Avec un grand sourire, la serveuse fit signe à Yongli de venir, essuya la table et posa un cendrier propre au milieu.

— Criez quand vous voulez autre chose.

— Et comment !

Yongli sourit en lui faisant un clin d'œil. Elle rougit de plaisir et s'éloigna à toute vitesse.

— Ça aide quand on est connu, dit-il à Li en lui tendant une cigarette.

Li se mit à rire.

— Ça n'a rien à voir. Il te suffit de sourire pour avoir la moitié des femmes de Pékin à tes pieds.

Il alluma les deux cigarettes.

— Exact, dit Yongli, modeste. Mais le fait que Lotus passe sur scène n'y est pas étranger.

Soudain, la musique s'arrêta. Li en éprouva un soulagement aussi intense que si l'on avait cessé de lui cogner la tête contre un mur. Enfin, ils n'avaient plus besoin de hurler pour se comprendre.

— Quand passe-t-elle ? demanda-t-il.

Yongli regarda sa montre.

— Dans une demi-heure environ. Il y a d'abord un type au clavier, et un autre à la guitare, avec une espèce de batterie électronique ; on dirait qu'ils sont cinquante. C'est pas mal.

N'ayant jamais eu beaucoup de temps à consacrer à la musique, Li ne savait pas du tout ce que Yongli entendait par « pas mal ». Cela lui donnait la mesure de la distance qui les séparait depuis quelques années. Il but sa bière, observa les visages qui les entouraient, animés, euphorisés par l'alcool et qui sait quoi d'autre.

— Salut.

Li sursauta, et se retourna au moment où Yongli se redressait brusquement pour enlacer Lotus qui sourit tendrement en le regardant.

— Tu te souviens de Li Yan, dit Yongli en reculant d'un pas.

Gêné, Li se leva et lui serra la main.

— Bien sûr, dit-elle en souriant comme s'ils étaient de vieux amis.

Une longue robe en soie verte, fendue de chaque côté de la taille à la cheville, moulait son corps mince et dévoilait ses bras. Ses épaules et son cou, par contre, étaient modestement cachés par un large collier. Sous son lourd maquillage, on devinait qu'elle était très belle. Elle saisit le regard appréciateur de Li et, comme pour s'excuser, dit :

— Ma tenue de scène.

Yongli semblait presque nerveux en sa compagnie. Disparus, l'aisance et le sourire éblouissant.

— Je te commande un verre, dit-il en lui avançant une chaise.

— Quelque chose sans alcool, alors. Je ne tiens pas à bafouiller en chantant, ajouta-t-elle gentiment à l'intention de Li.

Yongli cherchait la serveuse, mais ne la voyait nulle part. Il paraissait extraordinairement agité.

— Je reviens dans une minute, dit-il.

— Prends ton temps. Je suis en de bonnes mains, dit-elle sans quitter Li des yeux.

Yongli fonça à l'autre bout de la galerie, vers l'escalier.

— Tu as une cigarette ? demanda-t-elle.

Li remarqua son fort accent pékinois, caractérisé par ce « er » ajouté à la fin des mots, un son de gorge formé en enroulant la langue vers l'arrière. Il ouvrit un paquet, le lui tendit, et lui offrit du feu. Elle aspira profondément la première bouffée, rejeta la tête en arrière, souffla la fumée vers le plafond, puis le regarda à nouveau dans les yeux.

— Tu ne m'aimes pas beaucoup, n'est-ce pas ?

Li fut surpris par sa franchise. Il ne l'avait rencontrée que deux ou trois fois, et s'était toujours montré poli, sans jamais manifester, croyait-il, sa désapprobation. Peut-être que Yongli lui avait parlé, ou peut-être savait-elle simplement par instinct ce qu'un policier pouvait penser d'elle. Inutile de nier.

— Non, dit-il franchement.

Aucun signe d'émotion ne sembla troubler son calme apparent. Sans le quitter des yeux, elle dit :

— Tu ne me connais même pas.

— Je sais ce que tu fais. Je sais ce que tu es. Ça me suffit.

Lorsque Yongli l'avait rencontrée, elle travaillait dans des hôtels pour touristes étrangers, ramassant à la pelle les dollars des riches hommes d'affaires américains amateurs de filles asiatiques ; elle était basée au Jingtan, où il avait fait ses débuts de chef l'année précédente ; et il était immédiatement tombé amoureux d'elle.

— Ce que j'*étais.* Ce que je *faisais,* précisa-t-elle posément.

— Je vois, fit Li, avec froideur. Ce que tu gagnes ici comme chanteuse te permet donc de maintenir le même niveau de vie qu'avant ? C'est ce que tu racontes à Ma Yongli, hein ?

Elle se pencha brusquement en avant et écrasa sa cigarette.

— Je t'interdis de me juger ! dit-elle rageusement. Tu ne sais rien sur moi. Tu ne sais pas la vie que j'ai menée, les merdes que j'ai eues. Je fais ce que je peux pour survivre. Je ne m'aime pas toujours. Yongli, si. Il m'a toujours aimée. Et il ne m'a jamais jugée. Il me traite comme jamais personne ne m'a traitée. Comme une princesse. Peu de filles ont la chance de connaître ça dans leur vie.

Elle s'appuya contre le dossier de sa chaise en respirant à fond pour retrouver son calme, puis ajouta :

— Si tu penses que je suis néfaste pour lui, ou que je ne l'aime pas, tu te trompes. De ma vie, je n'ai jamais aimé personne autant que lui. Et jamais je ne ferai quoi que ce soit qui puisse le blesser.

Li éprouva un soupçon de remords ; il repensa à la passion avec laquelle il avait défendu son oncle Yifu une heure plus tôt. Lotus était animée de cette même passion ; il ne pouvait douter de la sincérité qu'il lisait dans ses yeux.

— Je ne veux pas non plus qu'on lui fasse du mal, dit-il.

Yongli revint à cet instant et posa un verre sur la table en s'asseyant.

— Orange pressée et glaçons, ça va ? Désolé d'avoir mis si longtemps.

Lotus lui sourit.

— Du jus d'orange, c'est parfait.

Elle en but une grande gorgée puis le reposa.

— Mais je suis désolée, mon amour, il faut que j'aille me préparer.

— Hé, c'est pas grave. Bonne chance, dit-il en lui effleurant les lèvres d'un baiser.

— Merci.

Elle se leva, sourit à Li :

— À tout à l'heure ?

Li haussa les épaules.

— Pas sûr. Je commence tôt demain.

— À la prochaine, alors.

Elle caressa le visage de Yongli du bout des doigts et s'éloigna en se glissant élégamment entre les tables. Yongli la suivit des yeux, l'air éperdu d'amour, et se retourna vers Li.

— Alors, de quoi avez-vous parlé tous les deux ?

Une pointe d'anxiété perçait dans sa voix.

— De toi.

— Plutôt barbant, comme sujet de conversation.

— C'est pour ça qu'on a arrêté.

Yongli sourit.

— Tu ne vas quand même pas te tirer si tôt, non ?

— Si, répondit Li en souriant.

Yongli secoua la tête.

— Tu sais que tu aurais *vraiment* besoin de baiser.

— Tu me l'as déjà dit.

— Non, mais *je t'assure.* Dis, ta « jeune » et

« jolie » Américaine médecin légiste ? J'ai bien l'impression qu'elle te fait bander.

Li se mit à rire :

— Arrête ton charre ! C'est une *yangguizi.*

— Et alors ? Si tu voulais, tu pourrais lui faire du charme. Elle tomberait raide à tes pieds.

III

La rue Zhengyi était sombre et déserte quand Li franchit la grille du complexe résidentiel. Au-delà de la lueur des réverbères, la brume poussiéreuse de l'atmosphère humide empêchait de distinguer les étoiles. Il salua le garde de nuit d'un signe de tête et avança vers les barres d'immeubles de douze étages qui se dressaient contre le ciel opaque.

Il rangea son vélo, boucla l'antivol et entra dans l'immeuble de son oncle – celui des plus beaux appartements, réservés aux hauts fonctionnaires et aux officiers de police supérieurs. Comme, à cette heure tardive, l'ascenseur ne fonctionnait plus, il ouvrit la porte de la cage d'escalier avec sa clé et monta à pied jusqu'au deuxième étage. Ses oreilles résonnaient encore de la musique du club ; il avait l'impression d'être à moitié sourd, mais cela ne l'empêcha pas d'entendre, dès qu'il eut poussé la porte d'entrée, le ronflement profond du vieux Yifu. Il se dirigea directement vers la cuisine, sortit une bouteille d'eau fraîche du réfrigérateur et but longuement pour se débarrasser du mauvais goût des cigarettes et de la bière. Puis il alla dans sa chambre, s'assit sur son lit, et réfléchit pendant un bon quart d'heure à la journée qui venait de s'écouler comme à celle qui l'attendait. Même s'il était fatigué, il n'avait pas vraiment envie de dormir.

Il se pencha en avant, ouvrit le premier tiroir d'une commode en bois sombre où, sous un assortiment de linge propre, il trouva les courroies de cuir souple qu'il cherchait. Jamais il ne les avait portées depuis qu'il les avait essayées. Bien réglées, elles s'ajustaient parfaitement à son épaule et maintenaient fermement le holster en place. C'était un cadeau de son chargé de cours à Chicago – flic à plein temps, maître de conférences à temps partiel – qui l'avait pris en amitié et s'était arrangé pour l'intégrer plusieurs fois à des patrouilles de nuit. Une expérience extraordinaire, effrayante, parfois sanglante, souvent angoissante ; elle lui avait ouvert les yeux sur un univers criminel et des moyens de lutte inconnus en Chine. Ces flics étaient aussi durs et impitoyables que les délinquants, agresseurs, proxénètes, junkies, prostituées auxquels ils avaient affaire. Presque choqué à cette idée, Li réalisa que c'était un monde que Margaret connaissait bien. Comment pouvait-on supporter d'y être exposé longtemps sans en sortir profondément meurtri ? Il revit ses avant-bras à la peau douce constellée de taches de rousseur, ses seins libres sous le coton fin de son tee-shirt, une vision qui ne faisait qu'accentuer sa fragilité féminine. Combien de temps survivrait-elle dans ce monde sombre, affreux, grouillant sous la cuirasse de la société civilisée de Chicago ? Combien de temps faudrait-il avant que l'armure protectrice qu'elle se forgeait ne se referme complètement sur elle, la rendant aussi irrémédiablement dure et cynique que les flics avec qui il avait patrouillé de nuit ?

Il se glissa en silence dans le couloir et ouvrit doucement la porte de la chambre de son oncle. Le ronflement sonore ne changea pas de rythme. Il aurait fallu un tremblement de terre de magnitude 10 sur l'échelle de Richter pour le réveiller. La tête légèrement de travers sur l'oreiller, Yifu dormait la bouche ouverte, ses sourcils broussailleux toujours relevés, interrogateurs ; Li ressentit pour lui une bouffée d'amour et d'affection. Malgré son expérience de la vie, de la tragédie, de la lutte, il émanait encore de son visage remarquablement peu ridé, presque enfantin, une innocence renforcée par la quiétude du sommeil. Pendant un moment, il hésita, puis s'arma de courage. Yifu ne le saurait jamais, et ce qu'il ne savait pas ne pouvait pas le blesser. Il s'accroupit, ouvrit le dernier tiroir de la commode ; au fond, à droite, se trouvait la boîte à chaussures que le vieil homme gardait depuis des années. Il la prit, ôta le couvercle. À l'intérieur, le revolver datant de l'époque du Tibet était soigneusement rangé sur une couche de papier de soie, avec une boîte de cartouches. Un souvenir. Il n'avait servi qu'à l'entraînement ; jamais Yifu n'aurait pointé une arme sur un être humain. Si Li avait hérité quelque chose de son oncle, ce n'était, en tout cas, ni son tempérament équilibré ni son sens de la compassion. Chez lui bouillonnaient sans arrêt une colère et une violence latente qu'il s'efforçait de contrôler. Or le lendemain, il le savait, il relâcherait volontairement ce contrôle, et adopterait une méthode que ni son oncle ni les autorités n'approuveraient.

Il sortit le revolver de sa boîte, le glissa dans son holster – impeccable, on aurait dit qu'ils avaient été faits l'un pour l'autre. Il préleva six balles, les glissa dans sa poche, puis, sans bruit, replaça le couvercle et remit la boîte à sa place au fond du tiroir qu'il referma. Quand il se redressa, son oncle se tourna sur le côté et cessa de ronfler. Li retint son souffle. Mais un grognement sonore annonça que le vieux Yifu allait se remettre à vrombir comme avant, totalement inconscient de la présence de son neveu. Li se faufila dehors et tira tout doucement la porte derrière lui.

Chapitre 5

I

Mercredi matin

Ce n'était qu'une lueur lointaine. En s'approchant, il distingua des flammes. Il s'avança pour essayer de voir quelque chose dans cette fournaise. Il y avait une masse sombre au milieu. Soudain, une main se tendit vers lui, une main ratatinée, noircie, comme une griffe. Puis un visage jaillit des flammes, la bouche ouverte dans un cri muet, les yeux coulant sur les joues. Horrifié, il se reconnut.

Li se redressa en sursaut, haletant, cligna les yeux dans le noir ; il avait le front, la poitrine, le ventre couverts de sueur. Sur sa table de chevet, un écran digital indiquait 2 a.m. Il reposa la tête sur l'oreiller, tenta de chasser cette image de son esprit. « Il tendait la main vers moi, comme s'il me demandait de l'aider », avait dit la baby-sitter. Mais quelles étranges distorsions de son subconscient lui avaient donc fait prendre la place de la victime ?

Jusqu'à 5 heures, il dormit à peine, flottant dans une espèce de semi-conscience. Quand le réveil sonna, il se leva presque avec soulagement. Il faisait gris et délicieusement frais quand il enfourcha son vélo pour rejoindre, au nord, le quartier de Dongcheng. Mei Yuan n'était pas encore à sa place habituelle, il était trop tôt. Il n'aurait pas de petit-déjeuner.

Les premières personnes convoquées pour un interrogatoire faisaient déjà la queue dans la rue, devant le quartier général de la Section n° 1. Les policiers de l'équipe de nuit rentraient se coucher chez eux.

Li se prépara un thermos de thé vert et s'assit à son bureau pour commencer à examiner les dossiers qui s'y étaient amoncelés pendant la nuit. Vers 7 heures, il en était à son troisième thermos, à sa cinquième cigarette, et au point mort. Dans son bureau, l'air lourd de fumée montait en température au fur et à mesure que le soleil s'infiltrait par la fenêtre et projetait sur le sol de longues plaques jaune pâle. Il aimait profiter de ces premières heures de la matinée pour réfléchir, réviser parfois ses idées de la veille. Le matin, il était plus facile de prendre du recul sur les événements, de les envisager sous un angle différent.

Quand il appela le Centre de détermination des preuves matérielles, on lui apprit que les résultats des tests ne seraient pas prêts avant quelques heures.

À 7 heures 15, on frappa à sa porte. Prêt à incendier celui qui avait l'audace de le déranger pendant qu'il réfléchissait, Li leva la tête, faillit sortir une grossièreté et se reprit très vite quand il vit la tête, toujours aussi morose, du chef de section Chen.

— 'Jour, Li Yan.

Soudain, à la vue du costume de Li, Chen s'arrêta net et fronça les sourcils. Li portait en effet un costume bleu marine, une chemise blanche au col ouvert et une paire de chaussures noires bien cirées.

— Vous n'avez pas rendez-vous pour un autre boulot, j'espère ?

— Non, chef. J'ai juste pensé que ma nouvelle position m'imposait de m'arranger un peu.

Chen grogna :

— Rien de nouveau depuis hier ?

Li secoua la tête et haussa les épaules.

— Personne ne sait rien. Personne n'a rien vu. Dès que j'ai les résultats de l'Identification criminelle, je vous tiens au courant.

Chen allait sortir quand Li ajouta :

— Oh, au fait...

Chen attendit.

— J'ai réfléchi à l'offre de l'université à propos du médecin légiste américain, annonça Li d'un air aussi naturel que possible.

— Oh, vraiment ? Vous n'en auriez pas parlé à votre oncle, par hasard ?

— Heu... en passant, peut-être.

— Hmmm. Il trouve que c'est une bonne idée ?

— Il, heu... il pense que son expérience pourrait être précieuse.

— Oui. Quel dommage que vous soyez plus enclin à tenir compte des conseils de votre oncle que des miens.

Chen grogna à nouveau. Il encaissait difficilement d'avoir laissé Li agir à sa guise la veille pour le voir changer d'avis aujourd'hui sous l'influence du vieux Yifu.

— Parfait. Nous lui disons que nous la voulons, puis que nous ne la voulons plus, puis que nous avons changé d'avis et qu'en fin de compte nous la voulons. Et si elle n'en avait plus envie maintenant ?

— On peut toujours espérer, marmonna Li entre ses dents.

— Qu'est-ce que vous dites ?

— Je dis qu'on peut toujours espérer qu'elle voudra bien.

Chen grogna encore, fit un pas vers la porte et s'arrêta.

— Ah, j'allais oublier. Le substitut du procureur général Zeng veut vous voir.

— Moi ? fit Li, interloqué.

— Oui, vous.

— Pourquoi ?

— Aucune idée. Mais quand le substitut du procureur dit « au pied », on y court. Neuf heures, au parquet.

Sur ce, il disparut. Mais une seconde plus tard, la porte se rouvrit et Chen pointa à nouveau la tête dans le bureau.

— Si je ne vous connaissais pas, je vous soupçonnerais de l'avoir su avant moi, à vous voir fringué comme ça.

Il referma la porte.

Li se demanda ce qu'un substitut du procureur général pouvait lui vouloir. En Chine, les procureurs étaient les plus puissants des représentants de la loi. C'était le parquet qui délivrait les mandats d'arrêt à la demande de la police, qui examinait les preuves collectées par la police, et décidait si une affaire devait passer en jugement. Dans les cas particulièrement sensibles, les affaires d'État, de corruption, de fraude ou de malversations policières, le parquet populaire avait les pleins pouvoirs pour mener sa propre enquête. Qu'un inspecteur soit convoqué sans motif précis auprès d'un substitut du procureur général était assez inhabituel pour que Li en éprouve quelque inquiétude.

Deux policiers, fusil en bandoulière sur leur chemise vert kaki, se tenaient au garde-à-vous à l'ombre de larges parasols, de chaque côté de l'entrée principale du parquet populaire. Li gara sa jeep dans la rue et passa la porte avec appréhension.

Le parquet était situé dans un immeuble moderne de trois étages donnant sur l'arrière de la Cour suprême, non loin du siège de la police municipale, dans l'ancien quartier des légations. Un détachement de la police armée responsable de la garde des édifices publics était en train de s'exercer dans une enceinte, devant une énorme fresque représentant une scène traditionnelle de l'ancienne Chine rurale. La chaleur commençait à se faire sentir. Li traversa la cour à pas rapides et entra dans le bâtiment où on le pria d'attendre.

Bien que son rendez-vous fût fixé à 9 heures, il était presque 9 h 20 quand un secrétaire vint le chercher, le conduisit au premier étage, lui fit longer plusieurs couloirs, puis l'introduisit dans un bureau où il frappa à une porte imposante, celle du substitut du procureur général Zeng.

— Entrez, cria Zeng.

Le secrétaire ouvrit la porte et fit entrer Li. Zeng se leva. C'était un homme grand, mince aux cheveux gris rejetés en arrière dégageant un visage allongé ponctué par une paire de lunettes rondes à monture métallique. Il l'accueillit en bras de chemise, sa veste posée sur le dossier de son fauteuil.

— Félicitations pour votre promotion, commissaire adjoint Li.

Li serra la main qu'il lui tendait.

— Très honoré de vous rencontrer, substitut du procureur général Zeng.

Les formalités une fois accomplies, Zeng lui montra un fauteuil.

— Asseyez-vous, Li.

Li s'assit avec raideur dans un profond fauteuil en cuir. Zeng contourna son bureau, et posa une fesse sur le bord. Au plafond, un ventilateur poussait paresseusement l'air chaud d'un bout à l'autre de la pièce.

— C'est votre deuxième jour, mmm ?

Li hocha la tête.

— Le premier a été mouvementé.

— En effet.

— Trois meurtres en une nuit. Ça ressemble plus à New York qu'à Pékin.

Comme il ne savait quelle réponse on attendait de lui, Li ne dit rien. Zeng se redressa, s'approcha de la fenêtre, baissa les stores vénitiens pour cacher le soleil.

— Voilà qui est mieux. Je ne supporte pas qu'il y ait trop de lumière. À Pékin, la meilleure saison est l'automne, vous ne trouvez pas ? Il ne fait pas trop chaud, la lumière est plus douce.

— Oui.

— Vous venez du Sichuan.

Une fois de plus, Li ne sut si c'était une constatation ou une question.

— Une belle province. Mais je ne supporte pas la

cuisine. Trop pimentée à mon goût. Qu'est-ce que vous en dites ?

C'était une bonne question. Li n'en avait pas la moindre idée.

— Je ne saurais dire.

— Saurais dire quoi ?

— Votre goût, substitut du procureur général Zeng.

— Non, je voulais parler de votre goût à vous, Li. Vous aimez cette cuisine épicée ?

— Beaucoup.

— Évidemment, vous avez grandi avec. Ça doit être dur.

Li se sentit à nouveau largué. Zeng sautait du coq à l'âne sans raison. Comme s'il essayait de le désarçonner.

— Qu'est-ce qui doit être dur ?

— De suivre les traces de quelqu'un d'aussi célèbre que votre oncle. De se montrer digne de lui. Cela vous a donné du fil à retordre, hein ?

— Non. Suivre les traces de mon oncle fut un honneur et un privilège.

Li se sentait de plus en plus mal à l'aise. Où Zeng voulait-il en venir ?

Le substitut se rassit dans son fauteuil, s'appuya sur un coude, et observa Li d'un air méditatif.

— Peux pas dire que j'approuve particulièrement le fait de demander à un médecin légiste américain de pratiquer des autopsies sur des victimes pékinoises. Pour commencer, il n'est pas question qu'elle soit présente quand l'affaire passera en justice.

Ah, c'était donc ça. Que Zeng sût déjà que l'affaire Chao Heng était un meurtre et non pas un suicide étonna Li, mais ce n'était pas un secret ; et après tout, il était substitut du procureur général.

— Ses compétences ont été précieuses pour déterminer que ce suicide apparent était en fait un meurtre. Comme le professeur Xie a dirigé l'autopsie, il pourra parfaitement présenter les preuves lui-même devant la cour.

Avant que Zeng ait eu le temps de faire un commentaire, il se dépêcha de préciser :

— Naturellement, son offre de nous aider était totalement officieuse, une faveur personnelle pour le chef de section Chen.

— Oui, je vois. Je crois aussi que l'Université de la Sécurité publique vous a proposé son aide pendant l'enquête, et que vous avez refusé.

Ainsi il était au courant, pensa Li qui dit tout haut :

— Exact.

— Bien. Je ne pense pas qu'il eût été avisé de laisser une Américaine croire qu'elle pouvait nous en remontrer.

— C'est dommage, dit Li qui commençait à reprendre pied. Parce que, ce matin, j'ai changé d'avis. Finalement, j'ai accepté l'offre.

Le visage de Zeng s'assombrit.

— Pourquoi ?

— Après en avoir discuté avec mon oncle... j'ai réalisé qu'il serait mesquin de refuser l'opportunité d'une aide aussi compétente pour la simple raison qu'elle vient d'une Américaine. Du moins est-ce le point de vue de mon oncle. Mais si vous vous y opposez...

— Mon Dieu, qui suis-je pour contredire *votre* oncle ?

Zeng eut l'air ennuyé. Il avait visiblement l'intention d'aller plus loin, mais changea brusquement d'avis.

— Je crois comprendre, maintenant, pourquoi il ne vous a pas semblé trop difficile de suivre les traces de votre oncle.

— Ses traces sont bien grandes pour mes pieds, substitut du procureur général Zeng.

Zeng se balança doucement sur son fauteuil en regardant pensivement le plafond. Il sortit un paquet de cigarettes, en alluma une sans en offrir à Li. Soudain, il se pencha en avant, les coudes sur son bureau. Sa décision était prise.

— J'aimerais que vous me fassiez chaque jour un rapport écrit sur cette affaire. Chao Heng était un scientifique de haut niveau, un conseiller du gouvernement. Nous prenons ce meurtre très au sérieux. Je veux que vous m'écriviez ce rapport vous-même tous les soirs afin que je l'aie sur mon bureau le lendemain à la première heure. Est-ce clair ?

Li hocha la tête.

— Ce sera tout.

Zeng tira à lui un dossier et l'ouvrit. Li comprit qu'il était congédié.

II

Margaret semblait avoir besoin de brûler toute la colère accumulée en marchant à grandes enjambées. Bob avait presque du mal à la suivre.

— Ils commencent par me demander mon aide.

Puis monsieur le sous-chef Li à la con décide que je suis « superflue ». « Superflue », rien que ça !

— Je suis persuadé que c'est une erreur de traduction, Margaret. Li n'aurait jamais dit ça.

— Vraiment ? Eh bien, quoi qu'il ait voulu dire, il a changé d'avis ce matin. Peut-être qu'en se réveillant il s'est rendu compte de son insuffisance. Puisque maintenant, je ne suis plus « superflue », et qu'ils sont tous « très contents » d'accepter mon aide. Comme si c'était moi qui la leur proposais ! Ils me l'ont demandée, oui, avant de me dire que j'étais « superflue ». Tu parles de perdre la face ! Merde alors !

Le choix du mot « superflue » était une maladresse malencontreuse. Veronica enrichissait son vocabulaire sans en saisir toutes les nuances. Un manque de tact. Il faudrait qu'il lui en touche un mot. Malheureusement, en ce qui concernait Margaret, le mal était fait. Ça l'avait piquée au vif.

— Qu'allez-vous faire ?

— Je ne sais pas. Mais je sais ce que j'aimerais faire. J'aimerais leur dire d'aller se faire voir.

— Ce qui n'améliorerait pas beaucoup les relations sino-américaines.

— Rien à foutre des relations sino-américaines !

— Vous savez, la plupart des médecins légistes américains se feraient couper un bras pour pouvoir assister à une enquête criminelle à Pékin.

— Pour l'amour du ciel, Bob, vous imaginez un médecin légiste manchot ?

— Vous comprenez parfaitement ce que je veux dire, dit-il, aussi essoufflé qu'irrité. Ça ferait plutôt bien sur votre CV, non ?

Elle le prit par surprise en se figeant brusquement sur place. Il l'avait déjà devancée d'un mètre.

— Quoi encore ?

— Si j'accepte, il y aura un prix à payer. J'ai dû accumuler pas mal de *guanxi*, non ?

III

Li se gara à la porte du Centre de détermination des preuves matérielles et entra. L'air revêche, Lily Peng feuilletait nerveusement une revue scientifique à la réception.

— Le docteur Campbell est là ? demanda-t-il.

Elle montra du pouce la salle d'autopsie.

— Là-dedans. Depuis des heures.

— Vous ne regardez pas, aujourd'hui ? fit-il avec un petit sourire.

— Pas de place, répondit-elle en lui lançant un regard noir.

Surpris, il fronça les sourcils.

— Comment ça ?

— Allez voir vous-même.

Et elle se replongea dans son magazine.

Li poussa les deux portes battantes et trouva la salle pleine d'étudiants en blouse verte, masqués, groupés autour du corps grand ouvert du migrant de Shanghai. La cavité thoracique était exposée, le cuir chevelu rabattu sur la face, le crâne vidé de son cerveau. Certains étudiants avaient le visage de la couleur de leur blouse. Deux assistants mettaient de l'ordre dans les cadavres pendant que Margaret se livrait à un commentaire détaillé.

— Les organes sont remis dans la cavité thoracique... comme vous pouvez le voir. Une fois la cage thoracique refermée, mes assistants vont recoudre l'incision avec du fil ciré ordinaire. La calotte crânienne est replacée, le cuir chevelu ramené dessus, puis cousu. Ensuite le corps sera nettoyé, lavé au jet, séché, puis rangé dans une housse mortuaire avant de retourner en chambre froide. Je ne sais pas comment cela se passe ici, mais aux États-Unis, un entrepreneur de pompes funèbres viendrait chercher le corps, le trufferait de conservateur, l'habillerait et le maquillerait pour que la famille et les amis puissent le voir en bon état dans son cercueil au moment des funérailles.

— Dans le cas présent, intervint le professeur Xie, le corps sera rendu à sa famille, à Shanghai, où il sera simplement incinéré. En Chine, la plupart des gens ne peuvent pas se payer d'autre enterrement.

Margaret se tourna vers ses étudiants :

— Dommage que vous n'ayez pas assisté, hier, à l'autopsie que nous avons pratiquée sur un brûlé. C'était un cas extrêmement intéressant. Le professeur Xie a utilisé un appareil qu'on appelle un cryostat pour nous permettre d'accélérer les examens. Quelqu'un sait-il ce qu'est un cryostat ?

Personne ne répondit.

— En fait, c'est un congélateur qui permet de

geler des échantillons de tissu pour pouvoir les sectionner et les examiner au microscope presque immédiatement. On l'utilise plus généralement au cours d'opérations chirurgicales afin que le chirurgien puisse faire son diagnostic sur place avant de poursuivre son intervention.

Elle se retourna et montra les échantillons préalablement découpés sur les différents organes.

— Avec la méthode traditionnelle, il faut six heures, peut-être plus, pour préparer ces échantillons en vue d'un examen microscopique ; elle consiste à les durcir à la cire ou à la paraffine pour les découper ensuite en lamelles ultrafines que l'on peut conserver indéfiniment. Quand on les passe au cryostat, on peut les examiner immédiatement, mais elles se décomposent très vite.

Tout à coup, elle aperçut Li, derrière les étudiants.

— Ah, je vois que le commissaire adjoint Li nous a rejoints. C'est fini, inspecteur.

Et, en aparté pour ses étudiants :

— Il est un peu trop impressionnable pour assister à ce genre de chose.

Quelques petits rires et sourires en coin accueillirent sa remarque. Li se sentit rougir. Margaret s'adressa à nouveau à lui :

— J'ai profité de l'occasion pour demander au professeur si ma classe pouvait assister à la seconde autopsie de la matinée. Il était tout à fait d'accord, bien sûr. C'est une expérience essentielle à leur formation, vous ne trouvez pas ?

— Bien sûr, dit-il avec raideur. Auriez-vous par

hasard remarqué de quoi la victime est morte, pendant que vous faisiez la démonstration de vos talents à vos étudiants ?

Il y eut encore quelques rires étouffés, puis tout le monde retint son souffle. Bien que l'anglais fût leur seconde langue, ils avaient immédiatement capté la tension entre le médecin légiste et le policier.

Imperturbable, Margaret déclara :

— La victime est morte d'une séparation du crâne d'avec la première vertèbre cervicale, ou désarticulation atlanto-occipitale. La première vertèbre, sur laquelle repose la tête, s'appelle l'atlas. Les anatomistes avaient le chic pour trouver des noms charmants, vous ne trouvez pas ?

Li ne broncha pas. Elle haussa les épaules.

— Bref, elle est articulée en deux points sur l'os occipital, à la base du crâne. Lorsqu'il y a séparation, probablement avec un double « crac », comme lorsqu'on fait craquer ses articulations, la moelle épinière est sectionnée par le bord du trou occipital à travers lequel elle pénètre dans le cerveau. La mort a dû être instantanée, chose très rare. La plupart des morts – y compris celle de notre autopsie précédente, un unique coup de couteau dans le cœur – surviennent en une ou deux minutes.

Elle retira les lunettes qu'elle avait repoussées sur sa tête, et joua avec l'élastique tout en parlant.

— Cette blessure particulière est très courante dans les accidents de voiture, mais dans le cas présent, l'absence d'autres traumatismes majeurs nous indique qu'il ne se trouvait probablement pas dans une voiture à ce moment-là.

Elle sourit à nouveau et constata une fois de plus que personne ne partageait son sens de l'humour. Elle soupira.

— De l'absence de toute marque de doigt sur le cou ou le visage de la victime, je déduirais que son agresseur l'a attrapée avec les bras, l'un autour du front, l'autre à la base de la nuque, a tordu la tête tout en la levant, faisant ainsi dévier le trou occipital sur la colonne vertébrale, et sectionnant la moelle épinière. Une rupture aussi nette et fatale en l'absence de tout autre traumatisme majeur semble indiquer un degré de compétence élevé en la matière.

Elle marqua une pause avant de lancer :

— À mon avis, inspecteur, ces meurtres sont des exécutions accomplies par un professionnel expérimenté.

Ses paroles donnèrent à réfléchir à toutes les personnes présentes dans la salle.

Li resta de marbre. – « Tu penses qu'il s'agit d'un tueur professionnel ? Un tueur d'une Triade quelconque, avait répondu Yifu. Ce ne sont pas des meurtres ordinaires, Li Yan. »

— Puis-je vous poser une question ? demanda Margaret.

— Allez-y.

— Qu'est-ce qui vous fait penser que le brûlé d'hier et les deux morts d'aujourd'hui ont un rapport ?

— Pourquoi dites-vous cela ?

— Parce que vous ne m'auriez pas demandé de pratiquer ces autopsies aujourd'hui si vous ne le pensiez pas.

Li hocha la tête. C'était logique. Les étudiants attendaient la suite en retenant leur souffle.

— Je ne pense pas que nous devrions discuter de cela devant vos étudiants.

Un grognement général accueillit sa remarque.

— Peut-être pas, en effet, reconnut Margaret.

Elle se tourna vers les étudiants déçus qui commençaient juste à se sentir concernés.

— Laissez vos blouses et vos masques aux assistants du professeur Xie. Je vous reverrai demain, en cours.

Tous les étudiants sortirent à la queue leu leu. Margaret et le professeur Xie s'écartèrent de la table d'autopsie.

— Sur chaque lieu du crime, on a trouvé un unique mégot de cigarette. De la même marque.

— Connue ?

— Marlboro.

— Oh. Marlboro Country. Le pays où les cowboys se trimballent avec une bombonne d'oxygène sur le dos pour pouvoir respirer. J'ai l'impression que les gens fument énormément dans ce pays. Vous ne croyez pas que c'est mauvais ?

— Les compagnies américaines de tabac ont dû oublier de nous prévenir, dit Li.

— Eh bien, ils le devraient, non ? C'est un gros marché, évidemment. S'ils inondent la Chine de cigarettes, ils reversent plein de fric dans les poches de leurs actionnaires. Vous savez, ceux qui ont arrêté de fumer depuis des années parce que c'est mauvais pour leur santé.

— Il n'y avait qu'une seule cigarette à chaque fois ? demanda le professeur Xie.

Li hocha la tête.

Margaret poussa un petit grognement.

— Et vous pensez qu'il pourrait s'agir du même tueur, fumant la même marque de cigarette, une à chaque crime, et laissant le mégot pour qu'on le trouve ?

Elle trouvait l'idée extravagante.

— Le même homme, si méticuleux dans l'exécution de ses crimes ? Vous croyez qu'il aurait été assez négligent pour laisser un mégot derrière lui ?

Elle secoua la tête :

— Ça me paraît invraisemblable.

Li haussa les épaules.

— Peut-être, mais ça ne change rien au fait que les mégots se trouvaient là.

Margaret se tourna vers le professeur Xie :

— Avez-vous de quoi faire des tests ADN ici ?

— Naturellement.

— S'il y a une trace de salive sur les mégots, dit-elle en regardant Li, on peut la prélever, faire un test et savoir si c'est le même homme qui a fumé les trois.

— J'ai déjà envoyé les cigarettes au labo, hier. On devrait avoir les résultats dans l'après-midi.

Margaret le regarda sans rien dire puis lui adressa un sourire narquois.

— OK, on n'apprend pas à un vieux singe à faire la grimace.

Et elle éclata de rire devant leur air de totale incompréhension.

— Désolée, je ne suis qu'une grande gueule et vous m'avez eue.

Un silence gêné s'installa entre eux. Margaret reprit avec sérieux :

— Donc... ces mégots représentent le seul lien ?

— Non, dit Li. Il y a aussi le style des meurtres. Tous professionnels – des exécutions, comme vous dites. C'est très inhabituel en Chine. Il y a aussi la drogue. Comme vous le savez, Chao Heng consommait de l'héroïne. La première de vos autopsies, aujourd'hui, était celle d'un certain Mao Mao, un petit dealer de rue.

— Toxicomane aussi, précisa le professeur Xie.

— Traces de piqûres sur le bras gauche, ajouta Margaret.

— Autre chose ? demanda Li.

Margaret haussa les épaules.

— Rien d'important. Vous aurez le rapport demain quand nous aurons fini les examens au microscope.

Elle chercha du regard l'approbation du professeur Xie qui hocha la tête.

— Je vais me laver et me changer, dit-elle en dénouant sa blouse.

— Excusez-moi, dit le professeur Xie qui s'éloigna pour parler à ses assistants.

— Je me rends à l'autre bout de la ville pour en savoir plus sur cette histoire de drogue, commença Li qui hésita, rougit, puis ajouta :

— Peut-être voudrez-vous m'accompagner ?

— Pourquoi ? demanda Margaret, sidérée, et légèrement méfiante.

— L'homme que je vais voir est connu pour chapeauter tout le trafic de drogue de Pékin. On l'appelle La Piquouse.

Margaret le regarda d'un air étonné.

— Si vous savez qui il est, pourquoi n'est-il pas derrière les barreaux, ou six pieds sous terre avec une balle dans la tête ? C'est ainsi que vous procédez ici, non ?

— Quand on possède une preuve. Contrairement à ce que vous croyez, nous ne nous débarrassons pas des gens quand nous les soupçonnons simplement d'être coupables. Mais au moins, quand ils sont condamnés, une balle dans la tête vaut mieux que dix ans dans les rangs de la mort, où on anéantit à la fois leur espoir et leur santé avant de les faire griller sur une chaise électrique. Pour moi, c'est une définition de la torture digne d'Amnesty International.

— L'injection létale est plus à la mode, répliqua Margaret, préférant éviter la bagarre.

Elle ne souhaitait surtout pas débattre de la peine capitale.

— Donc, vous n'avez rien sur ce type - La Piquouse.

— Non, rien.

— Pourquoi voulez-vous que je vous accompagne alors ?

Elle mourait d'envie d'y aller, mais n'était pas près de l'avouer.

— Je ne veux pas... particulièrement, dit Li d'un air détaché.

Il ne voulait pas paraître attacher trop d'importance au fait qu'elle se joigne à lui. Mais il ne voulait pas non plus l'en dissuader.

— Je pensais que vous pourriez apprendre quelque chose.

— Vraiment ? La manière d'élucider une affaire en deux ans, par exemple ? rétorqua-t-elle en se débarrassant de ses gants de caoutchouc avec un claquement sec.

Chapitre 6

I

Mercredi après-midi

Furieuse d'avoir été écartée une fois de plus, Lily suivit d'un œil noir la jeep qui emportait Li et Margaret hors du campus, puis se dirigea à grands pas vers le bâtiment de l'administration tout en ruminant sa revanche.

Depuis leur discussion dans la salle d'autopsie, Li s'était montré froid et distant. Margaret se demanda si c'était à cause de son sarcasme sur les deux années nécessaires à l'élucidation d'un crime, ou si c'était une réplique de ses sautes d'humeur de la veille. Bien qu'il lui ait demandé de venir, il semblait difficilement supporter sa présence. La traversée de la ville vers l'est par Xuanwumen, l'énorme anneau à six voies ceinturant la ville intérieure, se fit dans un silence pesant. Tout le long, des échafaudages en bambou escaladaient des tours en construction ; au sommet, des petites silhouettes bleues casquées de jaune se déplaçaient avec agilité autour des squelettes de buildings ; des grues géantes tournoyaient d'avant en arrière comme des monstres préhistoriques piétinant un paysage de béton. Le ressentiment croissant de Margaret à l'égard de Li ne tarda pas à se manifester :

— Écoutez, si vous ne voulez pas de moi, dites-le. Arrêtez la voiture, je rentrerai à l'université en taxi.

— Qu'est-ce que vous dites ?

Il parut perplexe, mais ne fit pas mine de s'arrêter.

— Je dis que ma compagnie vous déplaît. Ça va peut-être vous surprendre, mais ce n'est pas moi qui ai eu l'idée de me mêler de ça. Je n'ai pas proposé mon aide. C'est vous qui l'avez demandée.

— Non. C'est mon chef.

— Et vous ne supportez pas que votre chef pense que vous pouvez avoir besoin de l'aide d'une étrangère.

— Je n'ai pas besoin de votre aide, lança-t-il avec un regard furibond.

— Ah non ? Et combien de temps auriez-vous mis à identifier Chao Heng sans moi ?

— Nous l'aurions identifié à temps, répondit-il d'une voix calme, contrôlée.

— Ouais, au bout de six semaines. Et vous continueriez à croire à un suicide. Vous me laissez descendre, oui ou non ?

Li ne ralentit pas.

— Il y a une chose que je ne comprends pas, c'est la raison pour laquelle vous êtes venue ici.

Il savait qu'il touchait un point sensible.

— Ça ne vous regarde pas !

Il insista :

— Quand je suis allé aux États-Unis, j'ai passé des mois à me documenter. Sur la constitution, le maintien de l'ordre, la culture... Ha... !

Il laissa échapper un petit rire.

— Si toutefois on peut associer les mots « culture » et « américaine ». Vous avez décidé de venir en Chine, et qu'est-ce que vous faites ? Rien. Vous ne vous préparez à rien, vous ne savez rien. Ni sur le maintien de l'ordre, ni sur notre histoire, ni sur notre culture. Vous n'êtes pas dans ce pays depuis cinq minutes que vous criez au scandale parce qu'un homme engueule une femme. Vous cherchez la bagarre dans un restaurant et offensez les hôtes qui ont mis les petits plats dans les grands pour vous souhaiter la bienvenue.

— La bienvenue ?

Margaret s'étrangla d'indignation.

— La bienvenue ? Dès l'instant où je suis arrivée dans ce foutu pays, les gens n'ont pas cessé de me dire ce que je ne devais pas faire, ce que je ne devais pas dire pour ne pas risquer de froisser votre précieuse sensibilité chinoise. Vos compatriotes feraient bien de se détendre un peu et de nous rejoindre au vingt et unième siècle.

Elle leva la main pour l'empêcher de protester :

— Et ne me parlez pas de votre histoire vieille de cinq mille ans. On m'a déjà fait la leçon. Ni de votre invention du papier et de l'imprimerie.

— Il y a aussi l'arbalète, le parapluie, le sismographe et la machine à vapeur – environ mille ans avant que les Européens n'y pensent, dit Li.

— Seigneur, épargnez-moi, par pitié.

Mais Li était lancé.

— Qu'est-ce que les Américains ont donné au monde ? Le hamburger et le hot dog ?

Piquée, Margaret lança :

— Nous avons inventé l'ampoule électrique, le moyen de produire de l'électricité à grande échelle, le gramophone, le cinéma, la puce électronique, l'ordinateur personnel. Nous avons été les premiers à envoyer des hommes sur la Lune, à mettre au point les technologies permettant aux gens de communiquer d'un bout à l'autre du monde en quelques nanosecondes, à envoyer des photos de Mars d'une meilleure définition que celle de la télévision chinoise. Merde alors ! Tout ce que vous avez fait est du passé. Vous ne faites que regarder en arrière. Nous, nous agissons dans le présent.

Li rougit de colère et crispa les mains sur le volant.

— Ah oui ? Et qu'est-ce que vous faites exactement en ce moment ?

Il leva une main pour l'empêcher de parler.

— Non, laissez-moi vous le dire. Vous jouez les terreurs, les gendarmes du monde en dictant aux autres leur façon de vivre, de se conduire. Et si on ne se soumet pas, si on ne se conforme pas à votre code moral, on a toutes les chances de recevoir un coup de matraque sur la tête. Vous prêchez la liberté et la démocratie, mais vous pratiquez la discrimination raciale et politique.

— Ça, c'est la meilleure, de la part d'un citoyen du pays qui bat tous les records en matière de non-respect des droits de l'homme !

Li déboîta brusquement sur la gauche en klaxonnant, comme un fou. Ils passèrent en flèche devant le mausolée de Mao qu'ils laissèrent sur leur gauche, et la vaste place Tiananmen s'ouvrit devant eux, avec, au fond, le toit de tuiles orange de la porte de la Paix céleste scintillant derrière un voile de brume.

— Ne commencez pas, dit-il.

Des heures passées à écouter son oncle débattre de la politique mondiale avec ses copains lui avaient donné de solides notions des événements de ces trente dernières années.

— Vous allez me dire que les États-Unis n'ont jamais soutenu le régime meurtrier du Shah d'Iran, ni provoqué la chute du président démocratiquement élu du Chili. Que les États-Unis avaient de bonnes raisons d'arroser de napalm et d'agent orange d'innocents Vietnamiens, ou d'épauler des dictateurs de pacotille qui saignaient leur peuple à blanc parce que c'était conforme à la stratégie politique américaine.

— Et les milliers de prisonniers politiques enfermés sans procès ?

— C'est une légende. Un mythe.

— Ah oui ?

Elle agita la main vers la place.

— Je suppose que le fait que votre gouvernement ait envoyé des soldats armés ici même pour faucher des centaines d'étudiants non armés en train de manifester pacifiquement, c'est aussi un mythe. Ou juste une « légende » ?

— Même chose pour les National Guards qui ont tiré sur les manifestants du campus de l'université de l'Ohio en 1970. La seule différence est une différence d'échelle.

Profondément contrarié, il respira à fond et frappa du plat de la main sur le volant.

— Merde, je n'essaye pas de justifier Tiananmen, mais le point de vue de l'Occident est purement sentimental. Des étudiants pacifistes manifestant pour la liberté et la démocratie. Ha ! Vos caméras n'ont jamais montré les bandes de jeunes armés des banlieues en train d'attaquer et d'assassiner, pour leur voler leurs armes, des soldats et des policiers qui avaient reçu l'ordre de ne pas les toucher. Qu'est-ce que votre gouvernement aurait fait s'il avait vu son existence même menacée par un million d'étudiants déchaînés dans les rues de Washington, exigeant que le président et le Congrès leur expliquent eux-mêmes leur politique, puis les insultant et les humiliant en direct à la télévision ? Si des bandes de voyous battaient à mort des policiers, si les germes d'une insurrection étaient semés dans les cinquante États, croyez-vous qu'ils resteraient les bras croisés, sans rien faire ?

Li avait le front en sueur, son regard brûlait d'un éclat fiévreux.

— Je le sais, j'y étais.

Les images sanglantes des événements de ces quatre jours fatidiques de juin défilèrent devant ses yeux, ses yeux qui avaient versé des larmes pour les morts, pour son pays, pour le gâchis dévastateur de tout cela.

— Mais si je regarde la Chine aujourd'hui, je vois des gens qui ont de l'argent dans les poches, le ventre plein, un toit au-dessus de la tête, des enfants qui vont à l'école, une croissance économique annuelle de dix pour cent. Si je regarde ce qui s'est passé en Union soviétique ou en Yougoslavie au nom de la liberté et de la démocratie, je ne vois que la ruine économique, des gens qui ont faim, des enfants qui meurent de maladie ; je vois la guerre, la montée du crime, la mort et la désolation dans la rue. Je ne crois pas que beaucoup de Chinois voudraient échanger ce qu'ils ont contre ça. Vous n'aimez pas le communisme parce qu'en Occident on vous a endoctrinés à coups de préjugés. Pourtant, malgré toutes ses erreurs, il a apporté à la Chine la stabilité et la paix, une population plus saine, plus riche, mieux nourrie qu'elle ne l'a jamais été.

Ils venaient de tourner dans l'avenue Chang'an, laissant la place Tiananmen derrière eux. Margaret se retourna et essaya d'imaginer les chars débouchant des rues, la place encombrée de milliers d'étudiants. Elle se souvenait très bien des images qui avaient fait le tour du monde, les images de cet étudiant seul devant un char, et les tentatives du conducteur pour le contourner sans le blesser. Combien de larmes amères avaient dû être versées en même temps que le sang. La voix de Li était chargée de passion ; elle comprenait peut-être pour la première fois l'épouvantable dichotomie inhérente à ces images. Les blessures étaient encore profondes ; elle se demanda ce qui se serait passé aux États-Unis dans des circonstances similaires. Il y avait eu des émeutes dans les années 1960-1970 à propos des droits civils, du Vietnam, des divisions qui avaient scindé le pays en deux. Trente ans après, certaines plaies étaient cicatrisées. D'autres restaient à vif.

Elle secoua la tête :

— C'est stupide. Nous sommes en train de faire la même chose que ceux qui se déclarent la guerre – nous disputer sur nos différences. Alors que ce sont nos différences qui nous rendent...

Elle chercha les mots exacts.

— ... humains, uniques.

Il ne dit rien ; ils continuèrent à rouler en silence le long de l'avenue Jiangguomen, dépassèrent le building du CITIC[1], puis celui du World Trade Center, et empruntèrent la rampe débouchant sur le Troisième périphérique. Margaret finit par demander :

— Où allons-nous ?

Elle avait besoin d'une réponse de sa part, n'importe quelle réponse, à n'importe quelle question.

— Au Hard Rock Café.

Mais ce fut tout. L'atmosphère restait tendue.

Le Hard Rock Café se trouvait au nord-est de Pékin. L'arrière d'une Chevvy rouge décapotable aux ailerons années cinquante émergeait du toit du premier étage, comme si elle s'y était plantée en tombant du haut d'une tour adjacente. Un globe bleu portant le logo du Hard Rock Café était perché au sommet de l'entrée évoquant un temple grec. Sur le trottoir, se dressait une guitare Les Paul rouge de trois mètres de haut. Margaret suivit Li en haut des marches rouge et noir sans oser poser les doigts sur le cuivre étincelant de la rampe soutenue par des Les Paul noir et or. Ils passèrent sous une grosse étoile rouge à cinq branches surmontant l'avis suivant : NO DRUGS AND NUCLEAR WEAPONS ALLOWED[2]. Ils ne s'étaient plus adressé la parole depuis un quart d'heure.

À l'intérieur, le restaurant était plein. En chemise

---

1. China International Trust & Investment Corporation. *(N.d.T.)*

2. Drogues et armes nucléaires interdites. *(N.d.T.)*

émeraude et jean noir, le personnel servait le déjeuner de la nouvelle jeunesse branchée pékinoise, d'une poignée de touristes curieux et de résidents étrangers.

Une jeune et jolie serveuse s'approcha de Li. Ils échangèrent quelques mots ; de la tête, elle désigna un box à l'autre bout de la salle. Li s'y dirigea d'un pas décidé. Déprimée, agacée, Margaret le suivit en se demandant ce qu'elle faisait là. En approchant, elle vit quatre jeunes hommes assis autour d'une table : vêtements de luxe, coupes de cheveux impeccables, ongles manucurés – très différents des Chinois qu'elle avait rencontrés jusqu'ici. Ils puaient le fric. À l'arrivée de Li, leur conversation s'interrompit ; l'un d'eux coupa son téléphone portable. L'homme qui se trouvait à l'extrême droite sourit largement pour montrer sa superbe dentition de prédateur. Margaret se rendit compte qu'il n'était pas aussi jeune qu'elle l'avait d'abord cru. Dans les trente-cinq ans, peut-être. Son assurance et l'attitude des trois autres le désignaient d'emblée comme celui que Li appelait La Piquouse. Il vendait peut-être de la drogue, mais n'en consommait certainement pas.

— Tiens, tiens, fit-il sans cesser de sourire. Mais voilà M. Li Yan, notre sympathique flic de quartier. Paraît que tu as été promu, monsieur Li. Félicitations.

Il tendit une main que Li ignora.

— J'ai un mot à te dire.

— Oh, vraiment ?

La Piquouse jeta un coup d'œil à Margaret et demanda :

— Qui est-ce ? Ta petite amie ?

— Une observatrice américaine.

— Observatrice ? fit-il en exagérant son air surpris. Et que vient-elle donc observer ? La manière dont les flics de Pékin harcèlent d'innocents citoyens ?

— Non, répondit Li d'une voix calme. Elle est ici pour observer la façon dont d'innocents citoyens acceptent de coopérer avec les flics pour leur épargner la peine de lancer un mandat contre eux.

— Elle parle chinois ? demanda La Piquouse en la regardant d'un air soupçonneux.

— Non.

— Hé, petite, tu veux tirer un coup ? lança-t-il à Margaret en chinois.

Perplexe, Margaret regarda Li :

— C'est à moi qu'il parle ?

— Oui, dit La Piquouse en anglais. Je vous demandais juste comment vous alliez.

— J'ai besoin de te parler deux minutes, lui dit Li, ignorant cet échange.

— Vas-y.

— En privé.

— Où ça ? demanda La Piquouse, méfiant.

— Dans la jeep. Je suis garé au coin.

La Piquouse hésita.

— Tu n'as rien à cacher, pas vrai ? Donc pas de raison de t'inquiéter. J'ai juste besoin d'une petite information.

La Piquouse réfléchit un instant, s'essuya la bouche avec sa serviette, et se leva.

— Je t'accorde dix minutes, pas plus. Je suis un homme très pris.

L'adjoint assis à sa gauche se leva rapidement pour le laisser passer. Il suivit Li et Margaret vers la porte.

— Que se passe-t-il ? murmura Margaret à Li.

— On va avoir une petite conversation, répondit Li.

Mais quelque chose dans son ton lui mit les nerfs à fleur de peau. Ses yeux avaient en outre un éclat dur et froid qu'elle n'avait jamais vu.

La jeep était garée sur le parking de l'hôtel voisin. Li fit monter Margaret à l'arrière. La Piquouse s'installa à l'avant, sur le siège du passager. Li mit le moteur en marche.

— Hé ! aboya La Piquouse, surpris. Tu n'as pas dit qu'on allait quelque part.

— Juste un petit tour. C'est mieux pour bavarder.

Il n'en dit pas plus et prit la direction du sud, puis celle de l'ouest, sur Gongren Tiyuchang. La Piquouse commençait à se sentir mal à l'aise.

— On va où ?

— Dans un endroit calme, discret où personne ne viendra nous déranger. Pour ton image de marque, tu ne voudrais pas être vu en compagnie d'un flic, n'est-ce pas ?

— Arrête-toi immédiatement et laisse-moi descendre ! Ce n'est pas ce qui était convenu.

Il commençait à paniquer.

Li tourna dans l'avenue Dongdoqiao, vers le sud.

— On ne peut pas dire que tu fasses preuve de coopération avec la police, dit-il. Tu ne voudrais pas que notre observatrice américaine se trompe sur ton compte, quand même ?

— Qu'elle aille se faire foutre, ton observatrice ! Laisse-moi descendre !

Il essaya d'ouvrir la portière, mais elle était verrouillée.

— Qu'est-ce qui se passe ? demanda Margaret qui commençait à s'inquiéter.

— Oh ! pas grand-chose. Juste une atteinte de routine aux droits de l'homme, répondit Li.

Il vira brusquement à droite, franchit une grille ouverte, et pénétra dans une vaste enceinte ; le gigantesque Stade des Ouvriers de Pékin surgit devant eux. Des militaires vêtus de tenues de camouflage vertes s'entassaient dans des camions bâchés qui se dirigeaient en file vers la sortie au moment où Li pénétra à l'intérieur. Il manœuvra délicatement entre eux, coupa le moteur, débloqua la fermeture des portes et se tourna vers son passager :

— Descends.

Par l'entrebâillement des vastes portes qui ouvraient sur le stade, au sommet de la rampe, on apercevait un bout d'herbe verte et de gradins en béton. La Piquouse bondit de la voiture.

— Bon Dieu, qu'est-ce que tu fous, Li ?

Li contourna le capot de la jeep et le saisit d'une main par le revers de sa veste. Le tissu se déchira avec un bruit sec.

Soudain très inquiète, Margaret, qui se tenait juste derrière eux, demanda :

— Qu'est-ce que vous faites ?

Li traîna La Piquouse jusqu'en haut de la rampe. Le dealer ne faisait pas le poids à côté ; il cherchait désespérément un signe de vie autour de lui – un visage, une silhouette, un témoin. Mais il n'y avait personne. Personne à part Margaret qui courait derrière eux, exigeant de savoir ce que Li avait l'intention de faire.

Li les ignora, ouvrit un peu plus la porte et tira brusquement La Piquouse dans le stade. Margaret resta un moment immobile, reprit son souffle, se faufila à son tour, juste à temps pour voir Li pousser l'autre homme au bas de la pente, à travers la piste, puis sur l'herbe. Tout autour d'eux s'élevaient des gradins vides. Les jours où l'équipe nationale chinoise jouait au foot, soixante mille fans en délire les envahissaient. À présent, ils étaient étrangement silencieux. Margaret entendit soudain grincer la porte par laquelle ils étaient entrés, puis la vit se refermer. Elle sentit comme une main de glace lui serrer la nuque.

— Li ! hurla-t-elle.

Mais toute l'attention de ce dernier était concentrée sur La Piquouse dont il avait empoigné le col de chemise de la main gauche et qu'il tordait pour le lui faire rentrer dans la gorge.

Envolée l'assurance froide de l'intouchable trafiquant de drogue. À côté de Li, il paraissait petit, on aurait dit un enfant pleurnichard. Ses pieds touchaient à peine le sol. De la main droite, Li sortit un gros revolver du holster d'épaule caché sous sa veste et lui pressa le bout du canon sur le front. Le visage de La Piquouse devint livide, ses yeux s'enfoncèrent dans leurs orbites. Margaret courut sur la pelouse.

— Ça suffit maintenant, dit-elle calmement.

La Piquouse lui lança un regard paniqué. Peut-être était-elle l'alliée, le témoin dont il avait besoin pour arrêter Li.

Li ne fit pas attention à elle.

— Tu vas me dire tout ce que tu sais sur Chao Heng et Mao Mao, dit-il.

Pendant un instant, la peur quitta le visage du grand manitou de la drogue pour faire place à la consternation.

— De quoi tu parles ?

— Tu sais aussi bien que moi que tout ce que tu diras restera entre nous. Elle ne parle pas chinois, et je ne peux utiliser contre toi aucune information extirpée sous la menace. Alors fais-nous une faveur, dis-moi ce que je veux savoir.

— Je ne sais pas de quoi tu parles !

Li poussa un profond soupir.

— OK, on va employer la manière forte.

— Quoi ?

La Piquouse recommençait à paniquer. Li le força à se mettre à genoux.

— À quoi tu joues ? N'espère pas t'en tirer comme ça !

La Piquouse essaya de se relever mais Li le maintenait d'une poigne de fer.

— Aidez-moi ! cria-t-il en anglais à Margaret.

Elle se tenait à quelques pas, le souffle court, les yeux remplis de peur et de colère ; la peur de ce qui allait se passer, la colère d'avoir été entraînée ici.

— Je ne veux pas être mêlée à ça, dit-elle.

— Vous n'êtes pas obligée, dit Li.

Elle regarda autour d'elle, mais ne vit aucune issue, la porte par laquelle ils étaient entrés étant fermée.

— Si vous blessez cet homme, je témoignerai contre vous.

— Vraiment ? C'est *lui* qui vend la misère et la mort. C'est *lui* qui a bousillé des milliers, peut-être des dizaines de milliers de vies, et vous témoigneriez contre *moi* ?

— Pourquoi m'avez-vous amenée ici ?

— Pour observer.

Vautré sur l'herbe, La Piquouse essayait de prendre le large pendant que Li regardait ailleurs.

— Reste où tu es ! cria-t-il d'un ton hargneux. Je vais te laisser une chance. Peut-être plusieurs. Mais c'est pas sûr.

Il fit sauter le barillet et retira les balles une à une pour ne laisser que la dernière.

— Un jeu inventé par nos voisins russes, dit-il en remettant le barillet en place.

— Mon Dieu ! s'écria Margaret en leur tournant le dos et en s'éloignant vers le centre de la pelouse.

Les mains sur les hanches, elle leva la tête vers le ciel. Elle n'avait aucun moyen d'arrêter ça, mais il n'était pas question qu'elle en soit témoin.

Envahi d'un sentiment de désespoir, La Piquouse la suivit des yeux. Elle ne ferait rien. Li le remit à genoux et lui colla le revolver sur la nuque. Le métal était dur et froid contre sa peau.

— Bon, je te le demande encore une fois, dit-il doucement.

— Je t'ai déjà dit que je ne sais pas de quoi tu parles.

Soudain, La Piquouse eut une révélation. Li n'appuierait pas sur la détente. Pas en présence de l'Américaine. Ils étaient en conflit, ça se voyait. Puis il sentit, plus qu'il ne l'entendit, le mécanisme de la détente soulever le chien qui vint heurter une chambre vide. Il perdit le contrôle de sa vessie et sentit un flot d'urine chaude inonder sa cuisse.

Le claquement du chien résonna dans tout le stade. Médusée, Margaret pivota sur elle-même pour regarder Li. Elle n'arrivait pas à y croire.

— Bon Dieu !

Et elle écouta sa voix faire le tour des gradins, comme si elle appartenait à quelqu'un d'autre.

— Parle-moi de Chao Heng, dit Li.

— Je t'ai dit...

La Piquouse se mit à pleurer.

Clac ! le chien heurta une autre chambre vide.

— Li ! Pour l'amour du ciel ! hurla Margaret.

— Vas-y, dis-moi, insista Li d'une voix dure.

Il cligna les yeux et eut un mouvement brusque de la tête quand un filet de sueur lui coula dans un œil.

La Piquouse sentit une fois de plus le mécanisme de la détente se déclencher.

— OK ! OK ! OK ! cria-t-il.

— Je t'écoute, dit Li.

— Chao Heng était connu, haleta La Piquouse. Il traînait dans les boîtes du centre-ville pour y lever des garçons. Plus ils étaient jeunes, mieux c'était. Tout le monde savait ce qu'il était.

La Piquouse bafouillait comme un bébé, toute inhibition relâchée, comme les muscles de sa vessie, par la peur.

— Je ne le connaissais pas personnellement, juste de vue. Il se fournissait chez un mec qui s'appelle Liang Daozu.

— Un de tes hommes ?

— Je n'ai personne, cria-t-il. OK, oui, c'est un de

mes hommes, avoua-t-il en sentant le canon du revolver s'enfoncer dans son cou.

— Et Mao Mao ?

— Quoi, Mao Mao ?

— Quel lien avait-il avec Chao Heng ?

— Aucune idée.

La pression du canon se renforça un peu plus à la base de son crâne.

— Mais merde, je ne savais même pas qu'ils se connaissaient ! Mao Mao était une crapule, une ordure des bas-fonds. Il n'évoluait pas dans le même milieu que quelqu'un comme Chao Heng.

— Ou toi ?

— Ou moi. Merde, je vends pas de dope dans la rue. Jamais fait. C'est bon pour les camés et les losers comme Mao Mao.

— Peut-être que Mao Mao était dans les petits garçons, comme Chao ?

La Piquouse secoua la tête.

— Pas que je sache.

Personne n'en savait rien d'ailleurs. Li avait lu les dépositions de la famille et des amis de Mao Mao. Il avait une femme et un gosse quelque part, et une kyrielle de maîtresses. La colère de Li cédait lentement la place à la déception. Il avait La Piquouse à genoux devant lui, prêt à tout avouer, et non seulement il ne pourrait pas s'en servir contre lui, mais cela ne l'aidait même pas dans son enquête. Il appuya à nouveau sur la détente. Clac !

La Piquouse glapit.

— Merde, mec, qu'est-ce que tu fous ! Je t'ai dit tout ce que tu voulais savoir.

Li le repoussa et le fit tomber sur le dos. Paralysé par la peur, La Piquouse le regardait sans comprendre. Li tendit le bras et pointa son arme sur son visage.

— Li ?

Margaret s'était avancée. Elle croyait que c'était fini. La Piquouse avait parlé à toute vitesse pendant une bonne minute, racontant à Li, lui semblait-il, ce qu'il voulait savoir. Et maintenant, Li allait le tuer de sang-froid ?

Li appuya sur la détente une, deux, trois fois. La Piquouse hurla, un long hurlement d'angoisse, exprimant sa peur de savoir qu'il allait mourir, presque pire que la mort elle-même.

Margaret se calma.

— Ça fait six, dit-elle.

La Piquouse leva les yeux vers Li sans y croire. Li tendit la main gauche vers Margaret et ouvrit le poing. Il y avait six balles dans sa paume.

— La vitesse de la main trompe l'œil, dit-il d'un air sombre.

Margaret ferma les yeux. Elle avait envie de le bourrer de coups de poing, de coups de pied, de le mordre, de lui faire mal.

— Espèce de salaud, dit-elle.

L'ignorant, Li remit le revolver dans son holster, les balles dans sa poche. Il se pencha sur La Piquouse pour le remettre sur pieds et approcha son visage du sien.

— Tu te dis peut-être que tu as perdu la face aujourd'hui.

La Piquouse ne réagit pas.

— J'espère que la prochaine fois que tu mettras

les pieds dans un stade, ce sera pour y recevoir une balle dans la tête, pour de bon. Avec un peu de chance, elle t'emportera la gueule.

Il le lâcha. La Piquouse retomba sur les genoux. Li regarda avec dégoût la tache d'urine qui souillait son pantalon.

— Je pensais te ramener, mais je n'ai pas envie que tu salisses ma jeep. Tu aurais peut-être intérêt à te changer avant d'aller retrouver tes potes.

La Piquouse lui lança un regard chargé de haine, un regard meurtrier.

II

Margaret était furieuse.

— Ramenez-moi directement à l'université, dit-elle d'un ton sec.

— D'accord.

Ils roulèrent un moment en silence ; mais, incapable de contenir sa colère plus longtemps, elle finit par exploser :

— Vous aviez tout prévu, n'est-ce pas ? Quelqu'un savait que nous allions au stade.

Li haussa les épaules.

— J'ai mes contacts.

— Débile. Complètement débile. Jamais je n'ai vu une chose pareille.

— C'est drôle, ce sont des flics de Chicago qui

m'ont appris le truc. Ils ont dû le faire spécialement pour moi. À l'arrière d'une voiture de patrouille, dans une impasse. Un petit dealer de rien de tout qui pouvait aider à remonter la filière. Le pauvre gosse était mort de trouille. Il a dit tout ce que les autres voulaient savoir.

Elle lui jeta un regard qui l'aurait pétrifié sur place s'il avait été en face d'elle.

— Ce n'est pas une raison. Pour eux comme pour vous.

— En tout cas, j'ai évité à mes inspecteurs six semaines de recherches sur une connexion qui n'existe pas.

— Comment le savez-vous ?

— Parce que s'il y avait une affaire de drogue entre Chao Heng et Mao Mao, La Piquouse aurait été au courant. Je le crois quand il dit qu'il ne sait rien.

Il la regarda en coin.

— Pas la peine de verser des larmes sur La Piquouse. Il s'en remettra.

— Je me fous pas mal de lui. C'est ce que vous m'avez fait subir. Si j'avais su qu'il n'y avait pas de balles...

— Vous auriez approuvé ?

— Non, bien sûr que non.

— C'est pourquoi je n'ai rien dit. Je n'étais même pas sûr de vous emmener à l'intérieur du stade.

— Oh, je suppose que c'est un honneur, non ? Bon Dieu !

Elle frappa le tableau de bord des deux mains.

— Pourquoi m'avez-vous emmenée ?

— Vous vouliez tellement croire que la violation

des droits de l'homme est une pratique courante en Chine que j'ai pensé que vous deviez en voir un exemple par vous-même, importé de première main des États-Unis.

— Oh, attention, ne confondons pas droits de l'homme et droits civils. Ce dont vous avez été témoin avec ce gamin, c'était une atteinte aux droits civils. Ces flics ont enfreint la loi, d'accord, mais je peux vous certifier que ce n'est pas une pratique courante.

— En Chine non plus.

— Ah tiens ? Il n'y a ni violation des droits de l'homme ni violation des droits civils en Chine ?

— Pas sous ma responsabilité.

— Donc, aujourd'hui, c'était la première fois que vous faisiez une chose pareille, c'est ça ?

— Oui.

— Bien sûr.

Il vit qu'elle ne le croyait pas.

— Je vous assure.

La sincérité qu'elle lut dans ses yeux la déconcerta.

— Personnellement, poursuivit-il, j'aurais tué ce type avec plaisir. Mais en tant que policier, c'est contre mes convictions. Mon oncle aurait honte de moi. Il me dirait que la mesure de toute civilisation est la solidité et l'équilibre de son système de justice. Et il aurait raison. Et il refuserait de m'écouter si je lui disais que j'avais le sentiment, l'intuition que nous ne pouvons pas nous permettre de passer des semaines, des mois, voire des années à chercher le meurtrier. Il me dirait que je dois refouler cet instinct en ayant recours aux bonnes méthodes policières.

— Quel instinct ? demanda-t-elle, soudain intéressée malgré elle.

— Si je le savais, je n'aurais sans doute pas eu besoin de faire ça. Il y a quelque chose de... bizarre dans ces meurtres. Quelque chose qui m'échappe au milieu de ce que nous savons déjà. Quelque chose qui perturbe mon inconscient, et que mon cerveau n'arrive pas à saisir. C'est pour cela que j'ai utilisé un raccourci que je n'aurais pas dû prendre, parce que mon instinct me dit qu'on n'a pas de temps à perdre.

— Vous croyez qu'il va tuer à nouveau ?

— Je ne sais pas, répondit-il en haussant les épaules.

Ils étaient arrêtés à un feu rouge. Li se tourna pour regarder Margaret et crut discerner un léger doute dans ses yeux.

— N'avez-vous jamais eu l'impression de savoir quelque chose par instinct ? Sans pouvoir l'expliquer ?

Sa gorge se serra en se souvenant comme elle avait lutté contre son instinct pour ne pas perdre confiance en Michael, au-delà de toute attente raisonnable. Aujourd'hui, elle avait du mal à comprendre pourquoi. Elle aurait mieux fait de se fier à son instinct. Elle détourna les yeux et hocha la tête.

— Si, finit-elle par dire. Et je ne l'ai pas suivi.

Li vit blanchir les articulations de ses doigts crispés sur ses genoux.

— J'aurais dû, ajouta-t-elle.

Ils dépassèrent la rue Wangfujing, longèrent la rue Wusi, puis l'arrière de la Cité interdite. Soudain, la voiture qui les précédait freina brusquement en voulant éviter un enfant ; elle bascula sur le côté dans une gerbe d'étincelles, heurta un trolleybus, et traversa la chaussée en tournoyant comme une toupie pour terminer sa course sur la voie des vélos. Les véhicules qui roulaient pare-chocs contre pare-chocs se télescopèrent dans un grand bruit d'ailes froissées. La circulation s'arrêta, les klaxons se déchaînèrent, ce fut le chaos. L'enfant qui avait provoqué l'accident s'enfuit en courant. Plusieurs cyclistes se relevèrent couverts de poussière et se mirent à examiner leurs roues gondolées, leurs cadres tordus, tout en injuriant les automobilistes et en s'apostrophant les uns les autres. Par-dessus le bruit des klaxons, des voix exaspérées et des moteurs emballés, s'éleva le cri strident d'une femme.

Li avait déjà mis la jeep en travers de la rue et planté un gyrophare rouge sur le toit. Il lança un appel d'urgence par radio. Secouée, mais indemne, Margaret entendit la femme crier. Elle descendit aussitôt de la jeep et se mit à courir entre les véhicules et les gens vers un attroupement qui se formait autour de la voiture accidentée, à moitié couchée sur le trottoir, le capot encastré dans le tronc d'un caroubier. Son conducteur hébété en sortit en titubant. Il saignait du front. Margaret examina sa blessure ; il survivrait. Mais elle ne voyait toujours pas la femme qui continuait à hurler. Une clameur confuse de voix hystériques s'élevait de la foule amassée autour du capot. Margaret l'aperçut alors, couchée sous le cadre tordu d'une bicyclette coincée par la roue avant ; du sang s'échappait d'une blessure à la cuisse. À ce moment-là, Li fit irruption derrière elle.

— Elle va mourir si on n'arrête pas tout de suite l'hémorragie, lui dit-elle. Il faut absolument la sortir de là.

Pressante, impérieuse, la voix de Li retentit au-dessus du vacarme. Sept ou huit hommes se détachèrent immédiatement de la foule. Li leur fit signe de se placer de part et d'autre de la voiture qu'ils soulevèrent en l'agrippant comme ils pouvaient. La tôle gémit, un jet de vapeur jaillit du radiateur percé. Margaret saisit la femme sous les aisselles et la tira. L'intensité de ses hurlements diminuait en même temps que ses forces s'affaiblissaient. Il y avait du sang partout.

— Les secours arrivent, dit Li.

— Pas le temps ! cria Margaret. Maintenez-la.

À la stupéfaction générale, la *yangguizi* blonde aux yeux bleus se débarrassa de ses tennis et se mit debout sur la cuisse de la femme afin d'appuyer de tout son poids sur la plaie. Pour garder son équilibre, elle se retint à l'un des hommes qui avait soulevé la voiture ; il se figea comme un lapin surpris dans les phares d'une voiture. La femme se débattit en hurlant pour essayer de se débarrasser de Margaret.

— Tenez-la bien, bon sang ! Elle a l'artère fémorale ouverte. Je n'ai pas d'autre moyen de l'empêcher de se vider de son sang.

Li s'assit par terre, à côté de la tête de la femme ; il lui tint gentiment les bras, les replia, lui souleva la tête et la posa sur ses genoux ; enfin, il lui parla d'une voix douce, rapide, rassurante pour calmer sa peur et l'empêcher de bouger. Elle cessa de résister, se détendit, puis se mit à pleurer. Des centaines de personnes s'étaient amassées dans la rue et se pressaient autour d'eux dans un silence médusé. Margaret remarqua que le sang suintait plus lentement entre ses orteils. Elle avait réussi à stopper temporairement l'hémorragie, mais la blessée en avait perdu une quantité énorme. C'était une femme d'environ quarante-cinq ans, trapue, aux traits aplatis de paysanne. Sa robe imprimée bleue était maculée de rouge. Le ruban qui retenait ses cheveux en arrière s'était détaché ; de longues mèches noires s'étalaient sur les cuisses de Li. Elle le regarda lui parler doucement tout en caressant son visage. Elle ne savait pas ce qu'il lui disait, mais ne trouvait plus la moindre ressemblance entre cet homme doux, affectueux et l'individu froid, impitoyable qu'elle avait vu dans le stade un quart d'heure plus tôt.

Des sirènes se firent bientôt entendre au loin. Quelques minutes plus tard, des infirmiers portant une civière fendirent la foule ; Margaret s'écarta de la femme qui ne lâcha pas la main de Li jusqu'à l'ambulance. En se retournant, celui-ci vit Margaret récupérer ses chaussures sous l'œil curieux de la foule en train de se disperser à contrecœur, sur ordre des agents en uniforme qui essayaient de dégager la voie. Li la prit gentiment par le bras pour l'escorter jusqu'à la jeep ; toujours pieds nus, elle laissait derrière elle des traces de pas sanglantes. Elle avait du sang séché sur les mains, sur son tee-shirt, sur son jean.

— J'ai besoin de me changer, dit-elle.

— Je vous ramène à votre hôtel.

Li démarra la jeep, fit demi-tour et retourna jusqu'au carrefour où il prit la direction du nord.

III

— Je vous attends ici, dit-il en se garant au pied des marches de l'entrée principale.

— Ne faites pas l'idiot. Montez. Vous avez besoin de vous laver, vous aussi. Vous avez du sang sur la figure et les mains.

Elle sauta de la jeep. La chaleur qui montait du béton blanc, brûlant et poussiéreux la saisit avec une telle intensité que ses jambes flageolèrent.

Li aperçut des croûtes de couleur rouille sur ses mains et, dans le rétroviseur, une trace rouge sur sa joue. Son pantalon, sa veste et sa chemise avaient été éclaboussés de sang. La mort dans l'âme, il sortit de la jeep, suivit Margaret en haut des marches, passa entre les piliers de la couleur du sang qu'il avait sur les mains, et pénétra dans l'atmosphère fraîche du hall. Au troisième étage, les domestiques les regardèrent passer bouche bée.

La chambre était luxueuse, agréable, dans des tons clairs que seule venait rompre la soie rouge sang de la tête du lit. Le luxe nécessaire aux étrangers le surprendrait toujours. Et c'était pourtant un luxe dépourvu de caractère ou de personnalité, comme dans n'importe quelle chambre d'hôtel de n'importe quelle ville du monde.

Margaret lança son sac sur le lit.

— Je prends une douche rapide et je me change. Vous pourrez vous laver après.

Elle alluma la télévision.

— Pour vous empêcher de vous ennuyer.

Elle sourit. CNN passait un reportage sur des inondations monstres en Californie du nord. Il entendit le jet de la douche et se dirigea vers la coiffeuse. Elle y avait posé des produits de maquillage, des pots de crème, une carte, un livre. Il prit le livre, le feuilleta ; c'était un petit lexique chinois. Il s'arrêta au hasard à la page concernant l'argent. *Je suis complètement fauché. Puis-je utiliser cette carte de crédit ?* Il secoua la tête d'incompréhension devant les sujets de préoccupation des étrangers. Il passa à la page « divertissement ». *Voulez-vous sortir avec moi ce soir ? Quelle est la meilleure discothèque du coin ?* Il sourit. Il n'imaginait pas Margaret en train de dire l'une ou l'autre de ces phrases.

Il souleva une brosse dont il retira quelques cheveux dorés. Ils étaient doux et fins. Il l'approcha de son nez, respira son parfum. Sur une impulsion qu'il aurait été bien en peine d'expliquer, il enroula soudain les cheveux autour de son index pour en faire une boucle qu'il glissa dans sa poche de poitrine, entre les pages d'un petit carnet.

La bruit de la douche s'arrêta brusquement ; la porte de la salle de bains s'entrouvrit. Dans le miroir accroché au-dessus de la coiffeuse, il aperçut l'éclat jaune pâle d'une serviette jetée sur l'écran de douche. Elle disparut soudain à sa vue, et il surprit

Margaret nue, debout dans la baignoire, jambes écartées, le corps luisant dans la lumière ; mince, blanche, attirante. Ses seins fermes aux pointes dressées tressautaient pendant qu'elle se frottait vigoureusement avec la serviette. Rouge de honte, envahi d'un sentiment de culpabilité, il détourna les yeux. Mais un instant plus tard, son regard fut à nouveau attiré par le miroir et il la vit enjamber la baignoire ; des gouttes d'eau restaient prisonnières du pâle triangle de poils bouclés de son pubis. Quand elle pivota sur un pied, il entrevit les globes roses de ses fesses et les muscles fuselés de ses cuisses. Il suivit l'arc de son dos jusqu'aux épaules, magnifiques, et vit alors qu'elle avait tourné la tête et l'observait en train de la regarder.

Il baissa immédiatement les yeux, horriblement gêné. Son cœur s'emballa, ses mains se mirent à trembler. Que pouvait-il lui dire ? Comment s'excuser ? Il releva la tête ; elle était sortie de son champ de vision. Mais elle n'avait pas refermé la porte. Peut-être avait-elle aimé qu'il la regarde. Peut-être savait-elle qu'il pouvait la voir, peut-être voulait-elle qu'il la regarde. Il recula vers la fenêtre et tenta d'analyser ses sentiments envers elle. Ils étaient complètement ambigus. Margaret était agaçante, arrogante... et inexplicablement séduisante. Elle le mettait en colère et le provoquait. Il y avait des fois où il aurait voulu la gifler, d'autres où il aurait voulu la toucher, sentir la douceur de porcelaine de sa peau blanche, caresser ses cheveux, presser ses lèvres contre les siennes. Mais c'était surtout la provocation qu'il lisait dans ces yeux bleu pâle qui l'attiraient, ce défi intellectuel, culturel, racial qu'ils ne cessaient de lui lancer. Il décida de ne rien dire, de faire comme s'il ne l'avait pas vue, comme si elle ne s'était aperçue de rien.

Lorsqu'elle sortit de la salle de bains, elle portait une robe courte évasée en coton jaune pâle, sans manche, à encolure carrée. Elle avait passé des sandales crème à petit talon qui faisaient ressortir le galbe de ses mollets. Sa peau paraissait rose et ses taches de rousseur plus foncées, plus visibles. La tête penchée sur le côté, elle séchait avec une serviette ses cheveux qui pendaient en mèches humides. En cet instant, sans une trace de maquillage, les cheveux encore mouillés, dans cette robe toute simple, elle lui parut très belle. Il en eut la gorge serrée.

— À vous, dit-elle en indiquant la salle de bains de la tête. Qu'est-ce que vous allez faire pour vos vêtements ?

— Je m'arrêterai à l'appartement pour me changer.

Il passa devant elle, respira son parfum, et alla se laver les mains et la figure.

Quand ils furent remontés en voiture, il lui demanda si elle avait cours l'après-midi.

— Non, je dois juste préparer celui de demain. Encore que ce ne soit même pas la peine. C'est une conférence que j'ai déjà donnée des douzaines de fois.

Elle hésita, puis demanda :

— Pourquoi ?

Li parut embarrassé.

— J'ai pensé que vous voudriez peut-être venir au bureau. Les résultats des tests ADN des mégots doivent être arrivés. De même que l'analyse spectrale du sang trouvé hier sur le tapis de l'appartement de Chao Heng.

L'information piqua la curiosité de Margaret :

— *Son* sang ?

— C'est ce que nous allons savoir.

Elle resta un moment silencieuse, pensive, puis dit :

— Oui. J'aimerais bien. Parlez-moi du sang trouvé dans l'appartement.

Il lui raconta tout. Le CD sur « Pause », la bouteille vide sur la table du balcon, les bouts de cigarette dans le cendrier, la lampe de la porte d'entrée dont l'ampoule manquait. Il lui décrivit sa propre vision de ce qui s'était passé ce soir-là : Chao Heng ramené de force dans son appartement sous la menace d'une arme, frappé à la tête, drogué ; la tache de sang sur le tapis qui, il en était quasiment certain, serait le sien, vieux de douze à quatorze heures comme le montrerait l'analyse spectrale ; le meurtrier descendant le corps prostré du conseiller en agronomie au rez-de-chaussée, refermant à clé la porte de la cage d'escalier derrière lui ; le trajet en voiture jusqu'au parc, la longue attente au milieu des arbres, puis l'immolation, et la fuite quelques secondes avant la découverte du corps en train de brûler.

Elle l'écouta en silence.

— Je n'avais pas réfléchi au déroulement des événements, finit-elle par dire. Pas de cette façon détaillée. Dans mon boulot, on se concentre tellement sur les détails de la mort qu'on ne pense pas beaucoup au mobile, ni à la préméditation.

Elle se tut à nouveau, pensive.

— C'est extraordinaire quand on y songe. Pourquoi se donner autant de mal ? Je veux dire que ce n'était même pas très convaincant comme suicide. Êtes-vous certain que ces trois meurtres soient liés ?

— Non, je n'en suis pas sûr.

— Ils ont tous été exécutés par un professionnel, d'accord. Mais les deux autres sont simples, presque ordinaires. Alors que celui de Chao Heng est... singulier, quasi rituel ; et, si votre hypothèse est juste, minutieusement préparé.

Elle se tourna vers Li :

— Vous avez éliminé la connexion avec la drogue, pas vrai ?

Il hocha la tête.

— Donc, tout ce qui les lie, ce sont les bouts de cigarette.

Il hocha à nouveau la tête.

— Et Dieu sait si c'est bizarre.

Elle fronça les sourcils.

— Il y a quelque chose qui cloche. Quelque chose qui ne colle pas.

L'espace d'un bref instant, elle comprit son obsession. Elle en ressentit un certain malaise, mais elle était intriguée.

— Parlez-moi de Chao Heng.

Tout en remontant l'avenue Chang'an, il lui récapitula les détails du dossier qu'on lui avait transmis sur Chao Heng.

— À la retraite pour raisons de santé ? Qu'est-ce qu'il avait ?

— Aucune idée. L'armoire de sa salle de bains était bourrée de médicaments.

Tournant rue Zhengyi, il arrêta la voiture devant les appartements de la police.

— J'en ai pour cinq minutes, dit-il.

Elle le regarda s'éloigner, remarquant pour la première fois comme il avait les hanches étroites par rapport aux épaules. En général, le corps d'un homme était la dernière chose qu'elle trouvait attirante. C'étaient d'abord les yeux qui la séduisaient. Les fenêtres de l'âme. On pouvait lire tellement de choses sur la personnalité de quelqu'un dans ses yeux ; l'humour, la chaleur, ou l'absence des deux. Elle aimait les hommes intellectuels qui avaient le sens de l'humour. La virilité était importante, mais elle détestait les machos. Li avait beau être lunatique, sur la défensive, irritable, il y avait quelque chose dans ses yeux qui lui disait qu'elle l'aimerait bien si elle pouvait l'approcher. Elle n'avait aucun doute sur sa virilité, mais elle devinait chez lui une sensibilité – une ultra-sensibilité même – trahie par la facilité avec laquelle il rougissait. Cela l'embarrassait de toute évidence, mais pour sa part, elle trouvait cela touchant. Son sentiment de culpabilité, quand elle l'avait surpris en train de la regarder dans le miroir, l'avait amusée. Mais pendant un long moment, elle en avait ressenti une étrange sensation de désir. Ce désir remontait maintenant, une onde de chaleur l'envahit. Elle respira à fond et ferma les yeux. Non, cela n'arriverait pas. Elle n'avait pas fui Chicago, la femme qu'elle avait été, sa vie réduite en miettes, pour tomber amoureuse d'un foutu flic chinois xénophobe et irascible.

Elle s'obligea à se concentrer sur les meurtres en recréant dans sa tête l'appartement de Chao Heng tel que Li le lui avait décrit. Si Chao était la clé des trois meurtres, on devait alors trouver des indices dans son style de vie, son travail, ses affaires. Mais le cours de ses pensées fut interrompu par l'ouverture de la portière du conducteur. Li portait une chemise à manches courtes blanche, impeccable, à col ouvert, et un pantalon noir bien repassé sur des chaussures marron étincelantes.

— Très chic, dit-elle. Qui repasse vos affaires ? Votre oncle ?

— Je le fais moi-même, répondit-il en rougissant.

Pour masquer son embarras il s'affaira à attacher sa ceinture, puis à enfoncer la clé de contact. Margaret éprouvait des sentiments très mélangés à son égard. En deux heures, elle avait tout connu, la peur, la haine, le désir, l'affection. C'était un homme vraiment exaspérant.

IV

Le quartier général de la Section n° 1 était toujours assiégé par les gens appelés à déposer. Assis sur des chaises ou accroupis dos au mur, ils attendaient dans la fournaise des couloirs. L'air immobile était saturé de fumée de cigarettes stagnant en longues écharpes horizontales, pareilles à des nappes de brouillard. Les policiers étaient aussi grincheux et fatigués que ceux qu'ils interrogeaient.

Même le papier réglementaire bon marché glissé entre les rouleaux des machines à écrire des secrétaires avait ramolli. Au dernier étage, la chaleur était encore pire. La chemise de Li était trempée de sueur, elle lui collait au dos. Margaret distinguait nettement les muscles de ses épaules. Il y avait quelque chose d'animal, de sexuel, d'attirant, dans la façon dont ils épousaient le coton humide, presque transparent de la chemise de Li. Elle se maudit elle-même entre ses dents. Qu'est-ce qu'il lui prenait, bon sang ? Elle s'obligea à détourner les yeux.

En entrant dans la salle des inspecteurs, Li sentit son cœur se serrer. Toutes les têtes se relevèrent, les visages s'éclairèrent. La porte de son bureau était entrebâillée ; l'intérieur paraissait rayonner de lumière, comme inondé de soleil alors que ses fenêtres étaient orientées au nord-est. Les cous se tendirent pour voir son expression quand il pousserait la porte. La pièce était méconnaissable. Tous les meubles avaient changé de place. Un grand aquarium contenant des carpes dorées trônait sur une table, dans un angle. Des fleurs s'épanouissaient sur le rebord de la fenêtre. Un petit arbre dans un pot en porcelaine étalait ses larges feuilles charnues dans un autre angle. Son bureau faisait maintenant face à la porte, avec la fenêtre à sa gauche. Le meuble à tiroirs avait été repoussé dans le coin opposé. Le sol disparaissait sous des couvertures éclaboussées de peinture, et un peintre en salopette, monté sur un escabeau, recouvrait de jaune vif les murs crème, devenus gris avec le temps. La fenêtre autrefois coincée était grand ouverte – sans aucun doute, pensa Li absolument furieux, pour laisser échapper les vapeurs de peinture.

Comme la veille, le maître *feng shui* était assis en tailleur sur le bureau, au milieu des dossiers, plongé dans l'examen d'une grande feuille de papier dépliée devant lui. Il leva la tête et sourit :

— Beau-coup mieux. Ça vous plaît ?

Il tendit la feuille à Li.

— Mon plan. Très bon *feng shui*..

Il sourit encore en regardant les murs.

— Jaune. Couleur du soleil. Couleur de la vie. Ça va vous remonter le moral et stimuler votre *qi*. Quand on se sent mieux, on travaille beau-coup mieux.

Il sourit de toutes ses dents en piteux état.

— Vos hommes sont très bons. Ils ont déplacé les meubles très vite.

Li n'en crut pas ses oreilles.

— Vous avez utilisé mes inspecteurs pour déplacer les meubles ?

Des rires fusèrent derrière lui. Il désigna l'aquarium, les plantes.

— Qui a payé pour ça ?

— Votre oncle m'a dit de ne pas regarder à la dépense. Je crois qu'il vous aime beau-coup.

Li bouillait de rage. Il apostropha le peintre qui écoutait la conversation avec intérêt :

— Vous, dehors.

— Mais je n'ai pas encore fini, protesta le peintre.

— Je m'en fous. Prenez vos couvertures, vos pots de peinture, votre échelle et dégagez. C'est un bureau, ici, et je suis en pleine enquête criminelle.

— Mais une fois que ça aura séché, je ne pourrai plus faire de raccords.

Li le foudroya du regard.

— OK, OK, je m'en vais.

Il descendit de son escabeau et commença à rassembler ses affaires.

Li prit le vieil homme par le bras pour le faire descendre de sa table tout en essayant de maîtriser sa colère, et martela :

— Dites à mon oncle que je le remercie beaucoup. Maintenant, je dois travailler. Vous devez donc partir.

— Je vous renverrai le peintre pendant le week-end.

Li retint son souffle et serra les poings.

— Partez.

— D'accord.

Des yeux, il fit le tour de la pièce, hocha la tête, et déclara, satisfait :

— Vous vous sentez beau-coup mieux maintenant.

La foule massée devant la porte s'écarta comme la mer Rouge. Margaret resta dans le bureau, un sourire aux lèvres. Elle n'avait pas compris un traître mot de cet échange, mais elle en avait saisi le sens. Le peintre fit claquer son échelle, ramassa ses pots de peinture et se dépêcha de sortir derrière le maître *feng shui*. Li s'emporta contre ses inspecteurs :

— Qu'est-ce que vous regardez, vous autres ?

— Rien, patron, dit Wu. C'est beau-coup mieux comme ça.

Ce qui déclencha une explosion de rires.

— Sortez, dit Li en secouant la tête et en réprimant un sourire.

Il arrivait malgré tout à percevoir le côté comique de la chose.

— Et si vous continuez vos conneries, je donne chacune de vos adresses au maître *feng shui*, ajouta-t-il en refermant la porte.

— C'est vraiment mieux, dit Margaret. Enfin, ça aurait été encore mieux si vous l'aviez laissé terminer.

— Ah, non, vous n'allez pas vous y mettre vous aussi.

Il regarda les piles de dépositions sous la fenêtre. Elles paraissaient avoir doublé depuis le matin. Son bureau était à nouveau envahi de dossiers et de papiers.

— À force de lire toute cette paperasse, je vais finir par en perdre la vue avant que l'enquête soit terminée.

On frappa à la porte.

— Quoi encore ?

Qian passa juste la tête.

— Désolé, patron. Mais j'ai pensé que tu aimerais prendre connaissance des rapports préliminaires de l'Identification criminelle. Ils sont arrivés par fax il y a une heure.

Li lui arracha les feuilles des mains et parcourut les rangées de minuscules caractères un peu flous porteurs du verdict sur les tests ADN et l'analyse spectrale du sang trouvé dans l'appartement de Chao.

Il regarda Margaret.

— C'était bien le sang de Chao sur le tapis. L'analyse révèle qu'il a été versé entre lundi soir et mardi matin.

— Ce qui confirme votre théorie, dit-elle.

Il hocha la tête et se replongea dans la lecture du fax. Puis il leva les yeux et, d'une voix où perçait l'excitation, annonça :

— L'ADN des traces de salive est le même sur les trois cigarettes.

— Bon sang. C'est donc le même type qui les a tués tous les trois.

Assise au bureau de Li, elle faisait pivoter le fauteuil d'un côté à l'autre. La salle des inspecteurs était vide. Li avait convoqué tout le monde en réunion pour faire le point. Elle regarda la ligne irrégulière marquant la frontière entre la couche fraîche de peinture jaune et la vieille teinte sale. Elle sourit. L'Oncle Yifu devait être pour le moins obstiné. Elle se demanda s'il se doutait à quel point il embarrassait Li ; d'après ce qu'elle savait de lui, il en était probablement conscient. Ses yeux tombèrent sur les fax abandonnés sur le bureau, et elle s'étonna qu'on puisse comprendre ces pictogrammes aussi étranges que complexes. Elle avait lu quelque part qu'on parlait plusieurs langues en Chine, mais que la langue écrite, c'est-à-dire les caractères, était la même pour tout le monde. Seule la prononciation changeait pour un même dessin. Évidemment, aujourd'hui, on enseignait le mandarin dans toutes les écoles.

Les bruits diffus de l'immeuble lui parvenaient, voix, sonneries de téléphone, cliquetis des claviers.

Elle ferma les yeux et se sentit basculer dans un abîme obscur.

Elle rouvrit immédiatement les yeux, c'est du moins ce qu'elle crut. Elle n'avait pas pris la mesure de sa fatigue. Son cerveau ne s'était pas encore adapté à l'heure de Pékin. En regardant sa montre, elle réalisa que vingt minutes venaient de lui échapper. Elle cligna les yeux, essaya de se concentrer sur quelque chose. Les mégots. Il y avait un paquet de cigarettes sur le bureau. Elle le prit, en sortit une. Le tabac avait une odeur de grillé, forte, amère, qui lui fit penser à du café oublié sur une plaque électrique. Elle examina le dessin pâle du filtre, le nom de la marque en rouge, juste au-dessus. Un seul bout de cigarette sur chaque scène de crime. Fumé par le même homme. Qu'est-ce qui ne collait pas avec ça ? Elle le savait, bien sûr. Aucun professionnel n'aurait été aussi négligent. Pourtant il s'agissait de crimes de pro. Et soudain, elle eut une révélation. Elle se redressa sur son fauteuil, le cœur battant. C'était tellement évident !

Un bruit de voix annonça le retour des inspecteurs. Li apparut dans l'encadrement de la porte.

— Je viens d'avoir une révélation, lui dit-elle.

— Vous avez faim ? demanda-t-il comme s'il n'avait pas entendu.

Elle n'y avait pas pensé, mais maintenant qu'il en parlait, effectivement, elle se sentait l'estomac vide.

— Oui. Mais écoutez, c'est important.

— Parfait. Je n'ai rien mangé de la journée. On va prendre quelque chose au coin de la rue, et après j'irai au ministère de l'Agriculture. Si vous voulez venir...

— Li Yan... dit-elle en se levant. Vous allez m'écouter, oui ou non ?

Il lui tint la porte.

— Vous me raconterez en chemin.

Mais quand il se retourna, la chaîne de sa montre se prit dans la poignée et se cassa.

— Merde !

Elle examina la chaîne.

— C'est juste un maillon. Ça peut se réparer.

— Plus tard.

Il la fit glisser de sa ceinture et la laissa tomber dans le tiroir supérieur de son bureau. Il vit que Margaret portait une montre-bracelet.

— Je me repose sur vous, dit-il en tapotant son propre poignet.

Une fois dans le couloir, elle eut du mal à le suivre. Il semblait animé d'une énergie et d'une détermination nouvelles.

— J'arrête de perdre mon temps à essayer de trouver une connexion subtile avec la drogue. Ça fera toujours ça de paperasse en moins.

— Li Yan... Les mégots...

— Quoi, les mégots ?

Ils descendaient maintenant l'escalier.

— Je crois savoir pourquoi il en a laissé un à chaque fois.

Li se figea sur place.

— Pourquoi ?

— Parce qu'il voulait que vous les trouviez. Il voulait que vous fassiez le rapprochement.

— Pourquoi ? répéta Li.

— Je ne sais pas. Si nous le savions, nous ne serions pas ici. Mais c'est foutrement plus sensé que de croire que quelqu'un de si prudent et méticuleux a commis une négligence pareille.

Une marche les séparait, mais leurs yeux étaient au même niveau. Perdu dans ses réflexions, Li regardait dans le vague. Margaret en profita pour l'observer de plus près. Les traits qu'elle avait tout d'abord trouvés très laids lui paraissaient puissants à présent. Un nez énergique, une bouche bien dessinée, des sourcils proéminents, de beaux yeux en amande d'un brun si profond, si chaud, qu'il était difficile de distinguer l'iris de la pupille. Une mâchoire solide, une fossette au menton, et une coupe en brosse qui accentuait la forme carrée de la tête. Sa peau claire, lisse, à l'exception des rides d'expression autour des yeux et de la bouche, avait la couleur du teck.

Il s'aperçut qu'elle le regardait, et soutint son regard pendant un moment. Puis la gêne eut raison de lui.

— C'est une idée intéressante, dit-il d'un ton presque dédaigneux. Mais ça ne nous mène pas très loin.

Il se détourna pour continuer à descendre l'escalier.

— Si, dit-elle en le suivant. S'il veut que vous fassiez le rapprochement, il a une bonne raison.

— Bien sûr. Mais ça ne nous explique pas son mobile. Nous avons besoin de plus d'informations.

Margaret marqua son agacement d'un claquement de langue.

— Merci quand même, Margaret, fit-elle.

Li commençait à se faire à ses sarcasmes. Il préféra jouer les idiots.

— Mais oui, bien sûr, dit-il en feignant d'ignorer son ton acerbe.

Il sourit intérieurement en l'entendant pousser un soupir exaspéré.

Mei Yuan était assise sur un tabouret au coin de Dongzhimennei, à côté de sa « cuisine » à *jian bing*. Les affaires n'allaient pas fort, mais elle ne s'en plaignait pas. Cela lui laissait le temps de lire. Elle avait presque terminé les *Méditations,* et dut s'extirper de quelque paysage flamand médiéval imaginaire quand une jeep pékinoise bleu foncé s'arrêta au bord du trottoir, et qu'une Occidentale blonde en descendit. Puis elle vit Li contourner le capot.

— Hé, Li Yan, tu as mangé ? demanda-t-elle avec un grand sourire.

— J'ai mangé, Mei Yuan. Mais j'ai faim.

— Bien. Je vais te faire une *jian bing.*

Elle alluma le gaz sous la plaque de cuisson, et regarda Margaret.

— Deux ?

— Deux, dit Li.

Et il ajouta en anglais :

— Mei Yuan, voici le docteur Margaret Campbell, un médecin légiste des États-Unis.

— Ah.

Mei Yuan lui tendit une main potelée.

— Vous êtes ici en vacances ou pour affaires ?

Margaret fut sidérée par l'anglais parfait dans lequel s'exprimait celle qu'elle avait prise pour une paysanne.

— Je donne des conférences à l'Université populaire de la Sécurité publique.

— Vous êtes praticienne, ou vous donnez des cours ?

Margaret fut à nouveau stupéfaite.

— Praticienne. Je ne donne des cours qu'à temps partiel. Vous parlez un anglais remarquable.

— Merci. J'ai très peu d'occasions de le pratiquer aujourd'hui. Je suis un peu rouillée, comme vous diriez.

— Non, pas du tout.

Margaret lança un regard interrogateur à Li.

— Mei Yuan a passé son doctorat d'art et littérature à l'université de Pékin, à la fin des années cinquante, précisa-t-il.

— Mais ma vie n'a pas suivi la voie académique, ajouta Mei Yuan sans regret apparent. J'ai passé beaucoup de temps à la campagne, dans la province du Hunan. Je ne suis revenue à Pékin que depuis quelques années, à la mort de mon mari.

Elle se tourna vers Li :

— Tu as raté le petit-déjeuner.

— C'était trop tôt pour toi.

— Peut-être que mon énigme était trop difficile pour toi. Tu as préféré m'éviter.

Li se mit à rire.

— Non, pas du tout. J'ai trouvé depuis hier après-midi.

— Trouvé quoi ? demanda Margaret.

Li secoua la tête en souriant.

— C'est un jeu entre nous, expliqua-t-il. En général, je m'arrête ici pour prendre mon petit-déjeuner avant d'aller travailler. Mei Yuan me pose une énigme. J'ai jusqu'au lendemain pour la résoudre. Si j'arrive avec la bonne réponse, je lui en pose une à mon tour. Un jeu d'esprit.

Mei Yuan rit à son tour.

— Un passe-temps débile pour gens qui n'ont rien de mieux à faire à cette heure matinale.

— Quelle était cette énigme ? demanda Margaret, intriguée.

— Il y a deux hommes. L'un d'eux est le gardien de tous les livres, ce qui lui donne accès à la connaissance. La connaissance étant le pouvoir, il est très puissant. L'autre ne possède que deux bouts de bois. Or cela le rend plus puissant que le premier. Pourquoi ?

Margaret réfléchit un moment.

— C'est facile, dit-elle.

Li lui lança un regard sceptique.

— Ça m'aurait étonné.

— Aux États-Unis, pour parler de quelqu'un de très pauvre, on dit qu'il n'a même pas deux pennies à frotter l'un contre l'autre. Avec deux bouts de bois à frotter l'un contre l'autre, on peut faire du feu. Avec du feu, on peut brûler les livres et détruire la connaissance qu'ils renferment. Si on supprime la connaissance, on supprime le pouvoir.

Mei Yuan applaudit de plaisir.

— Très bien.

Étonné, Li ne put que l'admirer.

— Il m'a fallu une journée entière pour le trouver.

Margaret sourit et, pendant que Mei Yuan préparait les *jian bing,* lui demanda ce qu'elle lisait.

— Les *Méditations,* répondit-elle.

— Descartes ?

Margaret n'en revenait pas. Mei Yuan hocha la tête :

— Vous les avez lues ?

— Non. Je suppose que je devrais. Mais il y a tant de livres. On ne peut pas les lire tous.

— Si je pouvais faire un vœu, ce serait de passer le restant de mes jours à lire, sans rien faire d'autre, dit Mei Yuan.

Li se souvint des livres garnissant tout un mur de l'appartement de Chao Heng ; il se demanda s'il les avait tous lus.

Margaret mordit dans sa *jian bing,* en mâcha une bouchée avec circonspection, puis s'écria avec enthousiasme :

— Hmmm, c'est fantastique ! Ça ne va pas m'emporter la bouche, j'espère ?

— Pas cette fois. Juste un peu pimenté, dit Li en riant.

Elle sentit épices et parfums s'épanouir dans sa bouche.

Mei Yuan en tendit une à Li.

— Alors, tu as quelque chose pour moi, aujourd'hui ?

La bouche pleine de *jian bing,* Li haussa les épaules en signe d'excuse.

— Je n'ai pas eu le temps de penser à quoi que ce soit, Mei Yuan. J'ai une grosse enquête sur les bras.

Elle agita un doigt dans sa direction.

— Ce n'est pas une raison.

— OK, fit-il en réfléchissant à toute vitesse. Écoute ça. Un homme commet trois crimes en une seule nuit. Rien ne peut les lier les uns aux autres. Mais il laisse délibérément à côté de chaque victime un indice prouvant qu'il est l'auteur des trois. Pourquoi ?

— Ce n'est pas juste, dit Margaret.

Mei Yuan la regarda, perplexe.

— Vous connaissez la réponse ?

— Non.

— Alors, ce doit être très difficile.

Elle réfléchit un moment.

— Quelle sorte d'indice laisse-t-il ?

— Un bout de cigarette. Il est assez intelligent pour savoir que des traces de sa salive resteront sur le papier et que la police découvrira que l'ADN de la salive sur chaque bout de cigarette est le même.

Elle les regarda à tour de rôle.

— C'est vrai ?

Li hocha la tête d'un air sombre.

— Hélas, oui.

— Je vais y réfléchir, alors, dit Mei Yuan très sérieusement. Si tu me le demandes demain, je te dirai ce que j'en pense.

Li sourit.

— J'espère seulement que je connaîtrai la réponse avant toi pour pouvoir te dire si tu as tort ou raison.

Dans la jeep qui se dirigeait vers le nord, à travers le chaos d'automobiles, bus et vélos de la rue Chaoyangmen Nanxiaoje, Margaret demanda :

— Pourquoi cette femme vend-elle des crêpes dans la rue ?

Li haussa les épaules.

— La Révolution culturelle a ruiné beaucoup de vies en Chine. Dont la sienne.

Exaspérée, Margaret secoua la tête.

— Mais qu'est-ce que c'était exactement, cette Révolution culturelle ?

Gênée de son ignorance, elle ajouta immédiatement :

— Je devrais le savoir, bien sûr. Mais c'est loin tout ça... loin de l'Amérique, surtout.

Elle lui jeta un coup d'œil en biais.

— C'est incroyable, je ne m'étais jamais rendu compte que je savais aussi peu de chose sur le reste du monde avant de venir ici.

Li la regarda un moment d'un air pensif.

— Vous savez ce que c'est quand on est jeune, on éprouve le sentiment de n'exercer aucun contrôle sur sa vie, on croit que ce sont les vieux qui décident tout. Puis, quand on devient assez vieux pour changer les choses, on se sent trop âgé pour en profiter. Eh bien, la Révolution culturelle a inversé tout ça. Elle a donné le pouvoir aux jeunes, pour changer les choses tant qu'ils étaient jeunes.

Il frissonna en repensant à son enfance.

— Les jeunes sont venus à Pékin de toute la Chine pour devenir Gardes rouges et parader devant Mao, place Tiananmen. Pour eux, Mao était le « soleil rouge dans notre cœur ». Mais en réalité, ils n'étaient que des enfants libérés de toute discipline. Ils sont devenus fous. Ils se sont mis à attaquer les gens sous prétexte qu'ils étaient « intellectuels ». Ils pouvaient entrer chez vous, prendre le contrôle de votre maison ; vous pouviez être « critiqué », contraint à faire par écrit votre « autocritique », forcé à participer aux « meetings de lutte », ou simplement battus pour le plaisir. Beaucoup de gens ont été envoyés en prison ou dans des camps de travail.

D'autres ont été tués – tout simplement assassinés. Et ceux qui les tuaient ne risquaient rien puisque le système judiciaire n'existait plus ; la plupart des policiers étaient eux-mêmes en prison ou expédiés à la campagne pour y travailler.

Margaret essaya d'imaginer toutes les contraintes d'une société civilisée abolies, le pouvoir entre les mains d'enfants déchaînés. Non, c'était inimaginable.

— Tous les instincts les pires, les plus bas se sont défoulés. Vous savez comme les enfants peuvent être cruels. Dans ma classe, à l'école primaire, mon institutrice a été obligée, par quelques élèves plus âgés, de porter devant tout le monde un bonnet d'âne et de réciter sans s'arrêter « je suis une saleté de diablesse ». On commence par trouver ça drôle. Mais quand on la retrouve battue à mort dans la cantine de l'école, on a soudain très peur.

Tout est devenu incontrôlable. Même les cadres extrémistes du Parti qui étaient à l'origine du mouvement et croyaient tenir les rênes perdirent le contrôle. De nombreux dirigeants du pays avaient été écartés, dont Deng Xiaoping. Et puis, finalement, l'armée a été envoyée pour rétablir un peu d'ordre. Mais ça a duré douze ans. Douze ans de folie. Je suis né un an avant elle. J'avais treize ans quand elle a pris fin, ma famille était détruite.

— Qu'entendez-vous par détruite ? demanda Margaret, choquée.

— Mes parents ont été envoyés tous les deux en camp de rééducation, dénoncés comme « droitistes ». Ils avaient fait des études, vous comprenez. Ma mère est morte là-bas ; mon père en est sorti brisé. Mon oncle Yifu était policier à Pékin. Il a été dénoncé ; il a passé trois ans en prison.

Margaret n'en revenait pas.

— Je ne savais pas, vraiment pas.

Elle pensait à tous les Chinois qu'elle avait rencontrés depuis son arrivée. Chacun d'eux avait vécu la Révolution culturelle. Certains avaient dû être Gardes rouges, d'autres leurs victimes. Maintenant, ils paraissaient vivre et travailler ensemble comme si rien ne s'était passé.

— Comment font les gens ? Je veux dire, pour vivre ensemble à nouveau. Les Gardes rouges et les gens qu'ils ont persécutés.

Une société rongée par la culpabilité et la revanche.

Li haussa les épaules.

— Je ne sais pas. C'est naturel. Comme de se sentir bien après avoir été malade. On continue à vivre. Les gens ne se livraient pas beaucoup à l'époque. Maintenant, si on le leur demande, ils en parlent. Combien d'entre eux n'ont jamais rien connu de plus excitant dans leur vie que d'avoir été Garde rouge ? Ils voyageaient dans tout le pays. Ils ne payaient ni les transports ni la nourriture. Ils faisaient peur. Ils avaient le pouvoir. Vous savez, c'est peut-être comme ces vieux soldats qui se souviennent de leur guerre, l'expérience a été si forte que tout le reste paraît insipide.

— Et leurs victimes ?

— Quand la guerre est finie, on arrête de se battre. On fait la paix.

Margaret ne savait pas si elle aurait été aussi philosophe dans le même cas.

— Qu'est-il arrivé à Mei Yuan ?

— Elle a été envoyée au Hunan où on l'a obligée à travailler dans les champs avec les paysans. D'une certaine façon, elle a eu de la chance.

— De la chance ?

— Son mari a été envoyé dans le même camp. Ils n'ont pas été séparés comme beaucoup d'autres.

Elle vit son visage s'assombrir.

— Qu'y a-t-il ?

Il haussa les épaules.

— D'un autre côté, elle n'a pas eu de chance, ajouta-t-il d'une voix émue. On lui a enlevé son bébé, un garçon. Elle ne l'a jamais revu.

Une statue de marbre monumentale du président Mao, manteau long, casquette à visière, un bras tendu en signe de bienvenue, se dressait juste derrière la grille d'entrée du ministère de l'Agriculture, rue Hepinglidong. L'énorme bâtiment en béton était situé dans une enceinte à la végétation luxuriante. Devant l'entrée encadrée de piliers en pierre, un garde au visage pétrifié regardait d'un œil noir quelques douzaines d'écoliers et leurs professeurs qui avaient dressé sur le trottoir une longue table recouverte d'un tissu blanc. Les enfants essayaient de persuader les passants de signer une pétition concernant un problème quelconque de protection de la nature.

Li contourna les enfants, pénétra dans l'enceinte avec sa jeep et se gara à l'ombre d'un grand arbre.

— Il vaut peut-être mieux que vous m'attendiez ici. Il ne serait pas très politique de ma part de vous emmener dans un bâtiment gouvernemental.

Elle hocha la tête.

— C'est sûr.

Elle le regarda disparaître à l'intérieur et réfléchit à la Révolution culturelle – ce qu'avaient dû ressentir des parents auxquels on arrachait leur enfant, ce que ça pouvait représenter de grandir dans un monde où toutes les normes de comportement civilisé étaient bouleversées. C'est ce que Li avait connu jusqu'à l'âge de treize ans. Qu'est-ce qui pouvait lui paraître « normal » ? Elle se demanda qui l'avait élevé pendant que ses parents travaillaient dans un camp. Avait-il des frères et sœurs ?

Au bout d'un moment, elle se surprit à succomber une fois à une irrépressible envie de dormir ; elle ne voulait surtout pas que Li la retrouve en train de ronfler en revenant. Elle descendit de la jeep et franchit le portail par lequel ils étaient entrés pour voir quelle était la cause défendue par ces enfants. Sous de grands caractères verts dessinés sur une longue bannière blanche se trouvait une explication en anglais : ils voulaient collecter un million de signatures pour soutenir une campagne internationale de protection du monde contre la désertification.

Elle fut presque aussitôt assaillie par des adolescentes qui lui prirent les mains en vociférant et la tirèrent vers la table. De l'autre côté de celle-ci, un professeur lui sourit et lui tendit un marqueur rouge. Au diable, pensa-t-elle. La cause lui paraissait sensée. Elle jeta un bref coup d'œil à toutes ces signatures multicolores en caractères chinois gribouillés sur l'étoffe avant de se courber au-dessus pour signer son nom en romaines arrondies. Rassemblés autour d'elle, tous les enfants la contemplaient avec stupéfaction ; sa signature provoqua autant d'étonnement que d'amusement.

Les filles étaient impatientes d'essayer le peu d'anglais qu'elles savaient :

— Vous anglais ?

— Non, américaine.

— Américaine ! Coca-Cola. Big Mac.

Margaret eut un sourire narquois. C'était peut-être ainsi que le reste du monde voyait la contribution américaine à la culture, après tout. Dans un pays dont les créations culinaires incluent le canard croustillant aux aromates et l'agneau « au goût de miel », les boissons gazeuses et les hamburgers semblent probablement plutôt grossiers. Pourtant, il y avait toujours la queue devant les McDo qu'elle avait vus à Pékin.

En se retournant vers le portail, elle vit un taxi s'arrêter et une silhouette familière s'en extirper. Transpirant abondamment, soufflant sous l'effet de l'effort déployé pour sortir de la voiture, McCord se pencha à la vitre du chauffeur et le paya. Le taxi s'éloigna ; McCord allait entrer dans l'enceinte du ministère de l'Agriculture quand Margaret l'accosta.

— Re-bonjour, dit-elle.

Il se retourna et la fixa de ses yeux de lapin effrayé. Quand il la reconnut, son visage se détendit et prit un air un peu méprisant.

— Qu'est-ce que vous fabriquez là ?

— J'allais vous demander la même chose, répondit-elle.

— Je travaille ici. Vous avez oublié ?

— Ah, c'est vrai.

— Alors, qu'est-ce que vous faites là ? insista-t-il.

— Oh, pas grand-chose. Disons que je prête mes compétences à la lutte contre le crime chinois.

Il fronça les sourcils.

— J'ai pratiqué une autopsie sur la victime d'un meurtre qui travaillait ici.

McCord se figea sur place.

— C'est *vous* qui avez autopsié Chao Heng ?

— Oui. Pourquoi ? Vous le connaissiez ?

Évitant le regard de Margaret, McCord sortit de sa poche un mouchoir d'un blanc sale avec lequel il s'essuya le visage.

— J'ai bossé avec lui pendant cinq ans. Un vrai dingue.

Et il ajouta, l'air étrange :

— J'ai entendu dire qu'il s'était suicidé.

Mais Margaret était en train de repenser à ce que Li lui avait dit plus tôt sur Chao Heng, et fit un rapprochement qui ne lui était pas venu à l'esprit.

— Attendez une minute. Après son année de troisième cycle dans le Wisconsin, il a passé sept ans au Boyce Thompson Institute de Cornell. C'est de là que vous avez été viré, non ?

— Je n'ai été « viré » de nulle part.

— Vous l'avez donc connu là-bas ?

— Et alors ? C'est un crime ?

Il se tamponna furieusement la figure avec son mouchoir.

— Vous ne prétendez tout de même pas que j'ai quelque chose à voir avec son meurtre ?

— Bien sûr que non. Je doute que vous puissiez tenir une allumette assez longtemps entre vos doigts pour l'enflammer.

Sa bouche eut à nouveau un sourire méprisant.

— Vous feriez mieux de foutre le camp.

— Vous savez quoi ? Je n'en ai pas la moindre intention.

Il la foudroya du regard ; ses pensées se bousculèrent dans son cerveau comme les nuages dans le ciel un jour d'orage. Mais il préféra ne rien dire. Soudain, il reprit son air de lapin effrayé, tourna les talons, et se précipita à l'intérieur du bâtiment. Il croisa Li dans l'entrée sans le reconnaître.

— On renoue avec ses vieux amis ? fit Li en rejoignant Margaret.

— Ce mec commence sérieusement à m'emmerder.

— Il n'avait pas l'air particulièrement heureux de vous voir, lui non plus.

Ils se dirigèrent vers la jeep.

— Vous saviez qu'il travaillait avec Chao Heng sur le projet du super-riz ?

— Il vient de me l'apprendre. Pas en autant de mots. Mais je pense que c'est ce que ça voulait dire. Vous avez du nouveau ?

Li soupira.

— Pas grand-chose de plus. Juste que Chao était responsable de l'organisation du projet de recherche du super-riz. Apparemment, c'est lui qui a suggéré d'y intégrer McCord. Il semble qu'ils se soient connus aux États-Unis.

— Oui, je viens de m'apercevoir qu'ils étaient tous les deux au Boyce Thompson Institute.

Li grimpa dans la jeep et mit le moteur en marche.

— La technologie du super-riz a été en grande partie élaborée aux environs de Zhuozhou, au sud de Pékin, dans une région où l'on développe les hautes technologies agricoles. Après ça, ils ont passé plusieurs années près de Guilin, dans la province du Guangxi, à faire des expériences sur le terrain. C'est là que se trouvait Chao avant de revenir à Pékin comme conseiller agronome du ministère de l'Agriculture.

Margaret réfléchit un instant, puis demanda :

— Pourriez-vous me montrer l'appartement de Chao ?

— On l'a déjà passé au peigne fin.

— Je sais... J'aimerais juste le voir de mes propres yeux.

Elle lui lança un regard très direct, et ajouta :

— Faites-moi plaisir. Vous voulez ?

Séduit par le charme de ces yeux d'un bleu si pâle, il sut qu'il ne pourrait pas résister.

— Quelle heure est-il ? demanda-t-il.

— Un peu plus de 4 heures, répondit-elle en regardant sa montre.

— OK. Je passe à la gare, acheter des billets pour mon oncle, et on va chez Chao.

Chapitre 7

I

Mercredi, fin d'après-midi

Sur le Deuxième Périphérique, les voitures avançaient au pas dans une brume humide et polluée. Li sortit un paquet de cigarettes de la boîte à gants.

— Ça vous dérange si je fume ?

Margaret jeta un regard dégoûté aux cigarettes.

— Plutôt, oui. Enfin, si vous baissez votre vitre...

— Dans ce cas, la clim ne servira plus à rien.

Il rejeta le paquet dans la boîte à gants.

— En Chine, ça ne se fait pas de refuser à quelqu'un la permission de fumer.

— Pourquoi m'avoir demandé, alors ?

— Par politesse.

— Eh bien aux États-Unis, ça ne se fait pas de demander à quelqu'un d'autre de respirer sa fumée.

Il sourit.

— On n'arrivera jamais à trouver un terrain d'entente, pas vrai ?

— Sûr qu'on a des progrès à faire.

Il klaxonna à l'intention d'un taxi jaune et changea de file pour gagner deux places.

— Que s'est-il passé l'autre soir ? demanda-t-il.

— Quel soir ?

— Le soir de votre banquet.

— Quoi, avec McCord ? Cette fripouille ?

— Pourquoi l'avoir invité, alors ?

— Comment ? fit-elle, choquée. Où êtes-vous allé chercher une chose pareille ?

— Je croyais que vous le connaissiez.

— Il a essayé de me draguer au bar de l'hôtel. Je ne l'avais jamais vu avant. C'est Lily qui lui a dit que nous allions à un banquet de bienvenue, et il s'est pointé. Quel fumier !

— Mais vous avez cherché la bagarre.

— Je ne me suis pas bagarrée avec lui. J'ai contesté son travail.

— C'est pourtant un scientifique.

— Un biotechnologue. Il trafique le code génétique des aliments, et il veut nous les faire avaler.

— C'était lui le responsable du développement du super-riz. Où est le mal ? Grâce à ça, des millions de gens affamés peuvent manger.

— Bien sûr, c'est l'argument avancé par les scientifiques.

Elle se tut un instant avant de demander :

— Savez-vous ce qu'est le génie génétique ?

Admettant à contrecœur son ignorance, Li haussa les épaules.

— Je ne crois pas.

— Vous savez pourquoi ? Parce que d'une façon générale, les scientifiques pensent que nous autres profanes sommes trop stupides pour comprendre. En fait, c'est très simple. Mais ils ne veulent pas nous l'expliquer car si nous avions le malheur de comprendre, nous mourrions de trouille.

— Vous avez l'air d'en connaître un rayon.

— Oui, dit-elle d'un ton amer. J'ai baigné dans ce milieu pendant presque sept ans.

Elle se souvint de la passion fervente de Michael qu'elle avait partagée, contaminée par son engagement et son enthousiasme. Comme il était étrange, pensait-elle maintenant, que cette passion subsiste en elle quand tous ses sentiments pour Michael s'étaient évanouis.

Li perçut la même amertume qu'il avait sentie au restaurant sichuanais. Il se souvint que son mari donnait des cours de génétique. Il avait encore touché un point sensible.

— Et si vous m'expliquiez, dit-il.

— Vous connaissez l'ADN ?

— À peu près.

— C'est juste un code. Une séquence de gènes qui détermine la nature de toutes les créatures vivantes - leur substance, leurs caractéristiques. Bon, supposons que vous cultiviez des tomates, et que toutes vos tomates soient détruites par une variété de chenille. Que faites-vous ?

— Je ne sais pas. Je les asperge d'insecticide pour tuer les chenilles, je suppose.

— C'est ce qu'on fait depuis des années. Le problème, c'est que l'insecticide contamine l'aliment, l'environnement, et coûte cher. Or vous vous rendez compte qu'il y a dans votre jardin une race de pommes de terre que les chenilles n'attaquent jamais. En fait, elles les évitent. Vous découvrez qu'elles l'évitent car cette pomme de terre possède, dans son code génétique, le gène d'une substance toxique pour la chenille. Eh bien, dit alors votre sympathique voisin généticien, voilà la solution à votre problème de tomate : prenez, dans la patate, le gène qui fabrique le poison et introduisez-le dans l'ADN de la tomate. Bingo, les chenilles se mettent à éviter vos tomates comme la peste.

— Ça me paraît plutôt une bonne idée.

— Bien sûr. Mais attendez la suite. Vous avez un autre problème avec vos tomates. Elles mûrissent trop vite. Vous avez à peine le temps de les cueillir, de les mettre en cageot et de les expédier aux marchands qu'elles commencent déjà à pourrir. Voici alors que revient votre voisin généticien, devenu entre-temps votre meilleur ami ; il vous annonce avoir identifié, dans votre tomate, le gène qui la fait se ratatiner et pourrir. Il prétend pouvoir retirer ce gène, le modifier, puis le réintroduire dans votre tomate de façon qu'elle mûrisse plus tard sur pied et reste fraîche pendant des semaines, voire des mois. Le problème est résolu.

La circulation était complètement bloquée. Li se pencha sur le volant et regarda Margaret.

— Je croyais que vous essayiez de me vendre l'idée que le génie génétique est une mauvaise chose.

— Oh non, je ne dis pas que l'idée en elle-même n'a aucun mérite. Je dis que sa mise en pratique pourrait être désastreuse.

— Comment ça ?

— Eh bien, vous croyez avoir créé la tomate parfaite : elle ne craint pas les chenilles, reste fraîche pendant longtemps sur les étalages, et vous fait économiser une fortune en pesticide. Mais la technologie coûte cher. La compagnie qui emploie le généticien a dépensé des millions en recherche et développement ; elle va se rembourser sur vous. Et pas en une seule fois, car l'ADN manipulé n'est pas transmis dans les graines. Vous allez devoir en racheter chaque année. Ensuite, vous découvrez que, combiné à une certaine substance de la tomate, le poison inoffensif de la pomme de terre provoque une réaction allergique chez des milliers de personnes. Certaines en meurent même. De plus, le fait d'avoir modifié ce gène pour ralentir le mûrissement et le pourrissement de la tomate en a gâté le goût. Donc même si vos clients ne sont pas allergiques, ils n'aiment plus vos tomates. Vous voilà ruiné.

L'expression du visage de Li la fit sourire.

— Et vous savez quoi ? Pour trafiquer ces gènes, les généticiens en ont utilisé un autre qui n'a rien à voir avec la tomate ni avec la pomme de terre. C'est ce qu'on appelle un gène « marqueur ». Son rôle est de permettre de vérifier rapidement et facilement les résultats des manipulations. Or ce gène a été prélevé sur une bactérie qui se trouve résister à un antibiotique largement utilisé dans le traitement de certaines maladies mortelles pour l'homme. Alors, que se passe-t-il maintenant ? Les gens qui continuent à manger vos tomates sans succomber à une réaction allergique deviennent résistants à certains antibiotiques, et se mettent à mourir de maladies qu'on maîtrisait depuis des dizaines d'années.

Il la regarda d'un air incrédule.

— Mais les tomates auraient d'abord été testées. Ces problèmes auraient été mis en évidence, on aurait arrêté de les cultiver.

Un concert de klaxons retentit derrière eux. Tout le monde avait redémarré, sauf Li. Il se dépêcha de passer la première et fit une embardée en avant.

— C'est ce que vous croyez, dit Margaret. Mais les compagnies qui ont investi dans la recherche et le développement veulent rentrer dans leurs frais. Et les scientifiques qui ont mis le système au point sont si arrogants que, pour eux, une technologie n'ayant qu'une douzaine d'années d'existence peut parfaitement remplacer l'équilibre écologique que la nature a mis trois milliards d'années à parfaire. Donc, tout le monde ferme les yeux. Un soja génétiquement modifié a d'ailleurs déjà provoqué de graves réactions allergiques chez des consommateurs. Aux États-Unis, une bactérie génétiquement modifiée pour produire de grandes quantités de nourriture supplémentaire a tué trente-sept personnes et en a handicapé mille cinq cents autres à vie. Les cultures génétiquement modifiées pour résister aux herbicides et aux pesticides peuvent transmettre cette résistance par pollinisation croisée, créant des « super-graines » qui l'emportent haut la main sur les autres dans la lutte pour le sol.

Margaret fronça le nez de dégoût et reprit :

— Hé, vous savez quoi encore... ? Maintenant, on prélève des gènes sur des animaux pour les introduire dans des plantes. Une pomme de terre avec des gènes de poulet pour accroître sa résistance aux maladies. Super quand on est végétarien. Des tomates avec des gènes de flet – incroyable ! – pour réduire les méfaits du gel. Dans certaines cultures, on a même utilisé le gène qui crée le venin du scorpion pour fabriquer un insecticide intégré.

Li hocha la tête.

— C'est un mets raffiné en Chine.

Elle lui lança un regard perplexe.

— Quoi donc ?

— Le scorpion. Frit. Mangé pour ses vertus médicinales.

— Vous vous moquez de moi ?

— Pas du tout. C'est vrai. Mais je ne vous le recommande pas. Ça sent la merde.

— J'imagine le goût de mon porridge du matin avec ce genre de gène.

Son sourire s'effaça.

— Le problème, c'est que ce n'est que la partie visible de l'iceberg, Li Yan. Des scientifiques sont en train de lâcher des bactéries et des virus modifiés en grandes quantités dans la nature avec l'introduction des cultures génétiquement modifiées. Ils n'ont pas la moindre idée de leurs effets à long terme. Je doute que dans dix ans il subsiste sur cette planète un seul aliment qui n'ait pas été trafiqué, et personne n'est foutu de faire quoi que ce soit contre ça.

Elle respira à fond et ajouta :

— Vous savez pourquoi ?

Elle marqua une pause avant de poursuivre :

— L'argent. C'est ça qui motive toute la science. La recherche en biotechnologie aura coûté cent milliards de dollars d'ici l'an 2000. Ils nous disent que c'est pour « le bien de l'humanité », pour nourrir les millions de gens qui meurent de faim dans le monde. Mais il n'y a pas la moindre preuve que la technologie sera moins chère, ou plus productive à long terme. Quand elles rencontrent des problèmes avec les organismes de contrôle aux États-Unis, les grandes compagnies de biochimie délocalisent leurs projets dans d'autres coins du monde. Comme la Chine. Des endroits où il y a peu ou pas de contrôle réglementant l'introduction commerciale des cultures génétiquement modifiées. Et vous connaissez la meilleure ? Quand l'une de ces compagnies trouve une plante résistante à un certain herbicide, devinez qui fabrique cet herbicide ?

— La même compagnie.

— Vous saisissez ? Au lieu de réduire les quantités d'herbicide avec lesquelles nous polluons la planète, nous en utilisons encore plus, parce que la plante que nous cultivons est résistante à cet herbicide.

Elle se frappa les cuisses avec les mains.

— Bon Dieu, ça me rend folle ! Et ces putains de scientifiques ! Des philanthropes ? Mon œil. Ils feront n'importe quoi pour continuer à être financés par les compagnies de biochimie et pouvoir jouer à Dieu. Ne croyez surtout pas au mythe de la diminution du prix des cultures et de l'augmentation de la production pour nourrir le tiers-monde. Vous vous rappelez le type aux tomates – qui doit acheter de nouvelles graines tous les ans ? Eh bien, c'est ce que les fermiers du tiers-monde feront, eux aussi. Et à qui les achèteront-ils ? Aux compagnies de biochimie, bien sûr – qui contrôlent les prix par la même occasion.

Li secoua la tête.

— C'est un peu trop pour moi. Tout ce que je sais, c'est que ce super-riz a été introduit en Chine il y a trois ans et que la production a doublé. Plus personne ne meurt de faim ici. Pour la première fois nous en exportons vers d'autres pays.

Margaret haussa les épaules. Elle se demanda pourquoi elle s'était laissée emporter par la passion du sujet. Elle ne pouvait rien changer au cours des choses.

— Effectivement, soupira-t-elle. Comme je l'ai dit, ce n'est pas comme si la technologie ne présentait aucun avantage. C'est le long terme qui m'inquiète. Les conséquences imprévisibles sur nos enfants, ou sur les enfants de nos enfants.

Li grogna et tapa sur le volant. La circulation était à nouveau bloquée.

— Quelle heure est-il ?

— Presque la demie.

Il secoua la tête.

— À ce train-là, on va y passer la nuit.

Il baissa sa vitre, colla le gyrophare rouge sur le toit de la jeep, l'alluma et mit la sirène en marche.

— Accrochez-vous, dit-il en se frayant un passage jusqu'à la voie des vélos où il accéléra soudain.

Paniqués, les cyclistes s'éparpillèrent devant eux.

— Maintenant que la fenêtre est ouverte, dit-il en jetant un coup d'œil à Margaret, ça vous ennuie si je fume une cigarette ? Après tout ce que vous m'avez dit, ça ne peut pas me faire plus de mal que de manger.

— Ne croyez pas ça. Vous n'imaginez pas les gènes qu'ils fourrent dans les plants de tabac.

II

C'était l'heure du rush des banlieusards dans la grande cour pavée de la gare de Pékin. Deux beffrois jumeaux séparés par un gigantesque écran d'affichage digital s'élevaient au-dessus des marches menant au hall principal, là où les bagages étaient passés au rayon X sous l'œil attentif de policiers armés. Li franchit un trottoir pour pénétrer dans la cour, sous les klaxons des bus et des taxis. Il avait coupé la sirène, rentré le gyrophare et était redevenu un simple citoyen au volant d'une jeep pékinoise. Devant lui, deux filles de dix-sept ou dix-huit ans en salopette large et tee-shirt blanc, un bandana bleu pâle noué autour du visage pour se protéger de la poussière tourbillonnant du sol, ramassaient les détritus avec des balayettes en paille et des pelles astucieuses munies d'une gueule s'ouvrant et se fermant comme celle d'un chien affamé ; elles le maudirent quand il les força à dégager le passage. Des chariots motorisés rouges se faufilaient dans la foule. Assis sur les marches, des groupes de voyageurs entourés de piles de bagages attendaient patiemment à l'ombre de parapluies noirs. Margaret suivit Li vers le hall des billets, dans l'aile ouest de la gare.

De longues queues serpentaient à partir d'une rangée de guichets qui occupait tout le mur du fond. Les destinations étaient inscrites en caractères chinois au-dessus de chacun ; Margaret se demanda comment le voyageur étranger ordinaire pouvait deviner auquel s'adresser. Une voix féminine nasillarde et monotone annonçait dans les haut-parleurs les départs et les arrivées. Li se plaça au bout d'une file d'attente en tapant impatiemment du pied.

— Où va votre oncle ? demanda Margaret, histoire de dire quelque chose.

— Au Sichuan, répondit-il distraitement.

— C'est de là que vient votre famille, non ?

— Il va à Wanxian voir mon père, puis à Zigong pour parler à ma sœur.

Sa façon d'insister sur le mot « parler » éveilla sa curiosité.

— Il y a un problème ?

— Elle est enceinte.

— C'est un problème ?

— Vous posez trop de questions.

— Je suis une sale fouineuse.

Il soupira.

— Elle a déjà un enfant. Vous n'avez jamais entendu parler de la Politique de l'enfant unique ?

— Ah.

Bien sûr qu'elle en avait entendu parler. Et elle s'était toujours demandé comment il était possible d'imposer une telle politique.

— Qu'est-ce qu'on vous fait si vous avez un deuxième enfant ?

Soucieux, Li secoua lentement la tête.

— Quand vous vous mariez, on vous demande de vous engager publiquement à n'avoir qu'un seul enfant. Vous signez ce qu'on appelle une « lettre de décision ». En retour, vous obtenez des privilèges financiers et autres – éducation et soins médicaux prioritaires pour votre enfant, augmentation des revenus, meilleur logement. Mais si vous avez plus d'un enfant, vous perdez tous ces avantages, peut-être même votre maison. Et pendant la deuxième grossesse, vous subissez des pressions psychologiques, parfois physiques, pour vous amener à avorter. Les conséquences peuvent être terribles.

Margaret tenta d'imaginer le gouvernement américain essayant d'imposer aux Américaines un nombre d'enfants à avoir. Impossible. Mais en même temps, elle savait ce qu'une croissance démographique incontrôlée pouvait entraîner dans un pays englobant déjà un cinquième de la population mondiale. Famine, ruine économique. Un épouvantable dilemme.

— Elle veut ce bébé ?

Li hocha la tête.

— Son mari et elle ont signé une « lettre de décision » ?

— Oui.

— Alors pourquoi tient-elle absolument à avoir un autre enfant ?

— Parce que le premier est une fille.

Margaret fit la grimace.

— Et alors ? Où est le problème ? Certains les préfèrent aux garçons. Je ne leur donne pas tort.

— Pas en Chine.

Elle s'aperçut qu'il était très sérieux.

— Vous plaisantez ? Pourquoi ?

— C'est difficile à expliquer. Ça remonte au confucianisme et aux anciennes croyances chinoises. Mais peut-être est-ce avant tout une raison pratique. Traditionnellement, quand un garçon se marie, la nouvelle épouse vient vivre chez lui, dans la maison de ses parents. Quand ceux-ci vieillissent, c'est le jeune couple qui s'occupe d'eux. Si vous n'avez qu'une fille, elle partira vivre chez ses beaux-parents, et personne ne prendra soin de vous sur vos vieux jours.

— Mais si tout le monde a un seul enfant et que

chaque enfant est un garçon, il n'y aura plus de femmes pour engendrer la génération suivante.

— C'est comme ça, dit-il en haussant les épaules. Les orphelinats sont pleins de petites filles abandonnées dans la rue.

— Votre oncle va essayer de la dissuader de garder le bébé ?

— Je ne sais pas ce que mon oncle va lui dire. Je ne suis pas certain qu'il le sache lui-même. Mais quoi qu'il lui dise, elle l'écoutera lui, et personne d'autre.

Il se haussa sur la pointe des pieds pour voir où en était la file d'attente. Elle paraissait toujours aussi longue.

— Ça ne va pas du tout, dit-il en sortant sa carte de la Sécurité publique d'une poche et en doublant tout le monde.

Margaret vit de loin plusieurs personnes s'en prendre à lui, puis sourit quand il les réduisit au silence en quelques mots cassants. Certains sont plus égaux que d'autres, pensa-t-elle avec ironie.

Il revint très vite avec le billet.

— Je suis désolé, il faut que j'apporte d'abord ce billet à mon oncle, dit-il en jetant un coup d'œil au beffroi le plus proche. Son train part dans trois heures.

— Combien de temps s'absente-t-il ?

— Il revient demain soir.

— Brève conversation.

Li haussa les épaules.

— Il lui dira ce qu'il a à dire et s'en ira. C'est à elle de prendre sa décision ensuite.

Ils remontèrent dans la jeep.

— À votre avis, que devrait-elle faire ? demanda-t-elle en regardant Li dans les yeux.

— Elle ne devrait pas être enceinte.

— Ce n'est pas ce que je vous ai demandé.

— Ce n'est pas mon problème, dit-il avec beaucoup de sérieux. J'ai assez des miens.

Elle comprit qu'il tirait un voile sur une partie de sa vie dont il n'avait pas envie de parler.

III

Les chants des oiseaux enfermés dans les cages de bambou suspendues aux branches des pins rivalisaient avec les gémissements des chanteurs de l'Opéra de Pékin. Les voix des interprètes paraissaient discordantes pour une oreille occidentale. Un groupe d'une douzaine de vieillards accompagnés par les plaintes d'antiques instruments chinois chantait derrière les glycines de la pergola où, la veille, Li avait vu le jeune ivrogne boire de l'alcool au goulot d'une bouteille en plastique. Le même barbier en blouse blanche taillait les cheveux au milieu des arbres, laissant tomber des touffes de cheveux noirs sur la terre poussiéreuse cuite par le soleil. Des bicyclettes étaient appuyées aux troncs des arbres, leurs propriétaires rassemblés autour de jeux de cartes ou d'échecs. Quelque part, au loin, s'élevait du centre du parc le son d'un rythme disco, insistant et incongru.

Li et Margaret s'avancèrent dans la lumière tamisée de cette fin d'après-midi.

— Dans ce parc, il y a un lac, le lac de Jade, officiellement prévu pour y nager. En hiver, quand il gèle, on peut y faire du patin à glace. Mais on découpe d'un côté un cercle dans la glace pour que les baigneurs puissent se tremper dans l'eau. C'est ce que fait mon oncle tous les matins.

Rien que d'y penser, Margaret frissonna. Li lui posa soudain la main sur le bras pour l'empêcher d'aller plus loin. Elle lui jeta un coup d'œil et suivit son regard. Debout dans l'ombre, jambes écartées, un vieil homme aux cheveux noirs bouclés brandissait une épée. Il décrivit un arc de cercle au-dessus de sa tête avant de l'abaisser vers le sol dans un ample mouvement. Avec une lenteur d'une harmonie parfaite, il pivota ensuite sur un pied en repliant le genou opposé à la hauteur de la poitrine, releva soudain l'épée en diagonale, la tendit vers sa droite, frappa le sol de l'autre pied, et se retrouva face à Li et Margaret, son arme pointée vers eux. Il leur lança d'abord un regard farouche, mais son visage s'éclaira vite d'un grand sourire :

— Li Yan. Tu as mon billet ?

Li sortit le billet de sa poche et s'approcha.

— Il part à 8 heures.

Yifu détourna les yeux vers Margaret.

— Vous devez être le docteur Campbell, dit-il dans un anglais pratiquement dépourvu d'accent.

Il baissa son épée et lui tendit la main.

— Je suis très heureux de faire votre connaissance.

Margaret lui serra la main, étonnée de voir l'oncle légendaire de Li sous les traits de ce petit homme souriant et ratatiné maniant l'épée au milieu des arbres.

— Mon oncle Yifu, dit Li.

— J'ai beaucoup entendu parler de vous... Monsieur...

Margaret ne savait pas comment s'adresser à lui.

— Appelez-moi « vieux Yifu ». À mon âge, se faire appeler « vieux » est une marque de respect.

Margaret rit.

— Ce ne sera pas facile. Aux États-Unis, ce serait désobligeant.

Il lui prit le bras pour la guider vers la table basse en pierre où était disposé son jeu d'échecs.

— Ah, mais en Chine, on vénère les gens âgés. L'âge est synonyme de sagesse, dit-il en souriant. Nous avons un dicton qui dit : « C'est le vieux gingembre qui a le meilleur goût. »

Il lui désigna une chaise pliante en toile.

— Naturellement, vu mon grand âge, je devrais être très sage. C'est ce que tout le monde croit, bien sûr.

Il posa son épée sur le sol, s'assit en face de Margaret, et se pencha par-dessus la table pour lui confier :

— Je *serais* très sage si je pouvais me souvenir de tout ce que j'ai su.

Il soupira d'un air triste.

— Le problème, c'est qu'aujourd'hui, ce que j'ai oublié dépasse largement ce dont je me souviens.

Puis son regard étincela quand il ajouta :

— C'est pourquoi je continue à apprendre du vocabulaire anglais. Ça m'aide à remplir les vides laissés dans ma tête par tout ce que j'ai oublié.

— En tout cas, vous n'avez pas oublié la manière de faire du charme aux femmes, répondit-elle en souriant.

Un courant immédiat s'était établi entre eux.

— Bah, fit-il d'un air dédaigneux, Ça ne me sert plus à grand-chose maintenant.

Il leva un sourcil et hocha la tête en direction de Li.

— Si seulement mon neveu en avait hérité un tant soit peu. Mais il tient davantage de son père. Plutôt lent, côté cœur. Quel âge as-tu maintenant, Li Yan ?

Li était très gêné.

— Tu le sais bien, mon oncle.

Yifu se retourna vers Margaret, et annonça avec un air malicieux.

— Trente-trois ans et toujours célibataire. Même pas une petite amie. Toujours travailler sans jamais se distraire est mauvais pour le moral, à mon avis.

Ravie de voir Li mal à l'aise, Margaret réprima un sourire.

— Je suis content qu'il ait au moins suivi mon conseil, dit Yifu.

— Quel conseil ?

— Mon oncle, je crois qu'il est temps de rentrer faire tes bagages.

Yifu l'ignora, et continua :

— Obtenir votre aide pour l'enquête.

Li aurait voulu disparaître dans le sol. Margaret

haussa les sourcils en le regardant, puis se retourna vers le vieil homme :

— Oh, c'était donc votre idée ?

— Eh bien... disons que je l'ai encouragé dans ce sens.

Un large sourire lui découvrit les dents.

— Maintenant, je comprends pourquoi il n'a pas fallu trop insister. Il ne m'avait pas dit que vous étiez si séduisante.

— Il ne partage peut-être pas votre avis.

— Oh, je ne crois pas qu'il rougirait autant s'il n'était pas d'accord.

Li avait du mal à contenir son embarras. Il soupira et, les mâchoires crispées, regarda en l'air. Margaret s'amusait beaucoup.

— Vous jouez aux échecs ? demanda Yifu.

— On n'a pas le temps, mon oncle. Ton train part à 8 heures. Il est presque 5 heures et demie.

— Mais si, on a le temps.

Margaret regarda l'échiquier.

— Je crois que votre jeu diffère un peu de celui que je connais.

— Non, non, non. C'est presque pareil. Au lieu de jouer avec des pièces sculptées, nous jouons avec des jetons en bois. Le caractère gravé dessus indique le nom de la pièce.

— Elle ne connaît pas les caractères chinois, mon oncle. Quand les pièces auront bougé, elle ne s'en souviendra plus.

— Je ne pense pas qu'il y ait de problème, dit Margaret d'un ton un peu sec. J'ai une bonne mémoire visuelle.

— Bien, très bien, fit Yifu en tapant des mains de plaisir.

Et il lui expliqua les règles. C'était presque le même jeu qu'en Occident. L'échiquier, cependant, était séparé en deux par une bande figurant une rivière. Et on ne « prenait » pas une pièce, on la « mangeait ».

Margaret avait les rouges, Yifu les noirs. Résigné, Li soupira, laissa le jeu s'engager, et, les bras croisés sur la poitrine, s'adossa au tronc de l'arbre qui leur faisait de l'ombre.

— Comment est ton bureau ? lui demanda Yifu pendant que Margaret jouait son premier coup.

— Pas mal.

— Pas mal ? C'est tout ? Le maître *feng shui* m'a montré son plan. Il m'a semblé excellent. Tu travailleras bien dans ce bureau.

— Oui, bien sûr. Merci, mon oncle.

Yifu adressa un petit sourire malicieux à Margaret.

— Je perçois un léger scepticisme. Il pense que son oncle est un vieil idiot superstitieux.

— Alors c'est lui l'idiot, dit Margaret. *Feng shui* ou pas, je ne vois que de bonnes raisons à ces changements.

— Évidemment. La superstition se forge à partir de la vérité. Et non l'inverse.

Il avança son cavalier.

— À vous.

Pendant qu'elle réfléchissait, il dit :

— J'ai toujours été un grand admirateur des Américains. Comme les Chinois, ce sont des gens à l'esprit très pratique. Mais ce sont aussi des rêveurs qui tentent de réaliser leurs rêves. Et ça, ce n'est pas du tout pragmatique.

Il haussa les épaules, et poursuivit :

— Mais vous avez réussi à transformer beaucoup de vos rêves en réalité. Je crois que c'est une bonne chose d'avoir un rêve dans la vie. C'est un but qu'on se donne.

— N'est-ce pas un concept un peu trop « individualiste » pour un système communiste ? demanda Margaret en avançant son canon.

— Il ne faut pas céder à cette mauvaise habitude américaine d'intolérance envers les idées des autres, Dr Campbell. Il faut toujours être pragmatique. J'ai moi-même été un fervent marxiste dans ma jeunesse. Maintenant, je crois que je suis libéral. Nous évoluons tous.

— Quelqu'un n'a-t-il pas dit un jour que celui qui n'est pas marxiste à vingt ans n'a pas de cœur, et que celui qui n'est pas conservateur à soixante ans n'a pas de cervelle ?

Il sourit, ravi.

— Je ne l'avais jamais entendu. C'est très futé.

— Très paraphrasé, je pense. Je ne sais pas d'où ça vient.

— Les mots ne sont pas importants si le sens est clair. Et une vérité est une vérité quel que soit celui qui la dit.

Il mangea un pion de Margaret avec l'un des siens.

Li poussa un soupir appuyé pour manifester son impatience, mais ni l'un ni l'autre ne firent attention à lui. Margaret fit glisser un aide de camp en diagonal, mangea l'un des pions de son adversaire et menaça un cavalier. Yifu était maintenant obligé de se défendre et de lui laisser l'initiative.

— Li Yan m'a raconté que vous aviez été emprisonné pendant la Révolution culturelle, dit-elle.

— Vraiment ?

À sa grande déception, le vieil homme ne semblait pas avoir envie d'en parler.

— Pendant trois ans, m'a dit Li Yan.

— Il parle beaucoup, on dirait.

Leurs regards ne se croisèrent pas pendant cet échange. Chacun fixait l'échiquier tout en réfléchissant au coup suivant, glissant une pièce par ici, franchissant la rivière par là.

— Cela a dû vous rendre amer.

Il mangea son aide de camp.

— Pourquoi ?

— Vous avez perdu trois ans de votre vie.

Elle fonça sur le cavalier qui la menaçait, exposant le chariot de son adversaire à son attaque. Yifu fut une fois de plus obligé de se défendre.

— Non. J'ai beaucoup appris sur la nature humaine. J'en ai encore appris davantage sur moi-même. Apprendre peut se révéler parfois un processus difficile, même pénible. Mais il faut l'accepter.

Il réfléchit avant de lui bloquer le passage avec son aide de camp.

— En outre, je ne suis resté en prison que pendant un an et demi.

— Tu m'as toujours dit trois, intervint Li, abasourdi.

— J'y suis resté physiquement trois ans. Mais je dormais la moitié du temps, et quand je dormais, je rêvais ; et quand je rêvais, ils n'avaient pas de prise sur moi. Parce que dans mes rêves, j'étais libre. Libre de voyager dans mon enfance, de parler à mes parents, libre d'aller dans les endroits que j'avais aimés dans ma vie : les hautes montagnes du Tibet, la mer Jaune léchant les rivages du Jiangsu, le Hong-Kong de mon enfance, avec ses couchers de soleil rouge sang dans la mer de Chine du Sud. Ils ne pouvaient pas toucher à ces choses, ni me les enlever. Et tant qu'on les a, on a la liberté.

Margaret leva les yeux pour regarder Yifu, apparemment toujours concentré sur le jeu. Quelles horreurs n'avait-il pas dû endurer ? Et pourtant il avait choisi d'en garder un point de vue positif. Raconter les tortures et les persécutions serait sans doute trop douloureux, ou trop facile. À la place, il avait choisi de se souvenir des escapades qu'il faisait chaque nuit pour garder l'espoir, et le moral.

— Mon seul regret, dit-il, est d'avoir été séparé de ma femme pendant cette période. Nous avons eu tellement peu de temps ensemble après ça.

Elle vit ses yeux s'embuer et ses joues se colorer. « Mon oncle ne s'est jamais vraiment remis de sa mort », lui avait dit Li. Elle se dépêcha de lui manger un autre pion avec son cavalier, changeant le rythme du jeu et le ton de leur conversation.

— Alors, vous avez grandi à Hong-Kong ?

— Ma famille était originaire de Canton. Mais elle vivait à Hong-Kong depuis deux générations, une famille riche d'après les critères chinois. Le père de Li Yan et moi-même étions au lycée au moment de l'invasion japonaise ; nous avons fui en Chine, comme réfugiés. Et nous avons atterri au Sichuan où j'ai terminé le lycée avant d'entrer à l'Université américaine de Pékin.

Il mordit à l'appât et commit l'erreur de manger son cavalier. Elle avança son chariot en annonçant :

— Échec.

— Bon sang ! fit Yifu visiblement déconcerté.

Puis il leva les yeux vers elle avec un petit sourire :

— Je vois. Toutes ces questions. Vous espériez me distraire.

— Moi ? dit Margaret d'un ton innocent en feignant d'être choquée.

Yifu bloqua le roi de Margaret avec le cavalier qui lui restait. C'était sa seule option, mais elle laissait son autre chariot sans défense.

— Je suis mort, fit-il en secouant la tête.

Impitoyable, Margaret mangea son chariot.

— Vous avez dû voir beaucoup de changements dans votre vie.

Concentré sur le coup suivant, Yifu ne répondit pas avant d'avoir déplacé un éléphant pour menacer un pion.

— Tout a changé, sauf le caractère des Chinois, dit-il. Je crois que cela restera peut-être une grande constante.

— Et que pensez-vous de la Chine aujourd'hui ?

— Elle est encore en train de changer. Plus vite cette fois. Pour le meilleur ou pour le pire, je n'en sais rien. Mais les gens ont plus d'argent dans la poche, le ventre plein et des vêtements sur le dos. Et tout le monde a un toit sur la tête. Je me souviens que cela n'a pas toujours été le cas.

Margaret sourit. Il n'était pas difficile de voir d'où

Li tirait son influence. Elle avança son cavalier de façon à menacer le roi de son adversaire s'il lui prenait son pion, et lui faire perdre son éléphant s'il ne le prenait pas.

— J'ai lu quelque part que dans cinquante ans, quand l'Occident déclinera et que l'Orient se développera, la Chine deviendra le pays le plus riche et le plus puissant de la terre.

Il réfléchissait toujours à son prochain coup.

— Ne pensez-vous pas que c'est vrai ?

Il lui prit son pion, et réalisa qu'il avait perdu.

— C'est difficile à dire. La Chine a une histoire si longue, et cette période est un maillon si petit dans une chaîne qui a cinq mille ans. Seul l'avenir le dira. Mao, à qui on demandait un jour ce qu'il pensait de la Révolution française, a répondu : « Il est trop tôt pour le dire. » Alors qui suis-je pour prédire l'avenir de la Chine ?

Il sourit quand elle avança son chariot.

— Échec et mat, dit-elle.

Il accepta avec un petit haussement d'épaule et un hochement de la tête, et dit, l'air radieux :

— Félicitations. C'est la première fois qu'on me bat depuis des années. On finit par perdre sa vigilance. J'espère vivement que nous rejouerons ensemble.

— Ce sera avec un grand plaisir.

— Si seulement mon neveu pouvait être un adversaire digne de ce nom.

— Peut-être que si j'avais eu un meilleur professeur... répliqua Li, piqué par la remarque de son oncle.

— N'importe qui peut apprendre les règles, dit

Yifu. Mais l'intelligence nécessaire à les appliquer, il faut l'avoir en naissant.

Il commença à ranger ses pièces d'échecs dans leur vieille boîte en carton.

— De toute façon, je ne peux pas me permettre de gaspiller mon temps en bavardages. J'ai un train à prendre. Et je vais être en retard.

Il adressa un clin d'œil à Margaret.

IV

Le policier en uniforme déverrouilla la porte et les laissa entrer dans l'appartement de Chao Heng. Toujours la même odeur étrange de désinfectant, remarqua Li. Ils contournèrent la tache de sang du tapis, maintenant entourée de bandes de ruban adhésif blanc, et passèrent dans le séjour.

— Qu'est-ce que vous cherchez ? demanda-t-il à Margaret.

Elle secoua la tête.

— Je ne sais pas exactement. Comme vous, j'ai le sentiment que toute l'affaire tourne autour de Chao Heng. Je ne sais pas où interviennent les deux autres, mais ils me semblent... un peu secondaires. Il y a quelque chose qui nous échappe. Quelque chose que nous savons déjà, ou devrions savoir sur lui. Quelque chose ici, dans cet appartement, peut-être. Quelque chose dans le caractère bizarre de son assassinat.

Li avait proposé à Yifu de le reconduire à l'appartement, mais ce dernier avait refusé. Il avait son vélo, passerait prendre son sac déjà prêt, et se rendrait ensuite en taxi jusqu'à la gare qui était de toute façon très proche.

Les deux hommes s'étaient étreints, instant étrangement touchant après le conflit qui les avait opposés, sans parler.

— Embrasse Xiao Ling pour moi, avait juste dit Li.

Pendant le trajet vers l'appartement de Chao, il était resté silencieux, inquiet, sans doute, pour sa sœur et la mission entreprise par son oncle sur l'ordre de son père. Maintenant, dans l'appartement de Chao, il avait l'air sombre et distrait. Margaret savait trop bien comme il est parfois difficile de se concentrer sur un travail quand on est assailli par des problèmes personnels. Elle avait besoin de le remettre sur ses rails.

— Vous pensez donc qu'il était assis dehors, sur le balcon, en attendant son visiteur nocturne ?

Li hocha la tête.

La bouteille de bière et les mégots de cigarettes dans le cendrier n'avaient pas été enlevés.

— Et le CD se trouve où ?

Il traversa la pièce jusqu'à la minichaîne hi-fi et vit que l'équipe de la police scientifique avait oublié de l'éteindre.

— Voulez-vous le mettre sur la piste qu'il était en train d'écouter ?

Il haussa les épaules, avança le sélecteur jusqu'au numéro 9, et appuya sur « Play ». Tandis que la voix de soprano s'élevait dans l'appartement, Margaret se dirigea vers la bibliothèque et effleura du bout des doigts une rangée de livres aux titres familiers. *Agents infectieux de l'ADN des plantes, Estimation des risques du génie génétique, Virologie végétale.* Les mêmes que ceux de Michael, à la maison. Elle glissa les mains dans les poches de sa robe et sortit sur le balcon. Elle regarda la bouteille de bière vide, le paquet de cigarettes, et se demanda avec quoi il les avait allumées. Puis elle se souvint du Zippo trouvé dans ses affaires. Quelque chose commença alors à s'échafauder dans son esprit, quelque chose d'instinctif, une succession d'étincelles électriques établissant des connexions qui ne se seraient jamais faites consciemment. Elle sentait encore sur sa langue le goût de la *jian bing,* la douceur salée du *hoi sin,* le piquant du piment, l'acidité de la ciboule. Et elle revit le visage rond, souriant de Mei Yuan. Elle se retourna pour parler à Li. Mais il avait disparu. Elle se précipita dans l'entrée en l'appelant.

— Par ici, dit-il.

Elle le rejoignit dans la cuisine.

— La devinette de Mei Yuan.

Il la regarda d'un air ébahi.

— Pardon ?

Contrariée, elle secoua la tête.

— C'est juste un mode de pensée. Attendez.

Elle chercha ses mots.

— L'homme aux deux bâtons. S'il veut brûler les livres, c'est qu'il a une raison, d'accord ?

— Pour les détruire.

— Exactement. Pour que le gardien des livres n'ait pas accès aux livres. Pour qu'il ne sache pas ce qu'il y a dedans.

Li haussa les épaules.

— Et alors ?

— Alors, pourquoi brûler Chao Heng ?

— Pour faire croire à un suicide.

— Non. C'est secondaire. J'ai fait un jour une autopsie sur le corps carbonisé d'une femme extraite d'une carcasse de voiture. Le type qui l'avait tuée l'avait placée dans la voiture, avait mis le feu et s'était sauvé. Il essayait de cacher qu'il l'avait tuée d'une balle. Il pensait que le feu détruirait la preuve.

Elle se passa la main dans les cheveux.

— Vous voyez où je veux en venir ?

Li réfléchit.

— Vous pensez que le meurtrier essayait de détruire une preuve ?

Il se tut un instant.

— Preuve de quoi ? Chao n'a pas été tué par balle, ni poignardé. On ne lui a pas brisé le cou. Il avait une bosse sur la tête et un sédatif dans le sang. Si le but de la manœuvre était d'essayer de cacher ça en le brûlant, ce n'était pas très réussi, non ?

Margaret pensait à toute vitesse, mais ses idées tournaient en rond.

— Non, dut-elle admettre. Non, c'est sûr.

Elle sentait qu'elle avait tenu pendant un instant quelque chose de précieux et de fugace qu'elle avait à nouveau perdu. Maintenant, c'était comme un visage aux traits flous tapi dans un coin de la mémoire et dont on n'arrive pas à se souvenir.

— Et merde, je ne sais pas, dit-elle, déprimée. Il y a quelque chose là. Si vous me faisiez visiter les lieux ? Et si nous reconstituions les faits, comme vous pensez qu'ils se sont déroulés ?

— Pour quoi faire ?

— Pour les étudier sous un nouvel angle. Je pourrais peut-être avoir un point de vue différent. Et vous pourriez voir les choses d'une manière différente de la première fois.

Il n'était pas convaincu, mais accepta avec un haussement d'épaule.

— OK.

Ils remirent donc *Samson et Dalila* et sortirent sur le balcon. Margaret s'assit dans le fauteuil de Chao d'où elle avait une vue sur tout le complexe. Il était là pendant qu'elle se retournait dans son lit sans pouvoir trouver le sommeil. Il était encore en vie quand elle avait débarqué en Chine.

— Il a dû voir les phares de la voiture qui arrivait, dit Li. L'ascenseur était arrêté, donc il a dû descendre pour faire entrer son visiteur.

— Faisons-le.

Ils traversèrent le séjour ; Li mit le CD sur pause.

— Nous revenons dans cinq minutes, dit-il au policier de garde dans l'entrée.

Ils descendirent les cinq étages à pied. Au rez-de-chaussée, la porte de la cage d'escalier était verrouillée.

— Vous n'avez pas la clé ? demanda Margaret d'un ton irrité.

— Non. L'assassin a dû l'emporter pour pouvoir ouvrir en repartant avec Chao.

— Et refermer derrière lui ?

Ça semblait peu probable.

— Peut-être. Elle était fermée à clé quand nous sommes arrivés hier. Mais elle a pu être verrouillée par un autre résident qui l'aura trouvée ouverte au matin.

Ils se haussèrent sur la pointe des pieds pour regarder au-delà du mur de la cage de l'ascenseur ; le hall et la porte d'entrée principale restaient cachés à leur vue.

— Donc, Chao n'a pas pu voir son visiteur avant d'ouvrir la porte, dit Margaret. Il ne l'aura pas vu traverser le hall et ne se sera pas douté que ce n'était pas celui qu'il attendait.

— Attendez. Je crois que j'ai commis une erreur sur ce point, dit soudain Li. J'ai supposé que Chao attendait quelqu'un d'autre, qu'il ne connaissait pas son assassin. Mais si c'était quelqu'un qu'il connaissait déjà, un nouveau fournisseur peut-être, ou une personne susceptible de lui procurer des jeunes garçons, il n'y avait aucune raison pour que le meurtrier dévoile tout de suite ses intentions.

— Et si Chao le connaissait, il l'aura vraisemblablement invité à monter, dit Margaret.

— Il n'aura donc pas été obligé de remonter les escaliers sous la menace d'une arme.

Li commençait à trouver l'exercice intéressant. Combien de fois son oncle lui avait-il répété que la réponse résidait presque toujours dans le détail !

Ils remontèrent à l'appartement et s'arrêtèrent près de la tache de sang, sur le tapis de l'entrée.

— Le meurtrier n'allait pas s'attarder à lui faire la conversation, dit Margaret. Il l'aura sans doute frappé à la tête dès qu'ils sont entrés. La taille de la contusion et de la fracture concorde avec votre idée qu'il a pu utiliser le canon de son arme. Et il lui aura injecté la kétamine sans attendre. Il ne pouvait pas savoir exactement avec quelle force il avait frappé, ni combien de temps Chao resterait inconscient. Il lui aura retiré sa chaussure gauche, baissé sa chaussette, et piqué là où Chao avait l'habitude de le faire. Donc, soit il le connaissait bien, soit il s'était soigneusement renseigné. Il aura remonté la chaussette, remis la chaussure. Et ensuite ?

— Il aura attendu, dit Li.

— Pourquoi ?

— Il avait du temps à tuer jusqu'à l'aube. Plus sûr d'attendre ici que dans le parc.

— D'accord. Mais il fallait qu'il soit dans le parc avec Chao au lever du soleil.

— N'est-il pas vrai que l'heure la plus sombre est celle qui précède l'aube ? demanda Li.

— Je crois, admit Margaret. J'ai eu de multiples occasions de le vérifier ces deux dernières nuits.

Elle réfléchit un moment.

— Donc il est parti, avec Chao, à un moment donné entre trois et quatre heures du matin. À temps pour l'introduire dans le parc tant qu'il faisait noir et se trouver là-bas à l'ouverture. Comment lui a-t-il fait descendre les escaliers ?

— En le portant probablement sur son dos.

— Les cinq étages ? Ce type doit être costaud. Mais ne nous égarons pas. Il a pu passer deux heures dans l'appartement, d'accord ? Il n'a pas laissé de trace ? Il n'a pas pris de café, fait pipi, fumé une cigarette ?

Li haussa les épaules.

— D'après moi, il portait des gants. Il n'aura ni bu de café ni fumé de cigarette parce que c'est un professionnel. Et s'il a fait pipi, c'est parti depuis longtemps.

— J'aimerais encore jeter un coup d'œil, dit Margaret.

Ils passèrent environ un quart d'heure à fouiller l'appartement pièce par pièce sans rien trouver, avant de passer finalement à la salle de bains. Li la trouva aussi sale que dans son souvenir. Des tubes de crèmes et d'onguents à moitié écrasés, le rasoir mécanique taché de sang, le miroir maculé au-dessus du lavabo. La serviette jetée sur le rebord de la baignoire était sèche maintenant. Margaret ouvrit l'armoire à pharmacie.

— Merde alors, fit-elle en sortant les tubes et les flacons de pilules.

Elle regarda Li.

— Vous avez vu ?

— Ce mec était malade, dit-il en secouant la tête.

— Ça c'est sûr.

Elle agita un flacon dans sa direction.

— Epivir. Ou 3TC. Inhibiteur de la transcriptase inverse. Vous savez ce que c'est ?

— Aucune idée.

— La transcriptase inverse est une enzyme qui permet de copier l'ADN.

Elle secoua l'un des tubes de plastique ; à l'intérieur, les pilules firent un bruit de haricots secs.

— Crivixan. Inhibiteur de la protéase, une autre enzyme impliquée dans la réplication.

Elle prit un autre flacon.

— Et AZT. Eh bien, il y a peu de gens en Occident qui n'en aient entendu parler.

Il était toujours dans le brouillard.

— Pris simultanément, ces trois substances composent la trithérapie utilisée aujourd'hui pour lutter contre le VIH. Ils empêchent la réplication du virus. On dirait que notre ami Chao avait le sida.

Le préposé à l'ascenseur les observa avec la même curiosité intense quand ils redescendirent. Il était irrité qu'ils parlent anglais ; il n'avait aucune idée de ce qu'ils pouvaient raconter.

Li appréciait l'idée de Margaret selon laquelle Chao avait été brûlé pour cacher quelque chose.

— Pensez-vous que Chao aurait pu être brûlé pour dissimuler le fait qu'il ait le sida ?

Margaret ne le pensait pas. Elle utilisa le même raisonnement que Li avait tenu plus tôt pour écarter sa première idée.

— Si c'est le cas, ils n'ont pas bien fait leur boulot. Il aurait vraiment fallu le carboniser complètement pour que nous ne puissions plus en retirer un échantillon de sang ou de tissu à examiner. De toute façon, on ne fait jamais de tests de routine du sida pendant une autopsie, pas sans raison. Et ils ont laissé ses médicaments dans l'armoire à pharmacie de sa salle de bains. C'est quand même révélateur. Mais, surtout, pourquoi ? Pourquoi auraient-ils intérêt à essayer de cacher le fait que Chao Heng avait le sida ?

Il n'en voyait aucune. Il reprit ce qu'elle venait de dire et fronça les sourcils.

— Pourquoi dites-vous « ils » au pluriel, alors que nous sommes à peu près certains que le meurtrier a agi seul ?

— Parce que c'était un tueur à gages, non ? Enfin, c'est ce que nous avons pensé dès le départ, n'est-ce pas ? Il n'a donc rien de personnel contre ses victimes. C'est quelqu'un d'autre qui voulait sa mort. « Eux. » Cela nous aiderait beaucoup de savoir pourquoi.

C'était là l'une des différences fondamentales entre l'approche américaine et l'approche chinoise, pensa Li. les Américains insistaient davantage sur le motif. Les Chinois préféraient établir la preuve, bout par bout, jusqu'à ce que l'ensemble soit absolument concluant. Le « pourquoi » n'était pas la clé de la réponse, mais la réponse elle-même. Peut-être qu'en travaillant ensemble ils pourraient combiner les mérites des deux systèmes.

Ils sillonnèrent le hall, examinèrent à nouveau la lampe au-dessus de la porte, et revinrent sur les pas du meurtrier jusqu'à sa voiture, à l'endroit qu'occupait maintenant la jeep de Li. En levant les yeux, Margaret vit que les arbres bordant le trottoir devaient masquer la lumière des réverbères ; avec la lampe hors service au-dessus de la porte, le meurtrier pouvait transporter Chao jusqu'à son véhicule dans le noir complet.

— Est-ce qu'on peut aller au parc ? Suivre la piste de ce type jusqu'à l'endroit où il a mis le feu à ce pauvre vieux Chao ?

— Vous commencez à avoir de la sympathie pour Chao Heng ? demanda-t-il, surpris.

Margaret haussa les épaules.

— Ce n'était probablement pas un mec très bien. Mais il était en train de mourir du sida et quelqu'un l'a fait brûler. Il n'en méritait peut-être pas tant. Vous m'emmenez au parc ?

— D'accord.

Il monta dans la jeep à temps pour entendre son indicatif sur la radio de la police. Quand Margaret monta à son tour, elle le vit froncer les sourcils en écoutant le message.

— Il faut retourner au quartier général. Le chef veut me voir. D'urgence.

— Pourquoi ?

— Je ne sais pas. On ne m'a rien dit.

V

Au dernier étage de la Section n° 1, l'atmosphère était chargée d'électricité et de fumée de cigarettes. Margaret avait repéré, garée dans la rue, la BMW de Lily avec Shimei au volant. Lily s'était installée dans un coin de la salle des inspecteurs. Elle l'attendait avec un petit sourire suffisant.

Li ne l'avait même pas remarquée. Son attention avait tout de suite été captée par l'ambiance qui régnait dans la pièce. Une ambiance d'inquiétude, d'attente. Les inspecteurs l'accueillirent d'un air sombre.

— Qu'est-ce qui se passe, bon Dieu ? demanda-t-il.

— La Piquouse est chez le chef avec une espèce d'avocat de luxe, dit Wu.

Puis il ajouta :

— Le chef veut te voir illico.

Li ne broncha pas. Il hocha la tête et sortit dans le couloir pour se rendre directement chez Chen.

Margaret se tourna vers Lily :

— Que se passe-t-il ?

— Le commissaire divisionnaire adjoint Li a gros problème, dit-elle joyeusement. Je suis venue vous chercher. Attendue très longtemps.

— Eh bien vous attendrez encore un peu, rétorqua Margaret.

La Piquouse et son avocat étaient assis près de la fenêtre, dans des fauteuils bas. L'avocat était jeune, la trentaine, de la nouvelle génération des as du barreau profitant des récents changements du système judiciaire qui autorisaient les accusés à être représentés légalement dès le début des poursuites. Il avait l'air sûr de lui, insolent, avec son costume chic et sa coupe de cheveux à la mode. La Piquouse jeta sur Li un regard chargé de haine froide. Chen était à son bureau, le visage gris, sévère.

Li salua La Piquouse et l'avocat d'un signe de tête amical.

— Vous vouliez me voir, chef ?

— Li, de graves allégations ont été avancées contre vous par ce monsieur et son représentant légal, dit Chen d'un ton grave.

Il n'invita pas Li à s'asseoir.

Li haussa les sourcils, surpris.

— Quelles allégations ?

L'avocat prit la parole :

— Vous avez contraint mon client à vous accompagner au Stade des Ouvriers de Pékin. Vous avez chargé une balle dans le canon d'un revolver, placé le revolver contre la tête de mon client et appuyé à plusieurs reprises sur la détente jusqu'à ce qu'il vous dise ce que vous vouliez savoir.

Li se mit à rire.

— Vous plaisantez ? Un *revolver* ?

Il regarda Chen.

— Vous savez bien qu'on n'utilise plus de revolvers depuis des siècles, chef. On utilise des pistolets semi-automatiques qui ne sont délivrés aux officiers que sur votre ordre.

Chen parut manifestement soulagé.

— Et qu'aurais-je bien pu le contraindre à me livrer comme information qu'un honnête citoyen ne m'aurait spontanément fournie ?

— Salopard ! siffla La Piquouse.

Son avocat le calma aussitôt en lui posant la main sur le bras.

— Vous êtes tout de même allés au Stade des Ouvriers ? demanda Chen.

— Bien sûr. Mais il n'y avait rien de coercitif à cela. Je l'ai rencontré au Hard Rock Café et je lui ai demandé si on pouvait se dire deux mots. Il doit y avoir au moins deux cents témoins qui l'ont vu sortir avec moi de son plein gré. Nous sommes allés au Stade pour préserver une certaine intimité parce qu'il n'avait pas trop envie d'être vu en public en conversation avec un flic.

Li se tourna vers La Piquouse.

— Question d'image de marque, c'est ce que vous avez dit, non ?

La Piquouse le foudroya du regard.

— Il y avait un témoin, dit l'avocat.

Li fronça les sourcils.

— Un témoin ?

Puis :

— Oh, vous voulez dire une « observatrice » ? Le docteur Campbell est un médecin légiste américain qui nous aide sur une enquête.

— Où est-elle, Li ? interrogea Chen.

— Dans mon bureau.

Pour la première fois, Li parut un peu moins sûr de lui. Chen décrocha son téléphone et demanda qu'on fît venir Margaret. Ils attendirent son arrivée dans un silence tendu. On frappa à la porte. Margaret entra d'un pas hésitant. Dès qu'elle vit La Piquouse, elle en eut la nausée.

— Tout le monde parle anglais ? demanda Chen.

L'avocat de La Piquouse hocha la tête. Chen se tourna vers Margaret :

— Je suis vraiment désolé de vous mêler à ça, docteur Campbell. Mais ces messieurs ici présents portent de graves allégations sur la conduite du commissaire divisionnaire adjoint Li. Vous pourriez peut-être nous aider à éclaircir l'affaire.

Margaret sentit le rouge lui monter aux joues. Elle jeta un coup d'œil à Li. Mais il évita résolument son regard.

— Bien sûr, dit-elle.

— Connaissez-vous ce monsieur ? commença Chen en désignant La Piquouse.

— Oui. Le commissaire divisionnaire adjoint Li lui a parlé ce matin.

— Où ?

— Nous l'avons rencontré au Hard Rock Café et...

Son hésitation fut presque imperceptible, mais

Margaret eut l'impression qu'elle durait plusieurs minutes.

— ... nous nous sommes rendus en voiture à un stade.

Elle jeta à nouveau un coup d'œil à Li dont le visage resta de marbre.

— Et que s'est-il passé ?

— Nous sommes entrés à l'intérieur.

— Et puis ?

— Je ne sais pas. Ils parlaient chinois. Je ne savais pas ce qu'ils disaient.

Jusque-là, elle n'avait dit que la stricte vérité.

Chen prit une profonde inspiration.

— Li aurait placé un revolver, chargé d'une seule balle, sur la tête de cet homme et appuyé plusieurs fois sur la détente. Est-ce le cas ?

Une fois de plus, son hésitation lui parut durer une éternité.

— Je n'ai rien vu, finit-elle par dire.

Après tout, c'était partiellement vrai. Elle s'était détournée, non ?

Il y eut un long silence. Margaret entendait au loin des voix, à un autre étage, un brouhaha de circulation automobile et de klaxons montant de la rue Dongzhimennei. La Piquouse jeta un coup d'œil à son avocat. Son anglais ne lui avait pas permis de suivre l'échange. Mais l'avocat, lèvres pincées, ne fit pas un geste. Chen se pencha alors par-dessus son bureau et s'adressa à La Piquouse :

— Fous le camp d'ici avant que je te colle une accusation pour fausses allégations contre la police.

Li fut choqué. Depuis le temps qu'il connaissait

Chen, c'était la première fois qu'il l'entendait s'exprimer ainsi. Quand l'avocat se leva, La Piquouse fixa sur Margaret des yeux remplis de haine avant de se laisser entraîner à contrecœur vers la porte. Les deux hommes quittèrent la pièce.

Un autre long silence s'installa. Chen jeta un regard inquisiteur à Li, et demanda en chinois :

— Qu'est-ce que ça veut dire, Li ?

Li haussa les épaules.

— Ça me dépasse, chef.

— Ce n'est pas comme ça que nous menons nos affaires.

— Bien sûr que non.

Chen se tourna vers Margaret, et s'adressa à elle en anglais :

— Merci beaucoup, docteur Campbell. Votre aide a été précieuse.

Puis de nouveau à Li, en chinois :

— Recommencez et vous êtes expulsé de la police.

Une fois dans le couloir, Margaret dit à Li :

— J'ai deux mots à vous dire.

Sachant ce qui allait suivre, il soupira :

— Ça ne peut pas attendre ?

— Non !

Ils entrèrent dans la salle des inspecteurs. Tous les hommes se tournèrent vers eux, avides de savoir. Margaret traversa la pièce d'un pas décidé et pénétra directement dans le bureau de Li. Son visage reflétait la colère qui grondait en elle comme un orage dans un ciel d'été. À la grande déception des inspecteurs, Li la suivit bon gré mal gré et referma la porte derrière lui.

— Espèce de salaud ! cracha-t-elle. C'est pour ça que vous m'avez emmenée avec vous ce matin. Pour que je mente pour vous !

Li haussa les épaules d'un air innocent.

— Comment pouvais-je savoir que vous mentiriez ?

Les yeux de Margaret se rétrécirent sous l'effet de la fureur. Elle avait envie de lui flanquer son poing sur la figure, de lui balancer des coups de pied, de lui faire mal d'une façon ou d'une autre.

— Pourquoi avez-vous menti ?

Elle détourna la tête et compta intérieurement jusqu'à cinq pour essayer de se maîtriser.

— C'est une bonne question. Je me le demande moi-même. Je pense...

Elle essayait de contrôler sa respiration.

— Je pense que je l'ai fait parce que je ne voulais pas que votre oncle ait honte de vous.

Une pensée soudaine lui fit tourner la tête et le regarder à nouveau. Ses yeux lançaient des éclairs.

— C'est pour ça que vous m'avez emmenée le voir cet après-midi ? Pour que je m'attache à lui ? Pour que je ne veuille surtout pas le voir déshonoré par la conduite de son neveu ?

— Bien sûr que non.

— Je n'arrive pas à croire que j'ai été assez stupide pour ne pas comprendre dès ce matin pourquoi vous m'aviez emmenée au stade. Vous *vouliez* un témoin. Quelqu'un d'irréprochable. Quelqu'un qui, vous le *saviez,* n'allait pas vous dénoncer, quelle que soit son opinion sur votre conduite.

Elle attendit une réaction. Il n'en eut aucune.

— Vous le niez ?

Il ne savait pas quoi dire. Elle resta quelques instants immobile, à le fixer, puis, de la façon la plus inattendue, éclata de rire. Il la regarda, médusé.

— Qu'est-ce qu'il y a de si drôle ?

— Vous. Non, pas vous. Moi. Dire que je vous croyais timide. Et sensible.

— Je le suis, protesta-t-il en se mettant à sourire.

Elle pointa sur lui un doigt menaçant.

— Vous n'êtes qu'un salaud égoïste, insensible, calculateur et sans pitié. Et vous avez intérêt à m'inviter à dîner parce que je crève de faim !

Il était 7 heures et demie passées quand la BMW s'engagea en direction du sud sur le côté ouest de la place Tiananmen. De gros nuages d'orage s'amassaient dans le ciel. L'air était lourd, la chaleur presque intolérable. Un vent chaud soufflait en rafale sur la place, soulevant les cerfs-volants très haut au-dessus du Palais du peuple.

Dans la voiture aussi, l'atmosphère était lourde. Lily n'appréciait visiblement pas qu'on lui cache ce qui s'était passé dans le bureau du chef Chen. Elle était encore moins contente d'être exclue des dispositions prises par Li et Margaret pour la soirée. Margaret en avait assez de Lily Peng ; leurs derniers échanges avaient été laconiques et grincheux. Elle ne savait plus si Lily avait été chargée de la surveiller, ou si elle se montrait simplement curieuse et zélée. Ou si, troisième possibilité, et de loin la plus amusante, secrètement amoureuse du commissaire divisionnaire adjoint Li, elle n'était pas jalouse. Quelle que soit la vraie raison, Margaret ne rêvait que d'une chose, s'en débarrasser.

Elles tournèrent dans l'avenue Qianmen Ouest et se dirigèrent vers l'université pour récupérer le vélo de Margaret. La petite Shimei l'avait assurée qu'il tiendrait dans le coffre. Lily avait insisté pour la reconduire en voiture à son hôtel. Margaret n'allait pas discuter. Elle devait d'ailleurs passer au Centre de détermination des preuves matérielles pour demander au professeur Xie de préparer de nouveaux tests sur le sang de Chao, afin de confirmer qu'il avait bien le sida. Ensuite, de retour à l'hôtel, elle prendrait une douche rapide, se changerait, et sauterait dans un taxi pour retrouver Li devant la Librairie des langues étrangères de la rue Wangfujing.

La perspective de cette soirée l'excitait. Elle ne savait pas du tout où en étaient ses sentiments à son égard. Tout ce qu'elle savait, c'était que pour la première fois depuis des mois, elle avait retrouvé sa vivacité d'esprit et sa capacité à éprouver des émotions. Bref, elle se sentait revivre.

Chapitre 8

I

Mercredi soir

Au-dessus de la Librairie des langues étrangères, rue Wangfujing, le ciel avait pris une couleur menaçante. La lumière s'effaçait prématurément dans l'ombre des nuages noirs qui s'amoncelaient. Il faisait une chaleur étouffante. La chemise de Li, la troisième de la journée, était trempée de sueur. En venant de la gare, il avait vu l'heure et la température affichées en haut d'une tour, sur un écran digital : 20.10 – 37°C. À un moment ou un autre, ce soir, les éclairs déchireraient le ciel, le tonnerre éclaterait sur la ville, et il pleuvrait. Une pluie chaude, torrentielle qui remplirait les caniveaux et chasserait la poussière de plusieurs semaines. Ensuite, il ferait plus frais, on pourrait respirer à nouveau.

Après avoir rédigé son rapport au substitut du procureur général, Li était passé à l'improviste à la gare pour dire au revoir à son oncle. Yifu avait été content de le voir. Surpris, mais heureux. Les deux hommes s'étaient serré la main juste avant que le vieil homme ne monte à bord du Sichuan Express pour rejoindre sa place en classe dure [1], au milieu

---

1. Il existe trois catégories de places dans les trains chinois : couchettes molles, couchettes dures et places assises.

des voyageurs entassés déjà en train de fumer, manger, cracher. Li avait regardé le train s'éloigner du quai dans la brume et s'était soudain senti saisi d'un sentiment d'appréhension inexplicable. Il aurait voulu pouvoir rappeler le train, dire à son oncle de ne pas partir. Sa sœur et son mari pouvaient se débrouiller seuls. Son oncle semblait si fragile, si vieux tout à coup. « Mon seul regret est d'avoir été séparé de ma femme pendant cette période. Nous avons eu tellement peu de temps ensemble après ça », avait-il dit à Margaret. Li ne l'avait jamais entendu exprimer son deuil de cette façon. C'était toujours resté une affaire très privée.

Un taxi rouge s'arrêta au bord du trottoir, et Margaret en descendit. Son apparition lui remonta le moral. Elle s'était maquillée, un soupçon de rouge sur les lèvres, une touche de brun sur les paupières pour rehausser le bleu de ses yeux. Elle portait un pantalon large en coton léger qui lui moulait les fesses et s'arrêtait au-dessus des chevilles, une paire de tennis blanches, une chemise en soie à manches courtes rentrée dans le pantalon. Un décolleté plongeant révélait la naissance de ses seins ronds. Ses cheveux retombaient en boucles sur ses épaules. Quand elle s'avança vers lui, son sourire chaleureux s'élargit et, l'espace d'un instant, il crut qu'elle allait l'embrasser. Cette perspective lui procura une sensation de crainte et de plaisir mélangés. Mais elle n'en fit rien.

— Salut, dit-elle.

— Salut, répondit Li en revenant à lui.

Il la trouva très belle.

Du taxi, Margaret l'avait vu debout à la porte de

la librairie. Lui aussi s'était encore changé. Il avait mis une chemise en coton rouge et un pantalon beige foncé à pli. Le rouge lui allait bien. Vif, éclatant à côté du noir de jais de ses cheveux. Il avait l'air distrait, un peu triste même. Mais son visage s'était éclairé en la voyant, et son sourire l'avait troublée. Elle avait dû résister à la tentation de se dresser sur la pointe des pieds pour l'embrasser, une réaction naturelle, instinctive, à l'affection qu'elle avait soudain éprouvée pour lui. Mais elle s'était contentée de glisser son bras sous le sien et de demander :

— Où m'emmenez-vous ?

— Pas loin, dit-il en la guidant vers le nord.

Wangfujing était *la* rue commerçante de Pékin, pleine de grands magasins, de boutiques, de studios de photo, de bijoutiers, tous encore ouverts. Une foule de gens y faisaient leurs courses, envahissaient les trottoirs, s'entassaient dans les restaurants. Trolleys, taxis, voitures particulières et vélos encombraient la chaussée. Le côté est de la rue était en travaux sur presque toute sa longueur.

— On est en train de construire une galerie souterraine de trois cents mètres de long sur trois niveaux là-dessous.

— Pour quoi faire ? demanda Margaret.

— D'autres boutiques. Les Chinois n'arrivent pas à dépenser leur argent assez vite aujourd'hui. Mais Wangfujing a toujours été une rue pour les riches. Son nom vient du puits d'eau douce qui alimentait les demeures de dix princes de la dynastie Ming.

Soudain, Margaret sentit une odeur sucrée et fumée envahir l'air moite de la nuit.

— Hmmm. Ça sent bon.

Li sourit. Ils tournèrent, vers l'ouest, dans la rue Donganmen. Et là, Margaret s'arrêta net pour contempler, sidérée, la scène qui s'offrait à elle.

— Le marché de nuit de Donganmen, annonça Li.

Une rangée de stands débordant de nourriture s'étirait à perte de vue côté nord. Des centaines, peut-être des milliers de gens s'y pressaient, passant de l'un à l'autre pour acheter ici un plat, là une brochette de petits oiseaux, ailleurs des œufs frits ou des nouilles. D'une douzaine de tentes rayées installées côte à côte sous les arbres montait la fumée de l'huile chaude des woks posés sur des braseros. On y faisait frire ou sauter tous les aliments imaginables. D'énormes bouilloires en cuivre sifflaient et crachaient leur vapeur dans le ciel nocturne ; de leurs longs becs recourbés coulait l'eau bouillante qui servait à confectionner une épaisse pâte d'amande sucrée. Li guida délicatement Margaret à travers la foule, dépassa des stands croulant sous le poids des brochettes de viandes et de légumes, des poissons entiers, des cailles grillées entières empalées sur des baguettes. Des douzaines de cuisiniers en veste et toque blanche transpiraient au-dessus de cuves fumantes dont ils retiraient des paniers en bambou pleins de beignets fumants fourrés de viandes savoureuses ou de pâte de lotus sucrée. Riz, nouilles et soupe étaient servis dans des bols dont on se débarrassait ensuite dans des seaux posés par terre. On achetait et on buvait sur place. C'était aussi un lieu de rendez-vous ; des familles entières s'y retrouvaient avec des amis pour parler et manger sous les lumières accrochées entre les arbres.

Li et Margaret se firent interpeller au passage par des cuisiniers les invitant à goûter leurs plats. C'était une fête pour les yeux et l'estomac. Rien que de regarder, Margaret en avait l'eau à la bouche.

— Choisissez ce que vous voulez, dit Li.

Ils prirent des bols de riz avec une sauce *satay* aux cacahuètes, des œufs frits en beignet, des nouilles et des légumes au vinaigre. Entre chaque plat, pour se nettoyer le palais, ils dévorèrent de gros morceaux de pastèque enfilés sur des baguettes. Ils essayèrent des brochettes de porc mariné, d'autres de bœuf sauté au soja et au sésame, des morceaux d'ananas enrobés de graines et grillés sur des charbons de bois, de la soupe, un dessert à la pâte d'amande.

— Stop ! Ça suffit ! Je n'en peux plus, finit par s'écrier Margaret en riant. Sortez-moi d'ici. Je vais éclater.

Il était impossible de ne pas avoir envie de goûter à tout.

— Vous avez les yeux plus grands que le ventre, dit Li en souriant.

— Mon ventre ne rentrera plus dans aucun de mes vêtements si je ne fais pas attention.

Elle lui avait pris le bras, très naturellement, sans y penser. Quand elle se tourna, ses seins effleurèrent son bras et elle sentit naître en elle une bouffée de désir. Elle comprit qu'il s'en était aperçu à la manière dont il s'écarta légèrement. Elle lui lâcha le bras, ils continuèrent à avancer lentement, côte à côte, sans se toucher. En faisant un rapide calcul mental, elle se rendit compte que Li avait dépensé environ 50 yuans, soit un peu plus de 6 dollars, pour tout ce qu'ils avaient mangé. Elle se souvint alors, avec une pointe de remords, comme le salaire des Chinois était bas comparé à celui des Occidentaux. Cinquante yuans représentaient sans doute une grosse somme d'argent pour lui ; elle décida de l'inviter la prochaine fois. Ils se baladèrent nonchalamment au milieu de la foule en direction de la Cité interdite. Elle lui reprit le bras, et lui lança un coup d'œil furtif. Pourquoi l'avait-elle trouvé horrible ?

— Comment se fait-il que vous ne soyez pas marié ? demanda-t-elle.

Il continua à avancer en regardant droit devant lui.

— En Chine, on n'encourage pas les gens à se marier trop jeunes.

Elle eut l'air sceptique.

— Et c'est pour ça que *vous* ne vous êtes pas marié ?

Il rougit.

— Pas vraiment. En fait, je n'ai jamais rencontré personne qui me plaisait assez pour ça.

— Les flics, dit-elle. Les mêmes partout. Ce n'est pas un métier, n'est-ce pas ? C'est une vocation.

Quelques heures plus tôt, Li le pensait encore. Son oncle, veuf, avait été son modèle. Célibataire, passionné, toujours couronné de succès. Li n'avait pas connu sa tante, et ne s'était jamais vraiment imaginé Yifu en compagnie de sa femme. Il savait combien elle lui manquait parce qu'il n'en parlait jamais. Mais aujourd'hui, dans le parc, avec Margaret, le vieil homme avait révélé une facette jamais dévoilée en douze ans. Pour la première fois, Li avait compris que c'était la perte de sa femme qui avait mené son oncle pendant toutes ces années. Son travail, sa poursuite du succès avaient été un moyen de combler le vide laissé par sa mort. Il aurait volontiers échangé tout cela contre cinq précieuses minutes avec elle. Li se demandait maintenant ce qui le menait, *lui.* S'il y avait un vide dans *sa* vie, il y avait toujours été. Il n'avait aucun souvenir d'une vie partagée avec quelqu'un qu'il aimait. Il ne savait pas vraiment ce qu'était l'amour. Il était très jeune quand il avait été séparé de ses parents, arraché à sa mère qui n'était jamais revenue. Son métier, il le comprenait maintenant, n'était pas une vocation, mais un pis-aller.

Margaret vit la tristesse l'envahir en un clin d'œil, tomber sur lui comme un voile.

— Un yuan pour savoir, dit-elle.

— Hmm ? fit-il, distrait.

— À quoi vous pensez.

Il refit surface et se força à sourire.

— Ça n'en vaut pas la peine.

Et il se dépêcha de changer de sujet :

— Vous avez soif ?

Elle hocha la tête.

— Terriblement. Toute cette nourriture salée et sucrée.

— Allons boire un thé. Je connais un endroit.

La Librairie Sanwei se trouvait dans une petite rue sombre où les feuilles des arbres tamisaient la lumière des réverbères et assourdissaient le bruit de la circulation. Des ruelles obscures s'enfonçaient dans le dédale des *hutong* poussiéreux et délabrés qui s'étalaient derrière les palissades du chantier de construction de la nouvelle ligne de métro. Partout des familles avaient quitté les espaces exigus et irrespirables qu'elles occupaient dans les maisons minuscules pour s'installer sur les trottoirs et boire du thé en bavardant. Des hommes accroupis sous les arbres jouaient aux échecs, des enfants se poursuivaient dans la chaleur étouffante de la nuit.

Li et Margaret avaient pris le bus n° 4, au bout de Wangfujing. Pour Margaret, ce fut une expérience – debout dans ce long véhicule articulé, coincée au milieu des voyageurs, dévisagée par tous ces regards curieux. Les *yangguizi* ne prennent jamais le bus. Celle-ci était particulièrement étrange. Cheveux blonds, yeux bleus. Un petit enfant accroché à sa mère, comme s'il avait peur de se faire enlever par la diablesse étrangère, ne la quitta pas des yeux pendant tout le trajet.

Ils ratèrent l'arrêt de Fuxingmen et durent revenir sur leurs pas, en passant devant Radio Pékin, Pékin Telecom, puis prendre un passage souterrain pour gagner le côté sud de la rue. Le Sanwei, « Les Trois Parfums », avait une vitrine banale et une entrée sombre. Un panneau appuyé contre le mur annonçait un orchestre de jazz tous les jeudis soir. Margaret trouva cela plutôt surprenant.

— C'est là ? Une tasse de thé dans une librairie ? Et si nous venions demain, nous aurions droit à du jazz ?

— La salon de thé est en haut, dit-il en souriant.

Il la guida vers la petite entrée. Au bas d'une volée de quelques marches, de l'autre côté d'une porte en verre, se trouvait la librairie où des vendeurs désœuvrés erraient entre des étagères remplies de milliers de livres. Ils franchirent une porte sur leur gauche, gravirent un escalier lugubre, et débouchèrent sur un autre monde.

C'était une pièce haute de plafond, paisible, feutrée, élégante, faiblement éclairée, irréelle ; une oasis au milieu de la désolation humide de la rue. Des ventilateurs paresseux agitaient légèrement les lanternes de papier suspendues au-dessus des tables et chaises en bois sombre laqué. Un étroit corridor courait d'un côté, derrière un muret surmonté de colonnes. De l'autre, des paravents de bois sculpté dissimulaient des alcôves. Chaque espace libre était orné de fleurs en pot, chaque table d'un vase. Des peintures chinoises, traditionnelles et modernes, décoraient les murs.

Une jeune fille les accueillit en haut des marches et leur fit traverser la salle au sol dallé jusqu'à une alcôve. À part eux, il n'y avait personne. Le grondement de la circulation n'était plus qu'un souvenir lointain, comme la chaleur, effacée par l'air conditionné. La fille alluma une bougie sur la table et leur tendit à chacun un menu. Margaret avait peur d'élever la voix, comme dans une église.

— Quel endroit étonnant, dit-elle. C'est inattendu de le trouver là.

— Il est très prisé par les écrivains et les artistes. Et les musiciens. Le week-end, il y a plein de monde. Mais en début de semaine, c'est tranquille.

La lumière de la bougie se reflétait dans ses yeux noirs comme des charbons.

— Que voulez-vous boire ?

— Du thé.

Li passa la commande et la fille apporta un plateau de friandises. Margaret choisit une petite assiette de graines de tournesol grillées à grignoter. Le thé arriva dans des tasses en porcelaine posées sur de profondes soucoupes et recouvertes d'un couvercle. La fille versa l'eau chaude dans chaque tasse sur une pincée de feuilles sèches vertes, puis laissa la bouilloire en cuivre sur la table. Les feuilles de thé vert flottèrent à la surface de l'eau où elles se déployèrent. Li recouvrit les tasses.

— Il faut attendre quelques minutes.

Ils restèrent un moment sans parler, dans un silence qui n'avait rien de gêné ni d'oppressant. C'était un silence agréable. Ils n'avaient pas besoin de mots. Li regarda les mains de Margaret serrées devant elle sur la table. Il s'étonna de la couleur rose de la chair sous les ongles, de la délicatesse de ces doigts qui découpaient des cadavres pour démêler les mystères de la mort.

— Qu'est-ce qui a bien pu vous amener à devenir médecin ? demanda-t-il soudain, presque sans le vouloir.

Il le regretta aussitôt, craignant de l'avoir choquée. Mais elle se contenta de rire.

— Pourquoi ? C'est si horrible que ça ?

— Je suis désolé. Je ne voulais pas...

Il secoua la tête.

— Vous savez, quand vous avez dit à ces étudiants que j'étais trop émotif pour assister à une autopsie, vous aviez raison.

Elle le regarda d'un air surpris.

— Vous avez pourtant dû en voir des dizaines.

— Oui. Chaque fois j'ai eu envie de vomir.

— Pauvre Li Yan, dit-elle avec un sourire.

— Je n'arrive pas à comprendre comment on peut aimer faire ça. Découper des morts. Ou des vivants. En fait, c'est probablement pire. Les maladies, les cancers. Les gens qui meurent.

— C'est ce que je n'aimais pas. Que des gens meurent entre mes mains. C'est beaucoup plus facile avec les morts. On ne s'attache pas à eux.

Elle ôta le couvercle de sa tasse et but une gorgée de thé. Il était encore très chaud et pourtant merveilleusement rafraîchissant.

— Je croyais que la médecine était une vocation. Vous savez, quelque chose qui vous accompagne depuis la naissance. Mais je suis devenue beaucoup plus cynique maintenant. La plupart des médecins que je connais font ça pour l'argent. J'ai toujours voulu être médecin, aussi loin que je m'en souvienne. Pour aider les gens, leur sauver la vie, soulager leurs douleurs. Mais ce n'est pas comme ça. Il n'y a jamais assez d'argent, jamais assez de temps. Quand on obtient son diplôme, on croit tout savoir, puis on découvre qu'on ne sait rien. Quoi qu'on fasse, ce n'est jamais assez.

Quand je travaillais aux urgences de l'UIC, je voyais mourir des gens presque tous les jours. Agressions au couteau, accidents de la route, gamins renversés par des voitures, incendies, suicides. Tout ce qu'on peut imaginer. Des gens tellement brûlés de la tête aux pieds qu'ils ne sentaient plus rien. Ils me parlaient, et moi je savais ce qu'ils ne savaient pas – qu'ils allaient mourir. On parle de patients traumatisés. Mais la moitié du temps, les médecins le sont aussi. Il y a une limite au-delà de laquelle on ne peut plus rien supporter, Li Yan, avant de commencer à se transformer en une espèce d'automate. Les morts ? Ils ne sont plus là. Il ne reste que leur corps, juste une enveloppe. Je peux rester calme, détachée, froide en les découpant parce que plus personne ne les habite.

Son thé refroidissait. Elle en but une longue gorgée et picora quelques graines de tournesol.

— Je pense que les médecins sont un peu comme les flics, dit Li. Pas de vie de famille.

Margaret lui jeta un bref coup d'œil, puis regarda ailleurs.

— Non. Aucune.

Il prit son courage à deux mains pour aborder le terrain miné dont il s'était déjà approché deux fois.

— C'est pour ça que votre mari et vous avez divorcé ?

Elle le regarda droit dans les yeux.

— Nous n'avons pas divorcé.

Surpris, il se sentit aussitôt confus et déçu.

— Mais vous avez dit que...

— Il est mort, dit-elle simplement en l'interrompant.

— Oh, fit Li. Je suis désolé.

— Ce n'est pas la peine. Je ne le suis pas.

Mais l'émotion perçait dans sa voix. Elle la réprima en regardant ses mains et poursuivit :

— Michael était très beau. Toutes les filles le trouvaient fantastique ; toutes mes amies pensaient que j'avais vraiment de la chance quand je me suis fiancée. Moi aussi. Mais qu'est-ce qu'on sait de la vie à vingt-quatre ans ?

Elle respira à fond, en tremblant légèrement.

— Il avait quelques années de plus que moi, je l'admirais. Il était contre l'establishment, prônait des idées anticonformistes, disait ouvertement ce qu'il pensait, même au détriment de sa carrière. C'est pour ça qu'il s'est retrouvé à donner des cours au Roosevelt alors qu'il méritait beaucoup mieux. Je l'admirais pour ses principes.

À l'évocation de ces souvenirs, son sourire se fit à la fois tendre et triste.

— Au début, on passait des nuits à refaire le monde, en fumant des joints et en buvant de la bière. Comme des adolescents. Des grands enfants. Puis la vie a pris le dessus. Pour moi, en tout cas. Vous savez ce que c'est. Le premier boulot. Vous vous retrouvez perché sur le premier barreau de l'échelle. Les autres le savent et en profitent pour vous faire travailler comme une bête. Vous le savez, et vous courbez la tête parce que vous voulez arriver en haut. Michael voulait des enfants, pas moi. Pas tout de suite, en tout cas. J'avais trop de choses à accomplir. Je n'allais pas tout abandonner pour devenir mère de famille. J'avais le temps, du moins je le croyais. Peut-être est-ce ma faute s'il a commencé à coucher à droite et à gauche. En fait, il l'avait toujours fait, mais je ne l'ai su qu'au procès.

Elle se tut, se demandant soudain pourquoi elle lui racontait tout ça. Ça sortait si facilement, comme du sang jaillissant d'une blessure, ou plutôt du pus d'une plaie infectée.

Elle leva les yeux et croisa son regard fixé sur elle, profond, noir, plein de sympathie. Puis, pendant un moment, elle prit conscience de la présence de la serveuse qui, désœuvrée, errait dans la salle, ajustant ici une chaise qu'elle devait déjà avoir remise en place une dizaine de fois, essuyant là un grain de poussière sur une table, l'esprit perdu dans des pensées qu'ils ne connaîtraient jamais.

— J'aurais dû le savoir depuis ma première année de fac, reprit Margaret. Il y avait toujours un chargé de cours, en général plus jeune que les autres, dont toutes les filles tombaient amoureuses Pendant un semestre, une année entière parfois, une fille vivait une liaison passionnée avec lui. Ils avaient tellement de choses en commun, disait-elle aux autres. Il était si intelligent, si mûr, si expérimenté. À la fin de l'année, elle partait, et à la rentrée suivante, il recommençait une nouvelle liaison passionnée avec une autre fille qui le regardait avec des yeux émerveillés, et le trouvait si intelligent, si mûr, si expérimenté.

Margaret eut un sourire triste et amer.

— Michael était un de ceux-là. Chaque année une nouvelle étudiante, ou deux. Et il passait des nuits avec elles à fumer des joints, boire de la bière, refaire le monde. Pendant que je travaillais quatre-vingt-quinze heures par semaine comme interne, à suer sang et eau pour ma carrière.

Ses yeux s'embuèrent. Elle paniqua soudain à l'idée de se mettre à pleurer et cligna frénétiquement les yeux ; mais une larme vint s'écraser sur la surface laquée de la table. Elle vida sa tasse de thé jusqu'aux feuilles vertes tombées au fond. Sans un mot, Li la remplit à nouveau. Elle sentit sa main glisser sur la sienne, chaude, sèche, réconfortante. Elle leva les yeux et sourit vaillamment.

— Je suis désolée, je ne voulais pas...

Elle soupira.

— Je n'aurais pas dû commencer.

— Ne vous inquiétez pas, dit-il doucement. Continuez si vous en avez envie. Arrêtez-vous si vous préférez.

Elle retira sa main, sortit un mouchoir en papier de son sac et s'essuya les yeux tout en respirant à fond pour se calmer.

— La première fois que je l'ai appris, c'est quand la police est venue l'arrêter.

Elle s'en souvenait très nettement.

— À l'époque, je travaillais avec le médecin légiste du Comté de Cook. J'étais rentrée très tard. Michael n'était pas encore couché. Il avait fumé beaucoup de joints et se conduisait bizarrement. Un meurtre avait été commis sur le campus, dans la résidence universitaire. Une étudiante, une fille de dix-neuf ans, avait été violée puis battue à mort. Nous en avions déjà parlé la veille. Il paraissait vraiment choqué. Je me suis endormie sur le canapé. Quand je me suis réveillée, la police était à la porte. Il était 6 heures du matin. Je ne savais pas trop ce qui se passait. Ils lui ont lu ses droits, passé les menottes aux poignets, et emmené. Il n'arrêtait pas de dire : « Je n'ai rien fait, Mags, ce n'est pas moi. »

Elle jeta un coup d'œil à Li qui crut discerner un soupçon de honte dans son regard.

— Je l'ai cru. Ou plutôt, je voulais le croire.

Elle secoua la tête.

— Le procès fut un cauchemar. Il a plaidé non coupable, bien sûr. Mais les résultats des expertises médico-légales et les tests ADN prouvaient le contraire. La partie civile l'accusait d'avoir bu, de ne pas avoir supporté que la fille le repousse, de séduire régulièrement les jeunes étudiantes jolies, influençables, qui se jetaient à ses pieds. Elles ont défilé les unes derrière les autres à la barre des témoins pour tout déballer dans les moindres détails.

Elle s'arrêta un instant, le temps de se contrôler.

— Je savais que c'était vrai. Tout ce qu'elles disaient. C'était bien Michael. J'étais furieuse – contre moi-même, furieuse de n'avoir rien vu. Ça ne m'étonnait même pas. Mais je ne pouvais pas croire qu'il ait tué quelqu'un. C'était un salaud. D'accord. Mais un meurtrier ? Michael ? Non, pas lui. Pas mon Michael adoré, gentil, intelligent, aux idées libérales, si soucieux des autres.

Alors, j'ai fait tout mon possible pour tenter de saboter les preuves scientifiques réunies contre lui. Le sang, le sperme, les fibres collectés sur le lieu du crime. Contaminés. Tous contaminés. J'ai dit que c'était la faute de la police qui n'avait pas fait attention. L'avocat de la défense a fait du bon boulot. Mais pas assez bon. Michael n'était pas O. J. Simpson. Il ne pouvait pas s'offrir le meilleur. Le procès a duré trois semaines ; il nous a coûté une fortune. Nous avons tout perdu, appartement, voiture. J'ai dû déménager chez une amie.

Elle s'arrêta à nouveau, perdue dans ses pensées.

— Le jury l'a déclaré coupable, il a été condamné à mort. Et il continuait à dire : « Ce n'est pas moi, Mags. Il faut que tu me croies, je n'ai rien fait. » J'ai emprunté de l'argent pour entreprendre les procédures d'appel. Mais ça ne marchait pas très bien, et il était de plus en plus déprimé chaque fois que j'allais le voir. Puis un soir, j'ai reçu un coup de téléphone. Il s'était pendu dans sa cellule. Il était mort.

C'était fini ; je pouvais continuer à croire qu'il était innocent. Victime d'une terrible erreur judiciaire. C'est ce qu'ont dit mes parents, mes amis. Ils m'ont vraiment soutenue. J'ai pleuré pendant douze heures, jusqu'à en avoir si mal que je ne sentais plus rien. Le lendemain, j'ai trouvé une lettre sous la porte. De sa main. J'ai tout de suite reconnu son écriture. C'était comme s'il ressuscitait, mais je ne m'étais pas encore faite à l'idée qu'il était mort. Il ne disait pas grand-chose.

Elle se mordit la lèvre en se remémorant ses mots.

— « Chère Mags, je ne peux pas te dire à quel point je regrette. Mais je ne peux pas continuer à vivre avec ça. Je n'ai jamais eu l'intention de la tuer. J'espère que tu le croiras. Je t'aimerai toujours. Mikey »

De grosses larmes coulèrent le long des joues de Margaret.

— Il ne pouvait pas vivre avec ça. Mais il a tout fait pour m'y obliger, moi. Comme s'il me refilait sa culpabilité. Il a tué cette fille. Il l'a violée, puis il l'a frappée, frappée, frappée jusqu'à ce que sa tête explose. Il m'avait menti sur tout. Pourquoi ne m'aurait-il pas menti une dernière fois ?

Elle colla son poing sur sa bouche et se mordit les doigts. Li lui prit la main, la tira doucement à lui et la garda dans la sienne pendant qu'elle sanglotait.

Elle fut incapable de parler pendant plusieurs minutes. Son mouchoir était trempé, ses yeux rouges et gonflés, ses joues marbrées.

— Je n'en ai jamais parlé à personne. De la lettre. Il était plus facile de laisser les autres croire à ce mensonge, ou du moins de ne pas leur donner une raison de ne pas y croire.

— Ça fait du bien ? De l'avoir dit ? demanda-t-il doucement.

— On ne dirait pas, dit-elle en riant à travers ses larmes. Et pourtant ça fait des mois que je ne me suis pas sentie aussi bien.

Elle ne savait pas pourquoi elle avait tout raconté. Peut-être parce que Li était étranger, qu'elle se trouvait à des milliers de kilomètres de chez elle, de ses amis, de sa famille ; parce que dans quelques semaines elle reprendrait l'avion, traverserait le Pacifique et ne le reverrait plus jamais ; parce qu'elle se sentait attirée par son regard sombre, profond, par la sensibilité qu'elle y lisait. Peut-être aussi tout simplement parce qu'elle avait besoin de le dire à quelqu'un. N'importe qui. Le fardeau de la culpabilité, de la blessure et de la confusion était trop lourd à porter seule. Elle se sentait d'ailleurs déjà plus légère. Mais elle était contente de l'avoir dit à Li parce qu'en cet instant, elle se sentait proche de lui.

De son côté, Li se demandait aussi pourquoi elle lui avait raconté ça. C'était presque angoissant de recevoir des confidences aussi personnelles, de partager à ce point la souffrance de quelqu'un. C'était en même temps un privilège. Elle s'était montrée extrêmement vulnérable, avait fait preuve d'une grande confiance en lui, même si elle devait reprendre l'avion dans cinq semaines et sortir définitivement de sa vie. Jamais, en trente-trois ans, il ne s'était senti attiré par quelqu'un comme par Margaret en cet instant précis. Il avait peur de parler, de faire quoi que ce soit qui pût gâcher ce moment ou y mettre fin. Sa main paraissait toute petite dans la sienne. Il caressa légèrement du pouce le delta de veines bleues qui courait sous la peau et sentit battre son sang. Il avait envie de la prendre dans ses bras, de la serrer contre lui, de sentir sa chaleur, de la protéger. Mais il ne fit rien. Ne dit rien.

Au bout d'un moment, elle poussa un petit soupir et retira sa main pour chercher un autre mouchoir dans son sac. Elle n'en trouva pas.

— Je dois être affreuse ?

— Pas plus que d'habitude, répondit-il en souriant.

Elle lui renvoya un pauvre sourire blessé.

— Je crois que je boirais bien quelque chose, dit-elle. Quelque chose de plus fort que du thé.

II

Dehors, dans la nuit obscure, régnait un climat d'attente. On sentait que la pluie n'était pas loin. Les familles étaient toujours installées sur les trottoirs, sous les arbres, mais un peu engourdies ; les enfants s'étaient lovés sur les genoux de leur mère, les joueurs de cartes avaient perdu leur entrain. Les hommes fumaient en silence ; le vent chaud était tombé et la fumée des cigarettes montait tout droit vers le ciel. La poussière et l'humidité restaient en suspension dans l'air, bleuies par la lumière du chantier voisin. De grandes grues jaunes immobiles surplombaient l'avenue où la circulation s'étirait au ralenti en longues colonnes. Les cigales stridulaient dans les arbres. Tout et chacun attendaient la pluie.

Li et Margaret se dirigèrent à pas lents vers l'est, dépassant des salons de coiffure, des boutiques dont les vitrines brillamment éclairées projetaient des rectangles jaunes sur le trottoir sombre. Des bruits de vaisselle s'échappaient des fenêtre des cuisines de restaurants ouvrant sur d'étroites ruelles. Margaret sentait avec plaisir la main de Li envelopper la sienne ; sa force et sa chaleur la réconfortaient. Il lui dit qu'il connaissait à Xidan un bar où ils pourraient boire un verre. Ils marchèrent en silence. Li pensait à ce qu'elle lui avait raconté. Margaret éprouvait du soulagement à ne plus penser à rien, à ne plus sentir ni regrets, ni tristesse, ni douleur. Ils passèrent devant un atelier de réparation de chaussures et découpage de clés dans lequel un vieil homme en salopette graisseuse transpirait, penché sur une forme. Des rangées de clés vierges étaient suspendues à des tringles à côté de la machine à découper.

Soudain, Margaret s'arrêta et dégagea sa main de celle de Li qui se retourna et la trouva absorbée dans la contemplation de la vitrine.

— Qu'y a-t-il ?

Les nuages qui avaient obscurci ses yeux s'étaient dissipés, son regard brillait à nouveau.

— La clé. La clé de la cage de l'escalier. Le meurtrier a dû l'utiliser pour ouvrir la porte, d'accord ? Qu'il l'ait refermée derrière lui ou pas n'est pas important. L'important, c'est qu'il ne l'a ni laissée dans la serrure, ni jetée par terre. Il a dû la mettre dans sa poche.

Pris de court, Li ne saisit pas tout de suite le fil de sa pensée.

— Hé, attendez. Doucement. De quoi parlez-vous ?

— On peut aller au parc ?

— Quoi, maintenant ?

— Oui.

— Mais il fait nuit. Et de toute façon, c'est fermé.

— Ça n'a pas empêché le meurtrier d'y entrer.

Son regard brûlait maintenant d'une étrange intensité.

— S'il vous plaît, Li Yan. C'est peut-être important.

Dans le taxi qui les ramenait à la Section n° 1, où ils passaient prendre une voiture de service et une lampe électrique, Margaret refusa d'en dire davantage. Elle pouvait se tromper. Ils verraient sur place si cela avait un sens ou pas. Li n'insista pas.

Ils longèrent les rues désertes du quartier diplomatique de Ritan. La lumière des réverbères était voilée par les arbres ; celles des ambassades luisaient à l'abri des murs et des portes fermées. Derrière ses grilles verrouillées, la masse sombre du parc paraissait presque menaçante.

— C'est de la folie, fit Li. Ça ne peut pas attendre demain matin ?

— Non.

Margaret sauta de la jeep et commença à escalader la grille.

— Allez, venez. C'est facile. N'oubliez pas la lampe.

Li soupira et obéit. Il se demanda s'il aurait cédé si elle ne lui avait pas fait cette confession une heure plus tôt, ou si elle n'avait pas éveillé en lui un tel sentiment de... de quoi ? Il n'en avait aucune idée. Il n'avait jamais rien ressenti de pareil.

Il escalada la grille sans mal et la rejoignit de l'autre côté. Une longue avenue droite bordée d'arbres et de bancs s'enfonçait dans l'obscurité en direction du nord. Quand ils se furent éloignés des réverbères, il alluma sa lampe torche pour la guider à travers le dédale de sentiers aboutissant au lac.

Le parc, si ouvert et accueillant à la lumière du soleil, havre de paix idéal pour tous ceux qui recherchaient la solitude et la détente, paraissait étrangement inquiétant dans l'obscurité – bruissements d'animaux dans les fourrés, appels angoissants d'un hibou, frétillements à la surface de l'eau. L'odeur douce des pins emplissait l'air chaud de la nuit. Les feuilles des saules pendaient mollement au bord de l'eau immobile. Li repéra le pont menant au pavillon, et son reflet blanc sur l'eau noire.

— Par ici, dit-il.

Il prit la main de Margaret et lui fit longer la rive est du lac jusqu'au sentier poussiéreux montant à la clairière où les jumelles et leur baby-sitter avaient découvert le corps en flammes de Chao Heng moins de quarante-huit heures plus tôt. Un ruban jaune tendu entre deux piquets en interdisait l'accès au public. Li l'enjamba, Margaret le suivit. Le trait de craie encerclant la scène du crime apparut dans le rayon de la torche. Une zone calcinée subsistait au centre, mais l'odeur de brûlé avait depuis longtemps été chassée par celles, plus fortes, de l'épicéa et du caroubier. Cependant, à la lumière crue de la lampe électrique, il se dégageait de l'endroit une impression de désolation blafarde. Soudain, un éclair déchira le ciel, suivi un moment plus tard d'un roulement de tonnerre assez proche. Les premières grosses gouttes de pluie commencèrent à tomber en creusant de minuscules cratères dans la poussière.

— On a intérêt à faire vite si on ne veut pas être trempés, dit Li.

Margaret n'y prêta pas attention. Éclairée par Li, elle fit méticuleusement le tour de la clairière en écartant les buissons, puis s'arrêta finalement face au sentier par lequel ils étaient arrivés.

— Il portait des gants, n'est-ce pas ? demanda-t-elle.

Li acquiesça d'un signe de tête.

— Il n'a pas laissé d'empreintes – ni dans l'appartement ni sur le bidon d'essence. Il devait donc en porter.

— Bon. Il a amené Chao ici, dans le noir. Il s'est assis, a fumé une seule cigarette, et attendu que le jour se lève. Quand est-ce que les enfants ont trouvé le corps... ?

— Vers 6 heures et demie.

— Le parc était donc ouvert depuis une demi-heure ?

Li hocha la tête.

— Il a arrosé Chao d'essence et frotté une allumette. Il voulait qu'on trouve le corps en train de brûler. Pourquoi ? Un geste théâtral très macabre peut-être ; ou la volonté de créer une diversion dont il profiterait pour s'éclipser en douce.

Elle se retourna.

— Il s'est enfui par là, à travers le sous-bois, c'est bien ça ? Car personne ne l'a vu s'en aller par le sentier que les jumelles ont emprunté.

Elle s'écarta de la clairière en s'enfonçant dans les buissons. Li se hâta de la suivre.

— Il a forcément débouché sur un chemin quelque part par là, dit-elle en agitant vaguement la main dans l'obscurité.

La pluie tombait toujours en grosses gouttes espacées. Il y eut un autre éclair, et cette fois, le tonnerre gronda plus près.

— Mais il ne pouvait pas aller bien loin avec des gants sans se faire remarquer, non ? Pas par une matinée d'été aussi chaude. Il aurait pu les mettre dans ses poches, mais supposons que quelque chose tourne mal et qu'il soit bloqué.

Elle continuait à s'enfoncer dans les fourrés, suivie par Li.

— Quelque caprice du hasard. L'alarme donnée plus tôt qu'il ne le pensait. Un flic à la grille qui empêche les gens de sortir. Le meurtrier ne veut pas être trouvé avec une paire de gants dans sa poche, une paire de gants tachés d'essence, peut-être même de sang. Donc, il les jette, au loin, dans le sous-bois.

Elle mima le geste.

— Quelle importance si on les trouve. Il n'y a aucun moyen de remonter jusqu'à lui. Puis il se souvient de quelque chose. Merde ! Il a gardé la clé de l'escalier de chez Chao dans sa poche. Si jamais il est arrêté, on pourra faire le rapprochement. C'est un risque, et ce mec ne veut en prendre aucun. Il a laissé son arme cachée dans sa voiture. Il est méticuleux. C'est un professionnel. Il lance la clé dans les fourrés, après les gants. Personne ne la trouvera. Personne ne la cherchera, bon Dieu. Personne ne saura ce que c'est de toute façon. Juste une clé. Alors, il ne s'inquiète pas du fait qu'il ne porte plus de gants, et que ses empreintes seront dessus.

Son visage rayonnait d'excitation. Li réfléchissait à toute vitesse. Il ferma les yeux pour essayer de visualiser ce qu'elle lui avait décrit. Il vit d'une façon très nette la silhouette d'un homme se repliant dans le sous-bois. Il se débarrassait de ses gants tout en marchant. Il les jetait aussi loin qu'il pouvait, puis s'arrêtait soudain, se souvenait de la clé. Il la retirait de sa poche, la regardait un instant pensivement, puis se retournait pour la lancer dans la direction opposée, avant de s'éloigner rapidement du crépitement des flammes et de la fumée. Quand Li rouvrit les yeux, il fit clair comme en plein jour l'espace d'un instant. Le tonnerre éclata au-dessus de leur tête, il se mit à tomber des cordes. La pluie s'abattit sur les feuilles et transforma la terre en boue sous leurs pieds. Le visage de Margaret, comme illuminé par le flash d'un photographe, s'incrusta sur sa rétine.

— Si ça se trouve, ça ne s'est pas du tout passé comme ça, dit Margaret. Mais c'est possible, non ? Et si c'est ce qu'il a fait, alors les gants et la clé sont toujours là, quelque part.

Elle devait maintenant crier pour se faire entendre par-dessus le fracas de la pluie.

— Ça vaut le coup de chercher ?

— Droitier ou gaucher ?

Elle fronça les sourcils.

— Quoi ?

— Le meurtrier. Vous pouvez le savoir ? D'après le coup asséné sur la tête de Chao ?

Elle secoua la tête.

— Non. Pas à cent pour cent. Mais selon les lois de la probabilité, il est droitier. Pourquoi ?

— Ça peut avoir une influence sur la direction dans laquelle il a jeté les gants et la clé.

— Vous y croyez donc ?

— J'y crois, dit-il en hochant la tête.

Elle lui adressa un grand sourire, et il eut envie de l'embrasser sur-le-champ, de saisir son visage entre ses mains pour presser ses lèvres contre les siennes. La pluie ruisselait sur son front et ses joues, lui plaquait les cheveux sur la tête. La soie de son chemisier collait à ses seins dont les pointes dressées tendaient la douce étoffe mouillée. Elle ne portait toujours pas de soutien-gorge.

— Vous voulez regarder maintenant ? demanda-t-elle.

— Mais il pleut ! s'exclama-t-il en riant, incrédule. Et je suis censé organiser une recherche officielle.

— Nous sommes déjà trempés. Et puis, avant de rameuter la moitié de la police de Pékin, il vaudrait peut-être mieux trouver quelque chose, ne serait-ce qu'un gant.

Elle fouilla dans son sac.

— J'ai une lampe porte-clés quelque part.

Elle se mit à rire.

— Une lampe porte-clés, amusant, non ?

Elle la trouva.

— Vous prenez à droite, et moi à gauche. Si dans

dix minutes nous n'avons rien trouvé, vous sonnez la cavalerie.

Avant qu'il ait eu le temps d'émettre la moindre objection, elle était partie à travers les fourrés en s'éclairant avec le mince pinceau lumineux de son porte-clés. Il secoua la tête. Elle était dans son élément. C'était comme si le fait d'avoir raconté son histoire dans le salon de thé l'avait déchargée d'un énorme fardeau. Elle n'avait pas eu besoin d'alcool. Elle était complètement excitée. Il se demanda ce qu'il faisait là, trempé jusqu'aux os, en train de fouiller des fourrés dans le noir à la recherche de ce qui n'était probablement qu'une illusion, le produit de deux imaginations débordantes par une nuit surchargée d'émotion.

Il se fraya un passage à travers les buissons qui se trouvaient sur sa droite, en balayant le sol de sa lampe torche. Le sol était tellement sec et dur que la pluie ne pouvait pas s'infiltrer. Elle stagnait en flaques, remplissait le moindre trou, le moindre creux. Un autre éclair illumina le parc et se réfléchit sur les branches et les feuilles mouillées. L'espace d'un instant, il crut voir une silhouette filer entre les arbres, un mouvement saccadé en une douzaine d'images, comme dans les vieux films muets. Il avait perdu ses repères. C'était sans doute Margaret. Il l'appela, mais le bruit de la pluie était si assourdissant qu'il ne put entendre si elle lui répondait ou non. Il secoua la tête, s'essuya les yeux, et poursuivit ses recherches en baladant le rayon de sa lampe de droite à gauche. Il voulut vérifier l'heure à sa montre, mais ne la trouva pas ; il se souvint alors de la chaîne qu'il avait cassée en s'accrochant à la porte de son bureau. Ça devait bien faire dix minutes maintenant qu'il avançait dans le noir et la pluie. Au moment où il se retournait en se demandant où était la clairière, le rayon de sa lampe révéla une forme sombre accrochée aux branches d'un buisson. Il braqua sa lumière dessus. On aurait dit un oiseau mort. Il fendit les fourrés et allait l'atteindre quand la chose tomba par terre. Il s'accroupit, l'éclaira. C'était un gant en cuir, trempé.

— Hé ! Margaret ! J'en ai trouvé un, cria-t-il.

Il entendit ses pas se rapprocher derrière lui, mais quand il se retourna, un poing s'écrasa sur sa figure. Le choc l'étourdit ; il s'écroula sur le sol, aveuglé par le sang et la pluie qui lui coulaient dans les yeux. Sa lampe roula sous les buissons. Il discerna une ombre qui se penchait sur lui. Le poing lui écrasa la figure une deuxième fois. Puis une troisième. Sauvagement. Avec une force démente. Son assaillant était fort et très rapide. Il vit le poing se reculer encore et sut qu'il ne pourrait rien faire pour l'arrêter.

— Li Yan ?

La voix de Margaret s'éleva par-dessus le bruit de la pluie.

— Li Yan, où êtes-vous ?

Le poing hésita, suspendit son mouvement, et se rouvrit pour piquer vers le sol en le frôlant, comme un faucon fondant sur sa proie. Puis il recula encore, en serrant le gant. Le déchaînement du tonnerre et les éclairs étaient presque simultanés maintenant, le grondement assourdissant. Li et son assaillant se retrouvèrent un instant figés dans la lumière dure et bleue de la foudre, les yeux dans les yeux. Puis l'obscurité retomba et l'homme disparut dans les fourrés, mais son image resta incrustée dans la rétine de Li, comme celle de Margaret un peu plus tôt.

— Mais bon sang, Li Yan, où êtes-vous ?

Il se mit sur les genoux, et se redressa péniblement. Le pinceau de la lampe de Margaret le frappa en plein visage.

— Oh, mon Dieu ! Qu'est-ce qui vous est arrivé ?

III

Le lac et le pavillon se détachaient nettement sous les rayons des projecteurs posés au milieu des arbres. Les faisceaux des phares des véhicules de police et de l'ambulance jetaient sur l'eau des reflets ridés. Les radios grésillaient dans l'air de la nuit et rivalisaient avec les cigales qui avaient repris leur chant dès que la pluie avait cessé. Assis sur le siège passager de la jeep, portière grande ouverte, Li faisait soigner ses blessures par un infirmier : une lèvre fendue, le nez en sang – cassé, pensa Margaret –, une joue enflée et meurtrie, l'arcade sourcilière gauche ouverte sur deux bons centimètres.

Du bord du lac, Margaret regarda l'inspecteur Qian répartir ses hommes en groupes pour fouiller la zone à quatre pattes, centimètre par centimètre. Elle vérifia l'heure. Minuit moins vingt-cinq. Il faisait plus frais maintenant qu'il avait plu, une légère brise agitait les feuilles. Ses vêtements et ses cheveux n'étaient presque plus mouillés. Le sol desséché après des semaines sans une goutte d'eau avait absorbé toute la pluie ; il était difficile de croire qu'un véritable déluge s'était abattu sur la ville moins d'une heure plus tôt. Elle jeta un coup d'œil à Li et éprouva à nouveau des remords. Rien de tout cela ne serait arrivé sans elle, s'il n'avait pas cédé devant son insistance à rechercher eux-mêmes les gants sous la pluie battante.

Qian se détacha du groupe de recherches pour se diriger vers Li.

— Il t'a drôlement amoché, dit-il, impressionné, en voyant le visage abîmé de son patron.

— Si tu voyais dans quel état je lui ai mis la main, fit Li d'un air grave.

— Content de voir que tu n'as pas perdu ton sens de l'humour, dit Qian en riant.

Mais son sourire s'évanouit sous le regard furieux de Li.

— À ton avis, pourquoi t'a-t-il attaqué ?

— Parce que j'ai trouvé un des gants.

— Et tu crois que c'est pour ça qu'il était ici ? Il était revenu les chercher ?

Li secoua la tête.

— Je ne sais pas. Peut-être. Peut-être qu'il nous suivait. L'un ou l'autre. Quand il nous a vus fouiller le sous-bois, il a vite compris ce qu'on fabriquait. Et maintenant, il a au moins l'un des gants, sinon les deux, et peut-être la clé avec, si elle était là.

— Putain, patron, pourquoi ne pas nous avoir appelés à la rescousse quand tu as pensé à ça, au lieu de t'arracher les yeux tout seul dans le noir et sous la flotte ?

Il jeta un coup d'œil à Margaret.

— Enfin, presque tout seul.

Quand il se retourna, il comprit à l'expression de Li qu'il ne fallait pas insister et changea de sujet.

— Les gars ont commencé, dit-il en indiquant d'un signe de tête les policiers en uniforme.

Sur ce, il repartit en criant de nouvelles instructions à ses hommes.

Li alluma une cigarette et regarda Margaret approcher.

— Inutile de me dire que c'est mauvais pour la santé. Ça ne peut pas me faire plus de mal que de traîner en votre compagnie.

Il eut un petit sourire narquois et grimaça de douleur.

— Vous devriez avoir une mise en garde du ministère de la Santé gravée sur le front.

Mais sa tentative d'humour ne fit qu'aggraver le sentiment de culpabilité de Margaret.

— Je suis désolée, dit-elle. Je sais que c'est entièrement ma faute.

— Ce n'est pas votre faute. Ce n'est pas vous qui avez tué trois personnes avant de venir dans ce parc pour agresser un officier de police.

— Nous n'aurions pas dû nous trouver dans le parc pour commencer. Et vous n'auriez pas dû vous mettre à chercher une aiguille dans une botte de foin.

— Mais j'ai trouvé l'aiguille. Enfin, une des aiguilles.

— Et vous l'avez reperdue.

Il lui jeta un regard inquiet, puis hésita un moment avant de demander :

— Que venait-il faire ici, à votre avis ? L'homme qui m'a attaqué.

— Chercher la même chose que nous.

— Pourquoi ne pas être venu hier soir ?

Elle réfléchit, en fronçant les sourcils.

— Vous croyez qu'il nous a suivis ?

Il inclina légèrement la tête sur le côté et leva un sourcil.

— Si c'est le cas, ça veut dire qu'il nous surveillait, fit Margaret.

Elle en eut la chair de poule.

— Mais pourquoi ?

Li haussa les épaules.

— Je ne sais pas. Peut-être qu'il suit de près les progrès de l'enquête. Si nous nous approchons trop près de lui, ou de la vérité, il intervient. Comme ce soir.

Margaret sentit ses cheveux se dresser sur sa nuque. Elle jeta un coup d'œil autour d'elle, au-delà du périmètre éclairé par les projecteurs, tout en se demandant s'il était encore en train de les observer.

— Vous avez vu sa figure ?

— Juste un instant, à la lueur d'un éclair.

Il revoyait nettement le visage qui s'était incrusté sur sa rétine, pâle, bleui comme celui d'un cadavre, déformé par la peur et... la colère. Oui, la colère. Mais pourquoi cette colère ? Contre lui-même ? Pour avoir commis une erreur avec les gants ?

— Vous pourriez le reconnaître ?

— Je ne sais pas. Il avait la figure du diable. J'ai

eu l'impression de voir la mort en face. Il n'avait pas vraiment l'air humain.

Il secoua la tête.

— C'est difficile à expliquer.

Margaret comprit que Li avait eu peur de mourir. Il avait été pris au dépourvu, frappé à terre par un poing dur comme de l'acier. Allongé dans la boue, étourdi, impuissant, à la merci de son agresseur, il avait cru que l'homme le tuerait. Qu'est-ce qui l'avait arrêté ? Sa voix l'appelant sous la pluie ? Que pouvait-elle faire ? Il n'avait qu'à la tuer elle aussi. Mais pour un tueur professionnel, il se conduisait d'une façon étrange. Il avait obéi à une impulsion. Rien n'avait été planifié. Il avait réagi à la situation, pour tenter de corriger ou dissimuler une erreur, étrange elle aussi, commise près de quarante-huit heures plus tôt. Sa voix lui avait peut-être fait reprendre ses esprits, et il s'était retiré dans les bois pour lécher ses blessures. Car c'était bien ce qu'il était, pensa-t-elle, un animal blessé. Un tueur professionnel qui avait commis une petite erreur puis l'avait aggravée. Et cela le rendait d'autant plus dangereux.

Un policier en uniforme descendit d'une voiture avec un sac contenant des vêtements propres – jean, baskets, chemise blanche – qu'il était passé prendre à l'appartement de Li. Li se changea à l'arrière de la jeep.

— Je devrais vous ramener à l'hôtel, cria-t-il à Margaret.

— Ça va, dit-elle. Je suis sèche.

Elle passa une main dans ses cheveux pour les démêler.

— De toute façon, je serai incapable de dormir tant que je ne saurai pas s'ils ont trouvé quelque chose.

Elle doutait d'ailleurs de pouvoir redormir un jour.

— Ils en ont pour combien de temps, d'après vous ?

Li descendit de la jeep et jeta un coup d'œil vers le coteau où les projecteurs éclairaient le parc comme en plein jour. Des équipes de policiers écumaient les buissons, centimètre par centimètre, en s'interpellant par-dessus le vrombissement du groupe électrogène et les cris stridents des cigales.

— Ce n'est pas une surface énorme. Peut-être deux heures. S'ils ne trouvent rien, on laissera des gardes armés sur place et on reprendra les recherches demain avec une nouvelle équipe.

Il était content qu'elle veuille rester, pas simplement pour le plaisir d'être avec elle, mais parce qu'après les événements de la soirée, il avait peur pour elle. Peur du regard invisible braqué sur eux. L'enquête devenait dangereuse ; il savait qu'il devrait l'en écarter dès le lendemain.

Il allumait une autre cigarette quand un cri s'éleva du bois. Il la jeta et remonta le sentier en courant. Un jeune policier jaillit des fourrés avec un gant et une paire de tongs en plastique. Le tueur n'avait donc pas retrouvé les deux gants. Li en retira une certaine satisfaction. Qian tendit au policier un sachet à preuves en plastique pour qu'il y laisse tomber le gant, et le scella avant de le montrer à Li.

— Ça vous dit quelque chose ?

— Je ne sais pas. Je n'ai vu l'autre qu'une seconde.

Il le regarda de plus près. C'était un gant en cuir marron doublé de coton, encore humide de pluie, mais qui commençait à se raidir.

— Je peux voir ? demanda Margaret en arrivant à leur hauteur.

Il le lui tendit. Elle l'examina soigneusement à travers le plastique transparent.

— Là, dit-elle en aplatissant une étiquette qui s'était enroulée à la couture, juste à l'intérieur du poignet. *Made in Hong-Kong.* Et là, juste à l'intérieur du pouce... Ça pourrait être du sang.

Elle retourna le gant.

— Il n'a pas été beaucoup porté.

— Comment le savez-vous ? demanda Li.

— Le cuir se détend à force, il prend la forme de la main. Celui-ci n'a pas l'air d'être sorti de sa boîte depuis longtemps. Regardez, les coutures ont à peine été étirées. Ils ont certainement été achetés pour l'occasion.

— À Hong-Kong ?

— C'est là qu'ils ont été fabriqués. Ce sont des gants chers. On n'en trouve sans doute pas partout en Chine. Si on en trouve. Mais vous le savez mieux que moi.

Li hocha la tête d'un air songeur. Il prit le sachet et le rendit à Qian avec qui il échangea quelques mots avant de redescendre vers la jeep. Margaret le suivit.

— Et maintenant ?

— Le gant part immédiatement au labo pour une

expertise. Nous attendons qu'ils trouvent la clé. Ou pas.

Il alluma une cigarette et la regarda d'un œil admiratif.

— Vous aviez raison pour les gants. Espérons que vous avez également vu juste pour la clé.

Il était presque minuit et demi quand s'éleva le cri qu'ils attendaient. La clé s'était nichée entre les racines d'un petit buisson, à une dizaine de mètres du gant. Li s'empara du sachet en plastique que lui apporta un Qian triomphant. Si la chance était de leur côté, elle pourrait peut-être leur ouvrir d'autres portes, beaucoup plus importantes que celle de l'escalier de Chao Heng. Il se retourna vers Margaret dont les yeux brillèrent d'excitation quand il lui tendit le sachet. Il avait envie de l'embrasser. Jamais il n'aurait eu l'idée de la chercher à cet endroit. Margaret utilisait les mêmes mécanismes de pensée que lui. Elle semblait visualiser les choses de la même façon. Mais elle avait fait preuve d'une imagination remarquable. Une projection aveugle et inattendue dans le noir. Si inattendue que, même s'il en avait eu l'idée, il l'aurait écartée. Peut-être craignait-elle moins que lui de se tromper.

Le trajet jusqu'au Centre de détermination technologique criminelle de Pao Jü Hutong fut une révélation pour Margaret, une plongée dans la vie du vrai Pékin caché derrière les façades et les panneaux publicitaires de la nouvelle Chine. Même à cette heure tardive, les rues fourmillaient d'activité nocturne, les gens émergeant à nouveau des maisons étouffantes dans la fraîcheur relative des *hutong* après la pluie. La jeep de Li suivait le sillage d'un fourgon de la police scientifique, les deux paires de phares balayant les étroites ruelles, les *siheyuan*, et révélant brièvement des images de familles en train de manger autour d'une table sur le trottoir, d'un homme vautré dans un fauteuil en train de regarder la lueur bleue vacillante d'une télévision, de joueurs de cartes se faisant servir des plats à travers une fenêtre ouverte, de bicyclettes s'écartant en zigzaguant sur leur passage. Margaret regardait par la vitre les gens qui la dévisageaient. Certains d'un air ébahi, d'autres avec hostilité, d'autres encore avec curiosité. Décidément, les Pékinois sont obsédés par leurs cheveux, pensa-t-elle en voyant partout des coiffeurs en plein travail. Elle regarda sa montre. Il était presque 1 heure du matin.

Li avait le tour de l'œil gauche enflé et bleu marine. Mais le regard était vif, perçant, brûlant d'une intensité farouche. Il avait hâte de retrouver son agresseur.

Ils laissèrent la jeep dans la rue, gravirent la rampe au pas de course, franchirent les grandes portes, passèrent devant des gardes armés et pénétrèrent dans les entrailles du laboratoire de pathologie médico-légale de Pao Jü.

— Ça prendra juste quelques minutes, Li, déclara l'expert principal.

Ils attendirent dans un bureau du rez-de-chaussée où Li s'assit sur le bord d'une table en balançant les jambes avec impatience, ce qui rappela à Margaret Bob et ses trois P – Patience, Patience et Patience. « Les trois choses sans lesquelles on ne peut pas survivre dans ce pays », avait-il dit. Li semblait les avoir épuisées toutes les trois. Elle observa son visage.

— Ils doivent bien avoir de l'hamamélis ici.

— Quoi ?

— Pour faire dégonfler votre visage et l'empêcher de devenir complètement noir.

Elle alla parler à un assistant de laboratoire qui revint quelques minutes plus tard avec du coton hydrophile et un flacon contenant un liquide transparent. Elle en imbiba une compresse et ordonna à Li de l'appuyer sur sa joue. Il ne discuta pas, mais, de sa main libre, sortit une cigarette qu'il alluma. Il n'en avait tiré qu'une bouffée quand l'expert fit irruption dans la pièce, le souffle court. Lui aussi, semblait-il, avait été contaminé par l'impatience de Li.

— Un seul index. Brouillé. Inutilisable.

— Merde ! s'écria Li.

— Attendez. On a aussi un pouce.

Il leva une feuille de papier avec l'agrandissement d'une empreinte.

— Ce n'est pas celle de Chao, et elle est presque parfaite.

IV

Il était 2 heures passées lorsque Li et Margaret sortirent dans Pao Jü Hutong. Il faisait meilleur maintenant, l'air était plus frais, respirable. Pour la première fois depuis son arrivée, Margaret voyait des étoiles dans le ciel. Elle était fatiguée, mais n'avait pas envie de dormir. Elle éprouvait un étrange sentiment d'exaltation. Le gant et la clé marquaient une étape importante dans l'enquête. Un policier avait été envoyé chez Chao pour vérifier la clé. Elle ouvrait bien la porte de l'escalier. Une expertise complète du gant avait révélé une petite tache de sang sur la doublure, au bout du médius. Elle pouvait provenir d'une coupure, d'une cuticule abîmée. Mais il y en avait assez pour comparer l'ADN avec celui de la salive des mégots de cigarettes. Ce test-là serait effectué dans la matinée au Centre de détermination des preuves matérielles – de même que la comparaison avec le sang de Chao Heng. Si les deux tests se révélaient positifs, cela relierait de façon concluante le porteur du gant à l'assassin de Chao et des deux autres victimes. L'empreinte du pouce relevée sur la clé avait été faxée à Hong-Kong. Il n'était pas impossible que l'identité du meurtrier leur soit communiquée dans la matinée.

Malgré la raclée qu'il avait reçue, Li se sentait euphorique. Il tenait toujours la compresse imbibée d'hamamélis contre sa joue.

— Laissez-moi regarder, dit Margaret alors qu'ils approchaient de la jeep.

Elle lui écarta la main, et se dressa sur la pointe des pieds pour mieux voir l'ecchymose. Elle approcha son visage à quelques centimètres du sien. Il sentit son souffle tiède sur sa joue. Il la regarda en coin, elle était concentrée sur ses blessures.

— C'est déjà dégonflé, dit-elle. Vous n'aurez pas l'air trop amoché demain matin.

L'évocation du matin ne fit que le déprimer. Il devait lui dire qu'elle ne pourrait plus le seconder sur ce cas. Ses supérieurs le lui interdiraient. Il voyait déjà sa réaction. Elle serait furieuse, blessée. Après tout, sans elle, il n'aurait pas avancé autant dans cette affaire. Il la regarda à nouveau. Elle avait l'air si enthousiaste, si heureuse. Ce soir, elle avait exorcisé les fantômes de son passé, elle lui avait fait confiance. Et demain... Il ferma les yeux en soupirant. Il aurait souhaité que cette soirée ne se termine jamais.

Elle se mit à rire.

— Pourquoi ce gros soupir ? Vous devriez être content de vous.

Il se força à sourire à son tour.

— Je suis content de nous deux. Nous formons une bonne équipe.

— Ouais, dit-elle en hochant la tête. Je réfléchis et vous encaissez les coups. Vous êtes doué pour ça.

Il sourit et fit semblant de vouloir la frapper. Quand elle leva le bras pour se protéger, il l'attrapa, l'attira contre lui et la plaqua contre la jeep. Ils se figèrent, anticipant ce moment avec lequel ils avaient flirté toute la soirée. Mais ce moment leur échappa quand Margaret dit soudain avec un petit sourire narquois, en montrant de la tête les deux gardes armés qui les regardaient depuis la porte :

— Je crois que nous risquons de nous donner en spectacle.

Il lança un regard morose aux gardes.

— Vous voulez que je vous raccompagne à l'Hôtel de l'Amitié ?

— Vous alliez m'offrir un verre. Avant que quelqu'un n'ait l'idée saugrenue d'une balade à Ritan dans le noir et sous la pluie. Vous pensez que le bar sera encore ouvert ?

Il secoua la tête.

— Pas à cette heure. Mais je connais un autre endroit.

Cette fois, il n'y avait pas la queue devant le Xanadu. Li avait eu peur qu'il soit déjà fermé. Or il y avait encore de l'animation devant les portes. Des groupes de jeunes qui fumaient et bavardaient sur le trottoir jetèrent à Li et à la *yangguizi* un regard à peine curieux lorsqu'ils passèrent entre eux. Li sortit son portefeuille, mais fut invité par les videurs à entrer sans payer. À l'intérieur, la musique, encore forte, était plus lente, en accord avec l'heure tardive. Margaret lui prit le bras et lui cria à l'oreille :

— Je ne pensais pas que vous étiez un habitué de ce genre d'endroit.

— Je ne le suis pas, cria-t-il à son tour. Mais vous aviez envie d'un verre. C'est le seul endroit où on peut en boire un à cette heure-ci.

Il la guida vers le bar. La plupart des tables du rez-de-chaussée étaient encore occupées, et à travers la brume de fumée qui remplissait l'espace, Li vit qu'il n'y en avait aucune de libre sur la galerie.

— Qu'est-ce que vous voulez ?

— Vodka tonic avec glace et citron. Mais c'est moi qui vous invite, dit-elle en sortant quelques billets.

Il les repoussa.

— Non, non.

— Si, si. Vous m'avez invitée à dîner, je paye les boissons.

— Non.

Il refusait de prendre l'argent.

— J'avais cru comprendre que vous autres Chinois croyiez en l'égalité. Les femmes soutiennent la moitié du ciel. N'est-ce pas ce qu'a dit Mao ?

Et elle lui fourra les billets dans la main.

— Vous les achetez, mais c'est moi qui paye. Je vais occuper cette table qui se libère justement.

Elle s'éloigna d'un air dégagé et s'assit rapidement au nez et à la barbe de deux filles et un garçon renfrogné qui attendaient au pied de l'escalier, et lui jetèrent un regard furieux avant de s'en aller. En regardant autour d'elle, elle se rendit compte qu'elle faisait sensation. Elle était la seule Occidentale de toute la salle, et sûrement la première à y mettre les pieds. Tournés vers elle, tous ses voisins la dévisagèrent sans la moindre gêne jusqu'à ce qu'elle leur sourie ; l'air embarrassé, ils lui adressèrent alors de petits sourires contraints, comme des enfants intimidés.

Sur la scène, une fille époustouflante en robe de soie sexy largement fendue sur les côtés chantait une mélodie mélancolique accompagnée par un guitariste et un joueur de synthé égrenant une musique électronique préprogrammée. La chanteuse avait une voix épouvantable. Margaret l'observa avec un mélange d'horreur et d'embarras. Elle n'avait aucun talent. Mais le public ne semblait pas le remarquer, ou alors, s'il s'en apercevait, il s'en moquait. Li arriva avec sa vodka et un grand verre de cognac, et s'assit en face d'elle. Margaret fit un signe de tête en direction de la scène.

— Jolie fille, mais quelle voix !

Li sourit.

— C'est la copine de mon meilleur ami.

Margaret faillit s'étouffer avec sa vodka.

— Vous plaisantez.

Il haussa les épaules.

— Ne vous en faites pas. Je ne l'aime pas beaucoup non plus.

Elle lui lança un regard incrédule.

— C'est réellement la copine de votre meilleur ami ?

Il hocha la tête.

— C'est elle que vous n'aimez pas, ou sa façon de chanter ?

— Les deux.

— Pourquoi vous ne l'aimez pas ?

— Parce que c'est une prostituée, qu'il est fou d'elle, et qu'il va souffrir.

Margaret regarda la fille d'un autre œil.

— Mais elle est... très belle. Pourquoi se gâcher en se prostituant ?

— Vous l'avez entendue chanter. De toute façon, elle ne fait pas le trottoir. Tout se passe en privé dans des chambres d'hôtel de luxe. Elle doit se faire beaucoup d'argent.

Il haussa les épaules.

— Une fille comme elle tire profit du seul atout qu'elle a – tant qu'elle l'a.

Il tourna son regard vers la scène. Les yeux fermés, la fille vivait quelque fantasme triste et se livrait de tout son cœur et de toute son âme aux paroles médiocres d'une ballade de Taiwan. Il se demanda à quel arrangement elle était parvenue avec le directeur pour avoir le droit de chanter ici, pour se sortir un temps des pattes sordides de ces hommes d'affaires étrangers sexuellement frustrés. Il eut presque pitié d'elle. Il l'avait crue quand elle lui avait dit qu'elle aimait Ma Yongli. « Il me traite comme jamais personne ne m'a traitée. Comme une princesse. » Ce qu'il détestait, c'était l'effet qu'*elle* avait sur *lui,* transformant un garçon sûr de lui, impudent, à l'humour décapant, parfois puéril, en un toutou flagorneur et affecté empli de doutes. Quelque chose dans la tête de Yongli le persuadait qu'elle était trop bien pour lui. Il ne pouvait pas croire à sa chance. C'était pathétique. Li ne supportait pas de le voir comme ça, et il en rejetait la faute sur Lotus alors que son ami en était peut-être le seul responsable.

— Bien, bien, bien. Je vois que tu as suivi mon conseil, et que tu t'es finalement trouvé une femme.

Li se retourna, et se retrouva nez à nez avec la grosse figure ronde et joviale de Yongli. Mais le sourire de ce dernier s'évanouit presque aussitôt.

— Bon Dieu, qu'est-ce qui t'est arrivé ? Ne me dis pas qu'elle te tabasse déjà ?

— Une rencontre qui a mal tourné avec un salaud aux arguments frappants, dit Li en souriant.

Yongli secoua la tête de stupéfaction.

— Ce fils de pute devait être drôlement balèze pour t'arranger comme ça.

— Il m'a eu par surprise.

Margaret observait l'échange avec intérêt. Elle

imaginait sans peine le sujet de la conversation. Pendant un moment, elle avait considéré avec perplexité cette montagne de muscles qui s'avançait vers leur table. Elle lui trouvait quelque chose de familier. Puis, elle l'avait reconnu. Il était avec Li, le premier soir, au restaurant. Une affection évidente liait les deux hommes. Il se tourna vers elle, avec un grand sourire auquel elle répondit, immédiatement séduite par son air sympathique et rieur.

— Alors, tu ne me présentes pas ? demanda-t-il à Li en anglais, avec un fort accent américain.

— Ma Yongli, voici le docteur Margaret Campbell.

Yongli lui prit la main et y posa légèrement les lèvres.

— *Enchanté, madame.* J'ai appris ça en Suisse. C'est français.

— Je sais, dit Margaret. Et moi, *je suis enchantée aussi de faire votre connaissance, monsieur.*

— Hé, ouah, fit Yongli en levant les deux mains. Je ne connais que : *Je suis enchanté, madame.* Personne ne m'a jamais répondu.

Il se mit à rire.

— Je suis très impressionné.

Puis il se pencha pour ajouter sur un ton de confidence :

— En fait, je connais une autre phrase, mais ce n'est pas le genre de chose qu'on dit en bonne société. Et Li Yan est un peu délicat. À cette heure-ci, il devrait déjà être couché.

— Je sais. C'est ma faute. Je le fais veiller tard. Mais son oncle est en voyage. Il n'en saura rien.

— Oh. Quand la souris n'est pas là, les chats dansent, dit Yongli en regardant Li d'un air entendu.

— Je crois que c'est l'inverse, Ma Yongli, dit Li.

— Bah, je mélange toujours. Qu'est-ce que vous voulez boire ?

Margaret leva son verre. Il était presque vide.

— Vodka tonic.

Yongli montra le verre de Li.

— Cognac.

Puis, s'adressant à Margaret :

— Il faut fêter ça. Ça fait si longtemps que je n'ai pas vu le Grand Li avec une femme que je commençais à me demander s'il n'était pas gay. Je reviens dans une minute.

Et il partit vers le bar.

— Quel idiot, ne faites pas attention à lui.

— Il est sympathique.

Li ressentit une pointe de jalousie.

— Vous le trouvez sans doute séduisant. Comme toutes les femmes.

— Non, dit-elle en secouant la tête. Mais c'est vrai qu'il est beau. Qu'est-ce qu'il faisait en Suisse ?

— Son apprentissage de chef. Il a aussi passé quelque temps aux États-Unis.

— Oh, fit Margaret en haussant les sourcils. Il cuisine en plus ? Ça le rend encore *plus* séduisant.

Elle avait immédiatement senti que Li était sur la défensive, comme tous les hommes jaloux, et elle s'en amusait. Si seulement il savait qu'il était deux fois plus séduisant que Yongli – tout du moins à ses yeux.

Elle commençait à se détendre. L'alcool relâchait la tension de la nuit. Il lui montait aussi très vite à la tête. C'était peut-être la fatigue. Elle n'avait dormi que quelques heures en trois jours.

Yongli revint avec leurs boissons et une bière, et s'assit à leur table.

— Alors, demanda-t-il à Margaret, vous avez découpé quelqu'un d'intéressant ces jours-ci ?

— Oh, juste un brûlé, un poignardé, et un désarticulé. Vous voulez des détails ?

Yongli secoua vigoureusement la tête.

— Non merci.

— C'est bien mon problème. Les seules personnes captivantes avec lesquelles je peux avoir une intimité quelconque sont les morts. Les vivants se désintéressent de moi dès qu'ils apprennent comment je gagne ma vie. Ils pensent que je n'en veux qu'à leur corps.

Yongli éclata de rire.

— Vous pouvez jouer avec mes organes quand vous voulez.

— C'est surtout le cerveau des hommes qui me passionne. Malheureusement, le bruit de la scie découpant la boîte crânienne les dégoûte.

— Hé, fit-il en levant les mains et en souriant, je n'aurai jamais le dernier mot, hein ?

— Non, répondit-elle en levant son verre. À la vôtre.

Ils burent tous les trois. Li appréciait l'attitude de Margaret face à Yongli dont les reparties désarçonnaient la plupart des gens. Les femmes, elles, préféraient rire de son humour plutôt que de rivaliser avec lui. Elle croisa son regard par-dessus son verre et le soutint un moment.

Quelques applaudissements éparpillés retentirent

dans le club lorsque Lotus finit sa chanson et se confondit en remerciements. Elle avait terminé sa prestation de la soirée. Margaret se demanda si les applaudissements saluaient son interprétation ou le fait qu'elle arrête de chanter. Lotus s'approcha de leur table, les joues rouges, un peu essoufflée. Aussitôt, Yongli sauta sur ses pieds pour lui avancer une chaise.

— Je vais te chercher à boire. Qu'est-ce qui te ferait plaisir ?

— Du vin blanc.

Lotus avait appris à afficher un goût pour le vin blanc au cours des nombreux dîners auxquels elle était invitée dans les restaurants des grands hôtels. Elle regarda Margaret d'un air interrogateur, attendant d'être présentée.

Yongli commença en anglais :

— Lotus, voici l'amie de Li Yan...

— Margaret, dit Margaret.

Lotus lui serra la main.

— Très contente vous connaître.

— Lotus ne parle pas bien anglais, dit Yongli à Margaret, en s'excusant presque.

— Beaucoup mieux que je ne parle chinois, dit Margaret.

Lotus s'assit, Yongli partit lui chercher à boire. Elle avait l'air très intriguée par Margaret.

— Vous aimez moi chanter ?

Dans d'autres circonstances, Margaret se serait montrée ambiguë, ou ironique, voire cruelle. Mais il y avait tant d'innocence dans la question de Lotus qu'elle se sentit obligée de mentir avec une grande sincérité :

— Beaucoup, dit-elle.

Lotus rayonna de joie.

— Merci.

Elle tendit la main et toucha les cheveux de Margaret comme si c'était de l'or.

— Très beaux cheveux.

Elle dévisagea Margaret sans la moindre gêne.

— Et vos yeux, si bleus. Très belle dame.

— Merci.

— *Bukeqi.*

Margaret fronça les sourcils. *Bou ke tchi ?*

— Ça veut dire « je vous en prie », dit Li.

Lotus prit la main de Margaret et lui caressa légèrement le bras.

— Jamais vu peau si blanche. Beaucoup grains beauté.

— Taches de rousseur, dit Margaret en riant. Je les détestais quand j'étais petite. Je les trouvais horribles.

— Non, non. Très beau.

Elle se tourna vers Li :

— Tu as grande chance.

Li rougit.

— Oh non, nous ne sommes pas... Enfin, je veux dire, Margaret est une collègue. De travail.

— Qu'est-ce que vous dites ? demanda Margaret, surprise que Li s'exprime soudain en chinois.

— Simplement que nous travaillons ensemble.

Il rougit à nouveau. L'arrivée de Lotus l'avait complètement perturbé.

— Policier ? demanda Lotus à Margaret d'un air incrédule.

— Non. Docteur.

— Ah. Vous arrangez sa figure ?

— En quelque sorte.

Elle sourit en regardant le visage contusionné de Li.

Yongli revint à table avec deux bouteilles de champagne dans un seau à glace et quatre verres. Ravie, Lotus s'écria en chinois :

— Champagne ! Pourquoi, mon amour ?

— Une petite célébration.

— Qu'est-ce qu'on célèbre ?

— Oh, le fait qu'il est 3 heures du matin et que le grand Li n'est pas encore au lit. Le fait qu'il sorte en ville avec une femme...

— Oh, ça va, la ferme, dit Li.

— Elle est docteur, protesta Lotus.

Yongli se pencha en avant et dit sur un ton de confidence :

— C'est ce qu'elle dit aux garçons. Mais en réalité, elle gagne sa vie en découpant les morts.

Lotus regarda Margaret d'un air choqué.

— Que se passe-t-il ? demanda Margaret. Quelqu'un pourrait traduire ?

— Ma Yongli fait l'imbécile, c'est tout, dit Li.

— Pas du tout.

Il fit sauter le bouchon de la première bouteille, puis commença à servir en faisant déborder la mousse qui se répandit sur la table.

— Je propose juste un toast.

Il tira sa chaise à côté de celle de Lotus et leva son verre dégoulinant :

— Aux deux plus belles femmes du Xanadu. Et sans doute de Pékin. Et peut-être même de toute la Chine.

Margaret regarda autour d'elle.

— À quelle table se trouve l'autre ?

Lotus rit et lui posa une main sur le bras en précisant, comme si elle s'adressait à une demeurée :

— Il veut dire moi *et* vous.

Margaret pensa qu'il serait injuste de juger l'intelligence d'une personne en se basant sur le peu de mots qu'elle connaissait dans une langue étrangère. Elle nota le plaisir presque enfantin de Lotus à l'éclairer. Il était bien possible, après tout, que celle-ci se demande comment une femme aussi stupide pouvait être médecin.

— Oh, fit-elle en levant son verre. Excellente idée.

Quand ils eurent terminé la première bouteille, Yongli déboucha la seconde, et Margaret perdit peu à peu le fil de la conversation. Sous l'effet du champagne, ajouté à la vodka, ajouté au manque de sommeil, le club commença à valser lentement autour d'elle. Tout le monde riait beaucoup, même Li qui, d'après ce qu'elle croyait savoir, n'était pas du genre à rire pour un rien. Elle n'avait aucune idée de ce qu'ils racontaient. Elle ne savait même pas ce qu'elle disait elle-même. Elle avait vaguement l'impression de répondre à des questions idiotes sur l'Amérique, sur l'argent, sur... elle ne savait pas trop. Chaque fois qu'elle levait son verre, il semblait se remplir tout seul, par miracle. Y avait-il une troisième bouteille sur la table ?

Une éternité plus tard, Lotus la prit par le bras, sans doute pour aller aux toilettes. Il fallait monter une marche très haute, elle faillit tomber. Quelque part au loin, la voix de Li l'appela par son nom. Il avait l'air d'insinuer qu'elle ferait mieux de renoncer. Elle ne savait pas à quoi. Mais elle prit un malin plaisir à continuer. Et soudain, il y eut des lumières aveuglantes, des visages tournés vers elle, un bruit de torrent. Mais ce n'était pas de l'eau. Ça ressemblait seulement à de l'eau. Elle comprit que c'étaient des applaudissements. Lotus lui mit quelque chose dans la main. C'était lourd, tubulaire, terminé par une boule.

— Qu'est-ce que c'est ? demanda-t-elle.

Elle entendit soudain sa voix retentir dans tout le club. Encore un bruit de torrent.

Lotus la fit pivoter vers la gauche ; elle vit un écran bleu, avec des mots inscrits en blanc. *Yesterday...* Le son d'une guitare acoustique. La voix de Lotus.

— Vous chantez.

Mais elle en était incapable. Elle rata la première ligne. Lotus se pencha et chanta à sa place. *Now it look a though they hee to stay...* Tout ce qu'elle voyait maintenant, c'était le visage de Michael. Tout ce qu'elle entendait, c'était sa voix. « Ce n'est pas moi, Mags. » Elle sentit les larmes ruisseler sur ses joues pendant que la parodie grotesque de Lotus chantant les Beatles lui faisait reprendre conscience, chaque mot la blessant comme une gifle reçue en pleine figure. Elle avait cru que c'était fini. Or Michael continuerait à la faire souffrir toute sa vie. Maintenant, il la prenait dans ses bras, lui murmurait quelque chose à l'oreille, mais elle ne comprenait rien. Il l'aida à redescendre la grande marche, à s'éloigner du torrent. Elle sentit l'air frais sur son visage. Elle se retourna pour le regarder, s'attendant avec lassitude à d'autres protestations d'innocence. Mais ce n'était pas Michael. Ah, bien sûr, elle était en Chine. Michael était mort. Ces gens parlaient une autre langue.

— Tu l'emmènes où, Li ? demanda Yongli qui n'était pas exactement sobre lui non plus.

— À l'appartement.

— Tu as besoin d'aide ? demanda Lotus.

Li hocha la tête.

— Oui. S'il te plaît.

L'odeur de fumée et de café fut la première chose dont elle prit conscience. Très lentement, la pièce commença à se dessiner autour d'elle, une pièce à peu près semblable au salon de Chao Heng. À travers les panneaux vitrés qui fermaient le balcon, au bout de la pièce, elle apercevait des cimes d'arbres qui se balançaient dans le vent, des feuilles reflétant la lumière des réverbères. Il y avait très peu de lumière dans la pièce elle-même. Juste une petite lampe dans un coin. Elle essaya de se concentrer. Elle était moitié assise moitié allongée sur un canapé, la tête renversée d'un côté. Elle la tourna en sentant un mouvement près d'elle et vit Lotus agenouillée, une tasse de café noir fumant à la main. L'odeur lui souleva l'estomac.

— Salle de bains, dit-elle en se demandant vaguement si sa voix traduisait bien l'urgence ressentie.

Apparemment oui, car des mains l'aidèrent immédiatement à se mettre debout. Elle tituba jusqu'à une pièce au carrelage blanc étincelant reflétant une lumière violente. Elle bascula en avant, à genoux, en agrippant le bord de quelque chose de dur et blanc, la bouche et la gorge remplie d'une horrible sensation de brûlure. Puis elle se retrouva à nouveau debout pendant qu'on lui éclaboussait la figure d'eau froide. Ensuite, un voile noir s'abattit sur le monde.

Li se tenait près de la porte d'entrée, un peu chancelant. Yongli lui fit un clin d'œil.

— À plus, mon pote. Dis-lui que tout est de ma faute. Je n'aurais jamais dû commander ce champagne.

— Ça l'a rendue très triste, dit Lotus. Elle a sûrement connu un grand drame dans sa vie.

Li hocha la tête.

— Peut-être.

Lotus s'avança vers lui et l'embrassa sur la joue. Il se sentait coupable de tout ce qu'il avait pensé et dit sur elle. Il ne savait pas comment il aurait fait sans elle.

— Merci, dit-il.

Elle lui serra la main. Elle avait tellement envie qu'il l'aime un peu.

— À plus tard.

Li referma la porte et traversa l'entrée jusqu'à la chambre de son oncle. À la lueur de la rue, il vit que Margaret s'était déjà débarrassée de la couverture. Lotus l'avait déshabillée. En revenant dans le séjour elle avait dit :

— Elle a des seins magnifiques. J'aimerais en avoir d'aussi beaux qu'elle.

Ils étaient en effet superbes, pleins, blancs, avec une petite aréole rose foncé. Elle avait un bras négligemment jeté en travers de la poitrine. Le dessus-de-lit s'était enroulé autour d'une de ses jambes, exposant l'autre entièrement et révélant entre elles un triangle de poils blonds frisés. Il se souvenait du reflet qu'il avait surpris dans le miroir de la chambre d'hôtel. Elle avait voulu qu'il la voie. Il ressentait maintenant le même désir brûlant. Il s'assit au bord du lit et contempla son visage pâle, serein, pour l'instant du moins, insouciant de son passé malheureux comme de son avenir incertain. Il en caressa légèrement les contours du bout des doigts. Elle avait changé tellement de choses en lui, en si peu de temps. C'était comme si elle l'avait réveillé d'un long sommeil. Elle lui avait donné l'appétit de vivre. Il se pencha pour l'embrasser sur le front et arrangea le drap de façon à la couvrir décemment. En quittant la pièce, il tira la porte doucement derrière lui et resta quelques minutes debout dans l'entrée les yeux fermés. Il respira à fond. Il entendit courir son sang dans ses veines. Il entendit siffler ses poumons encrassés par le tabac. Il entendit le tic-tac de la pendule du séjour. Il sentit sa vie lui filer entre les doigts. Et il serra le poing pour l'arrêter. Elle était trop précieuse pour la laisser s'échapper comme ça.

Chapitre 9

I

Jeudi matin

Elle sentait quelque chose de tiède en travers de son corps, comme une couverture électrique qui n'aurait eu aucun poids. L'air était chaud, à peine respirable. Elle essaya d'ouvrir les yeux ; la lumière lui transperça le crâne avec la violence d'un tisonnier chauffé à blanc. Elle les referma aussitôt en poussant un cri étouffé. Puis, lentement, très lentement, elle réussit à les rouvrir, péniblement, jusqu'à ce que le monde apparaisse dans une sorte de flou. À travers ses pupilles dilatées, elle ne voyait que des images calcinées imprécises. Malgré son horrible mal de tête, elle finit par faire le point et s'aperçut que sa « couverture électrique » était un rayon de soleil tombant en oblique sur le lit. Son esprit fonctionnait au ralenti. Il lui fallut plusieurs secondes pour réaliser qu'elle était entièrement nue. Le cœur battant, elle se redressa ; la douleur lui broya les tempes comme un étau. Elle se prit la tête entre les mains et referma les yeux pour essayer de repousser la douleur. Puis elle tenta de les ouvrir une nouvelle fois, très lentement, et regarda autour d'elle. Elle ne savait pas où elle était, qui l'avait déshabillée, ni ce qu'on avait fait de ses vêtements.

Il y avait des photos encadrées sur le mur, au-dessus de la commode. Un jeune couple en costume Mao et casquette bleue à visière souriant à l'objectif. Une photo de famille, avec un jeune garçon d'une douzaine d'années et une fille un peu plus jeune. Le garçon avait un air vaguement familier. Un autre couple. Non, le même couple, plus âgé. La femme regardait l'homme avec un sourire d'une grande tendresse. Lui fixait l'objectif en souriant. Il portait l'uniforme vert de la police. Margaret comprit tout de suite qu'il s'agissait du vieux Yifu. Juste au-dessus, un portrait démodé de femme. Sa femme, pensa Margaret. Elle avait un sourire d'une gentillesse extrême, un regard profond, serein ; sa simplicité avait quelque chose de très beau. Elle se souvint des paroles du vieux Yifu. « Nous avons eu tellement peu de temps ensemble après ça. » La déprime s'abattit sur elle comme un nuage. Pourquoi les gens devaient-ils mourir ?

Elle était donc dans la chambre de l'Oncle Yifu. Que s'était-il passé la veille ? Elle se souvenait du Xanadu. Du champagne, des rires. Mais c'était à peu près tout. Bon Dieu, pensa-t-elle. Comme quand elle était étudiante. Sauf qu'elle avait dix ans de plus, et dix fois moins d'aptitude à y faire face. Avisant ses vêtements soigneusement pliés sur une chaise, elle se mit debout tant bien que mal pour traverser la pièce et les enfiler lentement. Elle entendit quelqu'un s'affairer quelque part dans l'appartement. Le choc d'une bouilloire posée sur une cuisinière, des bruits de vaisselle. Elle sortit de la chambre et vit une porte ouverte sur une petite salle de bains. Elle y entra, s'aperçut dans le miroir, le regretta aussitôt. Elle avait une mine épouvantable, le teint brouillé. De l'eau tiède sortit en gargouillant du robinet d'eau froide. Elle s'en aspergea le visage pour essayer de faire revenir un peu de couleur sur ses joues, puis se rinça la bouche pour en chasser le mauvais goût et décoller sa langue de son palais.

Complètement vaseuse, elle se rendit ensuite dans la cuisine où elle trouva Li en train de préparer du thé. Elle fut choquée de voir sa tête. Il avait l'air encore plus détruit qu'elle, si c'était possible, avec ses croûtes de sang séché sur la lèvre, la joue, l'arcade sourcilière. L'hamamélis avait fait dégonfler les contusions qui viraient déjà au jaune. C'était l'affaire d'un jour ou deux, mais pour le moment ce n'était pas vraiment la nuance idéale sur un visage blafard. Il la regarda d'un air gêné.

— Du thé ?

Elle hocha la tête. Si seulement la douleur pouvait cesser de lui marteler les tempes.

— Que...

Elle hésita, presque effrayée de poser la question.

— Que s'est-il passé hier soir ?

— Nous avons tous trop bu.

— Oui, ça, je m'en étais déjà aperçue. Quoi d'autre ?

Il haussa les épaules.

— Il vous a pris la fantaisie de vouloir chanter du karaoké.

Elle frémit d'épouvante.

— Vous vous fichez de moi ! Je ne... Je ne me suis quand même pas levée pour chanter ?

— Non. Lotus a chanté, et ça vous a chamboulée.

Elle ferma les yeux de honte, sans pouvoir le croire.

— Après, nous sommes rentrés ici.

— Nous ? Qui, nous ?

— Tous les quatre. Ma Yongli a pensé qu'un peu de café noir pourrait vous faire du bien. Malheureusement, ça a produit l'effet inverse.

— Oh, mon Dieu. J'ai été malade ?

Il hocha la tête. Elle aurait voulu tomber raide morte sur place.

— Je suis terriblement désolée.

— Ce n'est pas grave, dit-il en souriant. Lotus s'est occupée de vous.

— Elle est toujours là ?

— Non. Ils sont partis au bout d'une heure.

Il lui tendit une tasse de thé vert. Elle avala une gorgée du breuvage chaud, aromatique, et se sentit un peu mieux.

Sans oser le regarder dans les yeux, elle se risqua à demander :

— Est-ce que nous... ? Est-ce que je... ?

Mais elle abandonna et demanda plutôt :

— Qui m'a déshabillée ?

— Lotus vous a mise au lit avant de partir.

Margaret se sentit énormément soulagée. Non parce qu'il ne s'était rien passé entre eux. Mais parce qu'elle aurait été incapable d'apprécier. Malgré son embarras et sa gueule de bois, elle ressentait toujours la même chose à l'égard de Li. Elle aurait aimé qu'il la serre dans ses bras, pour la réconforter, la rassurer. Mais dans la froide lumière du jour, ils se sentaient aussi gauches l'un que l'autre. Ils n'avaient pas encore cette familiarité des gens qui ont partagé une grande intimité, qui se sont avoué leurs sentiments. Elle but une autre gorgée de thé et regarda autour d'elle, comme si elle cherchait quelque chose. Il lui tendit son sac.

— C'est ça que vous cherchez ?

— Oui.

Elle l'ouvrit, trouva une boîte d'Advil, et en avala deux comprimés avec son thé. Dans quinze ou vingt minutes, elle se sentirait peut-être un peu plus humaine. Elle regarda sa montre.

— Bon sang ! C'est l'heure ?

Il était 9 heures et demie.

— J'ai cours à 9 heures !

— Vous *aviez* cours à 9 heures, la corrigea Li. Vous voulez que j'appelle un taxi ?

Il regarda le taxi s'éloigner dans la rue ; le baiser qu'elle lui avait rapidement plaqué sur la joue en partant le brûlait encore. Il se demanda quand il la reverrait, s'il la revoyait. Il aurait des ennuis, il le savait, pour l'avoir ramenée ici. Le policier de garde n'aurait pas manqué de faire son rapport. Mais il ne pouvait pas la laisser à son hôtel dans cet état, et il se tracassait pour sa sécurité. Si l'homme qui l'avait attaqué la veille les avait suivis, il aurait découvert son adresse. Il y avait de grandes chances pour qu'il la sût déjà. Li observa la rue. Plusieurs voitures étaient garées en épi sur le trottoir, à l'ombre des arbres. Des douzaines de policiers en uniforme sortaient de l'académie, en face, des agents arrêtaient la circulation pour leur permettre de traverser. Des femmes poussant des voitures d'enfant se promenaient dans le petit square en longueur du milieu de la chaussée. Le regard perdu dans le vide, des vieillards assis sur des bancs fumaient des cigarettes. Il se demanda si des yeux cachés étaient en train de le surveiller en ce moment même. C'était une idée très troublante.

La pluie de la nuit précédente avait lavé l'atmosphère d'une partie de sa poussière et de son humidité. Il trouva l'air plus frais en pédalant vers le nord, le long de Chaoyangmen Nanxiaojie, son trajet habituel pour se rendre au bureau. Au-dessus de sa tête, le ciel était bleu, non plus d'un gris de cendre. Il repensait à Margaret. Avait-elle été déçue que rien ne se soit passé entre eux cette nuit ? Elle avait paru plutôt soulagée. C'était étrange, pensa-t-il, comme elle lui donnait toujours l'impression d'une intimité possible, comme s'ils s'étaient très bien connus autrefois, comme d'anciens amants. Elle semblait souvent sur le point de le toucher, ou de l'embrasser, mais se retenait toujours à la dernière minute en réalisant sans doute qu'après tout, elle ne le connaissait pas. Ou peut-être avait-elle tout simplement du mal à se défaire de cette habitude d'intimité désinvolte, née de plusieurs années de vie commune avec l'homme qu'elle avait épousé ; peut-être que Li n'avait rien à voir dans tout ça.

Au coin de Dongzhimennei, il salua Mei Yuan en passant et lui lança :

— Désolé, je n'ai pas le temps, ce matin.

Elle se leva pour lui faire signe, avec une certaine insistance. Mais il s'était déjà engagé dans le courant de la circulation.

— Plus tard ! cria-t-il.

Les couloirs de la Section n° 1 regorgeaient toujours de citoyens attendant d'être interrogés sur le migrant de Shanghai, ou sur ce qu'ils avaient pu voir ou ne pas voir dans le parc Ritan deux jours plus tôt. La salle des inspecteurs était vide, à l'exception de l'inspecteur Qian, en train de terminer son rapport sur les événements survenus dans le parc la veille au soir. L'air soucieux, il inclina la tête vers le bureau de Li.

— Le chef t'attend.

Li se prépara à l'affrontement et entra d'un pas décidé.

— Bonjour, chef. Sacrée avancée hier soir.

Assis au bureau, Chen feuilletait vaguement les rapports qui attendaient Li. Il leva les yeux et dit d'un air sombre :

— Dans votre vie privée ou professionnelle ?

— Qu'est-ce que vous voulez dire ?

— Oh, ça va, Li !

Chen asséna une grande claque sur le bureau.

— Nous savons tous les deux que le docteur Campbell a passé la nuit chez vous. À quoi jouez-vous, bon Dieu ?

— Elle avait trop bu, chef. Elle ne se sentait pas bien, c'est pour ça que je l'ai ramenée à la maison. Rien de plus. Elle a dormi dans la chambre de mon oncle Yifu.

— Bougre d'imbécile. C'est une *étrangère.* Vous êtes un fonctionnaire de l'État !

— Mes relations avec le docteur Campbell ne sortent pas du cadre de mon travail, chef, protesta Li.

— Eh bien, il est temps de cesser de l'emmener travailler chez vous.

Furieux, Chen se leva.

— Vous avez une idée des répercussions que cela peut avoir ? J'ai déjà reçu un coup de téléphone de l'université qui envisageait de renvoyer le docteur Campbell chez elle, sur-le-champ. Je me sens entièrement responsable. Après tout, c'est moi qui lui ai demandé son aide en premier. Et c'est à vous que j'en veux, pas à elle. Vous étiez le mieux placé pour le savoir.

Li baissa la tête, toute résistance vaincue.

— Je suis désolé, chef. Je croyais bien faire. Surtout après l'agression dont j'ai été victime hier soir. Je pensais qu'elle pouvait courir un danger.

Mais Chen ne décolérait pas.

— On va y venir dans un moment, aboya-t-il. Le fait est, Li, que je vais devoir envisager des mesures disciplinaires contre vous. Surtout après la plainte officielle d'hier.

— Si vous parlez de La Piquouse...

— Ne me faites pas l'affront de le nier, le prévint Chen. Quant à hier soir, si vous aviez suivi la procédure normale, un, vous n'auriez pas été agressé, deux, vous n'auriez pas exposé le docteur Campbell au danger, comme vous l'avez fait.

Il se retourna vers la fenêtre avec un geste d'exaspération.

— Pour l'amour du ciel, Li, ça ne fait même pas trois jours que vous occupez ce poste. Je pensais que vous aviez compris. Nous travaillons en équipe ici. Votre boulot, c'est de diriger cette équipe. Il ne vous autorise pas à mener une croisade individuelle, à vous déchaîner comme un électron libre, comme... un flic américain. Et si vous ne pouvez pas comprendre ça, je veillerai personnellement à ce que vous finissiez votre carrière à la circulation, place Tiananmen. Compris ?

— Chef ?

— Est-ce que vous *comprenez* ?

— Oui, chef.

Chen prit une profonde inspiration et se détendit un peu. Il se rassit dans le fauteuil de Li.

— En dépit de tout ce que j'ai dit, vous avez fait du sacré bon boulot, hier. Le gant et la clé, et l'empreinte du pouce.

— Je n'y suis pas pour grand-chose, chef. C'était l'idée du docteur Campbell.

Chen lui jeta un bref coup d'œil.

— C'est également elle qui a pensé que Chao pouvait avoir le sida – à cause des médicaments trouvés dans son appartement. Nous avons demandé des analyses de sang supplémentaires, hier, pour le confirmer. Les résultats devraient nous parvenir aujourd'hui.

— Le docteur Campbell semble avoir été *très* occupée, dit Chen d'une voix un peu tendue. Elle semble aussi avoir eu parfaitement raison.

Il soupira et prit sur le bureau une chemise qu'il tendit à Li.

— La police de Hong-Kong l'a envoyée par fax il y a une dizaine de minutes.

Li ouvrit la chemise et se trouva face au portrait en noir et blanc de l'homme qui l'avait si bien arrangé la veille au soir. Un frisson le parcourut de la tête aux pieds.

II

Margaret descendit du taxi devant le bâtiment administratif de l'université. Elle n'avait plus besoin de se presser. Son cours aurait dû être terminé depuis plus d'une heure. De chez Li, elle s'était rendue à l'hôtel où elle avait pris une douche et s'était changée avant de rassembler quelques notes et sauter dans un autre taxi. Ses cheveux étaient à peine secs, et elle s'était maquillée un peu plus que d'habitude pour camoufler les ravages de la nuit précédente. Elle avait encore la tête douloureuse et l'estomac retourné. En montant les marches de l'escalier de marbre, elle entendit un claquement de pas qui descendaient. Elle leva les yeux. C'était Lily Peng.

— Bonjour, dit Margaret un peu essoufflée. Vous ne savez pas où Bob... ?

Lily passa devant elle et sortit sans la regarder ni lui dire un mot. Margaret n'en revenait pas. Même s'ils se montraient un peu brusques, les Chinois étaient en général courtois.

Elle poursuivit son chemin vers le bureau qu'elle avait rendu la veille aux professeurs Tian et Bai et au docteur Mu. Seule cette dernière s'y trouvait.

— Bonjour, dit Margaret. Savez-vous où est Bob ?

Le docteur Mu écarquilla les yeux comme si Margaret avait deux têtes.

— B-O-B, répéta-t-elle lentement en insistant sur les deux « b ».

C'était ridicule. Elle ne comprenait pas l'anglais.

— Non, ça ne fait rien.

Et elle se dirigea vers le bureau du professeur Jiang. Elle allait frapper à la porte quand celle-ci s'ouvrit sur Veronica qui faillit lui rentrer dedans.

— Oh, bonjour, dit Margaret. Je cherche Bob.

Veronica lui jeta un regard glacial.

— Il donne un cours.

Et elle s'en alla sans ajouter un mot.

Margaret commençait à avoir un mauvais pressentiment. Elle avait la tête lourde, la nuque douloureuse. Elle soupira, redescendit l'escalier et traversa le campus en direction des salles de cours. Elle trouva Bob en train de ranger ses notes. Il leva les yeux, puis se replongea dans ses papiers.

— Je suis surpris que vous vous donniez la peine de faire une apparition, dit-il en regardant sa montre. Vous n'avez que deux heures de retard.

— Merde, je suis désolée, Bob. Je ne me suis pas réveillée.

— « Je », ou « nous » ?

Margaret rougit.

— Pardon ?

— Eh bien, je suppose que vous n'êtes pas retournée à votre hôtel pour dormir après avoir passé la nuit chez l'inspecteur Li. Il serait plus juste de dire que vous *deux* ne vous êtes pas réveillés. Ensemble ? Chez lui ?

L'embarras initial de Margaret fit rapidement place à la colère. Comment diable savait-il où elle avait passé la nuit ?

— Je pense qu'il serait encore plus juste de dire que ça ne vous regarde pas.

Il laissa tomber ses notes sur le bureau avec un claquement sec et se tourna vers elle, l'air furieux.

— Eh bien, je pense qu'il serait très injuste de dire ça. Étant donné que c'est moi qui ai dû faire cours à votre place au pied levé et passer la demi-heure suivante dans le bureau du professeur Jiang à vous trouver des excuses.

— Quoi – *tout le monde* sait où j'ai passé la nuit ?

— Oui. Tout le monde.

— Comment ? demanda-t-elle sans pouvoir le croire.

— Lily Peng.

— Quoi ? Vous voulez dire que cette petite garce nous espionnait ?

— N'accusez pas Lily, dit Bob d'un ton brusque. Elle ne fait que son boulot.

— Seigneur, c'est un crime de passer la nuit chez quelqu'un dans ce pays ?

— Eh bien, en fait, oui.

Elle en eut le souffle coupé.

— Où que vous alliez en Chine, chaque fois que vous changez d'adresse, c'est une obligation légale de le rapporter à la Sécurité publique. Légalement, s'enregistrer dans un hôtel revient au même. Vous n'avez pas passé la nuit à votre hôtel. Techniquement, vous avez enfreint la loi. Lily l'a rapporté à la Sécurité publique, qui l'a rapporté à votre *danwei,* ici, à l'université. Le professeur Jiang et tous les gens de ce département se sont sentis déshonorés par votre conduite. Ils trouvent votre comportement scandaleux, et je les approuve.

— Putain ! s'écria Margaret, les mains sur les hanches, les yeux au plafond. C'est pas vrai.

— Si, dit Bob avec colère. C'est la Chine. Et c'est

très vrai. Je croyais que vous aviez lu la documentation de l'OICJ.

— J'ai dit que je l'avais eue. Je n'ai pas dit que je l'avais lue.

Elle l'entendit étouffer un hoquet d'exaspération.

— Écoutez, je suis désolée, d'accord ? Je n'étais venue que pour donner quelques cours et me sortir la tête d'un merdier infernal. Je ne savais pas que j'allais être constamment sous l'œil de Big Brother.

— Ce n'est pas Big Brother qui vous surveille ici, dit Bob avec hargne. C'est tout le monde. Le voisin, le groom, le garçon d'ascenseur. Le comité de rue, le flic du recensement, l'unité de travail. C'est une société qui fait elle-même sa police. Bien sûr, vous sauriez tout cela si...

— Oui, oui, je sais, le coupa-t-elle. Si j'avais lu ma documentation.

— Eh bien je suis content que vous le preniez avec autant de légèreté. Je peux vous assurer que ce ne sera pas le cas de l'OICJ. Ils ont passé des années à établir de bonnes relations avec la Chine, et vous auriez pu tout anéantir en une nuit.

— Une nuit de passion, hein ? dit-elle d'un ton amer. C'est ce que vous pensez tous, n'est-ce pas ? Eh bien, peut-être cela vous intéressera-t-il de savoir qu'il ne s'est rien passé. J'ai dormi dans une chambre, et lui dans l'autre.

— Je m'en fiche pas mal, dit Bob. Si vous croyez que le problème est là, vous vous trompez complètement.

— Et où est le problème, alors ? demanda-t-elle, à deux doigts d'exploser de colère.

— Le problème est que vous êtes une invitée qui a abusé de l'hospitalité de ses hôtes.

Il pointa sur elle un doigt accusateur.

— Vous n'avez pas manifesté le moindre intérêt pour ce pays ou sa culture depuis votre arrivée. Je pensais que le fait d'aider l'inspecteur Li dans son enquête vous en offrirait le moyen. Et c'est un désastre.

Il ne semblait pas au courant de l'étendue de sa contribution à l'enquête. Elle se demanda s'il adopterait une attitude différente s'il le savait, et conclut que cela ne changerait strictement rien.

— Je suggère, poursuivit-il, que vous vous teniez à l'écart du commissaire adjoint Li et de son enquête pendant les cinq semaines suivantes. Et vous auriez aussi intérêt à ne pas vous trouver sur le chemin du professeur Jiang. C'est tout ce que j'ai pu négocier pour le dissuader de vous faire reprendre le premier avion pour les États-Unis.

— Oh, vraiment ? Eh bien laissez-moi vous dire qu'il était inutile de vous donner tant de mal. Je vais réserver ma place moi-même.

Elle lui jeta ses notes qui voltigèrent doucement en l'air.

— Je laisse tomber.

III

D'autres détails arrivèrent de Hong-Kong. L'homme qui avait martelé la figure de Li à coups de poing la veille, dans le noir et sous la pluie, l'homme qui lui faisait maintenant face en noir et blanc sur son bureau, s'appelait Johnny Ren. Il avait un lourd passé de délinquant mineur depuis l'âge de douze ans, allant du vol au viol. Un gamin sympathique ! pensa Li. Il avait à présent trente ans, dont plus de huit passés en prison. La police de Hong-Kong ne pensait pas qu'il s'était brusquement amendé. D'après eux, il avait été pris sous l'aile d'une Triade opérant depuis Kowloon, et ils le suspectaient d'être impliqué dans une bonne demi-douzaine de règlements de comptes au début des années 1990. D'après certaines sources du milieu, il opérait maintenant en « technicien » free-lance, ou tueur à gages. Mais ils n'avaient aucune preuve. Son revenu légal provenait d'une chaîne de restaurants dont il était l'associé. Il vivait bien, possédait un appartement de luxe à côté du champ de courses de l'île de Hong-Kong, et un bateau sur la marina. Il conduisait une Mercedes sport et une Toyota Landcruiser. Il portait des costumes Versace et fumait des cigarettes américaines. Li n'avait pas besoin qu'on lui en précise la marque. La police de Hong-Kong avait fait des recherches sur Johnny Ren. Pour l'instant, il n'était pas chez lui ; personne ne l'avait vu depuis plusieurs semaines.

On frappa à la porte ; la tête de Qian apparut dans l'embrasure :

— Tout le monde est là, patron.

— Tu as fait les photocopies ?

— Oui. On est en train de les distribuer dans la salle de réunion.

— Bon. J'arrive.

Li rassembla ses papiers et se leva. Il ferma les yeux un instant, respira à fond, et revit le visage de Johnny Ren tel qu'il lui était apparu la nuit précédente. Il était gravé dans son cerveau. Un visage déformé par la colère et la détermination, penché sur lui, à quelques centimètres. Li avait encore l'odeur de son haleine de fumeur dans les narines. Dans le parc, Johnny Ren avait perdu tout le sang-froid et le contrôle professionnel acquis au fil des ans. Il était sur le point de tuer Li. Il voulait lui défoncer la tête jusqu'à ce que les os craquent, jusqu'à ce que sa cervelle se transforme en bouillie. Li l'avait lu dans ses yeux. Johnny Ren avait commis une erreur, et voulait le tuer pour ça.

Li ouvrit les yeux ; il était en sueur. Jamais il n'avait rencontré une incarnation du mal aussi brutale et déchaînée ; il fallait qu'il l'attrape, qu'il le supprime de la surface de la terre. En se tournant vers la porte, il vit Yongli entrer en trombe dans la salle des inspecteurs. Son ami avait l'air malheureux, tourmenté. C'était la première fois qu'il venait là.

— Hé, qu'est-ce que tu fais ici, mon pote ? demanda Li, surpris.

Il remarqua alors son teint terreux, et les cernes profonds sous ses yeux.

— J'ai besoin de ton aide, dit Yongli d'un ton pathétique.

Comme un petit garçon qui sait que la faveur qu'il demande à son père lui sera refusée.

— Qu'est-ce qu'il y a ? Tu as des ennuis ?

Li ne l'avait jamais vu dans cet état.

— C'est Lotus.

Son cœur se serra. Il aurait dû deviner. Il savait que Yongli était capable de faire face à n'importe quel problème. Mais Lotus...

— Qu'est-ce qu'elle a fait ?

— Elle a été arrêtée.

Qian apparut à la porte, un peu essoufflé. Il fit une grimace et un signe de tête vers le couloir.

— Le chef a décidé d'y assister, patron. Je crois qu'il commence à s'impatienter.

— J'arrive, dit Li.

Puis, se tournant vers Yongli :

— Écoute, ça devra attendre. J'ai une réunion.

Mais Yongli fit comme s'il n'avait pas entendu.

— En partant de chez toi, ce matin, nous sommes retournés au Xanadu. Les flics ont fait une descente juste avant 5 heures. Une sorte de rafle. On a tous été emmenés.

— Je n'ai pas le temps maintenant, Ma Yongli, dit Li en se dirigeant vers la porte.

Yongli le suivit.

— Ils ont trouvé de la drogue dans son sac. De l'héroïne. Elle n'a aucune idée d'où ça vient.

— Toujours la même chanson, fit Li, perdant patience.

Cela confirmait ses pires craintes au sujet de Lotus. Il enfila le couloir, Yongli sur ses talons.

— Je la crois, Li Yan. Elle ne se drogue pas. Elle n'y a jamais touché. Mais ils l'ont arrêtée. Elle peut en prendre pour des années. Bon Dieu, on tue des gens pour moins que ça !

Li s'arrêta à la porte de la salle de réunion et se retourna vers son ami.

— Écoute, je t'avais prévenu que tu aurais des

problèmes avec elle. Dès le début. Qu'est-ce que tu veux que je fasse ? J'ai un triple meurtre sur les bras, une réunion des inspecteurs au grand complet qui m'attend. Et tu veux que je laisse tout tomber pour tirer d'affaire une pute bourrée d'héro ?

Il regretta aussitôt ses paroles.

Les joues pâles de Yongli s'empourprèrent ; son regard devint glacial.

— Quoi que tu penses de Lotus, c'est moi qui te demande de l'aide. Je croyais que nous étions amis, Li Yan. Ce n'était donc qu'une illusion ?

— Ah non, pas de ça avec moi, supplia Li. Tu sais très bien qu'elle aura été arrêtée par une autre section. Je n'aurais aucune influence...

— Donc tu ne feras rien ?

La porte de la salle de réunion s'ouvrit sur Chen.

— Commissaire adjoint Li, dit-il délibérément, j'ai une autre réunion dans trente minutes.

— Tout de suite, chef. Deux secondes.

— De notre système horaire ? demanda Chen en refermant aussitôt la porte.

Li respira à fond et se tourna vers Yongli :

— Écoute, je vais voir ce que je peux faire, d'accord ?

Yongli lui jeta un regard sceptique.

— Ouais, bien sûr, c'est tout ce que tu trouves à dire pour te débarrasser de moi ?

— Oh, ça va, fit Li d'un ton sec. Lâche-moi. J'ai dit que je ferai ce que je pourrai.

Il vit dans les yeux de Yongli un mélange de mépris et de peine quand ce dernier déclara :

— Je ne me fais pas d'illusion.

Et il s'éloigna d'un pas rapide dans le couloir. Li

se sentit vraiment nul. Il plissa les yeux en soufflant entre ses dents. Yongli méritait mieux que ça. Il se rappela comme Lotus avait été chic avec Margaret. Il se renseignerait. À la première occasion. Il tourna les talons et pénétra dans la salle de réunion.

Le chef de section Chen et une douzaine d'inspecteurs l'attendaient, assis autour de la table. Un voile de fumée planait au-dessus de leurs têtes comme un nuage reflétant l'humeur de Chen.

— Désolé de vous avoir fait attendre, dit Li.

Il s'assit et alluma une cigarette.

— Vous avez tous des copies du doc de Hong-Kong.

Il sortit le portrait en fac-similé de Johnny Ren.

— Regardez bien cet homme. C'est notre tueur. J'attends une confirmation complète des experts à l'heure du déjeuner. Mais je n'ai aucun doute. Il est très fort, et très dangereux. Et toujours à Pékin. Ou du moins y était-il encore hier soir.

Il frotta son ecchymose d'un air lugubre.

— Je veux que ce portrait fasse la une de tous les quotidiens de Chine demain matin. Je le veux à tous les bulletins d'informations de toutes les chaînes de télé. Je veux que son portrait soit faxé à tous les commissariats de police, toutes les gares, toutes les frontières. Cet homme est armé et dangereux. Je veux qu'on informe la police armée, la police des frontières, la police des transports, *et* l'armée. Il n'est pas question qu'il puisse se déplacer sans être aussitôt reconnu par quelqu'un. Je veux qu'on vérifie chaque hôtel, chaque auberge, chaque pension de famille de la ville. Il doit bien dormir quelque part. Quelqu'un l'a forcément vu. Quelqu'un sait où il est.

C'est uniquement une question de temps. L'inspecteur Qian se chargera de la coordination.

Wu s'appuya contre le dossier de son fauteuil, une main pendant de l'accoudoir, une cigarette entre les doigts. Il avait repoussé ses lunettes de soleil sur son front et mâchait son éternel chewing-gum d'un air pensif.

— On n'a pas encore de mobile établi pour celui-là, hein patron ?

— L'argent, dit Li. C'est un professionnel. Ce que nous ne savons pas, c'est qui l'a embauché, ni pourquoi. Et quand nous le tiendrons, je doute qu'il nous l'explique.

— Donc, en attendant, on essaye toujours de faire le lien entre nos trois victimes ? demanda Wu.

— Tu as une meilleure idée ?

Wu n'en avait pas.

— Il y a du nouveau de ce côté-là ?

Tous secouèrent la tête.

— OK, on continue les interrogatoires. Mais un nouvel élément peut avoir son importance. Chao avait sans doute le sida. J'attends le résultat d'un test sanguin aujourd'hui. Nous savons qu'il avait un faible pour les jeunes garçons. Jusqu'à hier après-midi, nous nous sommes efforcés d'établir une connexion drogue entre Chao et Mao Mao. Grâce à notre cher ami La Piquouse, nous savons que nous pouvons écarter cette hypothèse de notre enquête.

Tous les inspecteurs assis autour de la table regardèrent Chen qui demeura impassible.

— Mais il y a peut-être une connexion gay. Quelqu'un atteint du sida qui voudrait se venger. Je sais que rien ne laisse suggérer un lien homosexuel avec le dealer ou le migrant. Mais on n'a pas cherché dans cette direction. Je vais faire procéder à des tests VIH sur des échantillons de sang prélevés sur les deux.

— Zhao, dit-il en se tournant vers le jeune inspecteur, nous avons besoin de dénicher les garçons qui venaient régulièrement à l'appartement de Chao. Si quelqu'un les fournissait, on veut savoir qui, et on veut lui parler dare-dare.

— Je m'en occupe tout de suite, patron, dit Zhao en gribouillant sur son carnet.

— OK, fit Li en se rasseyant. Des questions, des suggestions ?

Wu souffla un nuage de fumée vers le ventilateur du plafond et le regarda se disperser dans la brise.

— Ouais, j'ai une question, dit-il. Est-ce que cette jolie Américaine médecin légiste travaille toujours avec nous sur l'affaire ?

Ses collègues étouffèrent des rires incrédules.

— Parce que, tu sais, patron, ce n'est pas juste de la garder pour toi tout seul. Nous aussi on aimerait bien profiter de son expérience, ajouta-t-il en gardant son sérieux.

Chen prit un air constipé.

— À mon avis, dit Li, je crois qu'une expérience de deux ans à la circulation place Tiananmen te serait bien plus profitable.

Ce qui permit aux autres de libérer l'envie de rire qu'ils avaient réprimée.

— On pourrait se relayer, d'ailleurs.

Les rires redoublèrent.

Li jeta un coup d'œil à Chen sur les lèvres duquel venait d'apparaître l'ombre d'un sourire.

— Et pour répondre à ta question, Wu, le docteur Campbell ne nous aide plus sur cette enquête.

Il referma son dossier.

— C'est tout pour l'instant, à moins que quelqu'un d'autre... ?

Personne ne broncha.

— OK, allons cueillir Johnny Ren.

Il y eut un raclement de pieds de chaises sur le sol.

— Une dernière chose, ajouta Li. Limitez au strict minimum la quantité de paperasse qui envahit mon bureau, les gars. Rien que l'essentiel, s'il vous plaît. J'en ai déjà plus qu'assez pour les cinq prochaines années.

Les inspecteurs sortirent de la pièce. Chen s'approcha de Li, et lui toucha légèrement l'épaule.

— Tenez-moi au courant de la suite des événements.

Li resta assis un moment après que tout le monde fut parti, et se retrouva en proie à une étrange mélancolie douloureuse. Puis il ramassa son dossier et se força à se lever. Il avait l'impression d'être vidé de son énergie. C'était peut-être tout simplement la gueule de bois, pensa-t-il. Il retourna à pas lents vers son bureau. Bien qu'il ait pris à la légère l'allusion de Wu à Margaret, cela l'avait obligé à regarder la vérité en face – sans son implication dans l'enquête, il n'avait aucune raison de la voir. Du moins, pas professionnellement. Et les exigences de son travail étaient telles qu'il n'était pas près d'avoir beaucoup de temps libre dans un avenir proche. Dans moins de cinq semaines, elle repartirait ; il avait peu de chance de la revoir un jour. Il était donc inutile d'essayer de poursuivre une relation pendant les quelques heures qu'ils réussiraient à voler ici et là. Et sans cette affaire à discuter, de quoi parleraient-ils ? Ce n'était pas comme s'ils avaient des tas de choses en commun. En fait, il était fou d'avoir imaginé qu'il puisse se passer quelque chose entre eux. C'était aussi bien d'en terminer de cette façon. Mais plus il se convainquait que c'était la meilleure des choses, plus il en doutait. Il se sentait profondément déprimé à l'idée qu'elle puisse déjà sortir de sa vie pour toujours.

Le couloir bourdonnait d'activité – inspecteurs, secrétaires, témoins, sonneries de téléphones, cliquetis des photocopieuses, gémissements des fax crachant des images de l'éther. Li approchait de la porte de la salle des inspecteurs quand un inconnu le bouscula et fit tomber le dossier qu'il tenait à la main. Sans s'excuser, l'homme se dépêcha de s'éloigner. Li jura et se baissa pour ramasser les feuilles qui s'étaient échappées du dossier. Il avait à peine entraperçu le visage de l'individu, pâle, tendu, volontairement tourné de trois quarts. Toujours accroupi, il se retourna pour regarder la silhouette qui se dirigeait vers l'escalier, au bout du couloir, et soudain une image surgit à sa mémoire : celle d'un visage déformé par la colère et la détermination ; un visage en noir et blanc sur une page de fax ; un visage qui le regardait en ce moment même depuis la feuille tombée sur le sol du couloir ; le visage de l'homme qui venait de le bousculer.

— Hé ! hurla-t-il. Arrêtez-le ! Arrêtez cet homme !

Plusieurs personnes se détournèrent pour le fixer d'un air ahuri. L'homme, qui était déjà au bout du couloir, se mit aussitôt à courir et atteignit l'escalier avant même que Li ait eu le temps de se redresser. Laissant voltiger ses papiers derrière lui, Li bondit comme un fou à sa poursuite et heurta de plein fouet un policier qui se trouvait sur son chemin. Le malheureux partit valdinguer contre une porte.

— Poussez-vous ! cria Li. Poussez-vous, bordel !

Des corps se plaquèrent contre les murs à droite et à gauche. Des inspecteurs sortirent des bureaux.

— Qu'est-ce qui se passe, bon Dieu ? cria quelqu'un.

Li se mit à dévaler les marches quatre à quatre en hurlant aux gens de s'écarter. Il entendit les pas de Johnny Ren, un étage plus bas, et vit un pan de costume Versace, des cheveux bien coupés, un visage qui se retournait brièvement. Au-dessus de lui, une voix cria :

— Mais bon sang, Li, que se passe-t-il enfin ?

C'était sans doute Chen. Mais il n'allait pas s'arrêter pour le lui expliquer. Il arriva déjà essoufflé au rez-de-chaussée ; la chaleur de l'extérieur le cueillit comme un coup de poing. Le contraste entre l'intérieur sombre de la Section n° 1 et la chaleur blanche du soleil matinal l'aveugla un instant. Il leva un bras pour s'abriter les yeux et balaya la rue de droite à gauche.

Aucune trace de Johnny Ren. Mais de la droite lui parvint le claquement d'une poubelle. Li suivit le bruit, dépassa le garage au toit rouge des véhicules de police, et enfila une étroite ruelle longeant l'arrière des boutiques de Chaoyangmen Nanxiaojie. Il vit au loin la silhouette de l'homme aux Marlboro. Une poubelle se balançait encore au milieu des ordures là où elle avait déversé son contenu puant. Li sauta par-dessus et continua sa poursuite d'un pas lourd, tout en essuyant avec sa manche la sueur qui lui coulait dans les yeux. Il vit Ren prendre à droite, au bout de la ruelle. À gauche, il serait revenu sur Chaoyangmen Nanxiaojie. À droite, il s'enfonçait dans un dédale de *hutongs* sinueux au milieu d'un fouillis de cours délabrées et de passages encore plus étroits. Il était déjà hors de vue quand Li déboucha de la ruelle. Mais l'écho de ses pas résonnait entre les murs. Li sentit une brûlure atroce aux poumons quand il voulut reprendre son souffle, et, pour la première fois de sa vie, regretta de fumer. Sa seule consolation était que Johnny Ren fumait lui aussi, et devait souffrir autant. Il se remit à courir, avec moins de vigueur toutefois, les excès de la veille se faisaient sentir. Le sang lui battait les tempes. Au coin d'une ruelle, il percuta un garçon d'une douzaine d'années à vélo qui flânait, perdu dans un monde de fantasmes adolescents. Ses jambes se prirent dans la roue avant du vélo et il tomba sur le jeune cycliste qui hurla de douleur et se tortilla frénétiquement sous le poids de cet homme grand et lourd qui venait de tomber du ciel. Li jura et se remit sur ses pieds. Du sang coulait d'une écorchure au coude, son pantalon était déchiré au genou. Le garçon criait toujours. Li l'attrapa par les épaules :

— Ça va, petit ?

Mais le garçon ne pensait qu'à son vélo :

— Regardez mon vélo ! Regardez ce que vous avez fait, espèce d'abruti !

La roue avant était salement tordue.

Li poussa un soupir de soulagement. Les roues se réparaient ou se changeaient.

— Je suis policier, haleta-t-il. Va au poste de police, au coin de la rue, et attends-moi là-bas.

Et il repartit en courant.

— Tu parles, à d'autres ! hurla le gamin dans son dos. Putain d'abruti !

Une cinquantaine de mètres plus loin, Li arriva à un croisement. Hors d'haleine, il s'arrêta, et regarda de gauche à droite. Rien. Des arbres balançaient doucement leurs branches dans la brise. À part sa propre respiration sifflante, il n'entendait que le bruit assourdi de la circulation sur Dongzhimennei. Il prit à droite, dépassa des entrées de *siheyuan* en ruine, y jeta un coup d'œil. Dans l'une, une vieille femme était en train de balayer avec un balai de paille. Il sortit sa carte de la Sécurité publique.

— Police, dit-il. Avez-vous vu un homme en costume sombre ? Il a dû passer devant vous.

Elle secoua la tête.

— Je n'ai vu personne, dit-elle. À part des petits garçons, il y a une dizaine de minutes.

Il fit immédiatement demi-tour pour repartir au petit trot en sens inverse jusqu'à Dongzhimennei. La rue était encombrée de voitures sur la chaussée, de vélos dans la piste cyclable, de piétons sur les trottoirs. Il repéra deux balayeurs de rue, quelques vendeurs de légumes. Personne ne fit attention à lui quand il jaillit en soufflant comme un bœuf, le visage inondé de sueur, et se mit à scruter la rue de tous les côtés. Johnny Ren avait disparu.

— Vous êtes complètement miros ! hurla-t-il avec rage à ses inspecteurs. Vous sortez d'une réunion dont le sujet principal est justement ce type. Vous avez tous sa photo dans vos dossiers. Vous revenez ici et vous ne le voyez pas sortir de mon bureau ?

Ils s'étaient figés dans le silence. L'immeuble entier bourdonnait de rumeurs et de spéculations. En rentrant, Li était d'abord passé chez Chen pour réclamer des gardes armés à toutes les entrées du bâtiment, et le contrôle de l'identité de toute personne y pénétrant.

— L'audace de cet homme me dépasse, chef. On est en train de parler de lui, de son arrestation, et il entre ici tranquillement et prend tout son temps pour fouiller mon bureau.

— Il vous manque quelque chose ?

— Je ne sais pas. Je n'ai pas encore vérifié.

Aucun de ses inspecteurs n'était capable de dire si Ren avait quelque chose à la main en sortant du bureau de Li.

— On pensait que c'était quelqu'un du rez-de-chaussée, de l'administration, dit Wu. Personne n'a fait attention à lui.

Li claqua la porte de son bureau. Debout, écumant de rage, il jeta un coup d'œil circulaire à la pièce et en eut la nausée. L'endroit était souillé, sali, violé. Ou Johnny Ren débordait de confiance en lui, ou il était fou. Probablement les deux. En tout cas, il avait un profond mépris pour la police.

Il s'assit pour examiner les papiers sur son

bureau. À première vue, rien ne manquait, mais on lui en avait tellement rajouté depuis deux jours qu'il n'était pas sûr de savoir ce qui s'y trouvait exactement. Il regarda autour de lui. Tout paraissait normal. Les douzaines de transcriptions empilées sous la fenêtre n'avaient pas bougé. Il fouilla ses tiroirs. Stylos, bloc-notes, carnet d'adresses, trombones, agrafeuse, vieux rapports de son prédécesseur, un paquet de chewing-gums, quelques lettres. On n'avait touché à rien. Que diable Johnny Ren pouvait-il bien chercher ? Et pourquoi prendre le risque de se fourrer dans la gueule du lion ? Qu'est-ce qui l'avait poussé ?

On frappa timidement à la porte ; Zhao apparut, tendu.

— Désolé de vous déranger, patron. Pendant que vous étiez dehors, le bureau du substitut du procureur général a appelé. Apparemment, le SPG s'inquiète de ne pas avoir trouvé dans votre rapport de ce matin la relation des événements de la nuit dernière – au parc Ritan.

Li ferma les yeux.

— Merde !

Comment le substitut du procureur général Zeng avait-il eu vent de ça ? Li n'avait pas eu envie de modifier son rapport à 1 heure du matin. Maintenant, il allait le payer. Il se dirigea à grands pas vers la porte. Zhao recula pour le laisser passer.

— Qian ! aboya-t-il. Tu as terminé le rapport de cette nuit ?

— Tout juste, patron.

— Bon. Fais-en une copie et demande un coursier pour l'envoyer au parquet. Je prépare la lettre.

Il jura entre ses dents, claqua la porte derrière lui et se laissa tomber dans son fauteuil. Il tendit la main vers son bloc, puis hésita. S'il appelait le Centre de Détermination des preuves matérielles maintenant, il aurait peut-être les résultats du test VIH. S'il les joignait au rapport, ça pourrait calmer Zeng qui serait content d'être au courant des dernières nouvelles. Il décrocha son téléphone et demanda qu'on lui passe le professeur Xie. En attendant, il fit le point dans sa tête pour son rapport : ils avaient rayé la drogue des liens pouvant exister entre les trois crimes, mais si Chao avait le sida, l'homosexualité pouvait en être un. Ils avaient, presque certainement, identifié l'assassin, un tueur à gages free-lance appartenant à une Triade de Hong-Kong, connu sous le nom de Johnny Ren, toujours en liberté à Pékin et, apparemment, très inquiet de savoir où en était la police.

— Professeur Xie, dit une voix qui le tira de ses pensées.

— Professeur, ici le commissaire adjoint Li. Pouvez-vous me dire quand on peut espérer avoir les résultats du test VIH ?

— Quel test VIH, commissaire ?

Li fronça les sourcils.

— Sur le sang de Chao. Le docteur Campbell l'a demandé hier.

— Pas à moi.

— Je ne comprends pas, dit Li, pris au dépourvu. Elle m'a dit qu'elle vous avait parlé hier soir, peu après 9 heures.

— Je crains que non. Et, malheureusement, on ne peut plus faire de test de ce genre. Les restes de

Chao ont été incinérés ce matin, avec tous les échantillons.

— Quoi ?

Li n'en croyait pas ses oreilles.

— Mais ce corps était une preuve. On ne détruit pas une preuve pendant une enquête criminelle.

Il y eut une longue hésitation à l'autre bout du fil. Quand il se décida à parler, le professeur avait une voix bizarre.

— Sa famille ne souhaitait pas recevoir les restes.

— Ça n'a rien à voir. Le corps de Chao était la propriété du peuple chinois jusqu'à nouvel ordre.

— Mon département avait l'autorisation de mettre le corps à disposition.

— De qui ?

— Je suis désolé, commissaire, je dois vous quitter. J'ai une autopsie en cours.

Et il raccrocha.

Li garda le combiné en main pendant trente secondes avant de le reposer. Il y avait quelque chose qui n'allait pas du tout. Machinalement, il porta la main à sa ceinture vers l'étui en cuir de sa montre. Il ne l'y trouva pas.

— Merde.

Il se rappela la chaîne cassée, la veille. Où l'avait-il fourrée ? Dans le premier tiroir de droite. Il l'ouvrit. Pas de montre. Il le fouilla jusqu'au fond. Absolument rien. Il chercha rapidement dans les autres tiroirs. Toujours pas de montre. Il n'avait pas remarqué son absence plus tôt parce qu'il avait oublié qu'il l'avait rangée là. Il sentit ses cheveux se dresser sur sa nuque. Johnny Ren l'avait prise pour une raison obscure.

IV

Margaret pédalait sans penser à rien, maussade, résolue, laissant la ville glisser sur elle tandis qu'elle traversait la pagaille des rues en direction du nord. Elle avait chaud, elle était fatiguée, furieuse, blessée, et penser était trop pénible. Si elle gardait la tête vide, ses sentiments resteraient à distance ; elle pourrait échapper temporairement à ce monde. Mais elle ne pouvait s'échapper de Chine. Du moins pas encore. Son avion ne partait que le lendemain matin.

En allant chercher un taxi qui la ramènerait à l'hôtel, après sa séance avec Bob, elle avait repéré Lily sur le campus et s'était offert une petite récréation. À sa vue, Lily était devenue écarlate. Margaret lui avait susurré brièvement un mélange exotique d'insanités qui auraient fait rougir sa mère. Même son père, pourtant expert en langage fleuri, en aurait été choqué. Mais la satisfaction qu'elle avait retirée de cette critique verbale sévère de l'ancienne et orgueilleuse Garde rouge avait été de courte durée. En arrivant dans sa chambre, Margaret s'était jetée sur son lit et avait pleuré pendant près d'une heure. Une douche chaude n'avait pas réussi à la soulager de son mal de tête. Quand elle avait appelé la compagnie aérienne pour avancer son départ, la fille lui avait annoncé qu'il y aurait des frais supplémentaires considérables. Ça m'est complètement égal, avait-elle répondu.

Maintenant, avec une carte et un guide dans le

panier de sa bicyclette, elle cherchait à s'échapper de la ville pour trouver un peu de solitude, le temps d'y voir plus clair dans ses sentiments sans être dérangée. Elle dépassa les bureaux pékinois d'Apple, s'étouffa derrière le pot d'échappement d'un camion diesel. En trois quarts d'heure, elle n'avait pas l'impression d'avoir beaucoup avancé sur le circuit qu'elle s'était tracé sur la carte. Les rues paraissaient toujours beaucoup plus longues dans la réalité que sur le papier.

Au bout de vingt autres minutes passées à se faufiler au milieu des marchés de rue surpeuplés et de la foule des cyclistes partant déjeuner, elle arriva à un carrefour important et vit enfin, de l'autre côté de la rue, en diagonale, les portes du parc Yuanmingyuan, le Parc de la Perfection rayonnante. Mais, fantôme miteux du lieu de divertissement royal qu'il avait été autrefois à l'époque des Qing, ce parc n'avait rien de parfait. Il était poussiéreux et mal entretenu. Mis à sac deux fois en quarante ans par les troupes françaises et britanniques, à la fin du XIXe siècle, il ne subsistait plus que les squelettes de marbre blanc de ses superbes pavillons et quelques mares pleines de nénuphars étouffés par les mauvaises herbes.

Margaret laissa son vélo à l'entrée et suivit les sentiers que les autorités municipales avaient tracés à travers bois. Elle passa devant un lac de plaisance où de tristes dragons-pédalos rouges se balançaient le long de la rive. Puis devant des kiosques où des filles peinturlurées et désœuvrées papotaient derrière de hauts comptoirs de souvenirs bon marché. Des haut-parleurs cabossés étaient accrochés dans tous les coins à des réverbères ou des poteaux de bois, et crachotaient de lugubres mélodies jouées sur d'antiques instruments à cordes. Les sites historiques étaient envahis de visiteurs ; grâce à la carte imprimée au dos de son ticket d'entrée, Margaret put s'écarter de la piste des touristes pour emprunter une étroite allée bordée d'arbres qui s'enfonçait au cœur des terres cultivées du parc. Enfin loin du monde, elle n'entendait plus que par intermittence le son de la triste musique portée par la brise. Elle finit par ralentir le pas et s'attarda à l'ombre de grêles bouleaux bordant une mare d'eau saumâtre peuplée de grenouilles. Des rizières scintillant dans la brume se perdaient au loin de chaque côté. En voyant les pousses de riz vertes qui dépassaient de l'eau brune immobile, elle pensa à McCord et à son super-riz pour populations affamées. Comme si des types de son espèce se souciaient une seconde des populations affamées. Quelle mauvaise blague. Elle était peut-être cynique, mais elle ne pouvait s'empêcher de croire que les malades, les mourants et les affamés n'étaient rien de plus que des gagne-pain aux yeux des scientifiques avides de s'approprier une part du gâteau de la recherche dès qu'ils pouvaient mettre la main dessus. Elle pensa à Chao et à ses relations avec McCord au temps où ils étaient ensemble au Boyce Thompson Institute. À cette rencontre fortuite qui avait amené McCord en Chine, et abouti au développement du super-riz, puis à l'ascension de Chao au rang de conseiller du Ministère de l'Agriculture. À la mort de Chao qui l'avait conduite ici, au Parc de la Perfection rayonnante, devant les pousses vertes de leur riz génétiquement modifié dépassant de l'eau brune immobile.

Toutes ces réflexions lui occupaient l'esprit, tenant à distance la seule chose à laquelle elle ne voulait pas penser. Li Yan. Si elle avait été semoncée pour avoir passé la nuit dans son appartement, quel courroux avait dû se déverser sur la tête de Li. Il devait savoir qu'il y aurait des conséquences. Beaucoup plus graves pour lui que pour elle. Après tout, elle n'était qu'une stupide Américaine ignorant le règlement. Lui était chinois, et chargé de le faire observer. Pourquoi l'avoir ramenée chez lui alors qu'il aurait très bien pu la déposer à l'Hôtel de l'Amitié ? Elle avait peur de savoir pourquoi. Peur de croire qu'il pouvait ressentir la même chose qu'elle. Mais que ressentait-elle *vraiment* ? Que *pouvait*-elle éprouver pour lui si peu de temps après la mort de Michael ? N'y avait-il pas danger à se jeter à la tête du premier homme qui lui manifestait un peu d'intérêt, n'y avait-il pas danger à vouloir simplement remplir le vide laissé par Michael ?

Elle ne savait plus. Elle était fatiguée d'essayer d'analyser ses sentiments. Ce qu'elle savait, c'était qu'elle se sentait malade à l'idée de ne plus jamais revoir Li. En rentrant à l'hôtel, elle aurait le temps de faire sa valise, de manger, de dormir. Demain, elle serait partie. Elle retrouverait Chicago et la parodie de vie qu'elle y menait quatre jours plus tôt. Cela ne faisait que quatre jours ? Plutôt quatre vies. Elle avait l'impression de connaître Li depuis toujours. L'avait-elle vraiment trouvé laid, bestial, repoussant, le premier jour, quand la voiture avait heurté son vélo ? Il était furieux. Elle ne l'avait plus jamais revu dans cet état. Elle pensa à toutes les heures passées en sa compagnie depuis, au nombre de fois où elle avait eu envie de le toucher ou de l'embrasser, légèrement, affectueusement. Pas de quoi en faire un plat. Cela lui paraissait si naturel qu'elle avait eu du mal à se retenir. Elle se rappela son visage, surpris dans le miroir de sa chambre d'hôtel par la porte entrouverte de la salle de bains ; elle savait qu'il pouvait la voir sortir de la douche. Elle en avait eu un frisson de désir sexuel.

Mais tout était fini maintenant, ces petits jeux d'esprit, ces fantasmes. Ils n'avaient pas d'avenir de toute façon. Quelques nuits de passion volées pour satisfaire ses pulsions sexuelles, et puis au revoir. Elle n'avait aucun avenir en Chine. Il n'avait aucun avenir hors de Chine. Alors, à quoi bon toute cette angoisse autour d'une relation inexistante et impossible ?

Elle ramassa un caillou et le lança au milieu de la mare, provoquant la débandade des grenouilles qui plongèrent dans l'eau stagnante. Elle avait tout bousillé. Elle était venue en Chine pour fuir. Mais elle n'était absolument pas préparée à ce qu'on attendait d'elle, et elle n'avait pas eu la volonté de combler ses lacunes. Elle avait rencontré un homme qu'elle trouvait attirant, mais ce n'était ni le bon endroit ni le bon moment. De toute façon, elle n'était pas prête pour une autre liaison. C'était l'avis qu'elle aurait donné à sa sœur ou à sa meilleure amie. Ne te jette pas tout de suite dans une autre histoire. Elle eut un sourire triste. Les avis qu'on donnait volontiers aux autres étaient souvent les plus difficiles à suivre soi-même. Faciles à donner. Durs à suivre. Elle se leva.

N'y pense pas, se dit-elle. Prends un taxi pour l'aéroport demain matin et monte dans l'avion. Une fois que tu seras en l'air tu pourras penser à ton avenir. Ne regarde pas en arrière. Du moins pas avant d'être assez loin pour considérer les choses sous un angle différent. Comme les rizières qui, vues d'avion avant d'atterrir, lui avaient fait penser à une mosaïque de miroirs brisés reflétant le soleil. Du sol, la vision était totalement différente – des pousses vertes dépassant de l'eau boueuse. Tout dans la vie était une affaire de point de vue. Elle se demanda quel point de vue elle pouvait bien avoir sur Michael.

Mais le fait d'avoir pris du recul sur les événements de ces derniers jours dans le Parc de la Perfection rayonnante lui avait fait du bien. Elle se releva lentement. Le truc, c'était de ne plus y penser. Pour le moment, le plus difficile allait être de retourner à vélo jusqu'à l'Hôtel de l'Amitié.

Chapitre 10

I

Jeudi après-midi

Concentrée sur son effort, sur les cyclistes qui filaient à côté d'elle en lui jetant des regards curieux, sur les automobilistes qui risquaient à tout moment de la renverser ou de lui crever les tympans avec leur klaxon, Margaret absorbait les sons et les images de cette ville étrange comme les scènes d'un film tournées d'une voiture. Avec une pointe de regret, elle sentit que Pékin lui manquerait. Il aurait suffi qu'elle y reste un peu plus longtemps pour l'avoir dans la peau. C'était un endroit tellement vivant. Inutile de rêver ! se dit-elle.

Elle aborda son hôtel par le nord, dépassa les jardins ombragés où les oiseaux chantaient dans des cages, et alla ranger son vélo dans le parking. Il faisait une chaleur caniculaire. Un coup de klaxon retentit ; elle n'y prêta pas attention. Les automobilistes klaxonnaient sans arrêt. Mais il retentit à nouveau. Deux coups brefs, insistants, puis un autre, plus long. En se retournant, elle vit une jeep pékinoise bleu foncé s'approcher. Son cœur se serra. Li était au volant. Il baissa sa vitre, coupa le moteur, et la regarda avec appréhension. Son visage meurtri semblait un peu moins abîmé.

— J'ai essayé de vous joindre à l'université. On m'a dit que vous partiez.

Elle hocha la tête.

— Mon avion décolle demain matin, à 9 heures et demie.

Il la trouva froide et distante. Il aurait voulu lui demander pourquoi elle partait, mais n'en eut pas le courage.

— Je voulais juste vérifier quelque chose avec vous. À propos du test VIH.

Déçue, Margaret réagit avec colère :

— Qu'est-ce que j'en ai à faire ? Je ne participe plus à votre enquête. Je me fous pas mal que Chao soit séropositif ou non.

Blessé, Li répondit sur le même ton :

— J'aurais du mal à vous le dire, même si je le voulais... puisque vous n'avez pas demandé ce test.

— Quoi ? s'écria-t-elle avec indignation.

— C'est ce que m'a dit le professeur Xie.

— C'est ridicule ! Je lui ai parlé hier soir, avant de rentrer ici pour me changer.

— Et vous lui avez demandé un test VIH sur le sang de Chao ?

— Bien sûr.

— Il prétend que non.

— Quel sale menteur !

— Vous voulez le lui dire vous-même ?

— Et comment !

Elle cala son vélo sur la béquille, bloqua l'antivol sur la roue arrière, fit le tour de la jeep, se glissa sur le siège passager et claqua violemment la portière.

— Vous le croyez ? demanda-t-elle à Li en lui lançant un regard furieux.

— Non, dit-il simplement.

Elle le fixa pendant quelques secondes.

— Que se passe-t-il, Li Yan ?

— Quelqu'un ne veut pas qu'on fasse de test de dépistage du sida sur le sang de Chao Heng.

— Le professeur Xie ?

— Seulement sur l'ordre de quelqu'un d'autre.

— Qui ?

— Aucune idée.

— Mais... pourquoi ?

— Je ne sais pas. Elle secoua la tête.

— C'est absurde. Vous représentez la police. Comment quelqu'un peut-il vous empêcher de faire faire une simple analyse de sang ?

— En détruisant le corps et tous les prélèvements de sang et de tissus.

— Vous plaisantez !

— Tout a été incinéré ce matin.

Margaret ne parvenait pas à le croire.

— C'est impossible. Enfin, en Amérique, dans la plupart des États, tous les prélèvements sont congelés et conservés pendant un an. Cinq, en cas d'homicide.

— Il n'est pas non plus courant de détruire des preuves en Chine, dit Li. Dans ce cas, il semble que l'autorisation de détruire les restes résulte d'une « erreur administrative ».

Il avait passé toute la matinée à en trouver l'origine. On lui avait même montré le formulaire. Un employé avait tapé le mauvais nom.

— Vous y croyez, vous ? demanda-t-elle en secouant la tête.

— Non.

Il ferma les yeux et respira à fond pour refouler sa colère.

— Quelqu'un se donne beaucoup de mal pour brouiller les pistes. Mais il y a un détail qu'ils ignorent... Vous.

— Moi ?

— Vous avez demandé ce test VIH au professeur Xie hier soir – longtemps avant qu'il ait reçu l'ordre de détruire le corps et les prélèvements.

— Mais s'il nie...

— C'est pourquoi j'aimerais que vous me le déclariez sous serment avant de partir. Je sais que c'est votre parole contre la sienne...

— Mais pas du tout, dit Margaret. Il y avait un témoin.

Li fronça les sourcils :

— Qui ?

— Lily Peng. Elle a insisté pour m'accompagner quand je suis allée parler au professeur.

— Ça, il ne peut pas le nier. Ce qui veut dire que je peux vous utiliser, Lily et vous, pour l'intimider. Quand les rats ont peur, parfois ils crient. Vous voulez toujours aller le voir ?

Margaret hésita. Il serait trop facile de dire oui, de s'impliquer à nouveau, de se laisser une fois de plus envahir par les émotions contre lesquelles elle avait mis trois heures à se blinder.

— Je ne pense pas que l'université apprécierait, dit-elle sans grande conviction.

— Cela n'a rien à voir avec l'université. Vous êtes un témoin de fait.

— Donc... je n'ai pas le choix. C'est ce que vous êtes en train de me dire ?

— C'est ce que je suis en train de vous dire.

— Alors, si je n'ai pas le choix ? fit-elle avec un soupçon de gaieté dans les yeux.

Ils mirent à peine un quart d'heure pour se rendre au Centre de détermination des preuves matérielles. Pendant les cinq premières minutes du trajet, aucun des deux ne parla.

Margaret regrettait déjà d'avoir accepté. Elle savait parfaitement qu'elle aurait pu refuser de se laisser entraîner. Li ne l'aurait pas forcée. Quelle idiote. Qu'est-ce qu'elle espérait en retirer à part des problèmes et du chagrin ? Rien n'avait changé. Elle partirait le lendemain matin par le vol de 9 heures 30. Elle ne reverrait plus jamais Li. Elle ne reviendrait jamais en Chine. Qu'est-ce qu'elle avait à faire des meurtres de Chao Heng, du petit dealer et de l'ouvrier de Shanghai au chômage ? Quelqu'un essayait de se mettre en travers de l'enquête de Li ? Et alors ?

— Nous avons identifié l'assassin à partir de l'empreinte de son pouce, dit Li.

— Qui est-ce ? demanda-t-elle malgré elle.

Bien sûr que ça l'intéressait de savoir. Elle n'aurait pas su dire pourquoi, mais c'était un fait.

— Un tueur à gages d'une Triade, comme l'avait suggéré mon oncle dès le début. L'ADN du sang prélevé à l'intérieur du gant correspond à celui de la salive sur les mégots de cigarettes. Il n'y a donc aucun doute. Il s'appelle Johnny Ren. Il est entré dans les locaux de la Section n° 1 ce matin, et a volé ma montre, dans le tiroir de mon bureau.

Margaret le regarda d'un air étonné.

— Comment... ? Pourquoi ?

— Je ne sais pas pourquoi.

Li était visiblement inquiet.

— Il nous a suivis – vous et moi. Il a surveillé les progrès de l'enquête. Hier soir, il m'a presque tué. Et aujourd'hui, il a laissé un message. Il fait tout ce qu'il veut, sans qu'on puisse l'en empêcher.

— Vous croyez que c'est pour ça qu'il a pris votre montre ? Une déclaration de guerre ?

— Peut-être, fit Li en haussant les épaules. Je ne sais pas. Peut-être qu'il est tout simplement fou à lier. Mais s'il pense nous échapper, il se trompe. Demain matin, son portrait sera aussi célèbre en Chine que celui de Mao Zedong.

Ils restèrent un moment silencieux. Margaret réfléchissait à toute vitesse.

— Mais ce n'est pas lui qui a bloqué le test VIH. Ce n'est pas possible ?

Li secoua la tête.

— Non. C'est sûrement son employeur, ou un autre homme de main.

— Quelqu'un qui a de l'influence en tout cas. Pour corrompre un médecin légiste et trouver le moyen de faire détruire une preuve médicale.

Li hocha gravement la tête puis se tourna vers elle.

— Je commence à avoir un mauvais pressentiment sur cette affaire, dit-il. Votre idée selon laquelle on a brûlé Chao pour essayer de cacher quelque chose pourrait bien être la bonne, après tout. Ils ont simplement mal évalué les dégâts causés par le feu.

Lorsqu'ils arrivèrent au Centre, le Professeur Xie pratiquait une autopsie. Il leva la tête en entendant les portes s'ouvrir, et Margaret le vit rougir derrière son masque ; une lueur de panique brilla dans ses yeux. Mais, toujours très calme en apparence, il retira son masque et demanda à ses assistants de quitter la salle pendant quelques minutes. Li attendit que la porte se referme derrière eux.

— Professeur, continuez-vous à soutenir que le docteur Campbell ne vous a pas demandé, hier soir, de faire un test de dépistage du sida sur le sang de Chao Heng ?

Le professeur eut un sourire nerveux et regarda Margaret.

— Non, bien sûr que non. Je suis persuadé que le docteur Campbell l'a demandé. Mais, vous savez, mon anglais n'est sans doute pas ce qu'il devrait être...

— Votre anglais ne nous a posé aucun problème au cours des trois autopsies, professeur, dit Margaret. Et je n'ai pas eu l'impression, hier soir, que vous compreniez ma demande de travers. Je suis certaine que l'agent Lily Peng confirmera mes dires.

Le visage du professeur se décomposa.

— Vous êtes dans de sales draps, professeur Xie, dit Li. Vous pouvez être accusé de complicité de meurtre pour tentative de destruction ou dissimulation de preuve.

Très raide, le professeur dit doucement et rapidement, en chinois :

— Je n'ai rien à voir dans tout ça, commissaire Li. Je fais ce qu'on me dit de faire. Ni plus, ni moins. Je n'ai aucune idée de ce qui se passe. Mais si vous essayez de m'impliquer, je peux vous assurer que vous serez le premier à vous retrouver dans de sales draps.

Margaret vit trembler la main qui tenait le scalpel pendant qu'il parlait.

— Est-ce que vous me menacez, Professeur ? demanda Li en haussant le ton.

— Non. Je vous dis simplement ce qu'il en est. Et vous n'avez pas plus de pouvoir que moi sur certaines choses.

— Nous verrons.

Li se retourna brusquement et sortit de la salle, à la surprise de Margaret. Elle n'avait aucune idée de ce qui s'était dit, mais le ton était indéniablement hostile. Elle regarda le professeur en plissant le front, en signe d'interrogation. Après tout, ils avaient fait trois autopsies ensemble. Ça créait des liens. Le professeur lui répondit par un haussement d'épaules presque imperceptible, en signe d'excuse. Margaret soupira et sortit à son tour. Elle rattrapa Li au moment où il émergeait de la fraîcheur du bâtiment dans la lumière aveuglante de l'après-midi.

— Qu'est-ce qu'il a dit ?

— Il m'a lancé un avertissement.

— Quoi, vous voulez dire qu'il vous a menacé ?

— Non. Il m'a prévenu.

Margaret secoua la tête.

— Je ne comprends pas. Vous ne pouvez pas tout simplement l'arrêter pour avoir entravé le déroulement d'une enquête de police ?

— Nous n'avons pas ce genre de loi.

— Et si quelqu'un refuse de coopérer avec la police ?

Li sourit de sa naïveté.

— Personne ne refuse de coopérer avec la police en Chine.

— Mais n'est-ce pas justement ce que vient de faire le professeur Xie ?

Le sourire de Li s'évanouit.

— Non. Il n'a pas refusé de coopérer. Il a juste menti.

— Où est-elle maintenant ?

Debout derrière son bureau, l'air furibond, Chen rassembla quelques papiers qu'il glissa dans une mallette.

— Dans mon bureau.

— Vous êtes un imbécile, Li, explosa Chen. Je vous avais dit qu'elle ne devait plus participer à cette enquête.

— C'est un témoin. Je prends sa déposition.

— Prouvant quoi ? Que l'anglais du professeur Xie est loin d'être parfait ? Pour l'amour du ciel, Li, pour quelle raison le professeur détruirait-il délibérément une preuve ou s'abstiendrait-il de faire une analyse de sang ?

— Aucune.

— Vous voyez bien.

— On le lui a ordonné.

Chen partit d'un rire caverneux dénué d'humour.

— Oh, vraiment ? Une conspiration, maintenant ? Le docteur Campbell va s'avérer la plus grosse erreur que j'aie jamais commise.

Il fit le tour du bureau et décrocha sa veste d'une patère fixée sur la porte.

— Ça n'a rien à voir avec le docteur Campbell.

— Vous avez raison. Ça n'a rien à voir. Ceci est une enquête de la Section n° 1 du Département des enquêtes criminelles de la police municipale de Pékin.

Il enfila sa veste d'un mouvement coléreux.

— Le problème, c'est que quelqu'un a essayé de nous empêcher de faire des tests sur le sang de Chao, chef.

— Eh bien, si c'est vrai, c'est réussi, n'est-ce pas ?

Il regarda sa montre.

— Écoutez, j'ai rendez-vous au bureau du procureur. Je vais être en retard.

Il s'arrêta un instant à la porte et jeta un regard méprisant à Li.

— Peut-être voulez-vous que je fasse part de votre thèse du complot au substitut du procureur général Zeng puisque vous semblez tous les deux suivre l'affaire de près ?

Ignorant la pique, Li le suivit dans le couloir.

— Chef, je pense que toute la clé de l'affaire se trouve dans ce que les analyses de sang auraient révélé.

— Eh bien, trouvez une autre clé. Il y a toujours une issue de secours.

Chen consulta à nouveau sa montre sans ralentir le pas.

— Et pour l'amour du ciel, lâchez l'Américaine. J'ai entendu dire qu'elle laisse tomber son job à l'université.

— Elle reprend l'avion demain matin.

— Bon. Assurez-vous qu'elle part.

Li s'arrêta et regarda Chen s'éloigner avant de retourner dans la salle des inspecteurs. Ignorant les coups d'œil curieux de ses collègues, il alla directement dans son bureau dont il claqua la porte derrière lui. Margaret l'attendait assise à sa place, en se balançant sur sa chaise.

— C'est étrange de penser qu'il se trouvait ici, dit-elle en soulevant une épreuve du portrait de Johnny Ren. C'est lui, je suppose ?

Li hocha la tête.

— Je ne l'imaginais pas du tout comme ça.

— Et comment l'imaginiez-vous ?

— Pas chinois. Je ne sais pas pourquoi. Je savais qu'il devait l'être, mais ce n'est pas cette image que j'avais de lui dans ma tête.

Elle se pencha à nouveau sur la photo.

— Il a un regard malfaisant, n'est-ce pas ? Aucune lumière dans les yeux. Ils sont presque morts.

Elle releva la tête.

— Qu'a dit Chen ?

— Il ne croit pas à la thèse du complot.

— Ça vous étonne ?

— Pas vraiment. Il trouve plausible l'histoire du professeur Xie.

— Alors, qu'est-ce qu'on fait maintenant ?

— Moi, j'essaye d'attraper Johnny Ren. Vous, vous prenez l'avion demain matin.

Il la regarda en face, puis détourna rapidement les yeux, soudain embarrassé. Il marcha jusqu'à la fenêtre, les mains enfoncées dans les poches. Un silence interminable s'installa entre eux.

— Bien sûr, il pourrait y avoir un autre moyen d'avoir accès au dossier médical de Chao, finit-elle par dire.

Il se retourna en fronçant les sourcils.

— Lequel ?

— Eh bien, je suppose qu'il avait un médecin. Comment se serait-il procuré tous ces médicaments sinon ?

Li secoua la tête avec incrédulité. C'était si évident. Comment n'y avaient-ils pas pensé plus tôt ? Il sourit.

— Qu'est-ce qu'il y a de drôle ? demanda-t-elle.

— Le vieux Chen. C'est un sacré vieux bougon, mais pas con. Quand je lui ai dit qu'à mon avis la clé du meurtre de Chao se trouvait dans son sang, il m'a répondu – Li chercha à se rappeler exactement ses mots – « Eh bien, trouvez une autre clé. Il y a toujours une issue de secours. »

— À condition que vous me laissiez vous aider à la déverrouiller, dit Margaret d'un air implorant.

— Vous avez un avion à prendre.

— Il peut se passer beaucoup de choses en...

Elle regarda sa montre.

— ... dix-sept heures et demie.

II

Li engagea la jeep dans la rue Beijingzhan. Devant eux s'élevèrent les tours jumelles de la gare de Pékin où le vieux Yifu devait arriver le soir même du Sichuan. Li avait pris un itinéraire détourné pour éviter les embouteillages de l'après-midi sur le Deuxième Périphérique. Il avait finalement trouvé le courage de demander à Margaret pourquoi elle avait décidé de laisser tomber l'université. Elle lui raconta tout : le cours manqué, l'attitude de Jiang et de son équipe, sa dispute avec Bob.

— Je suis vraiment désolé, Margaret, dit-il en secouant la tête.

— Pourquoi ? Ce n'est pas votre faute.

— Si je vous avais ramenée à l'hôtel et non chez moi, rien de tout cela ne serait arrivé.

— Si je n'avais pas trop bu... De toute façon, c'est cette petite garce, Lily Peng, à qui j'en veux. C'est elle qui nous a mouchardés.

Li haussa les épaules.

— Si ce n'avait pas été elle, ç'aurait été quelqu'un d'autre – le planton de service de l'immeuble, le personnel de l'Hôtel de l'Amitié... mais ce n'était pas une raison pour tout plaquer.

Elle soupira.

— Si. Je crois que l'attitude suffisante de Bob est la goutte d'eau qui a fait déborder le vase. Mais ça menaçait depuis la minute où je suis descendue de l'avion. Je n'aurais jamais dû venir ici, Li Yan. Je ne suis venue que pour échapper au merdier qu'est ma vie et non parce que j'avais envie de connaître la Chine. Bob a raison sur toute la ligne. Je ne m'y suis pas intéressée comme j'aurais dû. Je ne me suis pas préparée. J'ai débarqué avec, pour tout bagage, la propagande parano américaine de base sur la Chine et le communisme – et un esprit complètement fermé.

Elle le regarda avec un sourire contrit.

— Si je ne vous avais pas rencontré, si vous ne m'aviez pas défiée, obligée à ouvrir les yeux, j'aurais probablement passé mes six semaines comme une automate sans rien voir ni rien sentir. Et je serais repartie comme j'étais arrivée, exactement la même. Mais ces quatre jours m'ont changée. Je veux changer de vie.

Elle regarda ses mains.

— J'espère seulement...

Elle haussa les épaules sans terminer sa phrase, et demanda :

— Alors, pourquoi m'avoir ramenée chez vous ?

Le regard fixé droit devant lui, il contourna la gare et prit, vers l'est, la rue Chongwenmen Dong. Il aurait voulu lui avouer que c'était parce qu'il éprouvait le besoin de la sentir à côté de lui, qu'il ne voulait pas la quitter, que sa présence, son odeur dans son appartement valaient tous les courroux qui ne pouvaient manquer de s'abattre sur sa tête. Mais il se contenta de dire :

— Avec Johnny Ren dans la nature, c'était plus prudent.

— Oh, fit-elle, un peu déçue. C'est ce que vous avez dit à votre patron ?

Li hocha la tête.

— Ça l'a laissé de marbre.

— C'est ça qui me révolte. Je passe la nuit chez vous en toute innocence, et personne ne le croit. Ils ont l'esprit vraiment mal tourné.

Li sourit.

— Quand tout fait de vous un coupable, on regrette de ne pas avoir cédé au plaisir de commettre le crime.

Margaret lui lança un regard étonné.

— Plaisir ?

— C'est dommage, on ne saura jamais, dit-il en gardant les yeux rivés sur le pare-brise.

Puis il lui jeta un coup d'œil en biais, mais comme elle avait tourné la tête, il ne put deviner sa réaction. En fait, elle avait le cœur qui battait la chamade. Exprimait-il réellement le regret de ne pas avoir couché avec elle ? Elle aurait voulu lui prendre la tête entre les mains pour lui faire dire en face ce qu'il entendait par là, ce qu'il ressentait. Mais elle ne se montrait pas plus directe que lui. Pourquoi était-ce si difficile ? La peur, bien sûr. Sa peur à elle de s'impliquer dans une relation sans avenir. Sa peur à lui de s'impliquer dans une relation tout court.

Ils quittèrent la rue Xihuashi pour pénétrer dans l'enceinte des immeubles où avait vécu Chao. Li gara la jeep à l'ombre des arbres, et Margaret le suivit jusqu'à l'appartement du rez-de-chaussée, chez la présidente Liu Xinxin. Cette dernière leur ouvrit la porte avec circonspection, et dévisagea Li pendant un moment avant de le reconnaître.

— Inspecteur Li, dit-elle.

Puis elle jeta un regard inquisiteur à Margaret.

— Présidente Liu, voici le docteur Campbell, un médecin légiste américain qui nous aide dans notre enquête. Parlez-vous anglais ?

Le visage de Liu Xinxin s'éclaira.

— Oh oui. Mais je manque de pratique.

Elle tendit la main à Margaret :

— Très contente rencontrer vous, Docta Cambo.

Margaret lui serra la main.

— Enchantée.

— Entrez, je vous prie.

Elle conduisit Li et Margaret dans son séjour. Accroupis sur le tapis, ses deux petits-fils jouaient avec une locomotive grossièrement taillée dans du bois et peinte à la main. Ils restèrent bouche bée devant Margaret.

— Thé ? demanda Liu Xinxin.

— C'est très gentil, répondit Li. Malheureusement, nous n'avons pas beaucoup de temps aujourd'hui.

Il redoutait par-dessus tout d'être entraîné dans une autre séance de chant patriotique autour du piano.

— Je me demandais si vous pourriez nous dire qui était le médecin de M. Chao.

— Ha ! fit Liu Xinxin en agitant la main. Homme très étrange, M. Chao. Un scientifique, études en Occident.

Elle adressa un signe de tête à Margaret comme pour dire : « Vous devez savoir, vous venez de là-bas. »

— Tout moderne, moderne. Chaîne très chère. Lecteur CD. Téléphone mobile. Mais pas médecine moderne. Aime médecine traditionnelle, avec plantes chinoises. Va à Tongrentang.

Margaret jeta un coup d'œil à Li.

— Qu'est-ce que c'est ?

— Une pharmacie spécialisée dans la médecine chinoise traditionnelle. Le genre d'endroit où on dépense un an de salaire pour un morceau de racine de ginseng vieille de cinquante ans.

Il se retourna vers Liu Xinxin :

— Quelle succursale ?

— Dazhalan.

— Je ne comprends pas, dit Margaret. Il allait dans une pharmacie au lieu de voir un médecin ?

Li secoua la tête.

— Des médecins y donnent des consultations. Généralement à la retraite. C'est un moyen d'augmenter leurs revenus.

— Et ils prescrivent de la phytothérapie ?

— Médecine chinoise traditionnelle, dit Liu Xinxin. Très bonne médecine. Vite guéri.

— Ce n'est certainement pas là qu'il trouvait ses inhibiteurs de transcriptase inverse et de protéase, dit Margaret.

Dazhalan était un méli-mélo de marchands en plein air et de magasins de brocante, dans les vieux *hutong* du sud de Qianmen. Li et Margaret se frayèrent un chemin au milieu de la foule frénétique des acheteurs. Une musique nasillarde sortait des haut-parleurs pendus à tous les coins. Des bannières couvertes de caractères rouges et jaunes zigzaguaient au-dessus des têtes. Les devantures des magasins offraient des visions fantastiques d'avant-toits recourbés reposant sur des poutres et des piliers complexes peints de couleurs vives.

— À l'époque des Ming, lui expliqua Li, il y avait ici de grandes portes qu'on fermait la nuit pour protéger la cité intérieure. Littéralement, Dazhalan signifie « grandes palissades ». Les boutiques et les théâtres n'étant pas autorisés au centre de la ville impériale, on les ouvrait ici, juste à l'extérieur des portes.

Ils dépassèrent un bazar vieux de quatre cents ans

spécialisé dans les sauces et condiments, un restaurant proposant des amuse-gueule impériaux, un magasin vendant des soies, laines et fourrures depuis plus de cent ans.

— Avant, c'était le quartier des lanternes rouges. Jusqu'à ce que les communistes ferment tous les bordels en 1949 et envoient les filles travailler en usine.

Et soudain, il se souvint de Lotus, et de sa promesse à Yongli. Il jura intérieurement, mais ne pouvait rien faire pour l'instant.

Sous un dais coloré superbement décoré, des lions de marbre blanc dans des cages de fer forgé gardaient l'entrée de la pharmacie traditionnelle Tongrentang, fournisseur en mélanges de plantes médicinales depuis 1669. Mais ils n'avaient pas empêché plusieurs jeunes gens de se glisser à l'ombre du dais pour dormir sur les dalles de marbre. Li et Margaret enjambèrent un homme qui ronflait à grand bruit pour pousser les portes de verre. À l'intérieur, régnait une fraîcheur délicieuse grâce à l'air conditionné.

Margaret ne s'attendait pas du tout à ça. L'idée de médecine traditionnelle chinoise à base de plantes lui évoquait plutôt l'image d'une boutique sombre et miteuse où la lumière du jour filtrait à travers de vieilles persiennes en bois, avec un vieillard à la longue barbe blanche mitée derrière un comptoir encombré de pots de pilules et de flacons de lotions exotiques. Elle trouva, à la place, un espace vaste, clair, moderne. Au premier étage, une galerie soutenue par des piliers rouge et or dominait le rez-de-chaussée où les pilules et les lotions étaient présentées dans des boîtes en carton très ordinaires exposées dans des vitrines éclairées au néon. Les médicaments, en revanche, dépassaient tout ce qu'elle avait pu imaginer : hippocampes et concombres de mer séchés, os de tigre, vin de corne de rhinocéros et de serpent, des remèdes contre tout, de la peur à l'encéphalite – enfin, en principe.

Juste derrière les portes, une longue file d'attente serpentait sur toute la largeur du magasin – des gens venus consulter un vieil homme au visage émacié perché dans un box, sur la gauche. Ce docteur en médecine à la retraite était apparemment assez lent à dispenser son savoir. Comme Li n'avait pas l'intention d'attendre son tour, il sortit sa carte et dépassa tout le monde. Margaret s'empressa de le suivre ; elle s'attira des regards réprobateurs, mais personne n'émit d'objection. Li et Margaret pénétrèrent dans le box alors qu'une fille d'une vingtaine d'années au teint terreux et aux joues boutonneuses en sortait, une ordonnance à la main et l'air franchement inquiet. Le vieux médecin regarda longuement la carte de Li, étudia avec soin son visage, puis les invita tous les deux à s'asseoir. Il accorda à peine un coup d'œil à Margaret.

— Que puis-je faire pour vous, inspecteur ? demanda-t-il.

— Je m'intéresse à l'un de vos patients, Chao Heng.

Le médecin inclina la tête en direction de Margaret.

— Qui est-ce ?

— Un médecin légiste américain qui nous aide dans cette affaire.

Le vieil homme se tourna vers Margaret et l'observa cette fois avec intérêt.

— Où avez-vous reçu votre formation ? demanda-t-il dans un anglais parfait.

— À l'université de l'Illinois, répondit-elle, très surprise.

— Ah. J'ai passé pas mal de temps à l'université de Californie, à la Davis Medical School. Un projet de recherche sur le cancer glandulaire avec mon grand ami le docteur Hibbard Williams. L'endocrinologie est sa spécialité. Peut-être avez-vous entendu parler de lui ?

— Non, je ne crois pas.

Elle fronça les sourcils.

— Je croyais que vous pratiquiez la médecine traditionnelle chinoise.

— J'ai étudié les deux, la médecine traditionnelle chinoise et la médecine occidentale. Chacune a beaucoup à apprendre de l'autre. Quelle est votre spécialité ?

— Les brûlés.

Son nez se plissa de dégoût.

— Très désagréable.

Li les interrompit :

— Chao Heng venait vous consulter, n'est-ce pas ?

— M. Chao, oui.

— J'ai cru comprendre qu'il allait mal depuis un moment.

— Il lui est arrivé quelque chose ?

— Il a été assassiné.

— Ah.

Le médecin ne sembla pas affecté par la nouvelle.

— Comme c'est fâcheux. Mais de toute façon il était en train de mourir.

— De quoi ? demanda Margaret.

— Aucune idée. Je traitais ses symptômes depuis six mois, mais rien n'avait d'effet sur lui. Finalement, je lui ai suggéré d'aller voir un de mes anciens collègues à l'Hôpital de Pékin, dans Dahua Lu. Il n'y tenait pas trop. Il était très attaché aux remèdes traditionnels. Pourtant, je ne pouvais plus rien pour lui.

— Quels étaient ses symptômes ?

— Il en avait beaucoup, dit le docteur en secouant la tête. Il souffrait d'épuisement et de diarrhée, et il avait de fréquentes poussées de fièvre. Il avait des accès de muguet à répétition et une toux persistante. Plus tard, il a développé des ganglions à l'aine et aux aisselles. Récemment il avait perdu pas mal de poids. Certains de ses symptômes réagissaient au traitement, du moins pendant un moment. Mais ils revenaient toujours.

Margaret fronçait les sourcils.

— Ce sont tous les symptômes possibles du sida. On lui avait fait un test VIH ?

— Oui, la dernière fois que je l'ai vu, je crois qu'il en avait fait faire un à l'Hôpital de Pékin.

— Et alors ? demanda Margaret.

— Et alors quoi ? répondit le vieil homme d'un ton irrité.

— Le test était-il positif ?

— Oh, non, fit le vieillard en se grattant le menton. M. Chao n'avait pas le sida.

III

Li gara la jeep à l'ombre des arbres, derrière l'immeuble de briques abritant le quartier général du Département des enquêtes criminelles, sur Dong Jiaominxiang.

— C'est ici que nous sommes tombés l'un sur l'autre, non ? demanda Margaret.

Li sourit au souvenir de la colère qui s'était emparée de lui trois jours plus tôt.

— Oui. Je venais à un entretien pour ce boulot. J'avais passé la matinée à repasser mon uniforme dans l'espoir de faire bonne impression. Et je suis arrivé couvert de poussière, avec un coude écorché et ma chemise trempée parce que je m'étais éclaboussé en voulant nettoyer le sang qui me coulait sur le bras.

Margaret se mit à rire. Voilà pourquoi il avait l'air si contrarié.

— Vous avez quand même eu le poste, non ? Ils ont dû trouver que vous aviez l'air d'un homme d'action.

— J'ai eu de la chance qu'ils ne changent pas d'avis en me voyant dans cet état.

Elle lui toucha le bras à l'endroit de l'écorchure. Li ressentit la chaleur de ses doigts comme une brûlure.

— Ça met longtemps à cicatriser.

— Non, ça, c'en est une nouvelle.

— Oh. Une autre fille vous a fait tomber de vélo ?

— C'est une longue histoire, répondit-il en souriant.

— Alors ne me dites rien. Il ne nous reste pas beaucoup de temps.

Elle voulait plaisanter, mais elle n'avait pas plus tôt dit ces mots qu'ils prirent tous deux conscience de la réalité douloureuse de son départ imminent.

Ils marchèrent en silence vers l'est, sous les arbres, puis tournèrent à gauche dans Dahua Lu. C'était une rue très longue bordée d'un côté de vieux arbres qui ombrageaient l'entrée du parc Dongdan. L'Hôpital de Pékin, assemblage moderne de grands bâtiments blancs de un à quatre étages, s'étendait en face, derrière de hautes grilles. Il y avait une circulation incessante d'infirmières en uniforme blanc dans la rue et, de temps à autre, une ambulance entrait ou sortait. Ils passèrent devant un vieil homme en pantoufles et pyjama, le visage aussi gris que la cendre de sa cigarette, qui traînait devant une des portes en soufflant sa fumée vers le ciel. Li demanda le chemin des bureaux de l'administration à un policier de faction.

Une fois à l'intérieur, Li discuta pendant plusieurs minutes avec une réceptionniste avant qu'on ne les conduise dans une salle d'attente du troisième étage où on les laissa poireauter. C'était une pièce carrée avec des banquettes basses vert kaki rangées le long des murs et des tables en verre couvertes de napperons brodés – décoration standard pour salle d'attente dans toute la Chine. Au bout de dix minutes, un fonctionnaire vint leur serrer la main, procéder à un échange de cartes avec Li, et s'enquérir de l'objet de leur visite. Margaret observa l'échange rituel qui se déroula en chinois et essaya de mettre en application le principe des trois P. Le dialogue lui parut interminable. Quand le fonctionnaire finit par quitter la pièce, elle demanda à Li ce qu'il se passait.

— Il part nous arranger un entretien avec l'administrateur, et demander du thé.

— Du thé ?

— Ça peut durer un moment.

Vingt minutes et quelques tasses de thé plus tard, l'administrateur arriva accompagné de ses assistants et du fonctionnaire qui fit les présentations. Autres échanges rituels de poignées de main et de cartes. Puis tout le monde s'assit, Li et Margaret d'un côté, le comité de réception de l'autre. Malgré tous les regards curieux en direction de l'étrangère, personne n'avait fait de commentaire.

Frustrée de ne rien comprendre, Margaret attendit que ça se termine. La conversation fut brève. Elle vit Li pâlir, puis l'administrateur se lever, signifiant la fin de l'entretien. Après d'autres échanges rituels de poignées de main, on les reconduisit au rez-de-chaussée. L'envie la démangeait de demander à Li ce qui s'était dit, mais le fonctionnaire semblait décidé à les raccompagner lui-même jusqu'à la porte ; il y eut en outre quelques papiers à remplir à l'accueil. Elle réfréna son impatience.

Li redescendit Dahua Lu à grandes enjambées, sourcils froncés, mains enfoncées dans ses poches. Margaret avait du mal à le suivre.

— Alors, qu'est-ce qu'ils ont dit ? demanda-t-elle, brûlant de curiosité et exaspérée par son silence.

Ils atteignirent la jeep. Li s'installa au volant, Margaret à côté de lui.

— Mais, bon sang, Li Yan !

— Vous avez faim ?

— Quoi ?

— Une *jian bing* me dirait bien. Je n'ai rien mangé depuis ce matin.

— Moi non plus, mais je préférerais savoir ce qu'on vous a dit à l'hôpital.

— Mei Yuan sera encore là avec ses *jian bing* au coin de Dongzhimennei.

Il démarra la jeep et s'écarta du trottoir. Ils avaient remonté Dahua Lu et tournaient à l'est dans l'avenue Jianguomennei quand il dit enfin :

— Ils ont fait passer toutes sortes de tests à Chao. Mais certains résultats ne sont jamais revenus du laboratoire. Par ailleurs, tous ses dossiers médicaux ont été transférés à l'hôpital militaire n° 301.

Margaret attendit la suite. Mais Li avait terminé.

— Et qu'est-ce que c'est, cet hôpital militaire n° 301 ?

— Un hôpital de haute sécurité pour VIP. On y soigne le gratin du gouvernement et de la bureaucratie. C'est là que Deng Xiaoping a été hospitalisé à la fin.

Margaret fronça les sourcils.

— Mais Chao n'était pas un VIP, n'est-ce pas ?

— Non.

— Alors comment se fait-il qu'il ait été soigné là-bas ?

— Je ne sais pas. Ça n'a aucun sens.

Margaret réfléchit un moment.

— Il n'a pu être admis à l'hôpital militaire n° 301

que si quelqu'un de très puissant l'a demandé, exact ?

Li hocha la tête.

— Quelqu'un de bien placé au gouvernement, ou dans l'administration ?

Li hocha à nouveau la tête, et pour la première fois, Margaret commença à comprendre pourquoi Li avait l'air si sombre.

— Est-ce qu'on aurait fourré le doigt dans un sale guêpier ? demanda-t-elle en sentant son estomac se nouer.

— J'en ai eu le pressentiment toute la journée. Et ça ne fait que se confirmer.

Il se fraya un chemin au milieu des vélos et de la circulation de Chaoyangmen Nanxiaojie en klaxonnant beaucoup plus que d'habitude.

— Mais vous pourrez quand même avoir accès à ses dossiers médicaux, non ?

— Je ne sais pas. Traiter avec un endroit comme celui-là sort de mes compétences, peut-être même de ma juridiction.

— Aux États-Unis, on les réquisitionnerait.

— Mais nous sommes en Chine, pas aux États-Unis.

— Vous m'aviez dit qu'en Chine personne ne refuse de coopérer avec la police.

— Je les demanderai bien sûr.

— Et si on ne vous les donne pas ?

— Il faudra qu'ils trouvent une excellente raison de ne pas le faire.

Il disait cela par bravade, mais il se sentait aussi faible qu'un nageur qui s'est trop éloigné de la plage et perd pied.

— OK, dit Margaret. Réfléchissons. Nous avons affaire à quelqu'un de très puissant et influent. Quelqu'un qui a assez de poids pour faire entrer Chao dans un hôpital de haute sécurité. Peut-être cette même personne a-t-elle engagé Johnny Ren pour le tuer et essaye-t-elle maintenant de vous empêcher de trouver pourquoi. Mais ce n'est pas un individu tout-puissant, ni même infaillible. Il a commis des erreurs. Comme celle de vouloir à tout prix se débarrasser de la preuve que pouvait représenter Chao. Manifestement, il a cru qu'en brûlant le corps, tous les secrets que contient son sang seraient détruits. C'est raté. Puis cette tentative maladroite de vouloir nous empêcher de faire un test VIH. Bon sang, incinérer le corps et tous les prélèvements ! Une erreur administrative ? Ça ne tient pas la route cinq minutes si on gratte un peu.

— Mais il n'avait pas le sida. Nous le savons. Alors, pourquoi essayer de nous empêcher de faire le test ?

— On aurait pu trouver autre chose. Quelque chose qu'on ne doit surtout pas découvrir.

— Quoi ?

L'air contrarié, Margaret secoua la tête.

— Je ne sais pas.

— Et les deux autres meurtres ? Les tests ADN prouvent qu'ils sont aussi l'œuvre de Johnny Ren. Quel est le lien ?

Li commençait à avoir mal à la tête. Plus ils fouillaient, plus l'eau devenait boueuse.

— Je ne sais pas, répéta Margaret. Tout ce que je sais, c'est que quelqu'un suit votre enquête pas à pas. Quelqu'un qui est au courant de chaque démarche, et comprend les implications de tout ce que vous faites.

Li fronça les sourcils.

— Qu'est-ce qui vous fait dire ça ?

— Comment Johnny Ren saurait-il qui s'occupe de l'enquête, sinon ? Comment saurait-il que c'est vous qu'il doit suivre ? Comment connaître les résultats de l'autopsie ? Comment savoir que vous avez demandé un test VIH ? Qui d'autre était au courant en dehors de votre service ?

— Personne, répondit Li, d'un ton agressif.

Il n'acceptait pas qu'elle puisse soupçonner quelqu'un de la Section n° 1. Puis il pensa soudain à quelque chose qui lui glaça le sang.

— À part...

Il n'osait même pas y penser.

— À part qui ?

Comme il ne répondait pas, Margaret insista :

— À part qui, Li Yan ?

— Le substitut du procureur général Zeng.

— Qui est-ce ?

— C'est lui qui décide des poursuites judiciaires à engager. Il m'a demandé de lui transmettre chaque jour un rapport détaillé sur l'évolution de l'enquête. Il avait l'air d'en savoir déjà beaucoup. J'ai trouvé ça bizarre, mais après tout, il est procureur.

Margaret siffla doucement.

— Eh bien, c'est déjà un indice.

— Lequel ?

— Notre homme est assez puissant pour se mettre un procureur dans la poche.

Elle regarda Li avec appréhension.

— Ça en fait un adversaire de taille.

— Merci pour l'encouragement, dit-il un peu sèchement.

Elle sourit et pensa qu'au moins ils pouvaient encore sourire. Mais son sourire s'évanouit quand elle se souvint que, le lendemain, elle prendrait l'avion et laisserait Li tout seul. Elle ne voulait pas le quitter. Elle aurait voulu pouvoir l'emmener avec elle et laisser tout ça derrière eux. Ce n'était plus un jeu. C'était devenu une affaire dangereuse, effrayante.

Li tourna à droite dans Dongzhimennei et s'arrêta devant la cuisine ambulante de Mei Yuan. Celle-ci se leva de son tabouret dès qu'elle le reconnut.

— Tu es un peu en retard pour le petit-déjeuner, aujourd'hui, dit-elle tout en adressant un grand sourire à Margaret.

Li secoua la tête.

— Non, nous sommes en avance pour celui de demain.

Margaret regarda l'heure à sa montre. Il était presque 18 heures.

— Deux *jian bing,* dit-il. La journée a été longue.

— Et comment, dit Mei Yuan en se mettant à préparer les crêpes. Ça fait des heures que je t'attends. J'ai trouvé la solution de ta devinette.

Li et Margaret se regardèrent.

— Celle des trois meurtres et des mégots de cigarettes ? demanda Margaret.

Mei Yuan hocha la tête.

— Tu as dit qu'il avait délibérément laissé un mégot à côté de chaque corps parce qu'il savait que tu les trouverais et vérifierais l'ADN.

— C'est juste, dit Li. Pourquoi ?

— Je trouve ça si évident que je me demande si j'ai bien compris la question.

— Pourquoi l'aurait-il fait, alors ? demanda Margaret, intriguée.

Mei Yuan haussa les épaules.

— Pour faire croire à un lien entre ces meurtres - alors qu'il n'y en a aucun.

Li fronça les sourcils.

— Mais pourquoi aurait-il fait ça ?

— Attendez une minute, dit Margaret. Vous m'avez raconté que vous aviez procédé à des milliers d'interrogatoires avant de retrouver la trace d'un homme qui avait assassiné toute une famille au cours d'un cambriolage. Ça vous avait pris combien de temps, déjà ?

— Deux ans.

— Combien de temps auriez-vous mis à retrouver tous les migrants de Shanghai, tous les petits dealers, et tous les jeunes homos ?

L'évidence frappa Li.

— Assez longtemps pour me faire chercher aux mauvais endroits pendant des mois, à la recherche d'un lien qui n'existe pas. Bon Dieu !

C'était si simple. Quiconque connaissait le *modus operandi* de la police chinoise savait qu'elle suivrait ce processus méticuleux et pointilleux de collecte des informations qui pouvait prendre des mois, voire des années.

— Le seul lien est qu'il n'y en a aucun, dit-il.

C'était une révélation. Il serra Mei Yuan dans ses bras, et Margaret en ressentit un pincement de jalousie.

— Comment diable as-tu pensé à ça, Mei Yuan ?
Rayonnante de fierté et de plaisir, elle répondit simplement :
— Peut-être parce que je n'y étais pas obligée.

Chapitre 11

I

Jeudi soir

Le soleil couchant baignait la ville d'une lueur rouge et la nuit montait de l'est, comme un rideau tiré sur l'Empire du Milieu. À leurs pieds, les lumières de Pékin scintillaient dans le crépuscule. Les longs rubans rouges des feux des voitures serpentaient dans toutes les directions, sur un fond de grondement sourd. Margaret pensa aux gens qui, en ce moment même, se pressaient autour des étals du marché de nuit de Donganmen, et mangeaient avec plaisir, heureux et libres après leur journée de travail. Elle aurait bien voulu se trouver parmi eux.

Ils étaient entrés dans le parc Jingshan par le sud, presque en face de l'endroit où la femme à la robe bleue avait eu ce terrible accident de vélo. À cette heure, une heure avant la fermeture, les gens commençaient à sortir. Li et Margaret avaient suivi un sentier tortueux au milieu des arbres, jusqu'au pavillon qui se dressait au sommet de la colline de Charbon. Ils s'étaient arrêtés un court instant à mi-chemin pour admirer, avec d'autres, une très vieille dame en pyjama noir accomplir d'incroyables contorsions. Elle avait étendu une natte sur le sol et, allongée sur le dos, les pieds calés sous un bâton placé sous son cou, se pliait littéralement en deux. Les spectateurs en étaient bouche bée ; certains applaudirent. La vieille dame demeurait impassible, mais elle était manifestement ravie de faire la démonstration de la souplesse de ses articulations et de ses muscles. Margaret lui donnait au moins quatre-vingts ans.

Le pavillon aux avant-toits recourbés couverts de tuiles orange et soutenus par des piliers marron et or était désert. Le soleil couchant jetait une lumière chaude sur le marbre froid. De là-haut, on avait sur la ville un panorama à 360 degrés à couper le souffle.

Li s'accroupit sur les marches pour contempler, au sud, le patchwork symétrique des toits de la Cité interdite et, au-delà, la place Tiananmen. Il aimait venir regarder la ville, le soir, quand il n'y avait plus personne. C'était l'endroit le plus tranquille de Pékin ; idéal pour réfléchir en toute liberté. Margaret s'assit à côté de lui, leurs bras se touchèrent ; elle sentit la chaleur de son corps, et l'odeur musquée, légèrement terreuse qu'il dégageait.

Ils restèrent silencieux un long moment. Autour d'eux, les hirondelles filaient et piquaient dans la lumière déclinante ; en dessous, au milieu des arbres, les cigales s'en donnaient à cœur joie.

— J'ai peur, Margaret, finit-il par dire.

Elle pencha la tête vers lui et admira son profil vigoureux, bien dessiné.

— Peur de quoi ? demanda-t-elle doucement.

— Si je le savais, je n'aurais pas peur. Je sens monter l'angoisse. Je crois que nous sommes tous les deux en danger.

— En danger ?

— Nous en savons trop.

— Trop ? Mais nous ne savons presque rien, lâcha-t-elle d'un ton légèrement irrité.

— Nous savons que quelqu'un qui a du pouvoir, des privilèges, et quelque chose à cacher a fait assassiner Chao Heng. Nous savons qu'un tueur à gages a été payé pour ça, et qu'il a tué deux autres personnes, parfaitement innocentes, uniquement pour brouiller l'enquête. Nous savons, ou nous croyons savoir, qu'il existe un complot destiné à fausser la marche de l'enquête, complot dans lequel est impliqué l'un des plus hauts fonctionnaires de justice de ce pays. Et nous savons que le tueur est en liberté, quelque part, en train de nous surveiller.

Il marqua une pause avant d'ajouter :

— Nous en savons beaucoup trop.

Elle frissonna, malgré la chaleur. Pour la première fois, elle perçut la peur chez Li, une peur réelle.

— Qu'est-ce qu'ils vont faire, à votre avis ? Essayer de nous tuer ?

Jamais elle n'aurait imaginé qu'ils puissent se trouver véritablement en danger.

— Je ne sais pas. Ils ont peur de nous à cause de ce que nous savons, ou de ce que nous risquons de découvrir. Et nous savons que ce sont des gens sans pitié. Quoi qu'ils cachent, ils ont déjà tué trois personnes pour se protéger. Si cela vaut trois vies, pourquoi pas trois de plus, ou trente, ou même trois cents de plus.

Ils restèrent assis en silence, chacun plongé dans ses propres pensées ; Margaret glissa son bras sous celui de Li pour se réconforter. L'obscurité commençait à les envelopper, secrète, menaçante. Margaret se sentait encerclée. Isolée. Elle trouvait maintenant hostile cet endroit qui lui avait semblé si paisible. Au milieu des lumières scintillantes de la ville, les gens menaient leur vie, mangeaient, aimaient, riaient, dormaient. Des familles se réunissaient dans les *hutong* devant l'écran bleu tremblotant d'une télé, riaient en mangeant des petits pâtés et en buvant de la bière. La vie normale, quoi. Une chose que ni elle ni Li ne pourraient connaître. Quand elle avait vu le film de Bertolucci, elle avait compris l'isolement de Puyi, le dernier empereur, écarté du monde réel, reclus derrière les murs de la Cité interdite qu'elle voyait maintenant s'étirer devant elle dans l'ombre du soir. La normalité n'était pas loin, mais hors de portée...

Son regard dériva vers l'ouest, où les dernières lueurs du jour se reflétaient sur un lac étroit, tout en longueur. Incapable de le situer, elle fronça les sourcils. Elle ignorait qu'il y eût une étendue d'eau aussi vaste au centre de Pékin.

— Qu'est-ce que c'est ? demanda-t-elle. Je ne l'ai jamais vu de la rue.

Il suivit son regard.

— Zhongnanhai, dit-il. La Nouvelle Cité interdite. C'est là que vivent et travaillent nos dirigeants. Vous ne l'avez jamais vu parce qu'il est caché derrière de hauts murs, exactement comme la Cité interdite.

Elle contempla le lac sombre interdit et se demanda si, parmi les villas nichées sous les arbres, au bord du lac, se trouvait la réponse à toutes leurs questions. Les phares d'une voiture éclairèrent brièvement la surface de l'eau avant de tourner dans l'allée d'une maison dont les lumières filtraient au loin à travers des persiennes. Elle ferma les yeux et posa la tête sur l'épaule de Li.

Ils étaient sur la colline depuis environ une heure. Le soleil avait complètement disparu à l'horizon derrière la ligne déchiquetée des collines pourpres, des étoiles scintillaient dans le firmament bleu foncé. Li avait fumé plusieurs cigarettes, et ils ne parlaient presque plus depuis un bon moment. Le bras de Margaret était toujours passé sous le sien, sa tête reposait toujours légèrement sur son épaule. L'obscurité ne paraissait plus aussi menaçante. Elle les enveloppait comme un manteau. Margaret se sentait à l'abri, en sécurité.

— Il y a une autre chose dont j'ai peur, finit par dire Li.

Elle attendit, mais il n'ajouta rien.

— Quoi ? demanda-t-elle.

Il avala sa salive et se tourna vers elle.

— Vous perdre.

Elle se sentit envahie par une onde de chaleur qui la fit frémir à la fois de peur et de plaisir. Elle comprenait l'importance de cette déclaration à cet instant où il se laissait aller à exprimer son émotion. Tant qu'on garde pour soi de tels sentiments, ils ne peuvent pas blesser. Ils ne peuvent pas se retourner contre soi, ni être rejetés ou tournés en dérision. Mais à partir du moment où on les partage, on devient vulnérable. Dès qu'ils sont prononcés, les mots ne peuvent plus être repris. Elle en eut la bouche sèche, la gorge serrée.

— Je ne veux pas vous perdre non plus, murmura-t-elle d'une voix rauque.

Maintenant, elle aussi venait de s'engager. Ils étaient aussi vulnérables l'un que l'autre ; le mal était fait.

Il tendit la main vers son visage et lui caressa doucement la joue. Puis il enfouit ses doigts sous ses boucles soyeuses, et, avec l'autre main, l'attira près de lui. Elle posa les mains sur ses bras, ferma les yeux quand sa bouche effleura la sienne une fois, deux fois. Puis elle entrouvrit les lèvres pour recevoir son baiser – doux, chaud, à l'odeur de fumée. Leurs bras s'enlacèrent dans une étreinte presque désespérée. Ils se séparèrent un instant, hors d'haleine, se dévorant l'un l'autre du regard, avec des yeux affamés. Puis ils s'embrassèrent à nouveau. De toute urgence. Leurs corps soudés l'un à l'autre. Ils étaient à genoux maintenant. Li sentait les pointes dures des seins de Margaret contre sa poitrine tandis que son sexe en érection se pressait contre son ventre. Elle le désirait à l'intérieur d'elle. Elle voulait l'engloutir, le garder. Elle voulait le consumer.

Le craquement d'une brindille cassée résonna par-dessus le chœur des cigales et, instantanément, le désir fit place à la peur. Ils se séparèrent. Li bondit sur ses pieds. L'éclat d'une lampe le frappa de plein fouet ; il leva un bras pour se protéger les yeux.

— Qui est là ? cria-t-il.

Le faisceau de la lampe s'abaissa vers le sol, et un vieil homme fit quelques pas hésitants dans leur direction. Il éclaira brièvement Margaret, puis annonça :

— Les portes ferment dans cinq minutes.

En descendant à travers les arbres, Margaret glissa sa main dans celle de Li. Le personnel du parc attendait avec impatience de pouvoir fermer les grilles. Dehors, la circulation était dense, les trottoirs encombrés de promeneurs et de groupes d'adolescents errant sans but en pouffant de rire. Malgré l'animation de la rue, Li et Margaret se sentirent immédiatement vulnérables, exposés à la vue. Il lui prit le bras pour traverser en hâte, ce qui déclencha un concert de klaxons. Arrivés au milieu de la chaussée, ils furent piégés par le flot incessant des voitures qui les rasaient. À la première accalmie, ils foncèrent. Une femme à bicyclette, portant une cage à oiseau, en profita pour traverser en sens inverse. Mais, dans la précipitation, elle perdit le contrôle de son vélo : la roue avant se bloqua en travers, la cage tomba, heurta le sol et s'ouvrit. Il y eut un crissement de freins, une explosion de klaxons. Un grand oiseau noir et blanc, valant peut-être des semaines de salaire, essaya aussitôt de s'envoler. La femme gémit, voulut le rattraper ; ses doigts agrippèrent les plumes sans pouvoir les retenir, l'oiseau lui échappa. Margaret se dressa sur la pointe des pieds, tenta de le saisir au passage. Paniqué, le volatile l'évita d'un battement d'ailes et disparut dans la nuit, vers le parc. La femme pleurait tout en se débattant avec son vélo, le contenu de son sac à provisions répandu à ses pieds sur la chaussée. Margaret voulut l'aider, mais Li l'attrapa par la main et l'entraîna.

— Il faut partir. Nous sommes trop exposés.

Une fois sur le trottoir, Margaret regarda par-dessus son épaule. La femme rassemblait ses affaires au milieu de la rue et des voitures qui n'arrêtaient pas de klaxonner. Elle était en larmes. Sa perte devait être inestimable, songea Margaret. D'instinct, l'oiseau avait cherché à s'échapper. Et pourtant, lâché dans la nature, il en mourrait.

Li lui fit presser le pas, et tourna dans Beichang, la petite rue tranquille où ils avaient laissé la voiture sous les arbres. Arrivés à la jeep, dans un élan instinctif, ils s'embrassèrent avec fougue, avec la même passion et le même désir que dans le parc. Au bout d'un moment, Margaret s'écarta, regarda Li au fond des yeux, et demanda d'un ton angoissé :

— Qu'est-ce que nous allons faire, Li Yan ?

C'était une grande question, une question qui en valait plusieurs à elle toute seule. Une question à laquelle il ne pouvait pas répondre. Il ne pensait qu'à une chose, mettre Margaret en lieu sûr pendant qu'il déciderait ce qu'il ferait ensuite.

— Il faut que je te ramène à l'Hôtel de l'Amitié, dit-il.

— Je ne veux pas te quitter.

— Juste pour quelques heures.

— Je ne veux pas te quitter, insista-t-elle.

Puis elle secoua la tête et se mit à rire d'elle-même.

— Non, mais je rêve. On dirait une gamine.

Il lui fallut un moment avant de se ressaisir.

— Je veux t'aimer. Je veux faire l'amour avec toi. Mais on n'a nulle part où aller. Chez toi, chez moi, c'est impossible.

Li sourit.

— Et la banquette arrière de la voiture ?

— Je n'oserais pas, dit-elle en riant. Je parie que Lily Peng est cachée derrière un arbre.

Cependant, leurs sourires s'évanouirent immédiatement à la pensée que toutes les plaisanteries du monde ne parviendraient pas à retarder le moment où ils devraient regarder la réalité en face. Ils n'avaient aucun avenir. S'ils se séparaient maintenant, Margaret redoutait de ne plus jamais revoir Li. Comme l'oiseau libéré de sa cage, il lui filerait entre les doigts et disparaîtrait dans la nuit. Li lui ouvrit la portière.

— Qu'est-ce que tu vas faire ? demanda-t-elle.

— J'ai besoin de réfléchir seul. Puis je demanderai à mon oncle ce qu'il en pense. Il doit rentrer ce soir.

II

Li regarda Margaret monter en courant les marches de l'entrée principale de l'Hôtel de l'Amitié. Il sentait encore le goût de sa peau sur ses lèvres. Il en avait la gorge nouée, les yeux brûlants. Il ne la reverrait plus, il le savait ; jamais il n'aurait imaginé souffrir à ce point de cette séparation. Mais il fallait absolument qu'elle reste en lieu sûr, à l'écart, jusqu'à ce que son avion l'emporte au loin. Les forces mobilisées contre lui seraient satisfaites de la voir partir. Elles pourraient se focaliser sur lui seul – comme il avait l'intention de se focaliser sur elles. Il ignorait jusqu'à quel point le fruit était pourri, par quel ver il avait été contaminé, mais il savait qu'il ne pouvait plus avoir confiance en personne. Il mit le moteur en marche, et démarra dans un crissement de pneus.

Margaret se retourna pour regarder la jeep partir en trombe. Les mots de Li résonnaient encore à ses oreilles. « Monte directement dans ta chambre. Ferme la porte à clé. N'ouvre à personne, même pas au *room service.* Attends que je t'appelle. Si je ne t'appelle pas, rends-toi directement à l'aéroport en taxi demain matin et prends ton avion. » Elle savait qu'il ne téléphonerait pas parce qu'il la pensait en sécurité tant qu'elle n'était pas avec lui, tant qu'elle prenait l'avion comme prévu. Or elle n'avait pas l'intention de partir. Son visa était encore valable cinq semaines. Il y avait longtemps qu'elle n'avait pas éprouvé pour un homme ce qu'elle éprouvait pour Li. Il n'était pas question de laisser passer la chance de quelques semaines de bonheur après ce qu'elle avait enduré. Après tout, elle pouvait très bien mourir dans un jour, dans une semaine, dans un an. Et dans ce cas qu'aurait-elle gagné à être en sécurité ? Un vide supplémentaire de quelques jours, quelques semaines, quelques mois ? Si les événements de l'année passée lui avaient appris une chose, c'était qu'il fallait saisir les bonnes choses de la vie quand elles passaient à portée car elles risquaient de disparaître en un clin d'œil.

Elle traversait le hall de marbre pour aller prendre sa clé à la réception quand elle entendit appeler :
— Margaret !
Surprise, elle se retourna et vit Bob se lever précipitamment d'un fauteuil, un journal à la main. La surprise n'avait rien d'agréable.
— Qu'est-ce que vous voulez ? dit-elle en franchissant très vite les quelques marches menant aux ascenseurs.
— J'étais inquiet, répondit-il en la suivant. Bon sang, Margaret, qu'est-ce que vous avez fabriqué ? La Sécurité publique est venue pour vous à l'université, cet après-midi.
Elle s'arrêta net et lui jeta un regard noir.
— Qu'est-ce que vous racontez ?
— Apparemment, vous avez une place réservée sur le premier vol de demain matin.
— Sans blague, dit-elle avec dédain. J'ai avancé mon départ ce matin, après notre petite discussion. Seulement, depuis, j'ai changé d'avis.
— Mais vous ne pouvez pas, dit-il d'un air troublé.
— Je fais ce que je veux, déclara-t-elle en appuyant sur le bouton d'appel.
— Pas sans visa.
— Mon visa est encore valide cinq semaines.
— Le problème, c'est qu'il ne l'est plus. Ces types appartenaient au bureau des visas. Apparemment, il n'est valide que jusqu'au départ de votre avion.
L'ascenseur arriva et la porte s'ouvrit en coulissant. Elle jeta un regard incrédule à Bob.
— Ils ne peuvent pas faire ça.
— Oh si, ils le peuvent, Margaret.

Il posa une main consolatrice sur son épaule.

— Que se passe-t-il ?

Elle se débarrassa de sa main d'un mouvement d'épaule.

— Qu'est-ce que ça peut vous foutre, dit-elle en retenant ses larmes le temps que la porte se referme.

Alors, elle éclata en sanglots. Ce n'était pas juste. Comment pouvaient-ils l'obliger à partir ? De quel droit ? Pourtant, elle savait qu'elle ne pouvait pas lutter ; tous ses espoirs étaient réduits à néant.

Toujours en larmes, elle courut jusqu'à sa chambre, au grand étonnement de deux employés croisés en chemin, ferma sa porte avec la chaîne, et s'effondra sur son lit. Elle se sentait submergée par un sentiment d'impuissance totale, comme une enfant manipulée par des adultes. Soudain, la sonnerie du téléphone la fit sursauter. Ce ne pouvait pas être Li. Elle laissa sonner deux ou trois coups avant de décrocher, la peur au ventre.

— Allô ?

— Docteur Campbell ? dit une voix étrangement familière à l'accent américain.

— Qui est-ce ?

— Docteur McCord.

— McCord ? Qu'est-ce que vous voulez, bon Dieu ?

— Il faut que je vous voie.

— Vous rêvez.

La colère prenait le relais de la peur.

— Vous m'avez dit de foutre le camp. Vous vous souvenez ? Pourquoi voudrais-je vous voir ?

— Parce que je sais pourquoi on a tué Chao Heng. Je pourrais bien être le prochain sur la liste.

Elle retint son souffle. Il avait peur, ça s'entendait à l'étrange désespoir de sa voix.

— Je vous retrouve au bar.

— Non, dit-il très vite. Trop de monde. Prenez un taxi jusqu'au parc Tiantan – le Temple du Ciel. Rendez-vous à la porte est.

Elle sentit la peur affluer à nouveau.

— Non. Attendez une minute...

Mais il n'écoutait pas.

— Pour l'amour du ciel, prenez garde qu'on ne vous suive pas. Je vous retrouve là-bas dans une demi-heure.

Il raccrocha. Dans le silence de sa chambre, Margaret pouvait entendre son cœur cogner contre sa poitrine.

Li suivit le flot de la circulation sur Fuxingmennei, en direction de la porte de la Paix céleste. De chaque côté, des immeubles illuminés bordaient l'avenue. Les gens sortaient à nouveau de chez eux pour échapper à la chaleur. Les trottoirs étaient surpeuplés, des familles entières rassemblées sous les arbres, côté sud. Li voyait le serpent lumineux des voitures s'étirer devant lui sur des kilomètres dans la nuit brumeuse. À l'affût quelque part dans la ville, Johnny Ren attendait patiemment de nouvelles instructions. De qui ? Tourmenté par la crainte que Li ne le suspecte déjà d'être impliqué dans l'affaire, le substitut du procureur général Zeng ne pouvait peut-être plus trouver le sommeil. Quelque part, dans un endroit sombre et secret, celui ou ceux qui tiraient les ficelles tremblaient d'être dénoncés.

Dénoncés pour quoi ? L'ignorance de Li semblait sans limites. Le bout du tunnel était encore très loin.

Comment lancer une enquête sur un substitut du procureur général sans l'ombre d'une preuve ? Qui l'y autoriserait ? Qui d'autre pouvait être impliqué ? Pas Chen, quand même ? Pourtant, il avait été très prompt à écarter l'idée que le corps de Chao puisse avoir été délibérément détruit, que le professeur Xie puisse avoir été complice de l'incinération des prélèvements de sang et de tissus. Que voulaient-ils l'empêcher à tout prix de découvrir, et qui avait le plus à perdre dans cette histoire ?

Li avait besoin de l'avis de son oncle. Le vieux Yifu écouterait tout qu'il avait à dire sans prendre parti. Il se fierait à l'instinct de son neveu, mais aurait une vision différente des choses. Ses années d'expérience de la police et du système judiciaire, son talent à raisonner calmement, à passer au crible les preuves contradictoires, seraient un atout très précieux. Li avait plus que jamais besoin de son aide.

Il dépassa la porte de la Paix céleste et le portrait de Mao dominant la foule de la place Tiananmen et son propre mausolée, sévère figure paternelle dont on se souvenait maintenant avec affection, une fois ses excès et ses erreurs pardonnés et oubliés. Après le ministère de la Sécurité publique, il tourna à droite dans la rue Zhengyi, et freina brusquement à la vue des gyrophares rouges et bleus de plusieurs véhicules de police et d'une ambulance massés au pied de l'immeuble où il habitait avec son oncle. La rue était barrée, les trottoirs noirs de policiers en uniforme. Li sentit l'angoisse lui nouer le ventre ;

son front se couvrit d'une sueur glacée. Il écrasa la pédale de l'accélérateur et pila derrière l'ambulance. Surpris, les policiers se retournèrent.

— Que se passe-t-il ? demanda-t-il en sautant de la jeep.

— Il y a eu un meurtre, dit un officier.

Li leva la tête ; toutes les lumières de son appartement étaient allumées et des silhouettes se déplaçaient derrière les fenêtres. Il se mit à courir.

— Vous ne pouvez pas passer, dit l'officier en essayant de l'en empêcher, mais Li se dégagea.

— J'habite ici !

Il ne vit aucun signe du policier de garde à l'entrée de son immeuble. Le hall grouillait d'agents en uniforme. Il monta l'escalier quatre à quatre et entendit quelqu'un dire dans son dos : « C'est Li. Préviens là-haut. »

Le palier du premier étage était lui aussi encombré d'hommes. La porte de l'appartement était grande ouverte. Il y avait de la lumière partout. À l'intérieur, il vit encore plus de policiers en uniforme et en civil. Il reconnut la plupart des visages. Figés dans un silence que venait seulement rompre le grésillement d'un talkie-walkie, tous le regardèrent entrer. Personne ne parla ni ne fit un geste. Li traversa l'entrée, jeta un coup d'œil dans le séjour. Tout était sens dessus dessous, les meubles renversés, la télévision fracassée. Il sentit la peur lui remonter dans la gorge comme un flot de bile. Il se dirigea vers la salle de bains où semblait se trouver la concentration la plus importante d'inspecteurs et de techniciens de l'Identification criminelle. L'inspecteur Wu, mâchant son éternel chewing-gum avec frénésie, lui barra le passage. Il était pâle, et dans ses yeux se lisaient la consternation et l'incompréhension.

— Que se passe-t-il, Wu ? demanda Li d'une voix rauque, presque éteinte.

Wu s'écarta sans répondre ; Li aperçut le carrelage blanc éclaboussé de rouge, et, dans la baignoire vide, le vieux Yifu empalé par sa propre épée de cérémonie, enfoncée avec une telle violence qu'elle avait transpercé son corps de part en part, traversé le plastique de la baignoire, et s'était fichée dans le plancher. Le choc fit instantanément jaillir les larmes des yeux de Li. Il se mit à trembler de tous ses membres, et regarda Wu.

— Un putain de combat, dit ce dernier.

Li avait envie de hurler. Il avait envie d'écraser son poing sur les visages et les murs qui l'entouraient, de balancer des coups de pied. Il avait envie de détruire tout ce qui était à sa portée. « Un putain de combat ». Mais c'était son combat à lui, pas celui de son oncle. Pourquoi avaient-ils fait ça ? À quoi bon tuer le vieux Yifu ? Mal à l'aise, Wu se balançait d'un pied sur l'autre.

— J'ai un mandat d'arrêt contre toi, Li. Délivré par le procureur.

Li sut alors qu'il s'agissait d'un rêve. Un cauchemar dont il allait se réveiller.

— Un mandat ? dit-il d'une voix qu'il ne reconnut même pas.

— Pour le meurtre de Li Li Peng.

Li fut presque incapable d'assimiler ce nouveau tournant de son cauchemar.

— Lily ? s'entendit-il dire.

— On lui a défoncé le crâne, chez elle, dit Wu comme si c'était la chose la plus naturelle du monde.

— Je suis désolé, mais tu es également soupçonné du meurtre de ton oncle et du policier de garde de l'immeuble, ajouta-t-il.

Li regarda d'abord son oncle, ses yeux sans vie tournés vers le plafond, puis Wu.

— Tu crois que c'est *moi* qui ai fait ça ?

Il avait le souffle court à présent, et sentait venir le moment où il ne pourrait plus se contrôler. Il ne se raccrochait plus à la réalité que par un fil. Quand allait-il enfin se réveiller ?

Wu paraissait embarrassé.

— Pour être honnête, Li Yan, je ne crois pas une seconde que ce soit toi. Aucun de nous ne le croit. Mais nous avons une preuve, et il y a des procédures à suivre.

— Quelle preuve ?

La colère l'étouffa presque. Il se sentait maintenant paralysé, cloué sur place.

Wu claqua des doigts en direction d'un technicien de l'Identification criminelle qui lui tendit un sachet de plastique contenant la montre gousset de Li, avec son étui en cuir taché de sang.

— On l'a trouvée dans l'appartement de Lily, à côté du corps.

Li la regarda comme un possédé.

— On l'a volée dans mon tiroir ce matin. Quand nous étions tous dans la salle de réunion, et Johnny Ren dans mon bureau.

— C'est toi qui dis que c'était Johnny Ren. Nous avons juste vu un homme. Personne d'autre que toi ne l'a reconnu. Pourquoi aurait-il tué Lily ?

Li connaissait déjà la réponse. Elle était là quand Margaret avait parlé au professeur Xie.

— Et pourquoi, *moi,* aurais-je tué Lily ?

Il ne parvenait pas à croire qu'il était obligé de poser la question.

— Elle a mouchardé l'Américaine à la Sécurité publique pour avoir passé la nuit chez toi.

Wu haussa les épaules d'un air gêné.

— C'est ce qu'ils diront.

Li en aurait ri si tout cela n'avait pas été aussi grotesque.

— Alors, je l'ai tuée ? C'est ça ? Parce que c'est à cause d'elle que j'ai eu des problèmes avec mon patron ?

Wu tendit la main ; on lui passa un autre sachet en plastique. Celui-là contenait un mouchoir ensanglanté.

— On voit le nom de Lily brodé dans un angle. Je pense que c'est son sang qui est dessus. On l'a trouvé dans ta chambre.

Il se dépêcha de lever la main pour couper court aux protestations de Li.

— Avant que tu ajoutes quoi que ce soit, sache que c'est aussi difficile pour moi que pour toi. Mais je dois quand même t'arrêter.

— Fais voir le mandat.

Wu poussa un soupir et sortit un papier de sa poche. Li le déplia, chercha la signature.

— Substitut du procureur général Zeng.

Il leva les yeux vers Wu en lui agitant le papier sous le nez.

— Le voilà votre homme. C'est un coup monté contre moi.

— Quoi ?

C'était au tour de Wu de se montrer incrédule. Li se rendit immédiatement compte à quel point ce qu'il venait de dire semblait ridicule. Il comprit qu'il était bel et bien piégé. On voulait qu'il disparaisse de la circulation. Il suffisait de le discréditer, lui et son enquête, de mouiller la Section n° 1 dans un scandale et un meurtre sordide qui allait détourner l'attention de Chao Heng. Autour de lui, les policiers le regardaient comme s'il était fou. Il contempla le corps de son oncle ; il avait envie de le serrer dans ses bras, de lui dire combien il était désolé, de lui demander pardon. Il sentit les larmes lui monter aux yeux et les refoula d'un battement de paupières. Quelle était la phrase que répétait le vieux Yifu ? « L'action vaut toujours mieux que l'inaction. Diriger, ne pas se laisser diriger. » Il fit demi-tour et entra dans la chambre de son oncle.

— Li ! Qu'est-ce que tu fous, bon Dieu ? cria Wu.

Le dernier tiroir de la commode était à moitié ouvert, comme si son oncle avait essayé de prendre son arme. Li ne l'avait pas déchargée. Il avait eu l'intention de replacer les balles dans la boîte, la veille au soir, mais avec Margaret dans l'appartement, il avait oublié. Le revolver était toujours au fond, enveloppé de papier de soie, dans la vieille boîte à chaussures. La crosse froide se nicha parfaitement dans le creux de sa main.

Wu se tenait derrière lui.

— Allez, Li. Je te ramène à la Section n° 1.

Li se redressa, se retourna brusquement, attrapa Wu par le col et pressa le canon sur sa tempe.

— Je me barre d'ici, Wu. Et tu viens avec moi.

— Ne fais pas l'imbécile, Li. Toi comme moi savons bien que tu ne vas pas tirer.

Mais les yeux de Li brillaient d'une intensité sombre et glacée. Il regarda Wu sans ciller :

— Si tu me crois capable d'un seul de ces meurtres... pourquoi ne me crois-tu pas capable de te faire sauter la tête ? Essaye, si tu veux.

Wu réfléchit à toute vitesse.

— D'accord.

— Dis à tout le monde de reculer.

— Vous l'avez entendu. Foutez le camp ! cria Wu.

Personne ne bougea.

— Immédiatement !

Lentement, policiers en civil, en uniforme, et techniciens de l'Identification criminelle refluèrent de l'appartement sur le palier. Li fit pivoter Wu, lui colla le revolver sur la nuque et le poussa en avant. Ils s'arrêtèrent devant la chambre de Li où il obligea Wu à entrer.

— Prends mon holster dans le premier tiroir.

Wu s'exécuta.

— Garde-le.

Dehors, sur le palier, les policiers s'écartèrent pour les laisser passer.

— Que personne ne tente quoi que ce soit, dit Wu. Pas de héros, s'il vous plaît. J'ai une femme et un gosse qui tiennent à moi.

— Ah tiens, c'est nouveau, fit Li.

Wu eut un sourire amer.

— D'accord, on est séparés. J'ai menti. Mais ce n'est pas une raison pour tuer un homme.

Li le poussa jusqu'au bas des escaliers, marche après marche.

— À t'en croire, il m'en faut beaucoup moins pour tuer.

— Hé, allez, Li. Je ne fais que mon boulot. Tu aurais fait la même chose. Tu sais que c'est vrai. Je ne crois pas que ça tienne debout tout ça, mais tu ne te facilites pas les choses.

— Sûr que tu n'y mets pas du tien non plus.

Et il lui enfonça un peu plus le canon à la base du crâne.

— OK, OK. Fais comme tu veux.

Dans le hall, les policiers les regardèrent passer en silence. Quand ils sortirent dans la nuit chaude, Wu répéta à tout le monde de rester calme. Les flics en uniforme, de faction dans la rue, furent sidérés de voir Li tenir Wu en respect devant lui.

— Tout va bien, les gars. Pas de problème. On le laisse partir, compris ?

Li attrapa son holster, repoussa Wu tout en le maintenant en joue, et ouvrit la portière de la jeep. Il se pencha pour mettre le contact.

— Ce n'est pas moi, dit-il à Wu en le regardant droit dans les yeux.

— Hé, je ne discute pas. Allez, fous le camp.

Li sauta dans la voiture, jeta le holster et le revolver sur le siège passager, passa la marche arrière, et remonta la rue dans un hurlement de moteur. De la fumée blanche s'échappa des pneus. Une petite allée coupait le jardin qui séparait les deux voies de la chaussée. Il l'emprunta, fit craquer les vitesses en passant brusquement la première et lança la jeep vers le nord, en direction des lumières brillantes de l'avenue Changan. L'image des yeux sans vie du vieux Yifu tournés vers le plafond ne le quittait pas.

« Un putain de combat », avait dit Wu. Li l'imaginait aisément ; le vieil homme avait dû défendre sa peau avec acharnement. Il laissa enfin ses larmes couler sans chercher à les retenir.

Et soudain, il réalisa dans un sursaut d'horreur que s'ils avaient tué Lily parce qu'elle assistait à l'entrevue de Margaret et du professeur Xie, ils tueraient aussi Margaret.

III

Le taxi déposa Margaret sur Tiantandong, devant l'entrée est du parc du Temple du Ciel. La rue n'avait rien de céleste. C'était une large avenue en travaux, sans éclairage. Le trottoir était jonché de gravats et de détritus. La circulation grondait au-delà d'une piste cyclable déserte. En face, des rangées d'immeubles sinistres jetaient une lueur pâle sur la chaussée. Dans le lointain, toutes illuminées, de nouvelles constructions exotiques conçues dans le style traditionnel chinois se dressaient contre le ciel. Un autre monde. Derrière ses grilles, le parc se cachait dans une obscurité oppressante.

Margaret frissonna. Le coin était désert. Elle se sentit vulnérable et regretta d'être venue. Il n'y avait aucun signe de McCord. Elle marcha jusqu'à la grille, regarda à travers les barreaux. La lune brillait, et quand ses yeux se furent habitués, elle vit, au-delà d'une deuxième grille, une longue rangée de cyprès bordant une allée conduisant à un temple au toit à trois étages. Le contact d'une main sèche sur son bras lui fit pousser un cri de frayeur. Elle se retourna le cœur battant, et se retrouva nez à nez avec McCord.

— Seigneur ! Vous aviez besoin d'arriver en douce, comme ça ?

— Chhhut, fit-il en posant un doigt sur ses lèvres. Venez.

Il poussa la grille qui s'ouvrit.

— Vite.

Elle vit son front luisant de sueur, sentit l'odeur aigre de son haleine chargée d'alcool ; sa peur était presque palpable. Il regarda par-dessus son épaule, d'un air effrayé, à droite, à gauche, et referma derrière eux. Puis il se hâta vers la grille intérieure. Elle s'empressa de le suivre.

— Où allons-nous ?

— Dans le parc. Si nous n'avons pas été suivis, nous y serons en sécurité.

La petite porte, à côté de la billetterie, n'était pas fermée à clé. Il la poussa et entraîna rapidement Margaret dans l'allée des cyprès. Les ombres jetées par la lune se faisaient plus distinctes au fur et à mesure que les lumières de la ville s'estompaient dans le lointain.

— Pour l'amour du ciel, McCord, dites-moi maintenant ce que vous avez à me dire.

— Quand nous serons dans la galerie, murmura-t-il à bout de souffle. C'est plus sûr là-bas.

La galerie était un long passage couvert, surélevé, serpentant sur des centaines de mètres jusqu'au temple. Un toit couvert de tuiles l'abritait sur toute sa longueur, soutenu par des piliers et une infrastructure complexe de poutres. Margaret et McCord franchirent un portique en briques, à l'ombre d'un arbre énorme, et gravirent quelques larges marches. McCord sembla soulagé. Ils étaient plus en sécurité dans le noir, dit-il. Entre les piliers, ils pouvaient voir le parc éclairé par la lune, et repérer quiconque s'approcherait. Mais il ne tenait pas en place et n'arrivait pas à dire ce qu'il avait à dire. Il était nerveux, agité, presque au bord de l'hystérie. Il arpentait la galerie à grands pas, le long des comptoirs fermés qui, dans la journée, vendaient aux touristes des souvenirs bon marché. Puis il ralentit et parut soudain plus réfléchi. Les mains enfoncées dans les poches, il jeta un coup d'œil nerveux à Margaret. Il sentait qu'elle commençait à s'impatienter.

— J'ai besoin de votre aide, dit-il enfin comme s'il avait eu besoin de rassembler tout son courage pour lui faire cette déclaration.

— Pour quoi faire ?

— Je veux que vous veniez avec moi à l'ambassade américaine. Ils n'en ont rien à foutre de moi, déclara-t-il avec un petit rire aigre. Je crois que je ne suis plus en odeur de sainteté auprès de ces bons vieux États d'Am. Mais, vous, ils vous croiront.

— Ils croiront quoi ?

— Qu'on essaye de me tuer.

— Qui essaye de vous tuer ? demanda Margaret, perplexe.

— Ceux qui ont tué Chao Heng et les autres. Ils sont prêts à n'importe quoi pour se couvrir.

Il sortit un mouchoir de sa poche et s'essuya le

front et le cou. Il respirait par saccades, en sifflant comme un asthmatique.

— Dieu sait à quoi tout ça rime. Ils vont tous mourir, comme les autres.

Il avait une façon tellement désinvolte de parler de la mort que Margaret en eut la chair de poule. Il leva à nouveau les yeux vers elle, mais ne put soutenir longtemps son regard.

— Je n'étais au courant de rien. C'est la putain de vérité. Jusqu'au soir du restaurant de canard. Ils ont envoyé une voiture me chercher. Elle m'attendait dehors. Pour m'emmener à Zhongnanhai. Vous connaissez ?

— La Nouvelle Cité interdite.

Il hocha la tête.

— Là où se trouvent les gros bonnets.

Il fouilla sa poche à la recherche d'un paquet de cigarettes, en alluma une, et aspira goulûment la fumée dans ses bronches saturées de nicotine.

— J'avais laissé tomber depuis des années. Puis finalement, qu'est-ce que ça peut bien foutre après tout ?

Il tira une autre bouffée.

— Le truc, c'est que Chao allait rendre la chose publique. Il n'avait plus rien à perdre, vous comprenez.

Margaret secoua la tête. McCord divaguait.

— Non, j'ignore de quoi vous parlez.

— Pang Xiaosheng, dit-il en pointant sa cigarette sur elle. Vous avez entendu parler de lui ?

— Vaguement.

Margaret essayait de se souvenir. Bob lui avait dit quelque chose.

— Ah oui, le ministre de l'Agriculture. Il a sponsorisé votre recherche sur le super-riz.

— *Ex*-ministre de l'Agriculture, corrigea McCord. Futur leader de la Chine.

Il eut un petit sourire amer, et ajouta :

— Enfin, croyait-il.

Margaret commençait à perdre patience.

— Tout cela n'a aucun sens, McCord.

— Docteur, s'il vous plaît, précisa-t-il sur un ton très déplaisant. Ou Monsieur. Je ne suis pas du genre à cheval sur l'étiquette.

— Écoutez... ou vous me dites de quoi il retourne ou je m'en vais. Tout de suite.

— Hé, du calme, fit-il en secouant sa cendre par terre. J'y viens, OK ?

Ils avaient atteint le bout de la galerie ; une rampe dallée conduisait au temple, en passant sous une arche. Un étrange sourire se dessina sur les lèvres de McCord.

— Seigneur, vous savez où on est ?

— Dans un parc ?

Il ignora son sarcasme.

— Je n'y avais même pas pensé. Ironie du sort. Venez voir.

Il franchit l'arche. Exaspérée, Margaret soupira et attendit un moment avant de le suivre. Ils émergèrent de l'ombre pour se retrouver au pied d'une succession de terrasses de marbre miroitant jusqu'aux toits bleu et or superposés qui s'élèvent à plus de 70 mètres dans le ciel de Pékin. McCord s'avança sur la rampe. La lune projeta derrière lui une ombre bleue. D'une chiquenaude, il jeta sa cigarette qui retomba dans une gerbe d'étincelles rouges sur le marbre. Il avait soudain rapetissé au milieu de toute cette grandeur. Il écarta les bras comme un oiseau et pivota sur lui-même pour faire face à Margaret. Son sourire avait quelque chose de malsain.

— Je me sens purifié par la lumière du ciel, dit-il. Bienvenue à la salle de la Prière pour de bonnes récoltes.

Il se détourna à nouveau, pencha la tête en arrière et contempla le temple imposant qui le dominait en éclatant de rire.

— Le Fils du Ciel venait prier ici deux fois par an. La première, le quinzième jour de la première lune pour demander une bonne récolte.

Il lui fit face à nouveau, en souriant toujours comme un idiot, et elle vit des larmes dans ses yeux.

— Et la deuxième, au solstice d'hiver pour remercier le ciel.

Soudain, son sourire s'évanouit. Il s'avança vers elle, le visage baigné de larmes.

— Mais Pang Xiaosheng n'a pas eu à prier pour obtenir une bonne récolte. Il m'avait sous la main.

Il secoua la tête en ajoutant d'une voix amère :

— Et il ne m'a pas remercié.

Clouée sur place, Margaret était sidérée par l'exhibition à la fois triste et terrifiante de ce clown grotesque.

— Vous allez vous décider à me dire ce qui s'est passé, McCord ? demanda-t-elle d'un voix calme qui se répercuta sur les terrasses et leur revint comme un murmure.

À l'ombre de la salle de la Prière pour de bonnes récoltes, McCord paraissait vidé, minuscule, insignifiant.

— C'est Chao Heng qui a monté le programme du super-riz pour le ministère de l'Agriculture. Il était dévoué à Pang. C'est lui qui m'a introduit. Il s'agissait de passer un marché avec mon employeur, Grogan Industries. Ils ont été ravis de fournir les fonds. Pang était pressé, et eux avaient les mains libres ; pas d'ingérence du gouvernement comme aux États-Unis, et la chance de pouvoir mettre leurs théories en pratique sur une grande échelle. Si ça marchait, ils pouvaient vendre leur brevet du super-riz dans le monde entier. Ça voulait dire des milliards de dollars. Des milliards de milliards. Et les Chinois ? Eh bien, ils seraient contents d'avoir de quoi manger, et Pang pourrait se présenter comme l'homme de la situation, capable de diriger le pays. Et moi ? J'étais celui qui devait créer ce super-riz. Et je l'ai fait.

Il se retourna, s'éloigna en continuant à s'adresser à la nuit :

— Seigneur, c'était si beau. Un grain de riz résistant aux insectes, aux maladies, aux moisissures. Indestructible. Garanti cent pour cent.

— Comment avez-vous fait ? demanda Margaret.

Il lui fit face ; ses yeux brillaient.

— Comment j'ai fait ? C'était facile. C'était si simple que c'était parfait. J'ai pris un gène de la toxine du choléra - vous savez, celui qui rend le choléra foutrement mortel - et je l'ai mis dans le riz.

Margaret lui lança un regard horrifié.

— Mais, c'est... complètement dément.

McCord secoua la tête ; la réaction de Margaret avait l'air de l'amuser.

— Pas du tout. La toxine du choléra tue tout. Insectes, bactéries, virus, champignons.

— Et les gens ?

— C'est là que c'est magnifique. Une fois cuite, elle est inoffensive, et le riz est toujours aussi bon. Le plus difficile, c'était de l'introduire. Mais je vous ai déjà parlé de ça.

Il agita son petit doigt vers elle.

— Vous vous souvenez ?

— Oh, oui, répondit-elle sèchement. Votre petit pénis.

Il sourit de toutes ses dents.

— Donc, j'ai pris mon gène de la toxine du choléra, je l'ai collé sur le dos d'un gentil virus, et je l'ai envoyé se multiplier dans l'ADN du riz.

— Un *gentil* virus ?

Son visage s'assombrit.

— Sûr. Le virus de la mosaïque du chou-fleur. Qui fait tous ces dessins sur les feuilles des choux-fleurs. On en mange depuis des milliers d'années et il ne nous a jamais fait aucun mal.

— Alors, selon vous, c'était une bonne idée de nourrir des gens avec des gènes de toxine du choléra et des virus de chou-fleur quand ils croyaient manger du simple riz.

— Ça marchait. Et c'était parfaitement inoffensif.

Maintenant sur la défensive, McCord devenait presque agressif.

— Nous avons fait de nombreux essais sur le terrain dans le sud. L'équipe de recherche a vécu sur place pendant un an avant de le lancer sur le marché. Le rendement était fantastique, et le goût parfait.

Son ton redevint sarcastique :

— Et personne n'est mort de la toxine du choléra ni du virus de la mosaïque du chou-fleur.

Il alluma une autre cigarette.

— Nous l'avons donc lancé, il y a trois ans. Dans toute la Chine. Des résultats phénoménaux, docteur Campbell. Phénoménaux. La production a augmenté de cent pour cent. Adieu la faim.

— Et bonjour le profit.

— Et pourquoi pas, bordel ! Celui qui investit et prend des risques peut bien en récolter les fruits.

— Pourtant, j'ai l'impression qu'il y a un « mais » quelque part, je me trompe ?

Il lui jeta un regard revêche et aspira longuement la fumée de sa cigarette à deux reprises avant de lui répondre.

— Je ne savais pas que Chao était tombé malade. Il y a environ un an. Ils ont d'abord cru qu'il avait le sida. Il aimait les garçons, vous savez.

Il plissa le nez de dégoût.

— On l'a soigné pour le sida, mais ce n'était pas ça ; alors ils ont commencé à s'inquiéter. Pang l'a fait admettre à l'hôpital militaire n° 301.

Les yeux baissés, il se mit à respirer bruyamment, comme s'il avait couru.

— C'était un putain de virus que personne n'avait jamais vu. Un rétrovirus. En sommeil dans le cerveau depuis cinq ans ou plus. On ne sait même pas qu'il est là. Puis, sans raison, il décide de vous baiser. Il commence par attaquer vos globules blancs et finit par foutre en l'air tout votre système immunitaire. Un peu comme le sida, en pire. Et plus difficile à coincer parce qu'il se transforme en moins de temps qu'il ne faut pour le dire.

Il releva les yeux et soutint pendant un long moment le regard de Margaret avant qu'elle ne comprenne :

— Oh, mon Dieu. Il est dans le riz.

Ses cheveux se dressèrent sur sa tête, un frisson la parcourut sur tout le corps.

Les yeux de McCord se remplirent à nouveau de larmes et il rejeta violemment sa cigarette.

— D'une façon ou d'une autre, quelque part le long de la chaîne, notre innocent petit virus de la mosaïque du chou-fleur s'est associé à un autre virus, probablement innocent lui aussi, qui se baladait dans les environs.

Il marqua une pause pour reprendre son souffle, de plus en plus court.

— Et nous avons eu une mutation. Une troisième. Cette fois, c'était un virus mortel. Ils l'ont appelé le Virus Riz X. VRX. Propre au caractère génétique du riz. Nous ne savions même pas qu'il était là.

Un long silence s'installa pendant que Margaret assimilait ce qu'il venait de lui apprendre. Elle sentait son sang battre derrière ses yeux, dans sa gorge, au creux de son estomac. Elle en était malade.

— Vous voulez dire qu'il est toujours là, dans le riz ? finit-elle par demander.

Il hocha la tête.

— Dans ce que les gens cultivent et mangent ?

Il hocha à nouveau la tête.

— Et quiconque en mange a, ou va avoir, ce virus... ce VRX ?

Il tourna la tête vers les arbres, et dit d'une voix tremblante :

— Ça ne se manifestera pas avant deux ans au moins. Chao en mangeait déjà bien avant que la production ne soit lancée.

Margaret se sentait absolument incapable de mesurer l'ampleur de ce qu'il lui annonçait.

— Mais ça concerne plus d'un milliard de personnes, souffla-t-elle.

Il haussa les épaules.

— Bien plus. Ils l'exportent dans le monde entier. Et une fois que le virus est dans la nature, qui sait comment il va se transmettre ? C'est la moitié de la population mondiale, ou davantage, qui est concernée.

Soudain, Margaret réalisa avec effroi qu'elle aussi avait mangé de ce riz. Elle n'arrivait pas à le croire. Il y avait forcément une erreur, un moyen de revenir en arrière. Elle ne pouvait pas mourir parce qu'elle avait mangé du riz. C'était exactement comme quand elle avait appris la mort de Michael. Elle ne pouvait pas l'accepter. Ça semblait tout bonnement impossible. Elle se retourna brusquement vers McCord, sa peur se muant en colère, puis en rage.

— Espèce d'immonde salopard ! hurla-t-elle.

Sa voix se répercuta sur le marbre des terrasses et monta dans la nuit chaude chargée d'odeur de pin.

— Espèce de sale connard de merde ! Vous vous imaginiez pouvoir égaler en trois ans ce que la nature a mis des milliards d'années à réussir. Vous vous êtes pris pour un putain de dieu !

McCord tressaillit, mais ne dit rien. Puis il lâcha enfin :

— Le plus drôle, c'est que je ne mange jamais de riz. Je suis allergique depuis l'enfance.

Margaret était déchirée entre le désespoir et la colère. Elle aurait voulu lui sauter à la gorge, le rouer de coups de pied et de coups de poing, lui arracher les yeux. Mais son désespoir lui ôtait toute force, et elle resta immobile dans la nuit, écrasée, accablée par le poids de ce qu'elle savait – elle avait mangé la mort et il n'y avait pas de retour possible ; elle verrait mourir avant elle deux milliards de personnes, peut-être davantage ; et elle n'y pouvait strictement rien.

Des larmes brûlantes lui montèrent aux yeux et brouillèrent l'image de McCord.

— Pourquoi se donnent-ils la peine d'essayer de le cacher ? À quoi ça sert ?

— Parce qu'ils ont peur et qu'ils sont stupides, répondit-il. Grogan s'imaginait qu'en gardant le secret, ils auraient deux ans pour dénicher un remède.

— Ils sont complètement fous !

— C'est ce que je leur ai dit. Bon Dieu, le monde entier cherche à guérir le sida depuis vingt ans, et eux, ils trouveraient un remède au VRX en deux ans ?

Il s'étrangla de rire.

— Pang Xiaosheng était d'accord, il n'avait pas le choix. Si jamais le gouvernement apprenait ce qu'il avait fait, c'était un homme mort. Et Chao... eh bien, Chao était déjà mourant ; il allait le dire à la face du monde entier. Alors Grogan a fait venir ce pro de Hong-Kong. Un tueur à gages d'une Triade qui passerait inaperçu en Chine, pensaient-ils. Il s'est occupé de Chao et a estimé qu'il avait détruit la preuve en le faisant brûler. Mais vous êtes arrivée et vous avez commencé à casser sa baraque en demandant des analyses de sang. La situation leur échappait complètement...

À travers toutes ses émotions – apitoiement sur elle-même, horreur, choc –, son cerveau lui envoyait de minuscules signaux d'alarme. Elle s'obligea à réfléchir, à se concentrer. Elle fixa McCord avec une intensité qui le décontenança.

— Mais, putain, qu'est-ce que vous avez à me regarder comme ça ?

— Les grilles du parc. À cette heure-ci, elles sont fermées, normalement.

Elle réfléchissait à toute vitesse maintenant. Elle regarda autour d'elle. De grandes portes rouges décorées de gros clous dorés interdisaient l'accès aux terrasses de marbre, à l'exception de celle par laquelle ils étaient arrivés de la galerie. Elle pointa un doigt dans cette direction.

— Celle-là aussi aurait dû être fermée à clé, non ?

Il ne lui restait peut-être plus que cinq minutes à vivre.

— Vous n'avez jamais eu l'intention de m'emmener à l'ambassade américaine, n'est-ce pas ?

Comment avait-elle pu se montrer aussi stupide ?

— Vous m'avez tendu un piège, espèce de salopard ! C'est pour ça que vous m'avez tout raconté, n'est-ce pas ? Peu importe que je sois au courant, puisque vous allez me tuer.

Il fit un pas vers elle.

— Ils m'ont obligé, dit-il.

Ses bajoues tremblaient, ses yeux noirs luisaient de peur.

— Ils m'ont juste demandé de vous amener ici.

C'était moi ou vous. De toute façon, vous allez mourir.

— Nous allons tous mourir un jour ou l'autre, dit-elle amèrement.

Il avança encore d'un pas.

— Ne vous approchez pas, siffla-t-elle en reculant.

— Hé, ce n'est pas moi qui vais m'en charger.

Il semblait choqué qu'elle puisse le croire capable d'une chose pareille.

— Je n'ai jamais fait de mal à une mouche de ma vie.

— Bien sûr que non. Vous vous êtes contenté de contaminer la moitié de la terre avec un virus mortel.

— Hé, attendez, dit-il en continuant d'avancer tandis qu'elle reculait. Je n'ai pas fait exprès. C'était un accident. Je suis désolé, là, ça vous va ?

Mais elle ne l'écoutait plus. Elle scrutait les ténèbres par-dessus l'épaule de McCord. Elle était sûre d'avoir vu quelque chose bouger.

McCord bascula en avant en même temps qu'une détonation sourde déchirait l'air de la nuit. Il s'affala sur Margaret, l'entraîna dans sa chute et tomba sur elle. Quelque chose de dur heurta les pavés avec un bruit sec, puis Margaret sentit un liquide chaud, collant sur les mains. Du sang. Elle voulut crier, mais aucun son ne sortit de sa gorge. Elle se traîna par terre pour se dégager du poids mort de McCord et tenta de se relever. Ses pieds glissèrent sur la tache sombre qui s'étalait sur la pierre, et elle retomba, les yeux dans les yeux écarquillés, sans vie, de McCord. Une expression de surprise totale s'était figée sur son visage. Cette fois, elle hurla, presque involontairement, mais elle eut l'impression que son cri venait de très loin. Elle rampa à quatre pattes ; sa main rencontra un objet dur et froid – celui qui avait fait du bruit sur le marbre quand McCord s'était effondré. Un petit pistolet. Elle s'en saisit, se mit à genoux et vit alors une silhouette sortir de l'ombre du temple et venir vers elle. Elle brandit l'arme à bout de bras, l'agrippa des deux mains, ferma les yeux et tira une fois, deux fois, trois fois en direction de la forme. Mais quand elle rouvrit les yeux, elle ne vit rien, ni personne. Elle bondit sur ses pieds, fourra le pistolet dans la ceinture de son jean, et se mit à courir, en laissant derrière elle des empreintes de pas ensanglantées. Elle traversa la terrasse de marbre jusqu'à la porte ouverte, s'attendant à chaque instant à recevoir une balle dans le dos.

Dans l'obscurité de la galerie, elle se sentit momentanément à l'abri. Elle s'arrêta pour reprendre son souffle et regarder derrière elle. Elle ne voyait toujours rien, mais elle n'avait pas l'intention de s'attarder. Elle se remit à courir, les jambes flageolantes, le long des piliers au-delà desquels s'étendait l'ombre sinistre des arbres. Elle n'entendait que le sifflement rauque de sa respiration et le claquement de ses semelles sur les pavés. Elle jeta un coup d'œil par-dessus son épaule. Il lui sembla voir une silhouette se profiler à une centaine de mètres. Elle lâcha un petit cri de désespoir et faillit tomber en atteignant l'extrémité de la galerie.

Elle franchit d'un pas chancelant le portique et vit, devant elle, l'allée bordée de cyprès éclairée par la lune. Au loin, très loin, scintillaient les lumières de la ville. Jamais elle n'y arriverait. Un bruit dans la galerie lui redonna la force de se remettre à courir. Ses jambes avaient de plus en plus de mal à la soutenir. Elle haletait, une douleur aiguë lui vrillait le côté. Le lourd parfum des pins lui tournait la tête, agissait comme une drogue qui l'aurait privée de la volonté de lutter. Ce serait si facile d'abandonner, de se coucher, d'attendre la mort. Mais quelque chose de plus fort que la peur, plus fort que la colère la fit continuer. Elle avait une bonne raison de vouloir vivre, un secret à partager.

Elle atteignit la première grille. Verrouillée. Elle agrippa les barreaux et se sentit près de s'évanouir ; des larmes de désespoir ruisselèrent sur ses joues. La porte n'était pas très haute, 2 ou 3 mètres. Mais elle n'avait plus la force de se hisser à bout de bras. Maintenant, elle était sûre d'entendre des pas courant dans l'allée ; elle n'osa pas se retourner. C'est alors qu'elle vit les gonds des montants de la porte. Assez gros pour lui servir de marchepied. Secouée par les sanglots, elle y posa un pied puis l'autre et, balançant un bras au-dessus du sommet de la grille, réussit à passer de l'autre côté où elle retomba lourdement sur le macadam en se faisant très mal au genou. Elle regarda en arrière à travers les barreaux. À une cinquantaine de mètres, une silhouette courait vers elle, entre les cyprès.

Il ne lui en fallut pas plus pour se relever sur-le-champ et franchir d'un bond les quelque 40 mètres qui la séparaient de l'entrée principale. Verrouillée, elle aussi. Margaret ne savait pas comment elle pourrait trouver la force de l'escalader. Elle prit son élan et agrippa le montant supérieur. À la lumière de la rue, elle vit ses mains pleines de sang. Ses pieds battirent dans le vide à la recherche d'une prise stable. Cette porte avait des gonds beaucoup plus petits que l'autre.

— Allez, allez, allez ! cria-t-elle pour se donner du courage.

Elle réussit à caler le bout de son pied droit, et prendre ainsi un appui suffisant pour balancer l'autre jambe par-dessus la grille. Elle resta un moment suspendue en l'air, attendant à tout moment la détonation qui signifierait la fin de tout. Mais rien ne vint. Au prix d'un ultime effort, elle parvint à basculer le corps entier de l'autre côté et à retomber sur le trottoir.

Cette fois, elle ne regarda même pas derrière elle. Elle se releva immédiatement et traversa la piste cyclable en boitillant, vers les voitures qui filaient sur l'avenue. Elle aperçut un éclat jaune. Un taxi. Elle courut devant les phares en agitant les bras et l'obligea à piler. Furieux, le chauffeur klaxonna. Ignorant ses injures, elle fit le tour de la voiture, ouvrit la portière et s'affala à l'intérieur. Il la dévisagea d'un air sidéré. Cette *yangguizi* blonde aux yeux bleus, couverte de sang, le visage noirci, strié de larmes, était en train de l'engueuler.

— Hôtel de l'Amitié ! Hôtel de l'Amitié !

Quand il vit le pistolet enfoncé dans la ceinture de son jean, il décida de ne pas discuter. Il enclencha la première en faisant craquer la boîte de vitesses et accéléra en direction du nord, vers les lumières de la ville.

IV

Le temps que le taxi atteigne l'Hôtel de l'Amitié, l'hystérie de Margaret s'était calmée et muée en profonde dépression. Elle se sentait physiquement et moralement paralysée. La peur l'avait quittée ; une colère sourde la consumait de l'intérieur. Elle se vengerait. Il fallait que la vérité éclate au grand jour. Il fallait démasquer ces gens : Grogan Industries, Pang Xiaosheng et les autres complices de cette folie. Elle méprisait leur monde de progrès génétiquement manipulé qui la condamnait à mort et menaçait l'existence même de l'espèce humaine. Elle méprisait leur cupidité, leur soif de pouvoir, l'arrogance butée des scientifiques pour qui l'humanité n'était qu'un cobaye dans un vaste laboratoire. Et elle méprisait par-dessus tout leur lâcheté face à cet énorme fiasco. Ils étaient prêts à toutes les bassesses pour fuir leurs responsabilités. Mais maintenant qu'elle se retrouvait seule à porter le flambeau qui jetterait la lumière sur leur culpabilité, ils feraient tout ce qui était en leur pouvoir pour l'éliminer. Cela ne la décourageait pas. Elle n'avait pas peur, puisqu'elle était déjà morte. Ils ne pouvaient pas la tuer deux fois. Le pire qui pouvait lui arriver, maintenant, c'était d'échouer.

Elle demanda au chauffeur de l'arrêter à une centaine de mètres de l'hôtel, et lui fourra quelques billets dans la main. C'était beaucoup trop, mais qu'importe. Il fut content de la voir descendre de son taxi. Il pourrait filer directement à la Sécurité publique pour raconter qu'il avait été forcé de prendre en charge une étrangère hystérique couverte de sang et armée. Ce n'était pas le genre de chose qui arrivait tous les jours à Pékin. Il alluma une cigarette, aspira nerveusement la première bouffée, et se hâta de s'éloigner, tout en la surveillant du coin de l'œil dans son rétroviseur.

Elle resta un moment immobile dans une zone d'ombre, entre deux réverbères, pour réfléchir. Il était trop tôt, espérait-elle, pour que quelqu'un l'attende déjà à l'hôtel. Mais dès qu'elle se présenterait à la réception pour demander sa clé, l'employé de la réception ne manquerait pas d'avertir la Sécurité publique. Il fallait pourtant absolument qu'elle change de vêtements, qu'elle prenne son passeport. Elle voulait qu'on puisse l'identifier sans difficulté quand elle irait frapper en pleine nuit à la porte de l'ambassade américaine.

Elle pensa à Li, se demanda ce que son oncle avait pu lui conseiller. L'idée qu'il ne lui reste pas plus de deux ans à vivre avant que le virus du riz ne commence à le détruire lui donna la nausée. Et il n'y avait pas que Li. Chaque individu de ce pays, et des millions d'autres en dehors. Jamais les médecins et les hôpitaux ne pourraient faire face. C'était impossible. C'était un cauchemar au-delà de toute imagination, au-delà de toute compréhension. Elle regarda la circulation de la rue, les cyclistes, les fenêtres éclairées des immeubles. Tous ces gens ignoraient qu'ils avaient déjà avalé le germe de leur propre destruction.

Elle savait. Et c'était un fardeau insupportable.

Elle aurait tant voulu le partager avec quelqu'un. Mais qui ? Qui voudrait apprendre qu'il va mourir ?

Des larmes amères lui brûlèrent les yeux. Elle avança d'un pas déterminé vers l'hôtel. Soudain, une silhouette surgit de l'ombre pour lui bloquer le passage en murmurant son nom. Elle faillit s'évanouir de terreur. Quand l'homme s'approcha, elle le reconnut. C'était Ma Yongli. Il parut très choqué de la voir dans cet état.

— Qu'est-ce qui vous est arrivé ? Ça va ?

Elle résista à l'envie de lui tomber dans les bras en éclatant en sanglots, et réussit à dire d'une voix tendue, polie :

— Ça va. Il faut que je me change et que je prenne mon passeport.

Elle était incapable de penser à autre chose. Tout écart lui serait fatal.

— Je dois aller à l'ambassade américaine. Vous savez où elle est ?

— Vous ne pouvez pas entrer dans l'hôtel, dit Yongli. La police vous attend.

Elle ne comprenait plus rien. Elle avait l'impression d'être ivre. La tête lui tournait.

— Ils sont déjà là ?

— Il s'est passé quelque chose, murmura Yongli. Quelque chose de terrible. Li m'a envoyé vous chercher.

Il lui prit le bras.

— Je vous emmène près de lui.

Elle se laissa guider. Ils s'éloignèrent de l'hôtel, puis tournèrent dans une rue adjacente où Yongli avait laissé sa vieille Honda cabossée. Il ouvrit la portière et elle se glissa sur le siège du passager comme une automate. Elle était maintenant obsédée par le fait que Yongli avait, lui aussi, attrapé le virus ; lui aussi mourrait prématurément. Elle pleura en silence dans le noir. Ce sera peut-être plus facile pour ceux qui partiront les premiers, pensa-t-elle. Plus facile que de continuer à vivre en voyant tout le monde mourir autour de soi, en sachant que son tour viendra. Savoir que sa propre mort est imminente est sûrement pire que la mort elle-même.

— Vous êtes sûre que ça va ? demanda Yongli en lui touchant le bras.

— Oui, fit-elle en hochant la tête.

Il la fixa pendant un long moment, puis mit le contact et démarra.

La Honda roulait doucement au milieu de *hutong* délabrés, éclairant dans ses phares des groupes de gens en train de jouer aux cartes, de parler, de boire, de fumer. Des hommes en maillot de corps jetaient des regards curieux à cette voiture qui avançait au pas. Ils sont tous morts, pensa Margaret. Mais ils ne le savent pas encore.

Ils étaient quelque part au nord de la ville. Margaret ne savait pas exactement où, et elle s'en moquait. Ils avaient quitté les lumières des artères principales depuis une bonne dizaine de minutes. Yongli tourna à gauche, puis à droite, et ils se retrouvèrent dans une ruelle étroite en pente douce. Des poteaux se dressaient dans la nuit, des câbles électriques pendaient entre eux. Mais il n'y avait pas de lumière. La chaussée était cahoteuse, pleine de nids-de-poule. Margaret aperçut des murs de brique croulants sur lesquels avaient été badigeonnés de grands caractères blancs entourés d'un cercle.

Finalement, sa curiosité reprit le dessus.

— Où sommes-nous ? Dans quel quartier ?

— Xicheng. Tous ces *hutong* sont condamnés à la démolition. Ils seront bientôt rasés pour laisser la place à des immeubles populaires.

Arrivé au bas de la ruelle, il arrêta la voiture sur un semblant de trottoir et fit descendre Margaret. Il la prit par le bras pour la guider vers une autre ruelle déserte, tout en jetant fréquemment des coups d'œil par-dessus son épaule pour s'assurer que personne ne les voyait. Mais le périmètre avait été entièrement vidé de ses habitants en prévision de la démolition. Ils franchirent un porche à moitié effondré donnant sur une cour jonchée de gravats. Il y faisait très sombre ; toutes les fenêtres étaient condamnées ; une odeur de pourriture et d'égout flottait dans l'air. Yongli écarta du pied une vieille poussette avant de frapper doucement à une porte en bois sans poignée. Au bout d'un moment, une voix féminine répondit de l'intérieur. Yongli chuchota une réponse, puis la porte s'entrouvrit. Pâle, l'air effrayé, Lotus leur jeta un regard inquiet. Même sans aucun maquillage elle était très jolie.

— Vite, dit-elle. Entrez vite.

Yongli poussa Margaret devant lui ; Lotus lui prit la main pour la guider dans l'obscurité.

— Ça va ? demanda-t-elle.

Margaret hocha la tête, mais Lotus ne pouvait pas la voir. Avec beaucoup de précautions, elle lui fit traverser une pièce encombrée des affaires d'un ancien occupant, jusqu'à une petite chambre où brûlait, dans un angle, une bougie dont la lueur projetait des ombres vacillantes sur les murs. Margaret entendit Yongli refermer la porte derrière eux.

Li était assis sur un lit de camp, le dos appuyé au mur, les genoux remontés sur la poitrine. Il fumait une cigarette. Margaret vit les traces de larmes sur ses joues. Il avait l'air misérable. Quand il aperçut le sang sur son jean et sa chemise, sa mâchoire s'affaissa ; il jeta sa cigarette, déplia les jambes et bondit vers elle.

— Mon Dieu, Margaret, qu'est-ce qui t'est arrivé ? s'écria-t-il en la prenant par les épaules.

Elle leva les yeux vers lui, lut l'inquiétude dans ses yeux.

— Ce n'est pas mon sang, dit-elle d'une voix blanche. C'est celui de McCord. Ils l'ont tué.

Elle le vit froncer les sourcils, puis sa vision se brouilla et elle éclata en sanglots. Ses jambes se dérobèrent sous elle. Elle sentit que Li la prenait dans ses bras et l'allongeait sur le lit, puis fut consciente de son visage tout près du sien, et derrière lui, ceux de Lotus et Yongli, tels des masques désincarnés parmi les ombres.

— Je peux aller lui chercher quelque chose ? entendit-elle Lotus demander.

Mais comme c'était en chinois, elle ne comprit pas pourquoi les sons ne formaient pas de mots. Li secoua la tête.

— Non, je ne crois pas. Nous avons plein d'eau. Vous feriez mieux de partir.

— Viens, dit Yongli avec douceur.

— Ça m'ennuie de la laisser comme ça.

— Elle est dans de bonnes mains, dit Yongli.

Et il ajouta à l'attention de Li :

— Nous reviendrons au lever du jour. Si nous ne sommes pas là, c'est que nous aurons été pris.

Li hocha la tête d'un air sombre.

— Merci, dit-il.

Les deux hommes échangèrent un regard bref mais très éloquent.

— Je lui rapporterai des affaires propres, dit Lotus avant de se laisser entraîner par Yongli.

Une fois la porte refermée, Li se retourna vers Margaret, mais elle avait les yeux fermés et dormait déjà.

Lorsqu'elle émergea de l'étrange abîme obscur et sans rêve dans lequel elle avait sombré, elle était roulée en boule sur le lit de camp ; assis au pied, Li fumait une cigarette. Une bougie brûlait toujours dans un coin.

— J'ai dormi longtemps ? demanda Margaret en se redressant sur un coude.

Il haussa les épaules.

— Une heure, peut-être. Je ne sais pas quelle heure il est.

Elle regarda sa montre.

— Une heure passée.

Elle balança les pieds par terre, s'assit, et se frotta les yeux. Il se rapprocha d'elle, passa un bras autour de ses épaules ; elle laissa sa tête retomber contre lui et se sentit rassurée par son odeur familière, suave, musquée.

— Pourquoi sommes-nous ici ? demanda-t-elle. Qu'est-ce qui s'est passé ?

Très ému, il prit une profonde inspiration.

— Ils m'ont tendu un piège, Margaret. Et j'ai foncé droit dedans. Je ne l'ai même pas flairé.

Elle releva la tête, s'écarta pour mieux le voir. Il avait les yeux embués de larmes et évitait son regard.

— Ils ont tué Lily, et assassiné mon oncle...

Margaret poussa un petit cri involontaire.

— Oh, mon Dieu, non... !

Pas ce vieil homme charmant, inoffensif.

— Pourquoi ? Pourquoi l'auraient-ils tué ?

Des larmes silencieuses roulèrent sur les joues de Li.

— Pour faire croire que c'était moi.

Il suffoquait de rage.

— Comme si j'avais pu faire une chose pareille.

Il tourna vers elle un visage ravagé par la douleur.

— Je ne sais pas pourquoi, Margaret. Mais j'ai l'impression que tout est de ma faute, que j'ai commis une erreur, que si j'avais agi autrement mon oncle serait toujours en vie. Je ne sais pas ce qui les a poussés à tuer un vieillard, sinon la volonté de me discréditer, de stopper l'enquête. Si seulement je savais ce que nous avons approché de trop près, peut-être que je comprendrais.

Son désespoir était immense.

Margaret baissa les yeux vers le sol. Elle n'avait plus envie de partager son secret, il était trop douloureux, trop chargé d'horreur. Elle aurait préféré le garder pour elle, en attendant de se réveiller un matin et de s'apercevoir que ce n'était qu'un cauchemar. Mais elle savait que c'était impossible. Il fallait qu'elle le lui dise. Elle releva la tête et essuya les larmes sur les joues de Li. Il valait mieux les économiser, pensa-t-elle, car il y en aurait beaucoup d'autres à verser.

— Je sais, dit-elle. Qui et pourquoi.

Chapitre 12

I

Vendredi

Li était assis dans le noir, les yeux ouverts. Toutes les bougies avaient brûlé jusqu'au bout. Il n'en restait qu'une odeur âcre de cire. Il se souvint de sa peur du noir quand il était petit, de tous les monstres et démons qu'il y croyait tapis. En grandissant, sa peur s'était dissipée ; il savait que les vrais monstres se cachaient à l'intérieur : peur, vanité, cupidité, méchanceté. Seulement, maintenant, quelqu'un les avait lâchés et ils régnaient sur le monde. Mais ils ne se dissimulaient pas dans le noir comme les monstres de son enfance. Ils travaillaient dans des bureaux, vivaient au grand jour. Ils avaient des femmes, des maris, des frères, des sœurs, des enfants. Ils contrôlaient et manipulaient ceux qui les entouraient, exploitaient les faibles, affamaient les pauvres. Et ils se prenaient pour des dieux. La haine de Li à leur égard n'était tempérée que par sa peine pour ceux qu'il aimait. Le vieux Yifu – mort. Son père, sa sœur, sa nièce, le bébé à naître – condamnés à mort. Margaret. Il l'entendait respirer doucement. Pour l'instant elle dormait, mais elle allait mourir, elle aussi. Il pensa à son pays. À tous ces gens, leurs espoirs, leur vie, leurs amours. Il voyait leurs visages dans le noir. Les enfants, heureux et innocents, inconscients de leur absence de futur. Cinq mille ans d'histoire pour en arriver là. Il avait envie de hurler, de tout casser. Il avait envie de déchiqueter ces monstres, de leur arracher les membres un par un. Il ne bougea pas. Il n'émit pas un son. Les morts ne rendent pas les coups. Pourtant, lui allait se battre, avec acharnement, de toutes ses forces, jusqu'à son dernier souffle.

Il avait discuté pendant près de deux heures avec Margaret. La peur, la colère, l'apitoiement l'avaient submergé par vagues successives et laissé finalement lessivé, désespéré. Margaret l'avait convaincu qu'ils n'avaient pas d'autre choix que de se réfugier dans le sanctuaire de l'ambassade américaine. De là, ils pourraient raconter leur histoire au monde entier. C'était le seul moyen d'y mettre un terme, le seul moyen de faire sortir de leur silence Grogan Industries, Pang Xiaosheng, et tous ceux qu'ils avaient corrompus.

Pour Li, c'était une fausse victoire. Il serait obligé de se cacher de ses compatriotes, de se placer sous la protection d'une puissance étrangère s'il voulait révéler la vérité. Il se faisait l'effet d'un traître. Mais quelle autre solution s'offrait à lui ? Il était discrédité, disgracié, recherché par sa propre police, et par un tueur à gages qui voulait supprimer la femme qu'il aimait.

La femme qu'il aimait ? Il frotta une allumette, regarda Margaret endormie à côté de lui. Elle paraissait si sereine. Comment pouvait-il aimer une femme qu'il ne connaissait que depuis cinq jours, une femme d'une autre race, d'une autre culture ? La flamme lui brûla les doigts, il lâcha l'allumette. Mais l'image de son visage resta imprimée sur sa rétine. Il tendit la main pour la toucher, effleura ses lèvres. C'était la première fois qu'il était amoureux. Jamais il n'avait ressenti une chose pareille. Il s'allongea à côté d'elle, colla ses genoux derrière les siens, sa poitrine contre son dos, et l'enveloppa de ses bras en enfonçant son visage dans ses cheveux pour respirer son odeur. Il ne savait pas vraiment ce qu'il ressentait, mais c'était sûrement de l'amour. Et pour la première fois depuis des heures, il se sentit apaisé. Il aurait bien voulu mourir tout de suite en la tenant dans ses bras. Mais cela aurait été trop facile.

Margaret se réveilla en sursaut et se redressa brusquement sur un coude. De pâles rayons de lumière jaune tombaient en biais dans la pièce. Debout devant la fenêtre, Li regardait dehors, entre deux planches. Il fumait une cigarette. Elle se sentit étrangement reposée. Bizarrement, elle n'avait jamais aussi bien dormi depuis son arrivée en Chine.

Dès qu'il l'entendit bouger, Li se retourna. Margaret ne se doutait pas qu'il avait passé la fin de la nuit blotti contre elle. Comme elle était belle ! Elle était tout ce qu'il lui restait. Il devait la protéger à tout prix.

— Qu'y a-t-il ? demanda-t-elle en voyant son air soucieux.

— Yongli et Lotus sont là.

On frappa un coup léger à la porte d'entrée ; Li sortit de la pièce pour aller leur ouvrir.

Assise sur le lit, Margaret se frottait les yeux quand Lotus entra avec une grosse valise qu'elle laissa tomber par terre, dans un nuage de poussière.

— Vêtements pour vous et affaires pour toilette, dit-elle.

Elle sortit de la valise une cuvette en métal et un bidon en plastique de 5 litres. Elle les posa sur le lit, remplit la cuvette d'eau, puis tendit à Margaret une trousse en plastique contenant un savon, un gant, un tube de dentifrice à moitié plein et une brosse à dents.

— Vous lavez. Puis vous habillez.

Elle sortit encore une robe en coton bleu pâle décolletée en V, avec une ceinture, identique à celles que Margaret avait vues sur de nombreuses Chinoises dans la rue.

— Ça va, je crois. Trop grand pour moi.

Margaret sourit. Ça tombait bien. Lotus était minuscule. Elle se faisait l'effet d'une géante à côté d'elle.

Lotus lui donna aussi une petite culotte et sourit :

— Ça aussi. Propre.

Et elle alla tirer les restes d'un rideau devant la porte.

— Les hommes dehors. J'aide.

Margaret se débarrassa de ses vêtements tachés de sang. Il lui fallut plusieurs cuvettes d'eau pour ôter le sang séché qu'elle avait sur les mains, les bras et le cou. Elle se lava ensuite le visage à grande eau et se sécha avec une petite serviette rugueuse. Lotus la regardait d'un air admiratif.

— Vous avez très jolis seins. Moi, pas de seins. Besoin *Wonderbra* pour décolleté.

Margaret sourit :

— Vous êtes très belle telle que vous êtes, Lotus.

Lotus baissa les yeux et rougit de plaisir.

— *Xie xie.*

— *Bukeqi,* répliqua Margaret.

Lotus la regarda avec un air de surprise amusée.

— Vous parlez chinois très bien.

La robe bleue allait presque parfaitement à Margaret ; la ceinture épousait sa taille, l'ourlet tombait 4 ou 5 centimètres sous le genou. Lotus avait apporté plusieurs paires de sandales dans sa valise.

— Mes cousines et ma mère, dit-elle. Différentes tailles.

Elle choisit une paire de sandales crème, à brides, au cuir souple et confortable. Il y avait même un sac à bandoulière assorti. Lotus l'avait garni d'une trousse de maquillage et d'un flacon d'eau de Cologne.

— Belle femme doit toujours être belle, dit Lotus.

En le posant sur le lit, à côté des vêtements dont elle s'était débarrassée, Margaret vit le revolver de McCord. Instinctivement, elle le glissa dans le sac, puis se tourna vers Lotus à qui elle serra la main avec gratitude.

— Merci, Lotus. Je ne sais pas comment vous remercier.

— Oh, c'est rien. Vous êtes mon amie.

Et elles s'étreignirent. Au même instant, un bruit de voix s'éleva derrière la porte. Une discussion vive. Puis le rideau s'écarta et Li entra, suivi de Yongli.

— Ma Yongli ne veut pas nous emmener à l'ambassade américaine, annonça Li.

— Pourquoi ? demanda Margaret interloquée.

— Parce que c'est trop dangereux, dit Yongli. Ils savent bien que vous allez y penser en premier. Ils vous attendront dans les environs.

— Il a sans doute raison, dit Margaret en jetant un coup d'œil inquiet à Li qui acquiesça à contrecœur. Mais nous devons essayer quand même, ajouta-t-elle à l'intention de Ma Yongli. On ne peut pas rester ici. Si on ne peut pas approcher de l'ambassade, alors on pensera à autre chose.

Lotus se tourna vers Yongli.

— Hé, qu'est-ce que ça peut faire, chéri ? Li Yan et Margaret n'ont qu'à rester dans la voiture pendant qu'on passera devant l'ambassade pour voir si la police les attend. Personne ne fera attention à nous après 9 heures. Il y a toujours foule au bureau des visas.

Li regarda Yongli qui hésita un instant avant d'accepter. Il ne pouvait rien refuser à Lotus.

— Que se passe-t-il ? demanda Margaret.

— Nous resterons dans la voiture pendant qu'ils vérifient si la voie est libre.

Le trajet jusqu'au quartier des ambassades de Ritan se déroula dans une atmosphère tendue. Li et Margaret s'étaient tassés à l'arrière de la Honda, des chapeaux de paille enfoncés sur la tête. Li portait une veste claire par-dessus sa chemise pour cacher le holster et le revolver du vieux Yifu. Assise à côté de Yongli, Lotus essayait de le calmer en lui parlant sans arrêt. Il était si nerveux qu'il conduisait horriblement mal, et manqua accrocher un car plein de policiers sur l'avenue Jianguomennei.

La chaleur était déjà étouffante. Margaret serrait la main de Li. Ils ne disaient rien. À chaque feu rouge, Yongli tambourinait sur le volant avec impatience. Il y avait des policiers partout, un va-et-vient incessant de voitures de patrouille. Mais dans les rues, inconscients du virus VRX qui sommeillait en eux, les gens vaquaient à leurs occupations quotidiennes.

— Est-ce que tu as averti Yongli ? chuchota Margaret.

— Non, je ne savais pas comment le lui dire.

C'est une chose terrible de devoir annoncer à quelqu'un qu'il va mourir. Margaret se sentit coupable du soulagement qu'elle avait éprouvé en se confiant à Li.

Ils dépassèrent le Magasin de l'Amitié. Au croisement de Dongdoqiao, Yongli tourna à gauche, fit demi-tour sur l'avenue et se gara de l'autre côté de la piste cyclable. Il avait le visage luisant de sueur.

— Attendez là. On s'approche de l'ambassade par la rue de la Soie, et on vous tient au courant.

Li secoua la tête.

— Non. On va attirer l'attention si on reste assis à l'arrière de la voiture. On vous attendra là, dit-il en montrant du doigt le café français Deli France.

Li et Margaret regardèrent Lotus et Ma Yongli s'enfoncer dans la rue animée du marché de la Soie où se bousculaient marchands arrogants et touristes d'Europe de l'Est en quête de bonnes affaires à expédier en Russie par le train. C'était une rue étroite bordée d'échoppes exposant des vêtements colorés en soie, brodés de dragons chinois dorés. Protégés du soleil par des auvents en plastique ondulé, les marchands fumaient, criaient, crachaient et jetaient leurs vieilles feuilles de thé sur le trottoir. C'était la voie d'accès idéale à l'ambassade américaine. Il n'y avait pas plus bruyant et encombré. Au bout, là où le marché débouchait sur une rue plus large bordée d'arbres, commencerait la queue qui se formait chaque jour devant le bureau des visas. Li prit Margaret par la main et l'entraîna dans le café où il commanda deux cappuccinos. Ils attendirent en silence.

Lotus et Yongli revinrent au bout d'une vingtaine de minutes.

— Ça grouille de flics, Li Yan, dit Yongli en s'asseyant. Vous ne pourriez pas vous approcher à moins de 100 mètres.

— C'est vrai. Il y en a partout. Ils vous cherchent, renchérit Lotus.

Margaret n'avait pas besoin de traduction pour comprendre. Elle s'y attendait, bien sûr, mais elle se sentit quand même très déçue.

— Qu'est-ce qu'on va faire ? demanda-t-elle d'une voix désespérée.

— J'ai réfléchi, lui répondit Yongli. La frontière la plus proche est celle de la Mongolie. Il y a un train pour Datong. Ce n'est pas si loin d'ici. C'est un endroit très isolé, et la frontière fait des milliers de kilomètres. Ils ne peuvent pas la garder sur toute sa longueur.

II

Yongli s'absenta quatre heures pour aller acheter les billets. Quand il revint, il avait le visage pâle et l'air grave.

— Il y a des flics partout, dit-il à Li. Ton portrait est affiché dans toute la gare.

Ils s'y attendaient.

Lotus fit cuire du riz sur un brûleur vissé sur une petite bombonne de gaz. Elle servit quatre bols, mais à sa surprise, Li et Margaret refusèrent. Ils dévorèrent à la place une partie des fruits que Yongli avait achetés pour le voyage. Margaret observa tour à tour, dans un silence désespéré, Lotus et Yongli faire glisser le riz du bol à leur bouche à l'aide des baguettes. Li n'osait même pas regarder. Il était inutile de leur dire de ne pas en manger ; le mal était fait. Pour Li et Margaret aussi. Mais Margaret ne pouvait s'empêcher de penser au gène de la toxine du choléra, à celui de la mosaïque du chou-fleur, au virus VRX, et Dieu sait quoi d'autre entrant dans la composition de ces petits grains blancs. Ça la rendait physiquement malade.

Ils mangèrent dans un silence tendu, chacun plongé dans ses pensées. Ensuite, Yongli déplia la carte qu'il avait achetée, l'étala sur le lit de camp, et laissa tomber les billets de train dessus.

— Trois billets. Le train quitte Pékin juste après minuit et arrive à Datong demain matin à 7 heures et quart.

Il suivit du doigt le trajet du train et tapa sur un point de la carte représentant la ville de Datong, à la frontière de la province du Shanxi et de la Mongolie-Intérieure.

— Vous devrez y rester cachés toute la journée en attendant que je trouve un moyen de transport. On partira le soir pour traverser la frontière de nuit.

Je vous laisserai là-bas, je ramènerai le véhicule, et je rentrerai à Pékin. Personne ne saura où vous êtes.

Margaret regarda la carte avec appréhension. Même en admettant qu'ils réussissent à passer la frontière, ils auraient encore un trajet long et difficile à travers les montagnes avant d'atteindre Oulan-Bator. Ensuite, sans argent et sans passeport, il faudrait qu'ils réussissent à s'introduire dans une ambassade occidentale.

— Nous n'arriverons jamais à rejoindre Oulan-Bator à pied, dit-elle.

— On prendra le train, dit Li.

— Oui, évidemment. Pourquoi n'y ai-je pas pensé ?

Li retrouva dans son ton un peu de la Margaret dont il était tombé amoureux.

— Et si on nous demande nos passeports ?

Li haussa les épaules.

— On nous arrêtera, je suppose. Tu as une meilleure idée ?

Elle regarda Yongli.

— Laissez-nous nous débrouiller tout seuls, Ma Yongli. Il est inutile que vous preniez de tels risques. Nous pouvons atteindre la frontière sans vous.

Yongli secoua la tête.

— Non, vous ne le pouvez pas. Le portrait de Li Yan est affiché partout. On l'a vu sur toutes les chaînes de télé. Il ne pourra jamais louer une voiture sans être reconnu. Même à Datong. En plus, la police cherche deux personnes, pas trois. Donc, c'est plus sûr pour vous.

Il se tourna vers Lotus en souriant.

— Lotus téléphonera à l'hôtel pour dire que je

suis malade. Je serai de retour dans deux jours. Ils s'apercevront à peine de mon absence. Facile.

Le reste de la journée s'écoula lentement dans l'espace étouffant de la maison abandonnée. Dehors, le ciel prit une couleur de plomb, la température monta de plusieurs degrés, l'air se chargea d'une étrange humidité pourpre ; un vent chaud se leva de l'est et commença à secouer les planches de la fenêtre. Un orage se préparait ; l'atmosphère, déjà électrique, devint oppressante.

Pelotonnée sur le lit de camp, Margaret sombrait de temps en temps dans un sommeil agité. En se réveillant d'un de ces sommes, elle vit Lotus et Yongli accroupis dans un coin en train de chuchoter. Debout devant la fenêtre, Li regardait toujours dehors. Une autre fois, elle s'aperçut que Lotus n'était plus là. Yongli fumait une cigarette, adossé au mur, les yeux fermés. Li n'avait pas quitté son poste d'observation.

Elle rêva de son enfance, des longues vacances d'été chez ses grands-parents en Nouvelle-Angleterre, au bord du lac. Elle vit son frère en train de pêcher au bout de la vieille jetée en bois. Soudain il avait disparu ; elle entendait le son de sa voix appelant à l'aide, le fracas du plongeon dans l'eau. Personne ne faisait attention à elle. Elle courait autour de ses parents et de ses grands-parents en criant. Jake était en danger. Jake se noyait. Mais ils ne s'intéressaient qu'au contenu du grand panier de pique-nique en osier ouvert sur la pelouse. Elle secouait le bras de son grand-père endormi dans une chaise longue. Il ne bougeait pas. Elle le secouait en criant, en hurlant ; il inclinait la tête vers elle, son vieux chapeau de paille tombait en roulant sur la pente. Il avait les yeux ouverts, mais ils étaient sans vie. D'une narine coulait un filet de sang.

Elle ouvrait la bouche pour crier, mais aucun son n'en sortait. Soudain, il se mettait à pleuvoir, de grosses gouttes qui piquaient la peau ; des hommes en ciré noir tiraient Jake de l'eau. Il avait les yeux ouverts ; d'une narine suintait une traînée de vase verte. Un grand poisson aux yeux globuleux essayait de s'échapper de sa bouche béante.

Margaret se réveilla en sursaut, le cœur battant. La pluie martelait le toit de la maison délabrée. Dehors, il faisait noir. La flamme vacillante de la bougie projetait une lumière irrégulière parmi les ombres de la pièce. Li avait abandonné son poste de sentinelle. Il s'était assis au bout du lit de camp. Toujours appuyé au mur, Yongli fumait. Accroupie par terre, Lotus emballait de la nourriture et des vêtements dans un fourre-tout en cuir. Elle leva les yeux quand Margaret se redressa.

— Ça va ?

Margaret hocha la tête et essuya son front en sueur.

— Un mauvais rêve, dit-elle.

Lotus vint s'asseoir à côté d'elle. Elle tenait quelque chose de noir, doux et brillant dans la main.

— C'est pour vous. Vous devez mettre ce soir.

C'était une perruque noire, mi-longue, avec une frange.

— Une amie au théâtre a prêté. Bien, hein ?

Margaret releva ses cheveux avec des pinces et mit la perruque qui lui serrait désagréablement la tête.

Elle prit un petit miroir dans son sac pour se regarder à la lueur de la bougie. Le contraste entre le noir bleuté de la chevelure et la pâleur de sa peau parsemée de taches de rousseur était frappant.

— J'ai l'air ridicule.

— Non. Nous cachons vos yeux ronds avec maquillage et taches avec poudre. Vous avez l'air chinoise.

Margaret jeta un coup d'œil à Li qui haussa les épaules.

— Il fera nuit. Dans le train, la lumière sera faible.

Lotus le regarda, hésita, puis dit :

— Li Yan... Je n'ai pas encore eu l'occasion de te remercier.

Li plissa le front.

— De quoi ? C'est toi qui nous aides.

— De m'avoir sortie de cellule.

— Quelle cellule ?

La voix de Yongli s'éleva de l'ombre :

— Elle a été arrêtée par la Sécurité publique, tu ne te rappelles pas ? Je suis venu te demander de l'aide. Tu as dit que tu verrais ce que tu pourrais faire.

Son ton avait quelque chose d'accusateur.

Li se sentit soudain envahi d'un sentiment de culpabilité.

— Je suis désolé. Je n'ai rien pu faire.

Perplexe, Lotus fronça les sourcils.

— Mais ils m'ont fait sortir. Ils ont dit que c'était une erreur. Je croyais...

— Mais *c'était* une erreur, n'est-ce pas ? dit Yongli.

Lotus regarda Li dans les yeux. Il fallait qu'il la croie.

— Ils ont dit qu'il y avait de l'héroïne dans mon sac. Mais je n'ai jamais touché à l'héroïne de ma vie, Li Yan. Je te le jure sur le ciel.

Li se sentit mal à l'aise, presque gêné.

— Comme le dit Yongli, c'était sûrement une erreur. Le sac de quelqu'un d'autre, peut-être.

— Que se passe-t-il ? demanda Margaret, déconcertée par cette conversation en chinois.

Elle percevait une tension dans leurs paroles.

— Rien d'important, répondit Li. Une vieille histoire. Concentrons-nous sur l'avenir, pas sur le passé.

Ces derniers mots s'adressaient surtout à Lotus et Yongli.

Un fracas terrifiant les fit tous sursauter. Li se jeta sur la bougie pour l'éteindre. Ils se retrouvèrent plongés dans une obscurité presque palpable. Seul le bruit du martèlement de la pluie et du claquement des planches secouées par le vent leur parvint. Margaret entendit quelqu'un se glisser avec précaution dans l'autre pièce. À côté d'elle, Lotus respirait par saccades. Elle lui prit la main, la serra ; Lotus lui agrippa le bras.

Une pénombre grise dessina vaguement des formes quand la porte d'entrée s'entrouvrit. Margaret vit Yongli traverser la pièce et ramasser un bout de bois qu'il brandit comme une matraque. La porte se referma en claquant ; ils furent à nouveau plongés dans le noir. Puis quelqu'un frotta une allumette ; il y eut une petite explosion, un éclat de lumière, et Li apparut, abritant la flamme derrière sa main.

— Des tuiles du toit, dit-il en rallumant la bougie.

Aucun d'eux ne s'était rendu compte à quel point ils avaient les nerfs à fleur de peau.

Yongli laissa tomber son gourdin et regarda sa montre.

— Bon, il est temps d'y aller, dit-il.

III

La pluie continuait à tomber sur la capitale détrempée. Au loin, le tonnerre grondait de temps à autre. Le déploiement des forces de l'ordre semblait encore plus important que le matin. Li savait que la Sécurité publique comptait sur une arrestation rapide ; avec la pression politique, la chasse s'était intensifiée. Pang, Zeng et les dirigeants de Grogan Industries devaient commencer à paniquer. Mais il n'en retirait qu'une satisfaction amère ; la peur les rendrait encore plus redoutables. Pour le moment, c'était la gare qui représentait le plus grand danger ; tous les quais de départ seraient sous haute surveillance. Puis il pensa à Johnny Ren. Maintenant qu'il savait qui était son employeur, il ne s'étonnait plus qu'il ait pu se déplacer si facilement, échapper aux recherches. Il était sans doute depuis longtemps en lieu sûr, hors d'atteinte.

Il caressa la moustache et la barbe qui ornaient sa lèvre supérieure et son menton, une autre trouvaille de Lotus. Il se sentit coupable de la manière dont il l'avait traitée dans le passé, de son indifférence quand Yongli était venu le trouver. Son aide avait été précieuse.

Ils garèrent la voiture à deux rues de la gare et, s'abritant tant bien que mal sous des parapluies noirs, se hâtèrent au milieu de la circulation un peu moins dense de la nuit. Le parvis était désert. Quelques voyageurs attendaient des taxis à l'abri des auvents des kiosques vendant fruits, légumes et boissons pendant la journée. Une queue s'était formée devant l'entrée principale de la gare où les bagages étaient passés aux rayons X. Des policiers vérifiaient au hasard les papiers des voyageurs.

— On ne passera jamais, murmura Yongli en approchant de la file d'attente. S'ils vérifient nos papiers...

— Mais tu l'as dit toi-même, Ma Yongli, protesta Lotus. Ils cherchent Li Yan et une *yangguizi*. Pas deux couples de Chinois.

Elle regarda Margaret qui portait une écharpe imperméable par-dessus sa perruque. Son maquillage était grossier, mais dans la lumière glauque de l'entrée de la gare, elle pouvait passer pour une Chinoise. La barbe de Li Yan était très convaincante. Lotus espérait seulement que le bord de son chapeau et son parapluie les protégeraient de la pluie. Elle ne savait pas trop si la colle résistait à l'eau.

D'autres voyageurs vinrent se mettre derrière eux. La queue avançait doucement. La pluie tombait toujours à verse, étouffant les conversations. Elle rendait aussi les policiers moins vigilants, après des heures passées à piétiner dans l'eau. Ils jetèrent un coup d'œil rapide aux papiers d'un jeune couple, puis firent signe à Li et à ses compagnons de passer sans leur accorder un regard. Yongli récupéra le fourre-tout, et ils se retrouvèrent tous à l'intérieur de la gare. Ils se hâtèrent vers leur quai sans regarder derrière eux. Le train était là, crachant des flots de vapeur. Le quai fourmillait de voyageurs à la recherche de leur voiture, de gens en train de s'embrasser, de se dire au revoir, sous l'œil d'une employée à l'air farouche postée au portillon. Li la catalogua tout de suite. Bureaucrate zélée inflexible. Elle fermerait les portes à minuit trois, exactement, refusant l'accès aux retardataires même si le train ne partait pas à l'heure. Elle examina leurs billets et, d'un geste brusque, leur fit signe de passer.

Une fois sur le quai, Lotus serra Yongli dans ses bras ; l'embrassa en lui recommandant d'être prudent et de revenir sain et sauf. Il était au bord des larmes.

— Je ferais n'importe quoi pour toi, Lotus, murmura-t-il. N'importe quoi. Je t'aime.

Elle embrassa Li sur la joue et lui demanda de veiller sur son homme. Puis elle serra Margaret contre son cœur, en une longue étreinte désespérée. Lorsqu'elles se séparèrent, elle lui dit simplement :

— Bonne chance.

Puis elle les regarda monter à bord du train en se mordant les lèvres. Yongli se pencha pour l'embrasser encore une fois. Un coup de sifflet retentit. À contrecœur, elle fit demi-tour et regagna le hall de la gare avant la fermeture des portes. Yongli la suivit des yeux, se retourna, puis tous trois se frayèrent un chemin jusqu'à leurs places, en classe dure, dans la voiture bondée de voyageurs trempés qui s'entassaient dans tous les coins, ouvrant paniers de provisions et thermos de thé, prenant leurs aises, en prévision d'un long voyage. Margaret entendit quelqu'un se racler la gorge bruyamment et cracher par terre. Elle frémit de dégoût, mais, n'osant pas regarder, garda la tête baissée, le visage dissimulé sous les cheveux noirs de sa perruque. Elle espérait que personne ne lui adresserait la parole. Aussi sursauta-t-elle quand Li lui chuchota :

— Si tu veux dormir, appuie-toi sur moi.

Elle hocha la tête. Il passa un bras autour de ses épaules et, timidement, toucha sa barbe pour vérifier qu'elle était toujours là. Il regarda Yongli. Mais Yongli était perdu dans ses pensées ; appuyé contre la vitre, il regardait dehors. Il n'y avait pas grand-chose à voir dans la pénombre du quai vide.

Un autre coup de sifflet retentit, un éclat de lumière jaillit quelque part en l'air et le train donna une secousse, gémit et s'ébranla enfin en crissant et en grondant. Quand ils sortirent de la gare dans un grand bruit de ferraille, Margaret pencha un peu la tête pour essayer de voir quelque chose à travers le bout de vitre dont Yongli avait essuyé la buée. Des gouttes de pluie s'écrasaient sur le verre et glissaient en traînées vacillantes et irrégulières. Un éclair traversa le ciel, illuminant un instant le contour des immeubles. Il s'était écoulé moins d'une semaine depuis qu'elle était arrivée à Pékin dans la chaleur de ce lundi après-midi, avec l'espoir d'échapper pendant quelque temps à une vie qui ne valait pas la peine d'être vécue. Cinq jours plus tard, elle fuyait la ville de nuit, sous la pluie, pour préserver une vie qui lui semblait d'autant plus précieuse qu'elle était condamnée. Elle se serra contre Li. Ce n'était même pas la peine d'analyser ses sentiments. L'important, c'était d'être avec lui. Malgré tout ce qu'elle avait perdu, elle avait trouvé quelque chose de précieux. Quelque chose qui valait la peine de vivre – même si la vie était très courte.

Chapitre 13

I

Samedi

Un brouillard jaune planait au-dessus des immeubles et des cheminées d'usines qui vomissaient leur fumée dans le ciel de l'aube.

Nichée au creux de l'épaule de Li, Margaret se réveilla d'un sommeil agité. Le train arrivait à Datong. Dans le compartiment envahi de fumée de cigarettes, les voyageurs rassemblaient leurs affaires en toussant et reniflant. Le sol était jonché de pelures d'oranges, de papiers, de crachats. Toujours tourné vers la fenêtre, Yongli, l'air profondément malheureux, avait le regard perdu dans le vide, comme un aveugle. Margaret lui toucha le bras et sourit. Il essaya d'esquisser un semblant de sourire. Dès que le train s'immobilisa en vibrant, Li se leva et leur montra la porte d'un signe de tête. Margaret et Yongli le suivirent dans le couloir, sur le quai où une marée humaine les porta jusqu'au portillon, puis dans le hall surpeuplé. Tête baissée, ils se dépêchèrent de dépasser deux agents de police et de sortir dans la rue.

La ville bourdonnait déjà d'activité. Les commerçants et artisans, marchands de légumes, de vêtements, ferblantiers, réparateurs de vélo, ouvraient leurs échoppes dans les rues. Des véhicules aux lumières encore allumées émergeaient de la brume l'espace d'un instant avant de s'y engloutir à nouveau. Les immeubles paraissaient chimériques, les piétons fantomatiques. Margaret se serait crue dans un autre pays, à une autre époque. C'était un peu comme ça qu'elle imaginait le Chicago des années 30. Même les voitures, de fabrication chinoise, semblaient démodées. Des hommes en noir coiffés de chapeaux à larges bords et armés de mitraillettes n'y auraient pas été déplacés. Une équipe d'ouvriers vêtus d'une tenue aux couleurs du chemin de fer les dépassa au pas de course. Li tapa sur l'épaule de Yongli pour le tirer de ses rêveries.

— Allez, dit-il avec l'autorité d'un homme qui sait ce qu'il fait.

— Où va-t-on ? demanda Margaret.

— Aucune idée. Quelque part où on ne nous verra pas.

Ils suivirent les ouvriers de loin, franchirent de grandes portes en fer, traversèrent une multitude de voies ; des feux rouges et verts clignotaient dans la brume ; de temps en temps s'élevait le grincement d'un aiguillage. Ils finirent par perdre les ouvriers de vue, mais continuèrent à traverser des voies vers un ensemble de hangars abandonnés. Sur les rails rouillés envahis de mauvaises herbes, quelques vieux wagons étaient en train de pourrir doucement.

Li se hissa sur l'un d'eux, ouvrit la porte d'un coup de pied. Une odeur de moisi et d'humidité s'en échappa. Aidée par Yongli, Margaret grimpa à son tour et le suivit dans le couloir. C'était un vieux wagon-lit divisé en compartiments à couchettes rabattables, complètement dégarni et privé du confort qu'il avait pu avoir autrefois. Mais l'intérieur était assez propre ; il offrirait un abri convenable. Li fit glisser la porte d'un compartiment et l'inspecta.

— Ça ira, dit-il.

Avec les hangars d'un côté et, de l'autre, la vue dégagée sur la ville, ils verraient quiconque approcherait. Li jeta le fourre-tout sur l'une des couchettes, s'assit, alluma une cigarette, puis enleva son postiche. Margaret s'avança jusqu'à la fenêtre et regarda, à travers la vitre poussiéreuse, le soleil se lever sur les immeubles. La brume se dissipait. Elle retira sa perruque et laissa ses cheveux retomber sur ses épaules avec soulagement. Yongli était resté sur le seuil de la porte.

— Je vais essayer de trouver un moyen de transport, dit-il à Li. Ça risque de prendre du temps.

Li hocha la tête et lui tendit une liasse de billets retenus par un élastique.

— Regarde si tu trouves des cigarettes.

Yongli allait partir quand Li le rappela.

— Je te suis très reconnaissant, Ma Yongli... et désolé. Je me trompais sur Lotus.

Yongli détourna les yeux, incapable de parler. Il essaya, s'interrompit, et partit. Ils entendirent ses pas s'éloigner dans le couloir, puis virent sa haute silhouette disparaître dans la brume.

— Il a l'air très déprimé, finit par dire Margaret.

Li tira profondément sur sa cigarette.

— Ma Yongli est un extraverti. Il est un peu... cyclothymique. Avec des hauts et des bas extrêmes.

Ça lui passera. Il faut que j'essaye de dormir. Je n'ai pas fermé l'œil de la nuit. Ça va aller ?

Elle acquiesça d'un signe de tête. Roulé en boule sur le lit, Li s'endormit presque aussitôt. Margaret l'observa. Il avait le visage détendu, un air innocent, presque enfantin. Des larmes lui montèrent aux yeux. Non, il ne faut pas y penser, se dit-elle. Cela ne servait à rien de regretter des choses qui ne s'étaient pas encore produites. Ils allaient tous mourir. Ce n'était pas ça l'important. L'important, c'était de vivre.

Elle s'assit en face de lui et le regarda dormir pendant un long moment, profitant du simple plaisir d'être avec lui, au calme, sans avoir peur. Elle n'avait même plus peur de mourir. Elle redoutait davantage de gaspiller chaque précieuse seconde qui lui restait à vivre. Le pire, c'était de savoir qu'elle lui survivrait sans doute. Elle se débarrassa de ses sandales, se glissa à côté de lui, épousa la forme de son corps, et le tint serré contre elle. Pour une fois, elle se sentait réellement heureuse, presque euphorique. Elle s'évada dans un monde imaginaire où tout était possible. Et elle sut qu'elle l'aimait.

Il se réveilla lentement, comme un plongeur remontant à la surface, vers la chaleur et la lumière du soleil après l'obscurité froide des profondeurs. Il prit conscience de la douceur qui l'entourait, et se retourna avec précaution pour se retrouver face à elle. Comme elle était belle, douloureusement belle ! La ligne pure de son nez, l'arc de ses sourcils, son menton délicat, ses lèvres pleines et bien dessinées, ses taches de rousseur. Il repoussa doucement une boucle de cheveux de son front. Il sentait son souffle chaud sur sa peau. Il se pencha pour l'embrasser.

Elle répondit à son baiser et ouvrit avidement la bouche dans sa soif de l'attirer en elle. Un sentiment plus fort que la passion ou le désir les animait. Ils étaient hors du temps. Ils n'avaient pas besoin de se hâter. Le soleil s'infiltra par la fenêtre crasseuse du wagon abandonné et baigna leurs corps de chaleur et de lumière. L'amour, la tristesse, la mort les unissaient. Li la pénétra lentement. Margaret laissa échapper un hoquet, presque un sanglot. Elle ressentait un plaisir proche de la douleur, presque insoutenable. Ses doigts s'enfoncèrent dans le dos de Li pour le retenir, l'enfoncer encore plus profondément, l'absorber, le consumer, jusqu'à ce qu'il explose en elle et qu'elle perde tout contrôle, submergée par une succession de vagues d'extase électrisant tous ses sens engourdis par des années d'indifférence. Plus rien n'avait désormais d'importance.

Ils étaient étendus, nus, hors d'haleine, en sueur dans les bras l'un de l'autre, le soleil brûlant leur peau à travers la vitre. Ni l'un ni l'autre ne prononça un mot pendant dix à quinze minutes. Ni l'un ni l'autre ne voulait rompre le charme, mettre un terme à ce moment, revenir au danger présent. Finalement, Li s'écarta, alluma une cigarette et souffla la fumée vers le plafond taché de traces brunes de nicotine.

— Nous reste-t-il un espoir quelconque ?

Elle tourna la tête vers lui. Elle aurait pu dire qu'un remède serait peut-être découvert à temps, que le VRX serait peut-être plus facile à vaincre que le sida, mais cela semblait improbable ; à quoi bon se nourrir de faux espoirs ? Et soudain, elle interrompit le cours de ses pensées, le cœur battant. Cherche l'espoir et tu le trouveras. Il y a toujours une lumière quelque part. Elle avait subi le désespoir de McCord sans réfléchir. Or, en revivant la scène qui s'était déroulée au clair de lune, elle entrevit pour la première fois un espoir.

Li vit son regard s'éclairer. Il avait posé cette question sans y croire.

— Qu'y a-t-il ?

Elle se redressa.

— Pourquoi l'ont-ils tué ?

— Qui ?

— McCord. Il était de leur côté.

Elle tourna vers lui des yeux brillants, illuminés par la révélation qu'elle venait d'avoir.

— Il paniquait. Voilà pourquoi. C'était un franc-tireur. Il ne pouvait pas comprendre l'utilité de se protéger. Je lui ai même demandé pourquoi ils se donnaient cette peine. Il a répondu qu'ils étaient stupides. Mais ils ne sont pas stupides. Ils ne se donneraient pas tant de mal pour se protéger s'ils n'avaient pas une bonne raison de le faire. Et s'ils pensent qu'il y a un espoir, c'est qu'il doit effectivement y en avoir un.

— Je ne comprends pas, dit Li en secouant la tête.

Elle repensa aux révélations de McCord dans l'ombre de la salle de la Prière pour de bonnes récoltes. « L'équipe de recherche a vécu sur place pendant un an avant de le lancer sur le marché. Et personne n'est mort de la toxine du choléra ni du virus de la mosaïque du chou-fleur. »

— Ils ont tous mangé du riz. Il y a cinq ans. Et seul Chao est tombé malade, à notre connaissance.

Dans son excitation, elle fut brièvement frappée par la pensée qu'il n'y avait pas pire folie que l'aveuglement. Mais ce n'était pas un faux espoir, elle en était sûre.

— Peut-être que tous ceux qui mangent ce riz n'attrapent pas le virus, dit-elle. Peut-être que tous ceux qui attrapent le virus n'en meurent pas. Peut-être qu'avec toutes les ressources dont ils disposent, les dirigeants de Grogan Industries croient sincèrement à la possibilité d'une guérison. Sinon, pourquoi essayer de gagner du temps ?

Elle se sentit comme le prisonnier condamné à mort qui vient d'entendre dire qu'il était gracié. L'échéance de sa mort était reportée, en tout cas provisoirement.

— Tu veux dire qu'on ne va pas mourir ?

— Bien sûr que si ! Nous mourrons tous ! Mais peut-être pas à cause du VRX.

Le retour de l'espoir réveilla sa colère.

— C'est pour ça que le monde entier doit savoir. Nous ne pouvons pas laisser Grogan Industries agir seul.

Elle rejeta la tête en arrière et lâcha un soupir exaspéré.

— Et tu sais le plus beau ? Si c'est la recherche du profit qui les a amenés à développer un super-riz, c'est également la recherche du profit qui les poussera à découvrir un remède. Il n'y a pas d'argent à gagner de la guérison d'une maladie obscure dont personne ne parle. Mais imagine le bénéfice qu'on peut retirer d'un traitement contre un virus menaçant de tuer la moitié de la population mondiale !

Elle chercha dans les yeux de Li une lueur d'excitation, d'espoir. Or il était perdu dans ses pensées. Il sembla revenir de très loin quand il dit :

— On ne peut pas les laisser s'en tirer comme ça. Grogan, Pang et les autres.

Il revoyait son oncle empalé sur sa propre épée.

— Non, on ne peut pas, dit Margaret.

Li la contempla un bon moment, puis déclara :

— Je t'aime.

Margaret en eut la gorge serrée.

— Je t'aime, murmura-t-elle.

Et ils s'enlacèrent sur la couchette de ce wagon abandonné d'une ville industrielle du nord de la Chine, s'étreignant pour la première fois avec l'espoir d'un avenir à partager.

II

Yongli revint en fin d'après-midi. Li et Margaret avaient mangé quelques-uns des fruits emballés par Lotus, et parlé sans arrêt. Elle lui avait raconté son enfance dans l'Illinois, les étés en Nouvelle-Angleterre, le jour où son grand-père avait eu une attaque et où son frère s'était noyé dans le lac. Il lui avait raconté la sienne, au Sichuan, les horreurs de la

Révolution culturelle, la perte de sa mère. Ils avaient tant à se dire.

Ils virent Yongli traverser les rails rouillés en courant et en regardant tout autour de lui ; puis ils l'entendirent monter à bord du wagon, marcher dans le couloir. Il arriva en sueur à leur compartiment.

— C'était beaucoup plus dur que je ne pensais, dit-il, hors d'haleine. Mais j'ai fini par trouver une bagnole.

Il tira de sa poche quelques paquets de cigarettes qu'il lança à Li. Margaret lui tendit une bouteille d'eau. Il but avec gratitude, s'essuya la bouche sur sa manche et se laissa tomber sur le lit.

— Ça m'a coûté les yeux de la tête. Elle n'est pas terrible, mais ça devrait faire l'affaire pour un aller et retour. Je dois la prendre juste après 10 heures.

Dix heures du soir – une attente interminable en perspective. L'après-midi se traîna jusqu'au soir, puis la soirée s'éternisa. Le retour de Yongli avait mis fin à leur conversation. Margaret le regardait du coin de l'œil ; assis dans un coin, il fumait, l'air maussade, renfermé, si différent du jeune homme brillant rencontré au Xanadu. Mais Li aussi, malgré leur nouvel espoir, paraissait avoir sombré dans la même déprime. C'était peut-être contagieux. Les ténèbres qui enveloppaient Datong semblaient refléter leur humeur. Il faisait complètement noir ; on ne percevait, au loin, que la faible lueur des réverbères de la rue.

Finalement, peu après 9 heures et demie, Yongli se leva.

— Je pars chercher la bagnole. Rendez-vous devant la porte dans une demi-heure.

Il partit sans ajouter un mot et disparut dans l'obscurité.

— Tu crois qu'il va bien ? demanda Margaret.

Li haussa les épaules.

— Je ne sais pas.

D'habitude, il était difficile d'empêcher Yongli de parler et de plaisanter. Mais là, il n'y avait pas de quoi rire. S'ils étaient pris, il risquait d'être exécuté. À Pékin, on le recherchait certainement ; tout le monde savait que les deux hommes étaient amis. Malgré tout, son attitude était extrêmement bizarre.

— C'est terrible. Ça me fait mal d'infliger ça à un ami. Et je ne supporte pas de devoir fuir.

Peu après 10 heures, Li et Margaret avancèrent prudemment au milieu des voies. Ils entendirent le sifflet d'un train au loin, puis virent approcher une lumière surmontée d'un nuage de vapeur et de fumée. Li prit Margaret par le bras pour la tirer à l'abri, entre deux aiguillages. Le train les dépassa et se dirigea vers la gare. Ils se mirent alors à courir vers la grosse porte en fer par laquelle ils étaient entrés le matin même. Li jeta un coup d'œil dans la rue. Elle était tranquille. Des halos de brume se formaient autour des réverbères, l'air était plus frais.

— On va l'attendre à l'abri du mur, dit Li.

Ils se cachèrent dans l'ombre, derrière la porte entrouverte qui leur permettait d'avoir une vue en biais sur la rue.

Vers 10 heures et demie, Yongli n'était toujours pas là ; Li et Margaret commencèrent à s'inquiéter.

— Suppose qu'il se fasse prendre, dit Margaret.

On ne le saurait même pas. On pourrait l'attendre pendant des heures. Et s'il parle...

— Il ne parlera pas, affirma Li en lui coupant la parole.

Mais elle sentit de l'inquiétude dans sa voix.

Dix minutes s'écoulèrent encore. Soudain, une voiture s'approcha lentement, en longeant le bord du trottoir. La rue étant courbe, le faisceau des phares se trouva un moment braqué sur eux ; ils se collèrent au mur, dans l'ombre. Puis la lumière se déplaça ; Li en profita pour se pencher en avant.

— La police, murmura-t-il en se reculant aussitôt.

Le doux ronronnement du moteur tournant au ralenti s'éloigna. Li risqua encore un coup d'œil ; la voiture de patrouille poursuivait son chemin.

— Tu crois qu'ils nous cherchent ? chuchota Margaret.

Il secoua la tête.

— S'ils étaient là pour nous, ils sauraient où chercher.

Ils durent attendre encore une dizaine de minutes angoissantes avant qu'un vieux pick-up brinquebalant ne vienne s'arrêter devant la porte dans un crissement de freins. Yongli se pencha vers la vitre ouverte du côté passager pour leur faire signe de venir. Li prit Margaret par la main ; ils traversèrent le trottoir à toute allure, et grimpèrent dans le pick-up dont Li claqua la portière.

— Mais qu'est-ce que tu foutais, bon sang ?

— On n'avait pas d'essence. Le mec m'a baisé. Il aurait dû faire le plein. On s'est engueulés. J'ai plusieurs bidons derrière. Si je me fais prendre avec son pick-up, il dira qu'on lui a volé.

Il enclencha la première en la faisant craquer et commença à rouler.

— Tout va bien ? demanda Margaret, inquiète.

Li hocha la tête.

— Un problème d'essence. Mais c'est arrangé.

Yongli sortit la carte routière de sa chemise et la tendit à ses compagnons.

— À vous de me piloter.

Li alluma le plafonnier.

— Il n'y a qu'une route jusqu'à Erhlien, ronchonna-t-il.

— Eh bien, tâchons de rester dessus, fit Yongli dont l'humeur maussade semblait avoir laissé place à une grande agitation.

Il lança un paquet de cigarettes à Margaret.

— Tenez. Allumez m'en une.

Elle les passa à Li qui en alluma aussi une pour lui.

Lancé sur la route parallèle à la voie ferrée, le pick-up fonça vers les grands espaces de Mongolie-Intérieure et les confins du désert de Gobi.

Ils laissèrent avec soulagement les lumières de la ville derrière eux. La route traversa les collines marquant les limites de la province du Shanxi, puis les vestiges d'un énorme mur en ruine s'étendant d'est en ouest.

— La Grande Muraille, dit Li.

Mais à cet endroit, ce n'était plus qu'un tas de pierres. Ils la suivirent un moment avant d'obliquer à nouveau en direction du nord, vers l'immensité vide et obscure.

III

La frontière de la Mongolie se trouvait environ à 500 kilomètres. Ils pensaient y arriver en un peu plus de six heures. Yongli devait les laisser le plus près possible, pour qu'ils puissent la traverser avant le lever du jour. Mais aucun d'eux ne pouvait prévoir qu'une crevaison les immobiliserait trois heures parce qu'il n'y avait pas de cric dans le pick-up.

Excédé, Yongli balança un coup de pied sur la roue. Il savait qu'il aurait dû vérifier avant de partir. Il avait de quoi dévisser les écrous, mais rien qui lui permette de soulever le châssis pour pouvoir la retirer.

Le pick-up était arrêté de travers sur le bas-côté, affaissé sur l'arrière. Les prairies miroitaient à l'infini au clair de lune. On n'entendait que le bruit du vent dans les herbes. Un vent doux, chargé d'un parfum de fleurs sauvages. Le ciel noir constellé d'étoiles s'étalait au-dessus de leur tête comme un dôme immense. La route disparaissait au loin, devant, derrière. Ils étaient en rade, complètement exposés, sans un endroit où se cacher.

Yongli était hors de lui.

— C'est foutu, complètement foutu, se lamentait-il. Tout est de ma faute.

Li avait procédé à une fouille complète du véhicule – sous les sièges, sous le capot du moteur, sous le châssis. Rien. L'arrière du véhicule était vide. Il n'avait absolument rien trouvé qui puisse servir de cric. Assis au bord de la route, il réfléchissait en fumant une cigarette, les yeux perdus dans le vague. Il n'avait presque pas dit un mot depuis la crevaison.

Margaret eut soudain une idée.

— Où est la voie ferrée ? On l'a suivie presque tout le temps.

— Par là, fit Li.

— Il y a peut-être des vieilles traverses, ou des bouts de rail qu'on pourrait utiliser pour soulever le camion.

— Tu as raison, dit Li en sautant sur ses pieds.

Il se tourna vers Yongli :

— Tu vas vers le sud, moi vers le nord. Si tu n'as rien trouvé d'ici une heure, tu reviens.

Yongli hocha la tête et partit aussitôt au petit trot.

— Tu peux rester toute seule ? demanda Li à Margaret.

— Non, je viens avec toi.

Ils commencèrent par courir puis continuèrent d'un pas rapide. Margaret avait du mal à suivre l'allure de Li sur le sol inégal. Ils parlaient peu pour économiser leur souffle. Ils couvrirent ainsi près de 11 kilomètres en une heure sans trouver quoi que ce soit. Ils étaient démoralisés d'avoir gaspillé tout ce temps. Si le camion était toujours là au matin, ils seraient repérés, dénoncés. Et il ne faudrait pas longtemps à la police pour les arrêter.

Margaret prit le bras de Li. Il se tourna vers elle, et ils restèrent un moment immobiles, face à face, les yeux dans les yeux, partageant le même désespoir. Puis il l'attira contre lui et la serra de toutes ses forces. Ils s'embrassèrent. Un long baiser affamé plein de passion et de douleur qui les laissa brûlants d'un désir qu'ils ne pouvaient pas assouvir. Pas ici. Pas maintenant.

Quand ils revinrent au pick-up, Yongli était fou de rage.

— Mais où étiez-vous passés, bordel ! J'ai trouvé une putain de pile de traverses à 2 kilomètres d'ici. Je suis revenu en gueulant comme un damné pour vous prévenir.

— On n'a rien entendu, dit Li.

— Putain, on a perdu deux heures !

— Eh bien, n'en perdons pas davantage, rétorqua Li, très ennuyé.

C'était de la malchance. Personne n'était responsable. Il en voulut à Yongli de son attitude.

Cette fois, tout en courant jusqu'à l'endroit où les traverses étaient entassées, Li expliqua brièvement à Margaret ce qui s'était passé. Lorsqu'ils arrivèrent sur place, il examina la pile.

— Il nous en faut deux, dit-il. On en placera une entre les roues, dans le sens de la longueur. Elle servira d'appui à l'autre qu'on utilisera comme levier.

— On ne peut pas les porter tout seul. J'ai déjà essayé. Il va falloir faire deux voyages.

Se sentant désespérément inutile, Margaret décida de rester à la voiture pour desserrer les écrous pendant que Li et Yongli partaient chercher la deuxième traverse. C'était beaucoup plus difficile qu'elle ne le pensait. Ce n'est qu'en se mettant debout sur le manche de la clé et en exerçant des pressions répétées en fléchissant les genoux qu'elle réussit à les débloquer. Lorsque ses deux compagnons revinrent, elle s'était arraché la peau des tibias et transpirait à grosses gouttes, mais ils étaient tous desserrés. Li et Yongli eux aussi avaient l'air exténués.

Le reste s'effectua sans mal. Ils placèrent la seconde traverse à angle droit sur la première, en amenant l'extrémité la plus proche de la roue crevée sous le point d'attache du cric. Li et Margaret appuyèrent de toutes leurs forces à l'autre bout et soulevèrent ainsi l'arrière du châssis de quelques centimètres, suffisants pour faire glisser la roue crevée et la remplacer par la roue de secours.

Ils avaient perdu plus de trois heures. Les premières lueurs de l'aube pointaient déjà à l'horizon. Yongli commença à paniquer. Il sauta derrière le volant pour mettre le moteur en marche.

— Allez, vite !

Mais Li, essoufflé, le visage noir de crasse, ne bougea pas.

— Le temps qu'on arrive à la frontière, il fera jour. Il faut trouver un endroit où se cacher en attendant la nuit.

— Merde ! s'écria Yongli en frappant le volant avec rage.

Chapitre 14

Dimanche

La terre bascula vers l'est et le soleil se leva, baignant d'une lumière jaune les hautes herbes agitées par le vent comme par une main invisible. C'était d'une beauté étrange, poignante dans cette aube désertique. Le pick-up gris poursuivait son chemin vers le nord en cahotant, en soulevant un panache de poussière dans son sillage. La route droite fendait les hautes prairies comme une flèche pointée sur les montagnes et les déserts de Mongolie. Pas un seul véhicule ne les avait croisés de toute la nuit.

Ils traversèrent deux petits villages encore endormis, des bâtiments en briques, bien entretenus, avec des parterres de fleurs, des rues bordées de jeunes arbres. Il n'était pas encore 6 heures. Une heure plus tard, les immeubles d'une ville commencèrent à se dessiner à l'horizon. Le soleil était assez haut maintenant, et la température montait dans la cabine du pick-up. Affalé contre le montant de la porte, Li dormait. Assise entre les deux hommes, Margaret regardait droit devant elle, perdue dans un brouillard de pensées, de souvenirs, de regrets. Yongli prit la carte sur le tableau de bord et la consulta tout en conduisant d'une main. La ville devait être Erhlien, à 1 ou 2 kilomètres de la frontière. C'était là que les trains étaient déroutés vers d'énormes hangars où l'on changeait leurs essieux pour les adapter à l'écartement des rails russes ou chinois suivant qu'ils allaient vers le nord ou vers le sud. En lui-même, Yongli poussa un soupir de soulagement. Ils n'avaient que deux heures de retard sur le programme.

En arrivant aux abords de la ville, Margaret demanda :

— Est-ce qu'on pourrait s'arrêter ?

— Pourquoi ? demanda Yongli, surpris.

— J'ai besoin d'aller au petit coin.

Pour la première fois en trois jours, elle lui vit un sourire franchement amusé.

— Au petit coin de quoi ?

Elle rit.

— Aux toilettes. J'ai mal au ventre. Sans doute à cause de tous les fruits que j'ai mangés hier. Il faut que je m'arrête quelque part.

— On va vous trouver un endroit.

Li dormait toujours quand ils entrèrent dans Erhlien. C'était une petite ville propre, avec une poste, un grand hôtel, une usine de confection, des hangars, et des rangées de maisons en briques aux toits de tuiles. La population – des Mongols au visage carré, les pommettes hautes, la peau tannée – était déjà active. Un groupe d'ouvriers occupés à peindre une clôture s'arrêta pour regarder le pick-up qui se garait devant l'hôtel.

— Vous devriez trouver votre bonheur ici, dit Yongli en aidant Margaret à descendre de son côté pour ne pas déranger Li.

Une file d'écoliers en blouses blanches observa, bouche bée, la *yangguizi* blonde aux yeux bleus s'engouffrer dans l'hôtel. Un babil animé s'éleva aussitôt dans la rue. Yongli regarda Li, hésita un moment, puis remonta s'asseoir à sa place.

Lorsque Margaret émergea de l'hôtel quelques minutes plus tard en remontant son sac sur l'épaule, un rassemblement d'une cinquantaine de personnes s'était formé. Le train de Mongolie étant à peu près tout ce qui venait rompre la monotonie de leur vie, elles n'allaient pas rater un événement pareil. D'autres accouraient se joindre à la petite foule. Margaret s'immobilisa sur les marches, sidérée, ne sachant pas trop comment réagir. Elle sourit nerveusement, mais les visages tournés vers elle demeurèrent sans expression.

— *Ni hao,* dit-elle.

Une salve d'applaudissements lui répondit.

Li se réveilla en sursaut, cligna les yeux, reprit ses esprits.

— Merde, qu'est-ce qui se passe ?

— Elle avait besoin d'aller au « petit coin », dit Yongli.

Li fronça les sourcils.

— Aux toilettes.

Li regarda la foule amassée dans la rue.

— Bon sang. Comme si on avait besoin de ça !

Margaret se dépêcha de rejoindre le pick-up ; Yongli descendit pour la laisser monter.

— Qu'est-ce qui t'a pris, bon Dieu ? éclata Li.

Ses paroles la cinglèrent comme une gifle.

— J'avais besoin d'aller aux toilettes.

— À ton avis, il va falloir combien de temps à la Sécurité publique pour apprendre qu'il y a une étrangère blonde aux yeux bleus à l'hôtel ? Comme ça, tout le monde saura qui on est. Pas question d'attendre ce soir pour passer la frontière.

Margaret rougit sans rien dire, blessée mais consciente qu'elle l'avait mérité. Yongli se porta à son secours.

— Fiche-lui la paix, Li. Elle aurait fait encore plus sensation en s'accroupissant au bord de la route.

Il lui lança la carte.

— J'ai regardé. La route principale traverse la frontière à 2 kilomètres d'ici. Il y aura un poste frontière. Mais si on prend la petite route qui part vers l'ouest...

Il se pencha pour frapper la carte du doigt.

— ... on pourra probablement s'approcher assez près pour voir comment se présente le terrain sans avoir à traverser la frontière.

Li examina la carte. C'était une bonne idée.

Ils sortirent de la ville par une route qui n'était qu'une piste améliorée. Li jeta un coup d'œil à Margaret. Il voulait s'excuser, mais ne savait pas comment. Elle évitait délibérément son regard. Elle se sentait coupable, honteuse, en colère contre elle-même de leur avoir fait courir un tel risque. Elle aurait aussi bien pu s'accroupir derrière le pick-up sur la route. Ce n'était pas la circulation qui l'aurait gênée. De toute façon, elle aurait vu une voiture arriver de loin avant d'être vue elle-même. Elle sentit la main de Li chercher la sienne et la serrer. Elle la serra à son tour. Elle mourait d'envie de l'embrasser, de le serrer dans ses bras, de lui dire combien elle était désolée. Mais elle n'en fit rien. Elle continua à regarder droit devant elle, l'immensité vide qui s'étendait à l'infini.

Erhlien s'effaça derrière eux dans une brume de chaleur tremblotante. La poussière soulevée par les roues fut bientôt rabattue par le vent, réduisant la visibilité à moins de 40 mètres. Quand Yongli voulut allumer une cigarette, Margaret vit sa main trembler.

— Ça va ? lui demanda-t-elle.

— Oui, oui, fit-il sans la regarder.

Il était d'une pâleur à faire peur.

Soudain, une forme sombre surgit devant eux.

— Merde alors, qu'est-ce que c'est que ça ?

Yongli écrasa la pédale de frein et s'arrêta en dérapage. Le moteur cala. Un silence sinistre, troublé par le seul sifflement du vent dans les herbes, tomba sur eux. À une vingtaine de mètres, émergea de la poussière une Mercedes noire. Elle semblait avoir un seul occupant, assis au volant, simple silhouette sur ce fond immense d'herbe et de ciel.

— Qui est-ce ? murmura Margaret, comme si le conducteur de l'autre véhicule pouvait l'entendre.

— Je ne sais pas, dit Li.

Mais une peur sourde s'infiltra au même moment dans son esprit.

Yongli écrasa sa cigarette d'une main tremblante. Les occupants des deux véhicules se regardèrent sans bouger pendant près d'une minute. Puis le conducteur de la Mercedes ouvrit sa portière et descendit. Il portait un costume sombre, veste ouverte, une chemise blanche, une cravate. Il s'avança lentement sur la piste, d'un pas ferme. Li n'avait pas bougé, chaque muscle, chaque nerf tendu comme un ressort ; il fixait à travers le pare-brise poussiéreux l'homme qui marchait vers eux, essayant de distinguer les traits de son visage.

— Merde ! siffla-t-il entre ses dents.

— Quoi !

Margaret avait très peur maintenant.

— Johnny Ren.

Ren s'arrêta, comme s'il l'avait entendu. Il sortit un paquet de Marlboro rouge et blanc, alluma une cigarette, puis se remit en marche, contre le vent qui chassait la fumée de sa cigarette.

Li glissa la main sous sa veste pour prendre le revolver de son oncle. Ses doigts se refermèrent sur le cuir du holster vide. Il se retourna, lentement ; Yongli pointait l'arme vers lui. Immobile entre les deux hommes, Margaret n'osait pas bouger. Elle n'avait aucune idée de ce qui se passait.

— Ils ont dit qu'elle serait exécutée, dit Yongli.

Une larme coula sur sa joue. Il voulait à tout prix que Li comprenne, qu'il sache que son geste était justifié.

— Tu avais dit que tu m'aiderais, mais je savais que tu ne le ferais pas. J'avais raison. Ils sont venus me trouver le jour même. J'ai compris que je n'avais pas d'autre solution. C'était Lotus ou toi. Elle serait encore en prison si je n'avais pas accepté. Ça voulait dire une balle dans la tête, dans une semaine ou dans un mois.

Li *devait* comprendre – il ne pouvait pas faire autrement.

— Je n'avais pas le choix. Je l'aime. Je suis désolé, Li Yan, dit-il, le visage baigné de larmes.

Johnny Ren arriva à la hauteur de la portière passager du pick-up et pointa son arme sur Li.

— Descends.

Il avait les yeux cernés et un grand sparadrap rose sur le front. Il semblait nerveux, sur ses gardes. Li revit son visage penché sur lui dans le parc, sous la pluie, la détermination dans son regard, le poing d'acier qui lui avait écrasé la figure. Ainsi ils avaient gagné. Il en eut la nausée. Toutes ces vies gaspillées. Pour quoi ? Pour acheter un sursis aux dirigeants terrifiés de Grogan Industries, pour Pang et ses ambitions. Peut-être pour trouver un remède qui les tirerait d'affaire. Il descendit du pick-up, envahi par un sentiment de désespoir. Personne ne saurait jamais ce que Margaret et lui savaient. Les coupables échapperaient à la justice. Ren agita son arme en direction de Margaret qui descendit à son tour. Li eut mal à l'idée de cette peau pâle parsemée de taches de rousseur trouée par une balle, répandant son sang sur cette terre désertique. Il espérait qu'elle ne souffrirait pas. Elle avait assez souffert comme ça dans sa vie. Il lui jeta un coup d'œil, mais elle fixait sur Ren un regard glacé, d'une intensité presque effrayante.

Yongli fit le tour du pick-up sans regarder Li, le revolver pendant au bout de son bras. Johnny Ren tendit la main.

— Donne-moi le revolver, dit-il sans quitter Li des yeux.

Docile, Yongli s'exécuta. Ren le soupesa, comme pour l'évaluer, l'arma, tourna brusquement la tête et tira deux balles dans la poitrine de Yongli. Avant que le jeune chef ne s'effondre sur le sol, il fixait Li de nouveau. Il n'avait pas besoin de s'assurer qu'il l'avait tué ; il le savait.

Li et Margaret chancelèrent sous le choc comme si on les avait frappés physiquement. Quelques instants plus tôt, le visage de Yongli était inondé de larmes tièdes de douleur et de regret. Elles séchaient maintenant dans le vent qui ébouriffait ses cheveux.

Johnny Ren croisa le regard de Margaret toujours fixé sur lui et en fut un moment déconcerté. Puis il sourit et tapota le pansement sur son front.

— Un coup de chance dans le noir. Chance pour moi. Malchance pour vous.

Ses yeux se détournèrent vers Li.

— Au revoir, dit-il.

Li ressentit l'impact de la balle et regarda avec incrédulité le filet de sang s'écouler du petit trou rond qui venait d'apparaître au milieu du front de Johnny Ren. Celui-ci eut simplement l'air surpris avant de s'écrouler face contre terre. L'arrière de son crâne avait explosé. Li se retourna et vit, dans la main tremblante de Margaret, le pistolet de McCord. Le vent soufflait toujours, courbant les hautes herbes, bruissant sans répit à travers les espaces vides.

De la cabine du pick-up, Margaret observa en silence Li fouiller la Mercedes avec minutie, comme un policier cherchant des indices. Ce qu'il était, après tout. Elle n'avait pas la moindre idée de ce qu'il cherchait, ni pourquoi. Elle le soupçonnait de vouloir occuper son esprit à tout ce qui pourrait occulter la trahison de son ami, évincer la culpabilité et le regret. Ils n'avaient pas parlé depuis qu'il lui avait pris le pistolet, l'avait serrée dans ses bras, et demandé de remonter dans la cabine. Elle avait obéi sans poser de question. Elle n'avait jamais versé de sang, et le choc était bien plus grand qu'elle n'aurait pu l'imaginer. Elle se sentait engourdie maintenant, mais savait que la douleur viendrait plus tard.

Li émergea de la Mercedes en tenant un objet guère plus gros qu'un paquet de cigarettes. Il sembla le tapoter du bout du doigt puis l'écouter. Dès que Margaret comprit de quoi il s'agissait, elle sauta de la cabine, courut vers lui, et le lui arracha des mains pour vérifier quelque chose.

— Il y a un signal, dit-elle.

— La batterie est très faible.

— On appelle qui ?

Elle aperçut alors le câble pendant de son autre main, et au-delà, à l'arrière de la Mercedes, le PowerBook Apple de Johnny Ren. Elle fourra le téléphone dans la main de Li, se glissa sur la banquette, et ouvrit l'ordinateur portable sur ses genoux. Le système mit plusieurs minutes exaspérantes à se charger avant que l'écran n'affiche ses options. Elle osait à peine regarder. Mais si, ça y était. L'icône d'Internet Explorer apparut.

— Seigneur...

Elle leva les yeux vers Li qui la regardait d'un air perplexe.

— Nous n'avons pas besoin d'appeler qui que ce soit. On va passer par Internet. On peut mettre toute notre histoire en ligne, et le monde entier saura tout sur Grogan Industries, Pang et le VRX.

Li saisit immédiatement la portée de ses paroles.

— Tu sais comment faire ?

— Je crois.

Elle tapa sur quelques touches et ouvrit un fichier sur lequel elle pourrait écrire leur histoire.

— C'est complètement fou, dit-elle d'une voix haletante d'excitation. On est au bout du bout du monde... et on peut parler à la Terre entière – à des millions de personnes en même temps.

L'ordinateur émit un bip. Margaret se figea.

— Que se passe-t-il ? demanda Li.

— La batterie. Celle-là aussi est faible.

Une fenêtre s'ouvrit sur l'écran pour prévenir qu'il ne restait que quinze minutes d'énergie.

— Bon Dieu, comment écrire tout ça en un quart d'heure ?

Elle se mit à taper à toute allure sur le clavier.

Angoissé, frustré, Li ne pouvait rien faire d'autre qu'attendre. Il fit le tour de la voiture en évitant de regarder dans la direction du pick-up. Il ne voulait pas penser à Yongli, encore moins regarder le corps de son ami allongé sur le sol. Le cliquetis incessant du clavier de l'ordinateur ponctuait le doux gémissement du vent. À travers le pare-brise, il voyait le visage tendu, concentré de Margaret. L'ordinateur émit un second bip.

— Moins de cinq minutes. Bon sang, il faut absolument que je me connecte ! Vite, donne-moi le téléphone, dit-elle d'une voix aiguë, insistante.

Il revint rapidement à sa hauteur pour lui passer le mobile qu'elle brancha à la prise du modem, à l'arrière du PowerBook ; puis elle cliqua sur l'icône Internet. Presque instantanément, la tonalité du numéro composé se fit entendre, suivie par le bruit caractéristique des ordinateurs se parlant les uns aux autres à travers l'éther – le mot de passe de Ren étant envoyé automatiquement à son serveur. Elle était connectée.

Li observa avec admiration ses doigts pianoter sur le clavier, ses yeux sauter du clavier à l'écran, de l'écran au clavier, la grimace qui lui tordait les lèvres de temps à autre. Puis, soudain, l'écran devint noir, et du téléphone monta la plainte aiguë signifiant que la ligne était coupée. Margaret s'adossa à la banquette et ferma les yeux.

— Alors ? demanda Li.

Il n'était pas sûr de vouloir entendre la réponse.

Elle ouvrit lentement les yeux.

— Ça y est. Je l'ai envoyée à tous les sites Web, toutes les adresses e-mail dont j'ai pu me souvenir. C'est parti, Li Yan. Ce n'est plus notre secret.

La clôture qui marquait la frontière courait d'est en ouest à perte de vue. Au-delà s'étendait la Mongolie, et, à quelques kilomètres au nord, la ville de Dzamin Uüd où ils pourraient attraper un train pour Oulan Bator. Ils s'arrêtèrent sur une hauteur d'où ils contemplèrent le vide. Ils avaient laissé derrière eux, avec la Mercedes, le pick-up et les cadavres, la joie de pouvoir partager leur secret avec le monde entier ; ils se retrouvaient à présent face à de sombres incertitudes.

Li regarda derrière lui. La Chine, dans toute sa diversité, s'étendait vers le sud. Son pays. En cet instant, au moment de la quitter, il avait le cœur lourd de regrets. Il sentait les yeux de ses ancêtres braqués sur lui. Il avait une responsabilité envers eux, envers son pays et le serment qu'il avait prêté en entrant dans la police. Il ne pouvait pas s'en aller comme ça. Margaret avait peut-être raconté leur histoire au monde, mais lui, il avait encore des affaires à régler en Chine.

Il la regarda ; elle avait le visage sali par la sueur et les larmes, les yeux tirés par la fatigue et la mort. Il posa une main à plat sur sa joue douce et fraîche. Il aurait tant voulu que ça se passe autrement.

Puis il sortit de sa poche une liasse de dollars qu'il lui glissa dans la main.

— Ils accepteront des dollars. Tout le monde accepte les dollars.

Il tourna les yeux vers les plaines désertiques de Mongolie.

— On n'est qu'à quelques kilomètres de Dzamin Uüd. Tu t'en sortiras toute seule ?

Elle prit les dollars et hocha la tête. Elle savait qu'il ne viendrait pas avec elle à Oulan Bator. Elle l'avait lu dans ses yeux, l'avait senti à sa façon de la toucher. Et elle savait pourquoi. Elle comprenait. À sa place, elle aurait fait la même chose.

— Je t'aimerai toujours, dit-elle.

Il n'arrivait pas à croiser son regard. Comment lui faire comprendre à quel point c'était dur pour lui ? Il lui attrapa les deux mains et la força à le regarder.

— Même s'ils trouvent un remède, quelle sorte d'existence peut m'attendre, à l'étranger, alors que je fuis mon propre pays ?

— Je sais, dit-elle.

Il chercha de la compréhension dans ses yeux et n'y vit que le reflet de sa propre douleur.

— Je dois y retourner, pour laver mon nom, dissiper les mensonges. Est-ce qu'on me croirait si je ne le faisais pas ?

— Je sais.

— Je le dois à mon oncle. Je le dois à moi-même.

Il savait que cela signifiait qu'il la perdait. Et c'était la chose la plus difficile qu'il ait jamais eu à faire de sa vie.

— Margaret...

— Va-t'en, dit-elle en se mordant la lèvre pour ne pas pleurer.

Ils restèrent un long moment immobiles, sans parler, le vent fouettant leurs vêtements, soulevant les cheveux de Margaret comme un étendard de la liberté. Il se pencha pour l'embrasser. Ils s'étreignirent de toutes leurs forces, agrippés l'un à l'autre, puis se séparèrent lentement. Li se retourna sans un mot et repartit vers la route, à travers les herbes ondoyantes. Il voyait au loin les taches noires du pick-up et de la Mercedes, là où ils les avaient laissés, seules interruptions de la ligne d'horizon très basse sur cette immensité bleue. Là-bas, se trouvaient son ami et son ennemi, morts. Derrière lui, il laissait son amour. Devant lui, ne l'attendait que l'incertitude.

Il attendit qu'elle l'appelle ; il l'imaginait courant dans les hautes herbes pour lui dire qu'elle venait avec lui. Mais il n'entendit pas sa voix ; il savait que s'il se retournait, il serait incapable de partir, incapable de la laisser affronter seule ce voyage périlleux en pays hostile. Il eut un mal fou à se retenir. Il savait qu'elle serait toujours sur la hauteur, en train de le regarder. Il jeta malgré tout un coup d'œil involontaire par-dessus son épaule. Juste un dernier. Mais elle n'était plus là. Elle avait disparu, résolue, bien décidée à ne pas faiblir. Il imaginait la ligne ferme de sa mâchoire. Une série de bruissements se firent alors entendre sur sa gauche. Il se retourna, et la vit avancer vers lui à grandes enjambées.

— Tu ne pensais quand même pas que j'allais te laisser ? dit-elle en souriant. J'ai toujours rêvé de voir l'intérieur d'une prison chinoise.

Elle lui attrapa le bras, et soudain son sourire s'évanouit.

— Quel que soit notre avenir, nous le partagerons.

Épilogue

REUTERS :
21 juin – Washington DC
Virus : un médecin américain lance l'alerte

L'existence d'un nouveau virus mortel qui pourrait avoir infecté la moitié de la population mondiale a été révélée hier soir sur Internet par un médecin américain travaillant en République populaire de Chine.

Le docteur Margaret Campbell, médecin légiste de Chicago, affirme que ce virus, appelé VRX, résultat d'une mutation pendant la mise au point d'un super-riz génétiquement modifié, a été introduit en République populaire de Chine il y a trois ans. Ce nouveau riz, qui a permis d'augmenter la production de cent pour cent et a fait de la Chine l'un des premiers exportateurs au monde, est le produit de cinq ans de recherches effectuées par la firme américaine Grogan Industries.

Le porte-parole de Grogan s'est refusé à tout commentaire au sujet de cette histoire, arrivée samedi soir sur une douzaine de sites Internet, accusant la firme de recourir au meurtre pour empêcher la découverte du virus.

Le docteur Campbell, pour qui ce virus est comparable à celui du sida, en plus dangereux, déclare que le VRX, ingéré avec le riz, demeure à l'état latent dans le corps pendant cinq ans avant d'attaquer et détruire le système immunitaire. Elle affirme que, d'ici moins de deux ans, le monde pourrait connaître une catastrophe sans précédent dans l'histoire.

À ce jour, le gouvernement de Pékin n'a donné aucune réponse officielle.

REUTERS :
Mardi 23 juin – Pékin, RPC
Un membre du Politburo arrêté

Une rumeur circule aujourd'hui dans le milieu diplomatique de Pékin : Pang Xiaosheng, l'homme que les observateurs de la Chine donnaient comme prochain leader de la République populaire, aurait été arrêté pour meurtre et corruption.

On croit savoir que Pang, chef du Politburo, a été emprisonné à la suite d'une enquête criminelle de grande envergure sur une série de meurtres commis dans la capitale chinoise.

Toutefois, les autorités se sont refusées à tout commentaire, et l'on suppose que l'arrestation présumée de Pang est liée à celle de cinq dirigeants de la firme internationale de biotechnologie Grogan Industries, basés à Pékin.

Dans les années 1990, Pang, alors ministre de l'Agriculture, fut un ardent défenseur du super-riz génétiquement modifié mis au point en Chine par

Grogan. Des déclarations selon lesquelles le riz génétiquement modifié serait porteur d'un virus mortel susceptible d'avoir infecté la moitié de la population mondiale ont provoqué la panique en Chine et suscité une grande inquiétude au sein de la communauté internationale.

REUTERS :
Mardi 23 juin – Pékin, RPC
Un haut fonctionnaire de justice accusé de corruption

Le substitut du procureur général Zeng Xun, deuxième magistrat de Pékin, a été aujourd'hui inculpé de corruption, et arrêté.

Zeng comparaîtra dans un procès à huis clos qui devrait se tenir d'ici trois semaines. S'il est reconnu coupable, il pourrait être exécuté. La nature des charges pesant contre lui n'a pas encore été rendue publique.

REUTERS :
Mercredi 24 juin – Pékin, RPC
La Chine lance un appel à l'OMS

Le gouvernement chinois a lancé aujourd'hui un appel à l'Organisation mondiale de la santé pour l'aider à lutter contre le VRX, le virus présent dans le riz génétiquement modifié qui, dit-on, pourrait anéantir la moitié de la population mondiale d'ici les deux à cinq prochaines années.

Une équipe internationale de médecins experts, mise sur pied par l'OMS au cours des dernières quarante-huit heures, doit partir immédiatement pour Pékin. Les autorités chinoises ont promis le libre accès aux travaux ayant abouti à la mise au point de ce prétendu super-riz.

Plus d'un milliard de Chinois pouvant être infectés par le virus, la recherche d'un traitement sera une course contre le temps, avec l'apparition attendue des premiers symptômes d'ici deux ans.

REUTERS :
Jeudi 25 juin – Los Angeles, Californie
L'espoir d'un traitement contre le VRX

La firme de biotechnologie Grogan Industries, basée en Californie, a annoncé aujourd'hui qu'elle investissait 100 millions de dollars dans la recherche d'un traitement contre le VRX.

L'annonce a été faite juste vingt-quatre heures après que la compagnie a condamné et discrédité les dirigeants de sa filiale basée en Chine, actuellement détenus à Pékin dans l'attente de leur procès.

« Bien que la firme ne se considère pas responsable des actions illégales commises par ses dirigeants à l'étranger qui ont agi de leur propre initiative, nous nous sentons moralement obligés de prendre la tête de la recherche d'un traitement contre le VRX », a déclaré le porte-parole de Grogan Industries.

« À cette fin, nous sommes prêts à investir 100

millions de dollars de nos fonds propres », a-t-il ajouté.

Avec les plus éminents généticiens et virologistes à sa disposition, Grogan Industries affirme avoir toutes les chances de découvrir un traitement dans les deux ans à venir, avant que le virus ne devienne actif.

D'après les experts de l'industrie un traitement contre le VRX rapportera des milliards de bénéfice à la compagnie qui le fera breveter.

FIN...

Remerciements

Ce roman est une œuvre de fiction, mais son contexte est authentique et son hypothèse effroyablement plausible. Il est le fruit de nombreuses heures de recherches au cours desquelles j'ai reçu l'aide inestimable des personnes suivantes qui, toutes, m'ont fait don de leur temps et leur compétence avec un empressement et une générosité dont je leur serai toujours reconnaissant :

Docteur Richard H. Ward, doyen du Centre de justice pénale de la Sam Houston State University, Texas ; professeur Joe Cummins, professeur honoraire de génétique, université d'Ontario-Ouest ; Zhenxiong « Joe » Zhou, Office de justice criminelle internationale, Chicago ; Professeur Dai Yisheng, ex-directeur du Quatrième Institut pour l'élaboration de la politique policière, Pékin ; professeur He Jiahong, docteur en sciences juridiques, professeur de droit, faculté de droit de l'Université populaire de Chine ; professeur Yijun Pi, vice-directeur de l'Institut de recherche sur la sociologie et la délinquance juvénile, université des sciences politiques et juridiques de Chine ; professeur Wang Dazhong, directeur du Département des enquêtes criminelles,

Université populaire de la Sécurité publique de Chine ; M. Chen Jun, secrétaire général du Centre de production du Cinéma et de la télévision d'Orient, Pékin ; commissaire de police Wu He Ping, ministère de la Sécurité publique, Pékin ; docteur Steven C. Campman, médecin légiste, San Diego, Californie ; docteur Robert D. Cardiff, professeur de pathologie, faculté de médecine de l'université de Californie à Davis ; Kevin Sinclair, écrivain et journaliste, *South China Morning Post* ; Liu Xu et sa mère Shimei Jiang, mes infatigables sherpas à Pékin.

Achevé d'imprimer
en juillet 2006
par Printer Industria Gráfica
pour le compte de France Loisirs, Paris

N° d'éditeur : 46079
Dépôt légal : août 2006

Imprimé en Espagne